台州文獻叢書

杜清獻公集

【宋】杜範 撰
胡正武 點校

上海古籍出版社

圖書在版編目(CIP)數據

杜清獻公集 /（宋）杜範撰；胡正武點校. —上海：上海古籍出版社，2021.4
（台州文獻叢書）
ISBN 978-7-5325-9923-3

Ⅰ.①杜… Ⅱ.①杜… ②胡… Ⅲ.①中國文學—古典文學—作品綜合集—宋代 Ⅳ.①I214.42

中國版本圖書館 CIP 數據核字(2021)第 059551 號

台州文獻叢書
杜清獻公集
［宋］杜範 撰
胡正武 點校
上海古籍出版社出版發行
（上海瑞金二路 272 號 郵政編碼 200020）
（1）網址：www.guji.com.cn
（2）E-mail：guji1@guji.com.cn
（3）易文網網址：www.ewen.co
江陰市機關印刷服務有限公司印刷
開本 710×1000 1/16 印張 25.5 插頁 5 字數 277,000
2021 年 4 月第 1 版 2021 年 4 月第 1 次印刷
ISBN 978-7-5325-9923-3
K·2979 定價：128.00 元
如有質量問題，請與承印公司聯繫

《台州文獻叢書》編纂指導委員會

《台州文獻叢書》編纂委員會

《台州文獻叢書》諮詢委員會

主　任　陳高華

副主任　張涌泉

委　員（按姓氏筆畫爲序）

史晉川　吴秀明　林家驪

陳立旭　龔賢明　董　平

台州文獻叢書總序

台州位於浙江中部沿海，境内羣山起伏，丘陵錯落，河道縱横，島嶼衆多。一九八四年發現的仙居下湯遺址，證明早在九千至一萬年前，就有先民在這裏活動。今台州、温州、麗水以及閩北一帶古稱「東越」。戰國時期，越王子裔在這一帶與東甌人融合，建立東甌政權。即使從西漢昭帝始元二年（公元前八五年）置回浦縣算起，至今也有兩千多年的歷史。一代又一代的台州人在這裏耕山耘海，戰天鬥地，與時俱進，在改造自然、改造社會、發展自己的同時，積累了豐富的知識，留下了浩繁的文獻。

三國吴沈瑩著《臨海水土異物志》，對台州的水稻雙熟制及野生植物有所記載。宋朝陳仁玉著成《菌譜》，爲目前所知世界最早的食用菌專著。徐似道著的《檢驗屍格》是我國第一部司法驗屍技術著作。陳騤著的《文則》爲我國第一部修辭學著作。趙汝适撰有《諸蕃志》，爲我國第一部記述中外交通、貿易與外國物産風土的志書。賈似道著有《促織經》，爲世界上第一部昆蟲學專著。陳景沂著成《全芳備祖》，爲我國第一部植物學辭典。明朝王士性所著《廣志繹》包含豐富的地理學思想與地理學資料。戚繼光在台州抗倭靖海，留下了不朽的軍事著作《紀效新書》。清朝的齊召南歷經三十年著成《水道提綱》，是研究河流的巨著。李誠編《萬山綱目》，是研究山脈的傑作。台州在南朝時就開創了佛教天台宗，北宋時又創立了道教南宗祖庭，被稱爲佛宗道源，歷代高僧名道留下了許多佛學、道教著述。唐朝鄭虔左遷台州，聚徒講學，開台州教育之先河；南宋時台州成爲輔郡，淳熙年間，著名理學家朱熹駐節台州，講學各地，文教特盛。台州被稱爲「小鄒魯」，歷代的儒學著作蔚爲大觀。歷朝歷代，有許多台州人出仕游宦，留下了許多「經濟之學」的奏疏，至於屬於「辭章之學」的詩文，更是車載斗量。台州文獻是祖國文化寶藏的一個有機組成部分，有許多著作在全國乃至全世界產生了廣泛的影響，對人類文明做出了巨大的貢獻。

古人文獻雖然也記載著一些自然科學知識，但記載更多的是歷史、人物、典章制度、詩詞文賦等人文科學知識。文獻不僅記載著知識，也承載著精神。知識經常更新，精神一脈相承。台州精神的發展是有台州傳統文化基因的。台州人的硬氣自古有名，台州的和合文化近年來也被廣爲傳揚。改革開放以來，台州人敢爲天下先，發展民營經濟，創造了「台州現象」，使台州從一個相對落後的地區，發展成爲股份合作制經濟發祥地、長三角地區先進製造業基地、中國民營經濟最具活力城市、國家小微企業金融服務改革創新試驗區、國家社會信用體系建設示範城市、浙江省灣區經濟發展試驗區、國家衛生城市、國家森林城市、全國環保模範城市、中國優秀旅游城市、全國文明城市、中國最具幸福感城市，這些都與台州精神的發揚光大不無關係。台州精神，不同的學者有不同的表述，但都與硬氣、和合等台州傳統文化的基因有千絲萬縷的聯繫。

當前，台州發展已經邁上了新時代新征程。我們要以黨的十九大精神統領全局，高舉習近平新時代中國特色社會主義思想偉大旗幟，拉高標杆、争先進位，全力推動高質量發展，全面深化改革，再創民營經濟新輝煌，加快建設獨具魅力的「山海水城、和合聖地、製造之都」，奮力譜寫「兩個高水準」台州篇章。這不僅需要我們總結台州的新民主主義革命、社會主義革命和社會主義建設，特别是四十年改革開放的實踐和經驗，也要總結自清朝上溯至先秦台州先人積累的各種知識和經驗，繼承其精華，抛棄其糟粕，使傳統與現代融爲一體，堅定台州文化認同、文化自信。因此加强台州文獻的發掘、研究、整理和利用，意義非常重大。

台州人對文獻的發掘、整理和研究，有著悠久的歷史傳統。南宋台州學者陳耆卿在編撰台州現存的第一部總志《嘉定赤城志》時，首設《辨誤門》，記載了他對文獻的一些研究成果，被認爲是台州文獻整理工作的濫觴。至清朝、民國，濫觴演變爲巨流，出現了一大批成果：如黄瑞《台州金石録》、洪頤煊《台州札記》、戚學標《台州外書》、王棻《台學統》、宋世犖《台州叢書》等。這些成果有的屬於考據，有的屬於輯佚，有的屬於彙編。從民國進入新中國的項士元先生，爲台州文獻的保護和整理工作做出了重要貢獻。至改革開放以後，台州文獻的整理、研究工作得到地方黨委、政府的高度重視，其中啟動於二〇一一年的《台州文獻叢書》編纂工程，因其科學性、系統性、豐富性，以及巨大的工作量形成地方文獻整理、研究的一個高峰！

《台州文獻叢書》包括台州文獻典籍的影印、台州先賢著作的點校整理以及對台州歷史文化進行理論研究的《台州文化研究叢書》三大塊面。《台州文獻叢書》的編纂工程，是一項聚全市之力的重大文化工程，在台州文化史上具有里程碑意義。這部叢書是地方歷史文化的結晶，爲世人打開瞭解台州地方文化的窗口。願優秀的歷史文化更好地傳承和弘揚，服務當代，惠澤未來。

《台州文獻叢書》編纂委員會
二〇一八年四月

點校説明

南宋偏安江南一隅，領土淪喪，形勢局促，雖據江淮爲防守之天塹，但國力不振，軍力亦復如之，能否保全趙氏小朝廷，仍然缺乏自信，常懷惴惴之心。然上自皇室，下至普通文人，多圖苟安自保爲目標，鮮有收復失土、報仇雪恥、收拾山河、振作精神者也。即有之，亦在朝廷中每遭壓抑，如岳飛、陸游、辛棄疾一流人物是也。在此大勢之下，政治内縮，退讓媾和，不思進取，萎風蔓延。然而仍有勇敢者欲圖樹立正義，維護公平，彰顯紀綱，抨擊權貴結黨營私，壓制朝野有志之士培養元氣，恢弘志氣，鼓舞士氣，積聚力量，要求收復北方大片失土，重建大宋江山之呼聲，乃至以公謀私、化公爲私、損公肥私諸種行徑，并且在面臨亡國之危難下，獲得皇帝有限支持，在朝堂之上慷慨陳詞：「夫致弊必有原，救弊必有本，積三四十年之蠹習，至於浸漬薰染，日深日腐，有不可勝救者，其原不過『私』之一字耳。」直指皇帝有私未浄去，大臣有私未浄去，形成「私意横流，充塞宇宙，各身其身，各家其家，而陛下將孤立於天下之上」之局面，豈不危險至極哉？得以一身正氣，屢下而復屢上，有所作爲，博得公論好評而「風采大振」者，此人便是南宋賢相杜範。

杜範（一一八二——一二四五）字成己，一字成之，一字儀甫（一作儀夫），號「立齋」，南宋台州黄巖縣人。宋孝宗淳熙九年壬寅（一一八二）十月乙丑（二十八日）生於黄巖縣城北五里杜家村（又名杜曲，亦曰小樊川）。其先世蓋自京兆避亂徙黄巖，故自稱郡望曰「京兆杜範」云。嘉定元年（一二〇八）登進士第，調金壇尉，再調婺州（今金華）法曹。紹定三年（一二三〇），主管户部架閣文字。六年，除大理司直。端平元年（一二三四），除軍器監丞，嗣除秘書郎，旋擢監察御史，上奏扶持朝綱，指斥佞臣，爲朝野所推崇。除太常少卿，復除秘書監兼崇政殿説書，擢殿中侍御史，又除起居郎，辭不拜，除江東提刑，改浙西提刑，皆辭。嘉熙二年（一二三八）八月，差知寧國府，四年後歸，除權吏部侍郎兼侍講，後除吏部侍郎兼中書舍人。俄兼權兵部尚書，旋除權禮部尚書兼中書舍人。淳祐二年（一二四二）六月，除同簽書樞密院事。四年正月，除同知樞密院事。十二月十三日，拜右丞相兼樞密使，提舉實録院兼提舉編類聖政，理宗皇帝「遺國子監主簿與郡守包恢即家起公，公以遜游佀，不許」。五年正月，杜範「力疾入覲」。二月朔（初一日）造朝，上親書「開誠心，布公道，集衆思，廣忠益」賜之。杜範抱恙履職，數上條陳，於當今利病屢有獻替，「孜孜憂國，知無不爲，雖在疾疢，猶不廢機務。疾革，四月二十一日薨。爲相纔八十日，年六十有四」。皇上震悼，御劄賜謚「清獻」。其遺文有古律詩歌詞三卷，雜文六卷，奏稿十卷，外制三卷，《進故事》五卷，《經筵講義》三卷，《易》《禮》《春秋》《禹貢》、關洛諸儒微言皆有論述。有《杜清獻公集》二十卷傳世。

此次整理，乃以晚清同治庚午（一八七〇）吴縣孫氏九峰書院刻本爲底本。該本侯官林惠臻題書名，時任黄巖縣令孫熹所刻。原書版式爲四邊雙欄，黑口，單魚尾，每半葉九行，正文行二十字，注以雙行小字，行字數與正文等。卷首先列《四庫全書總目》本書提要，下爲《杜清獻公集總目》，之後爲《杜清獻公集卷首目》，收入宋黄震《戊辰修史・丞相杜範傳》、元脱脱《宋史・杜範列傳》、元危素《文獻書院記》等十一篇（首）。而後爲杜範詩文，計詩四卷，從四言、五言到七言，詩體有古風與格律，凡二百八十三首（附杜知仁詩二首），奏劄十一卷，構成杜集主體。杜氏立身清正，忠君愛國，不避仕途艱危，不計自身得失，讜言大義，盡發於此，其赤誠之心、救國之切，躍然紙上。卷十六到十九，爲序記、題跋、祝文、傳記諸類。卷末分爲上下兩卷，爲新輯部分，由杜範邑人清代王棻纂輯，復遴選當時學識優長者爲此集作校勘、註釋，是正諸事，并附以王棻所編《杜清獻公年譜》於後。可謂集杜範詩文之大成，而於其生平事蹟和盤托出矣。

孫熹刊刻之底本，係同治戊辰（一八六八）黄巖縣知名學者王棻（字子莊，一八二八—一八九九）從京邸借泰州錢太史藏二十卷本所鈔之本，兩年後交與同邑名人王詠霓（即王蜺，字子裳，一八三九—一九一六），王詠霓爲之補校，是正文字。庚午年（一八七〇）冬，王詠霓在寧波又得到南城吕氏鈔本十七卷本，此本卷中有「雍正丁未西圃蔣氏手校」，「補遺訂誤，爲力不淺，亟以重值購歸」，而此時王棻以鈔本付梓垂成。而王詠霓就加校讎：「凡補缺葉者三，增、删、改、乙將數百字。繼以《赤城論諫録》所載奏議十七首明刻本，甬上陳氏所贈。互相審定。又攷之正史，參以野紀、別集，於公之出處時事，畧爲箋釋，於是乎是書之傳庶曰可讀。」（《重校杜清獻公集跋》）此本所見蔣校、王蜺（詠霓）校、王棻校及其他人校語，并附以《校勘姓氏》，已經盡力而爲，集思廣益，故「庶曰可讀」。然其所據底本及其校本仍爲有限，故今所見前十九卷中文字原有空闕，蓋歷史傳承散佚蠹蝕等因及傳鈔中産生譌脱衍倒之事，仍留較多，尚未補正。故於校讀中遇到空闕之處，每以文淵閣《四庫全書》校勘，補正不少；其中卷十四數處闕字處還以《基本古籍庫》所收《杜清獻公集》清鈔本對校，詳見校勘記中。底本因避諱缺筆、改字均徑改爲正字，不再出校記。另底本各卷首皆有目録，本次整理已於書前編列新目，故各卷目録不再保留。

由於底本保存欠佳，書末蠹蝕殘泐部分不少，緊急之間無暇廣搜各大圖書館藏書，未得善本校補，仍屬憾事。且由於校點者學殖淺薄，疏誤之處難免，希望方家通人教正。

校點者

二〇一九年十一月二十七日修改於臨海菊筠齋

杜清獻公集總目

宋中書右丞相兼樞密院使贈少傅謚清獻黄巖杜範著

卷二……五七

七言古詩　十首

五言律詩　三十七題四十八首

卷三……七四

七言律詩 五十九題七十二首

卷四

卷十二……一八八

卷十三……一九八

卷十四……二一〇

卷十五

書劄 三首

卷十六

序記 序三首記六首共九首

卷十七……二四〇

跋 三十八首

卷十八……二五七

總目畢

欽定四庫全書總目

集部　別集類

清獻集二十卷　編修汪如藻家藏本

宋杜範撰。範字成己，黄巖人，嘉定元年進士，淳祐中官至右丞相，清獻其謚也。事蹟具《宋史》本傳。史載範所著古律詩五卷，今此本四卷，又雜文六卷，今此本亦四卷。又奏稿十卷，今此本十卷。又多書劄一卷。又外制三卷，進故事五卷，經筵講義三卷，今此本俱不載，而有行狀、本傳、祠記等一卷列於卷首，共爲二十卷。蓋後人重輯之本，非其舊矣。範有公輔才，正色立朝，議論鯁切。其爲御史時，累劾李鳴復等行賄交結之罪，鳴復卒以去位。其守寧國還朝時，又極陳内憂外患之交迫，而勸理宗以屏聲色、遠邪佞，言多切摯。及其爲相，前後所上五事及十二事，無不深中時弊。雖在位未久而没，不能大有所匡正，然奏疏之見於集者，大都悱惻懇到，足以徵其忠愛之忱矣。

杜清獻公集卷首

史館檢閱　黃　震

戊辰修史傳

丞相杜範

範字成己，台州黃巖人。登嘉定元年進士第。調金壇尉，嚴弓手出入，每入鄉，即以己俸給從行者食，一不爲里正擾。再調婺州法曹，行義烏經界，籌畫曲當，村翁野媪有欲言者，必召至前，使人人得自盡，昔時侵攘隱漏之弊盡革。

紹定三年，主管户部架閣文字。六年，除大理司直。端平元年，除軍器監丞，每月點戎器，必計工役多寡良窳而上下其食，以示勸懲。

明年，陛對，首言：「三四十年權臣擅國，百蠹交潰，陛下親攬大政，召用正人，天下延頸更新之治，兩年於兹，今不惟未睹更新之效，而或者乃有浸不如舊之憂。夫致弊必有原，捄弊必有本。積三四十年之蠹習，至於浸漬薰染，日深日腐，有不可勝救者，其原不過『私』之一字耳。陛下奮大有爲之志，而適當天運人事之窮，固宜澄其弊源，使私意浄盡。顧以天位之重，而或疑其爲私德之報；以天倫之親，而或疑其有私憾之藏。天命有德，而或濫於私予；天討有罪，而或制於私情。左右近習之言，或溺於私德；土木無益之工，或侈於私費。降禮貌以尊賢，而用之未盡；温詞色以納諫，而行之惟艱。此陛下之私有未去也。和衷之美不著，同列之意不孚。紙尾押敕，事不預聞；同堂決事，莫相可否。集議盈廷，而施行決於私見；諸賢在列，而密計定於私門。正塗未闢，捷徑已開；朝端未清，舊習猶在。此大臣之私有未去也。君相之私容有未去，則教條之頒徒爲虚文。是以賢能不見實用，而流俗易至於移人。私意横流，充塞宇宙，各身其身，各家其家，而陛下將孤立於天下之上，豈不危哉？」貼黄言：「近者召用名儒，發明格物致知、誠意正心之學，有好議論者，乃從而詆訾訕笑之。陛下一惑其言，則將有厭棄儒學之意，而姦䮀嗜利之徒，偷爲一切，以攫取陛下之爵禄。此正賢不肖進退之機，天下安危所係，願以其講明見之施行，毋徒誦説以事美觀，而墮或者清談之誚。」

越兩月，除秘書郎。又兩月，除監察御史，奏言：「曩者權臣所用，臺諫必其私人。約言已堅，而後出命。其所彈擊，悉承風旨。是以紀綱蕩然，風俗大壞。陛下親政，公道方開，首用洪咨夔、王遂，痛矯宿弊，斥去姦邪，改聽易視於旬月之間。然廟堂之上牽制尚多，言及貴近，或委曲迴護，而先行丐祠之請；事有掣肘，或彼此調停，而卒收論罪之章。亦有彈墨尚新，而已頒除目；汰去未幾，而旋得美官。自是臺諫風采，昔之振揚者日以鑠；朝廷紀綱，昔之漸起者日以壞。慾望明昭大臣，力除迴護調停之弊，臣當誓竭愚忠，以報君父。」上深然之。

又奏何炳守九江，年耄不足備風寒，廟堂匿不行。再奏：「一守臣之未罷，其事小；臺諫之言不行，其事大。沮臺諫之言猶可也，至於陛下之旨匿而不布，此豈勵精親政之時所宜有哉？」

丞相鄭清之見之大怒，五上奏丐去，有「危機將發，朋比禍作」等語；且謂範承順風旨，粉飾擠陷。範遂自劾，言：「宰相之與臺諫，官有尊卑，而事關一體，但當同心以爲國，豈容以私而害公？行之者宰相，言之者臺官。行之者盡合於事宜，言之者或未免於攻詆。清明之朝，此特常事。古者大臣欲扶持紀綱，故必崇獎臺諫，聞有因言而待罪者矣，未聞有諱言而含怒者也。曩者柄臣所用臺諫必其私人，陛下更新庶政，而臺諫皆出於親擢。若廟堂不欲臣言其親故，鉗其口而奪其氣，則與曩者之用私人何以異？」又疏言：「吕夷簡有社稷之功，而歐陽修論之；文彦博負天下之望，而唐介劾之。況功烈聲望未能萬一於夷簡、彦博，而論其未報之章，又非大有觸忤，乃含怒不已，累牘譊譊，若與臺諫較勝負者。不知所謂『承順風旨』者何人？『粉飾擠陷』者何事？乞檢照臣前奏，賜之罷黜，以從臣退安田里之欲。」

時清之不量非才，妄邀邊功，用師河洛，兵民死者十數萬，資糧器甲悉委之虜，邊境繹騷，中外大困。範合臺論其事，併言制閫之詐謀罔上，風采大振。於是凡侍從、近臣之不合時望者，監司、郡守之貪暴害民者，皆以次論斥。清之愈忌之。

除太常少卿，轉對言：「今日之病，莫大於賄賂交結之風。向之專於一門者，今分列四出；向之形於緘題者，今潛達密致，旁蹊曲徑，競致奔趨，小黠大癡，共爲姦利。名位已隆者，賈左右之譽以固寵；宦遊未達者，惟梯級之求以進身。邊方帥臣，黄金不行於反間，而以探刺朝廷；厚賜不優於士卒，而以交通勢要；撥支軍旅之費，太縻國帑，而盡付承受之手，分致權門，以致賞罰顛倒，威令慢褻。罪貶者拒命而不行，棄城者巧計以求免，提援兵者召亂而肆掠，當重寄者怙勢而奪攘。下至禁旅驕悍而難制，鹽軍羣聚而剽劫，蕩無治紀，浸成亂階。慾望陛下，剛明以體天德，奮勵以振主權，毋以小恩廢大誼，毋以私情撓公法。嚴制宮掖，不使片言得以入於閫；禁約閹宦，不使讒諂得以售其姦。然後明詔大臣，至公血誠，嚴窒私徑，同以社稷存亡爲慮。」貼黄又以宮中宴樂太過爲戒。

範自入臺，屢丐祠，至是復五上歸田之請，上皆不允，除秘書監兼崇政殿説書。以韃虜寇江陵，俾近臣條邊事。範乞屯兵蘄、黄以防窺江，且令沿江帥臣兼江、淮制置大使，以重其權；令淮西帥臣急調兵撥糧，以援江陵，且用邊頭義甲土豪與官兵相爲表裏。因言：「虜見遣王檝持國書議和，宜令邊帥諭以必俟斂兵，始可奏聞。不從，則發檝等過江南僻遠州郡，置其徒於獄，以究情僞，亦伐其謀之一端。」

十二月，除殿中侍御史，辭不獲命，乃因講筵奏：「臣嘗冒耳目之寄，輒忤上宰，至煩陛下委曲調護。今又復以向者負芒之地陞其職而畀之，豈以臣樸無他腸，行絶私比，而其言猶有可取耶？抑以臣巽懦之質，易於調護，而姑使之備數耶？以狂直之可取，敢不勉竭以報隆恩？如以臣易於調護，則向也執守不固，已爲親擢之羞。今更不務飭厲而脂韋苟禄，則臣之罪大矣。且昔人主之於諍臣，非樂而聽之，即勉而從之，否則疎而遠之。未聞有不用其言，而復用其人也。陛下自端平親政以來，召用正人以振臺綱，天下翹望風采，未幾而有委曲調護之弊。其所彈擊，或牽制而不行；其所斥逐，或因緣而求進。臣於入臺之初，固已力言之，不惟不之革，而其弊滋甚。甚至節貼而文理不全，易寫而臺印無有，中書不敢執奏，見者爲之致疑。不意聖明之時，其弊一至此極。陛下以其言爲不可用，又從而超遷之，則是臺諫之官專爲仕途之捷徑。陛下但知崇獎臺諫爲盛德，而不知沮抑直言之爲弊政也。抑其言而獎其身，則是陛下外有好諫之名，內有拒諫之實，天下豈有虛名可以蓋實哉？」範始以不得其言不去爲恨，至是遂極言臺諫失職之弊。

時襄蜀俱壞，江陵孤危，兩淮震恐。遂極論清之：「橫挑强敵，幾危宗社，及其子招權納賄，貪冒無厭，盜用朝廷錢帛以易貨外國，具有實狀；與蜀帥趙彦吶及其子珗夫昏耄貪鄙，妄易主將，以至喪師害國，皆乞重行鐫斥。」併言：「簽書樞密院事李鳴復與史寅午、彭大雅以賄交結，曲爲之地。鳴復庇姦人以犯衆怒，即不恤父母之邦，亦何有陛下之社稷？」上以清之潛邸舊臣，鳴復未見大罪，未忍行。範亦不入臺官宅，上促之入。範奏：「鳴復不去，則臣去。安敢入經筵？」方再奏之。鳴復俄抗疏自辨，言：「臺臣論臣，未知所指何事？豈以臣嘗主和議故，爲陳韡地，欲扼史嵩之而奪其權耶？不知今日國勢，但當和而不當戰。」又謂：「幸未斥退，則安國家、利社稷，死生以之。否則無家可歸，惟有扁舟五湖耳。」範遂再極言其寡廉鮮恥，既而合臺劾其鄙夫患失，太學諸生亦上書交攻之。鳴復猶眷眷未肯去。詰旦會朝，入待漏院，範語閤門吏：「李參政已被劾，今日不可使直班。」閤門手扞去之。始出關，上遣中使召回，範遇諸塗。舊比臺諫行車避執政，執政被論，不避。至是，範前趨，呵殿中侍御史。鳴復謂其陵己，泣訴於上。範復合臺奏鳴復：「身爲宰執，所交惟史寅午、彭大雅，相與陰謀，不過賂近習，蒙上聽，以陰圖相位。臣近得其自辨之章，見其交關邊臣，以啟嫌隙，妄言和戰，以肆脅持。且以蜀既破蕩，而欲泛舟五湖，又以安國家、利社稷自任，不知鳴復久居政府，有何安利之策？欺君罔上，無所不至，見者無不駭笑。

其無識固位，一至於此！用是不免溷干天聽。如臣等言是，乞即賜施行；如臣等言非，則是臣不識事體，上忤聖意，下觸大臣，乞早賜罷斥。」除起居郎，範奏：「臣論鳴復未見施行，忽拜左史之命，則是所言不當，姑示優遷。臣前嘗奏臺諫但爲仕途之捷徑，初無益朝廷之紀綱。躬言之而躬蹈之，臣之罪愈大。」正月二日即渡浙江歸。上聞之愕然，諭宰執貽書勸範回，辭愈力。二月，除江東提刑，改浙西。鳴復亦出守越。範辭，召赴行在，又辭。

嘉熙二年八月，差知寧國府。明年三月，至郡，適大旱，市中絶粒幾旬日。範即以便宜發常平米粟四千斛，以禮延寓公富人，勸分，人賴以免於飢。邑令期會，但以紫袋往復如一家，請於監司亦如之。於是縣之應郡，郡之應諸司，無督趣之煩，而免淹滯。始至，倉庫多匱；及去，米餘十萬斛，錢亦贏數萬計，悉以代輸下户糧。兩淮民流南多剽掠，有水寨首領張世顯尤勇悍，擁衆三千餘人，泊城外。範檄其頭目犒之，俾勿擾，以俟處分。世顯乃先陰爲窺城計，範不得已，以計擒斬之，安輯其衆，給之使歸。

四年五月，造朝，首疏言：「今旱暵荐臻，人無粒食，楮券猥輕，物價騰踴，行都之内，氣象蕭條。左浙近輔，殍死盈道。流民充斥，未聞安輯之政；剽掠成風，已開弄兵之萌。是内憂既迫矣。新興犬戎，乘勝而善鬥；中原羣盜，假名而崛起。擣我巴蜀，據我荊襄，擾我淮壖。近又由夔、峽以瞰鼎、澧。疆埸之臣，肆爲蔽欺，勝則張皇而言功，敗則掩覆而不言。脱使乘上流之無備，爲飲馬長江之謀，其誰與捍之？是外患既深矣。人主上所事者天，下所恃者民。近者星文示變，妖彗吐芒，犯王良，絡紫微，方冬而雷，既春而雪，海潮衝突於都城，赤地幾徧於畿甸，是不得乎天，而天已怒矣。人死於干戈，死於饑饉，父子相棄，夫婦不相保，怨氣溢腹，謗言載路。『等死』一萌，何所不至？是不得乎民，而民已怨矣。内憂外患之交至，天心人心之俱失，陛下能與二三大臣安居於天下之上乎？陛下亦嘗思所以致此否乎？蓋自曩者權相陽爲妾婦之小忠，陰竊君人之大柄，以聲色玩好内蠱陛下之心術，而廢置生殺，一切惟其意之所欲爲，以致紀綱陵夷，風俗頽靡，軍政不修，邊備廢缺。凡今日之内憂外患，皆權相三十年醖成之，如養護癰疽，待時而決耳。端平改元，號爲更化，而居相位者非其人，無能改於其舊。而旁蹊邪徑，捷出争馳，敗壞污穢，殆有甚焉。自是，聖意惶惑，莫知所倚仗。方且不以彼爲讎，而以爲德；不以彼爲罪，而以爲功。於是天之望於陛下者孤，而變怪見矣；人之望於陛下者觖，而怨叛形矣。陛下敬天有圖，旨酒有箴，緝熙有記，使持此一念，振起傾頽，宜無難者。然聞之道路，謂警懼之意，祗見於外朝視政之頃；而好樂之私，多縱於内廷燕褻之際。名爲任賢，而左右近習或得而潛間；政皆出於中書，而御筆特除或從而中出。左道之蠱惑，私親之請託，蒙蔽陛下之聰明，轉移陛下之心術，而不自覺。」併指陳宰執臺諫，與凡内而百執事，外而邊守帥臣，偷惰苟安，狥私忘公之弊，忠憤感發，聞者竦嘆。於是，範去國四載矣。上撫勞備至，即日除權吏部侍郎兼侍講。

六月，以久旱，復言：「陛下嗣膺大寶垂二十年，災異譴告，無歲無之。至於今而益甚。陛下求所以應天者，豈止於減膳徹樂、分禱羣祀而已乎？抑當外此而反求諸躬乎？得之傳聞，謂内廷好賜，外邸營繕如故也。左右蠱惑，私親請託如故也。夫不務反躬悔過，而徒覬天怒之釋，天下寧有是理哉？慾望陛下卓然奮發，厲精有爲，濯去舊習，以新天下。出宮女以遠聲色，斥近習以防蔽欺，省浮費以給國用，薄徵斂以寬民力。精白一意，勉爲後圖。」貼黄言：「儲貳未立，國本尚虚，乞選宗姓之賢者，育之宫中而教導之。」三劄言銓法之壞：「廟堂既有堂除，復時取部缺以徇人情，士大夫既陷贓濫，乃間以不經推勘而改正，此皆徇私忘公之害。後有此比，容臣執奏。」上皆然之。

七月，旱勢亢烈，範乞禱雨，須聖駕一出。上即親行禱事。烈日炎赫，上命撤蓋，流汗沾衣。須臾大雨隨至，上喜甚。範慮以久旱得雨爲喜，復進戒數百言。時歲比不登，米價大踴。範不勝憂，再入疏言：「天災旱暵，昔固有之，而倉廩匱竭，月支不繼，上下凛凛，殆如窮人，昔所無也；物價騰踴，昔固有之，而升米一千，其增未已，日用所需，十倍於前，昔所無也；民生窮瘁，昔固有之，而富户淪落，十室九空，竈突炊煙，人多菜色，昔所無也，楮券折閲，昔固有之，而告緡譏關，錢出楮長，物價反貴，人以爲病，昔所無也。甚而闔門餒死，相率投江，愁歎相聞，怨氣滿腹，里巷聚首，以議執政，軍伍誶語，所不忍聞。此何等氣象，而見於京城衆大之區？浙西稻米所聚，而赤地千里，繼以飛蝗大至，苗禾槁死未盡者，一旦俱空。太湖揚塵，河港斷絶，嘯聚剽掠，所在相挺。會稽帝鄉，道殣相枕。此何等氣象，而見於京畿密邇之地？淮民流離，襁負相屬，欲歸無栖，狼狽道路。其泊於沙上者，亦奄奄待盡。使邊塵不起，尚可相依苟活，萬一虜騎衝突，彼必奔迸南來，或相携從虜爲之鄉導，巴蜀之覆轍可鑒也，豈不重爲朝廷憂哉？中夜以思，矍然而起，爲之痛哭流涕。竊意陛下宵旰憂懼，寧處弗皇。然宫中宴賜，未聞有所貶損；左右嬙嬖，未聞有所放遣；貂璫近習，未聞有所斥遠；女冠請謁，未聞有所屏絶；朝廷政事，未聞有所修飭；庶府積蠹，未聞有所搜革。秉國鈞者，惟私情之徇；主道揆者，惟法守之侵。國家大政則相持而不決，司存細務，則出意而輒行。命令朝更而夕變，紀綱蕩廢而不存。無一事之不弊，無一弊之不極。陛下盍亦震懼自省，詔中外臣庶，思當今急務，如河道未通，軍餉若何而可運？浙右旱歉，荒政若何而可行？財計空匱，糴本若何而可足？流徙失所，遣使若何而可定？虜情叵測，邊圉若何而可固？各務悉力盡忠，以陳持危制變之策。二三大臣推血誠，黜私見，叶慮併智，擇其可行者行之。」

十一月，除吏部侍郎兼中書舍人。淳祐元年四月，言：「陛下即位以來二十年間，變故大者，如山東逆酋輒肆反噬，遠近方震動，而彼已陷淖隕軀矣。此幸之一也。京畿汰卒隳突澒洞，旦暮方莫保，而彼已服刑順令矣。此幸之二也。輕啟兵端，大稔寇孽，巴蜀荆襄，彌望茅葦，國勢幾岌岌矣，而哨騎亟退，稍寬憂顧。此幸之三也。清野有令，流民剽掠，焚蕩城邑，其勢益張，人心亦凜凜矣，而烏合之衆，未幾解散。此幸之四也。以至江潮失道，摧陷衝擊，已迫城闉，幾不可以爲國，而怒濤復殺，寖安故流。此幸之五也。積此五幸，將玩之以爲不足畏，此其勢之必然者也。然變至今日亦極矣！去歲京輔旱饑，田野小民齧糠籺，以延旦暮之命，殣於道，填於壑，所至積穢，無異獟獸相食之風盛行，甚則生致而烹之，雖其子亦忍焉。京城委巷，夜無行人，不幸遇之，輒遭其毒。哀哉！陛下爲民父母，其得不爲之動心乎？旬月以來，麥秋有成，民稍得食，米價漸減，死者漸稀，寇盜亦少，人情至此，孰不喜幸？不特天下幸之，而朝廷亦自幸之矣。臣所深慮者，懼其幸而至於玩也。以根本之撥而爲太平之粉飾，以財用之乏而襲豐亨之調度，事力日微而興不急之土木，蠹弊日甚而濫當尼之恩私。使今歲有一稔之望，猶懼疲氓難以遽甦，壞證難以遽復。萬一歲事復不可保，揭竿一呼，羣黨趨和。當是之時，尚可幸而玩之耶？又況韃虜多詐，出没不常，斥堠不明，傳聞多端。海宇將有鼎沸之憂，人心已有瓦解之勢，而玩視苟安，類若平時，何哉？」遂復具言宮中宴賜之不節，内殿修造之不時，以爲皆玩幸而縱欲者，凡數事。

俄兼權兵部尚書。十一月，除權禮部尚書兼中書舍人。二年六月，除同簽書樞密院事。至日，大雷電，公因奏：「言動不以天，其何以弭變？願陛下罷宮庭之宴賞，懲左右之姦欺，杜禁掖之批降，禁斜封之除授，使天下欣欣，有望治之想。」

先是，當國者專權，執政紙押敕尾。範入都堂，凡行事有得失，除授有是非，悉抗言無隱情。丞相史嵩之外示寬容，内實忌之。劉漢弼入臺，劾右正言葉賁。賁聞之，亦上章劾漢弼。二人皆罷，而賁獨寵以閣職。翌日奏事，因言賁已先被劾，則爲罪人，乃借臺諫之官，以爲報復之舉，其罪尤重。退而謂嵩之曰：「濮斗南、劉晉之，小人之無忌憚者。丞相何不去之？乃尚留要地耶？」嵩之滋不悦。俄除劉晉之爲諫議大夫。四年正月，除範同知樞密院事，亦除李鳴復參知政事，使範不屑與其政而去。範即出關。上遣中使召回，且敕諸城門不得出範。會太學諸生上書留範，而斥鳴復，且併及嵩之。嵩之乃亟遣其客劉棫，密約劉晉之等，併論範、鳴復。範始得遂其行。會嵩之遭喪，謀起復不果，拜範右丞相。善類相慶，都人歡呼載道。範以遜游侶，不許，力疾入覲，上親書「開誠心，布公道，集衆思，廣忠益」賜之。

範上五事：一曰正治本，謂政事當常出於中書，毋使旁蹊得竊威福。二曰肅宮闈，謂當嚴内外之限，使宮府一體。三曰擇人才，謂當隨其所長用之，而久於職毋徒守遷轉之常格。四曰惜名器，謂如文臣貼職，武臣閤衛不當爲徇私市恩之地。五曰節財用，謂當自人主一身始，自宮掖始，自貴近始，考封樁國用出入之數，而補窒其罅漏，求鹽筴楮幣變更之目，而斟酌其利害。貼黃乞早定國本，以繫人心。

時親王近戚多求内降恩澤，屢引前朝杜衍例封還，乞撥堂除闕，歸之吏部，以清中書之務，惟留書庫架閣京教及要地幹官。時人情久狃於私，多以爲不便。太學生方大猷等亦上書言之。上封以示範，範奏：「三四十年權臣柄國，以公朝爵禄而市私恩，取吏部之闕以歸堂除。太學諸生亦習於見聞，乃以近年之弊政爲祖宗之成法，是必有縱臾爲之者。陛下如以臣言爲是，上下堅守，則使者必多，而謗者息矣。」未幾，赴選調者無淹滯，合資格者得美闕，衆始服。

上求治甚急，用仁祖故事，命宰執各條當今利病與政事可行者。範條上十二事：一曰公用捨。願進退人才，悉參以國人之論，則乘罅抵巇者無所投其閒。元祐之變爲紹聖，非所慮矣。二曰儲才能。内而朝列，則儲宰執於侍從、臺諫，儲侍從、臺諫於卿監、郎官；外而守帥，則以江面之通判爲幕府、郡守之儲，以江面之郡守爲帥閫之儲，他職皆然。如是則臨時無乏才之憂矣。三曰嚴薦舉。宜詔中外之臣，凡薦舉必明著職業、功狀、行義事實，不許止爲褒詞，朝廷籍記不如所舉者，並罰舉主。仍詔宰執、侍從、臺諫，不許爲人覓舉。四曰懲贓貪。自今有以贓罪按上，即行下勘證，果以贓敗，必繩以祖宗之法；無貪贓實跡，而監司妄以贓罪誣人者，亦量行責罰；臺諫風聞言及贓罪，亦行下勘證。五曰專職任。吏部不可兼給舍，京尹不可兼户吏，經筵亦必專官。六曰久任使。内而財賦、獄訟、銓選，與其他繁劇之職，必三年而後遷；外而監司、郡守亦必使之再任。其不能者，則亟行罷斥。七曰抑僥倖。佈告中外，各務職業，朝廷不以弊例而過恩，宫庭不以私謁而廢法，勳舊之家，邸第之戚，不以名器而輕假。八曰重閫寄。九曰選軍實。十曰招土豪。十一曰謂宜效宗祖方田之制，疏爲溝洫，縱横經緯，各相灌注，以鑿溝之土，積而爲徑，使不得並轡而馳，結陣而前，如曹瑋守陜西之制，則戎馬之來，所至緣有阻限，而溝之内又可以耕屯，勝於清野多矣。十二曰謂治邊理財實爲當今急務，有明於治邊、善於理財者，搜訪以聞。凡此，皆素所欲施行者。

孟珙擁重兵，久居上流，朝廷素疑其難制。至是以書來賀。範復之云：「古人謂將相和調則士豫附。自此但相與同心殉國，若以術相籠駕，非某所屑爲也。幸勿以此見施。」珙大感服，謝曰：「某四世受國厚恩，自當效忠。今蒙推誠如許，與前人以術相馭，萬萬不侔。原效死不辭。」未幾，虜大入五河，絶中流，置營栅，且以重兵綴合肥，令不得相援，爲必取壽春計。範命維揚、鄂渚二帥各調兵，東西策應爲隄防，虜卒敗走。計功行賞，莫不曲當，軍士皆悦。

範孜孜憂國，知無不爲，雖在疾疢，猶不廢機務。疾革，四月二十一日薨。爲相纔八十日，年六十有四。上震悼，御劄賜謚「清獻」。

範有令質至行，讀書窮理，必深玩味，以聖賢格言大訓，實見諸躬行。事親以孝，居喪哀毁骨立；事其兄如事父，訓誨孤幼盡恩；處族黨謙和，少賤與均禮，雖御僮奴，皆有恩意，未嘗見其疾言遽色。有田二頃，粗給饘粥。雖貴爲宰輔，未嘗增尺寸，室廬僅庇風雨，見者莫知爲公相之居。自其未貴，人已比之司馬公；其後清修苦節，身若不勝衣。至臨大事，則賁育不能奪，天下倏其出處爲休戚，得政未及大設施而遽薨背，識與不識，莫不痛傷，輀車所過，聚祭巷哭，果與司馬公事皆相類。嘗夢自爲門鎖，曰：「守之以一，報之以五。」且自釋曰：「守者守也，報者應也。」既覺，書於座右，而言曰：「一者，不易之理，所守在我，不可或變也。五者，適中之數，隨事而應，必當中理也。」此其平生素學，形於夢寐，至爲宰相，亦不出此。其遺文有古律詩歌詞三卷，雜文六卷，奏稿十卷，外制三卷，《進故事》五卷，《經筵講義》三卷，《易》《禮》《春秋》《禹貢》、關洛諸儒微言皆有論述。漫塘劉宰嘗爲名其居曰「立齋」，故世尊之曰「立齋先生」。二子：濬、淵，皆能世其家法。

範既薨，清之再相，時以私憾損其恩數大半。濬、淵食貧七年，閉户讀書，淡然不問。濬嘗以薦由大理正知汀州，纔三月卒，省諸邑月解錢數十萬計，盡捐舊比之私得者，代輸户部欠，以寬民力。[二]

初，國朝自紹興姦兒摧折士大夫正氣，至嘉定權臣復柄國三十年，士習遂銷輭爲貪佞，無敢一吐氣。鄭清之尤其所親信者，鬮其死，給其子，約以保户門而薦諸上，以承其位。既而一反之以爲名，又欲生事爲功，以壓勝之。三十年架漏扶持之天下，遂至一輕擲而敗。國家多事，方自此始。而乘時得志之士，或反誇爲小元祐。於斯時也，追罵已寒之肉者何難矣，獨範超然其間，痛憤時事，屢與時相力争，如縱口而談古人，豈不難哉！相繼而叶助之者，惟唐璘；又相繼而興，無所附麗而敢言者，惟王萬。嗚呼，亦難乎其人哉！然範死，而清之再相矣，所誤又不止國事矣。其誰與争之？嗚呼，亦可惜哉！

南渡距端平百餘年間，未有正人得政柄者也，然則尚何望哉？李忠定、趙忠簡皆正人也，遭時之厄，力不能勝一秦檜。壽皇思治，宰相皆無足當其意者，不三數月輒易，然則尚何望哉？於是内則賄賂成風，衆弊膠轕；外則邊將收拾，中朝所屬鑽刺之人，使備數帷幄。而國家所仰，惟在天祐。端平大壞之餘，方得正人如杜公，我理宗方傾心仰成，衆弊方條陳更革，邊將亦方洗心聽命，乃纔八十日而終。嗚呼，其所關係何如哉！

【校勘記】

［一］清王棻於《杜清獻公集校註》中在「以寬民力」下作校勘記曰：「案此下疑有脱文，或曰上文『初國朝自紹興』至『亦可惜哉』二百二十七字，當移置此句之下。案之文理良然。」王棻於《赤城後集》卷之十三《杜範傳》（即黄震撰傳）末加按語：「『範有令質』至『以寬民力』，宜接『謚清獻』之下；『初國朝』至『亦可惜哉』宜接『以寬民力』之下。『南渡』至末，宜接『亦可惜哉』之下。蓋誤錯一頁也。」王棻《台學統》中即據此移置，今據此調整之。

《宋史》列傳

開府儀同三司上柱國録軍國重事前中書右丞相
監修國史領經筵事都總裁臣脱脱等奉敕修

杜範

杜範字成之，黄巖人，少從其從祖煒、知仁游，從祖受學朱熹，至範益著。嘉定元年舉進士，調金壇尉，再調婺州司法。紹定三年，主管户部架閣文字。六年，遷大理司直。

端平元年，改授軍器監丞。明年，入對，言：「陛下親攬大政，兩年於兹。今不惟未睹更新之效，而或者乃有浸不如舊之憂。夫致弊必有原，救弊必有本。積三四十年之蠹習，浸漬薰染，日深日腐，有不可勝救者。其源不過『私』之一字耳。陛下固宜懲其弊原，使私意浄盡。顧以天位之重，而或藏其私憾；天命有德，而或濫於私與；天討有罪，而或制於私情。左右近習之言，或溺於私聽；土木無益之工，或侈於私費。隆禮貌以尊賢，而用之未盡；温辭色以納諫，而行之惟艱。此陛下之私有未去也。和衷之美不著，同列之意不孚，紙尾押敕，事不預知，同堂決事，莫相可否。集議盈庭，而施行決於私見；諸賢在列，而密計定於私門。此大臣之私有未去也。君相之私容有未去，則教條之頒徒爲虛文。近者召用名儒，發明格物致知、誠意正心之學，有好議論者，乃從而詆訿訕笑之。陛下一惑其言，即有厭棄儒學之意。此正賢不肖進退之機，天下安危所係，願以其講明，見之施行。」

改秘書郎，尋拜監察御史，奏：「曩者權臣所用臺諫，必其私人，約言已堅，而後出命，其所彈擊，悉承風旨。是以紀綱蕩然，風俗大壞。陛下親政，首用洪咨夔、王遂，痛矯宿弊，斥去奸邪。廟堂之上，牽制尚多。言及貴近，或委曲迴護，而先行丐祠之請；事有掣肘，或彼此調停，而卒收論罪之章。亦有彈墨尚新，而已頒除目；沙汰未幾，而旋得美官。自是臺諫風采，昔之振揚者日以鑠；朝廷紀綱，昔之漸起者日以壞。」理宗深然之。

又奏九江守何炳年老不足備風寒，事寢不行。範再奏曰：「一守臣之未罷，其事小；臺諫之言不行，其事大。阻臺諫之言猶可也，至於陛下之旨匿而不行，此豈勵精親政之時所宜有哉？」丞相鄭清之見之大怒，五上章丐去，有「危機將發，朋比禍作」之語；且謂範「順承風旨，粉飾擠陷」。範遂自劾，言：「宰相之與臺諫，官有尊卑，而事關一體，但當同心為國，豈容以私而害公？行之者宰相，言之者臺諫。行之者豈盡合於事宜，言之者或未免於攻詆。清明之朝，此特常事。古者大臣欲扶持紀綱，故必崇獎臺諫，聞有因言而待罪者矣，未聞有諱言而含怒者也。曩者柄臣所用臺諫必其私人，陛下更新庶政，而臺諫皆出於新擢。若廟堂不欲臣言其親故，鉗其口，奪其氣，則與曩者之用私人何以異？不知所謂『承風旨』者何人？『粉飾擠陷』者何事？乞檢臣前奏，賜之罷黜，以從臣退安田里之欲。」

時清之妄邀邊功，用師河洛，兵民死者十數萬，資糧器甲悉委於敵。邊境騷然，中外大困。範率合臺論其事，併言制閫之詐謀罔上。於是凡侍從、近臣之不合時望者，監司、郡守之貪暴害民者，皆以次論斥。清之愈忌之，改太常少卿，轉對言：「今日之病，莫大於賄賂交結之風。名譽已隆者，賈左右之譽以固寵；宦遊未達者，惟梯級之求以進身。邊方帥臣，黄金不行於反間，而以探刺朝廷；厚賜不優於士卒，而以交通勢要。以致賞罰顛倒，威令慢褻。罪貶者拒命而不行，棄城者巧計以求免，提援兵者召亂而肆掠，當重任者怙勢而奪攘。下至禁旅驕悍難制，監軍羣聚相剽劫。慾望陛下，毋以小恩廢大誼，毋以私情撓公法。嚴制宮掖，不使片言得以入於閫；禁約閹宦，不使讒謟得以售其姦。」

範自入臺，屢丐祠。至是，復五上歸田之請，皆不允，遷秘書監兼崇政殿説書。大元兵徇江陵，範乞屯兵蘄、黄，以防窺江。且令沿江帥臣兼江、淮制置大使，以重其權；令淮西帥臣急調兵撥糧，以援江陵。拜殿中侍御史，辭不獲，乃因講筵，奏：「臣嘗冒耳目之寄，輒忤宰相，至煩陛下委曲調護。今又使居向者負芒之地，豈以臣絶私比，而其言尚有可取耶？抑以臣巽懦之質，易於調護，而姑使之備數耶？昔人主之於諍臣，非樂而聽之，即勉而從之。否則，疎而遠之。未聞有不用其言，而復用其人者。陛下自端平親政以來，召用正人以振臺綱，未幾而有委曲調護之弊。其所彈擊，或牽制而不行；其所斥逐，復因緣以求進。臣於入臺之初，固已力言之，不惟不之革，而其弊滋甚。甚至節貼而文理不全，易寫而臺印無有，中書不敢執奏，見者爲之致疑。不意聖明之時，其弊一至於此！陛下以其言之不可用，又從而超遷之，則是臺諫之官，專爲仕途之捷徑。陛下但知崇獎臺諫爲盛德，而不知沮抑直言之爲弊政，則陛下外有好諫之名，内有拒諫之實，天下豈有虚可以蓋實哉？」範始以不得其言不去爲恨，至是遂極言臺諫失職之弊。

時襄、蜀俱壞，江陵孤危，兩浙震恐。復言：「清之横啟邊釁，幾危宗社。及其子招權納賄，貪冒無厭，盜用朝廷錢帛以易貨外國，具有實狀。」併言：「簽書樞密院事李鳴復與史寅午、彭大雅以賄交結，曲爲之地。鳴復既不恤父母之邦，亦何有陛下之社稷？」帝以清之潛邸舊臣，鳴復未見大罪，未即施行。範亦不入臺，帝促之，範奏：「鳴復不去則臣去，安敢入經筵？」方再奏之，鳴復抗疏自辨，言：「臺諫論臣，不知所指何事？豈以臣嘗主和議邪？然幸未斥退，則安國家、利社稷，死生以之。否則無家可歸，惟有扁舟五湖耳。」範又極言其寡廉鮮恥，既而合臺劾之，太學諸生亦上書交攻之。鳴復將出關，帝又遣使召回。範復與合臺奏：「鳴復爲宰執，所交惟史寅午、彭大雅，此等相與陰謀，不過賂近習、蒙上聽，以陰圖相位。臣近見自辨之章，見其交鬬邊臣以啟嫌隙，妄言和戰以肆脅持。且以蜀既破蕩，而欲泛舟五湖。又以安國家、利社稷自任。不知鳴復久居政府，今又有何安利之策？欺君罔上，無所不至。如臣等言是，即乞行之。所言若非，早賜罷斥。」

改起居郎。範奏：「臣論鳴復未見施行，忽拜左史之命，則是所言不當，姑示優遷。臣前者嘗奏，臺諫但爲仕途之捷徑，初無益朝廷之紀綱。躬言之，躬蹈之，臣之罪大矣。」即渡江而歸。授江東提點刑獄，尋改浙西提點刑獄。範力辭之，而鳴復亦出守越。

嘉熙二年，差知寧國府。明年至郡，適大旱，範即以便宜發常平粟，又勘寓公富人有積粟者發之，民賴以安。始至，倉庫多空，未幾，米餘十萬斛；錢亦數萬，悉以代輸下户糧。兩淮饑民渡江者多剽掠，其首張世顯尤勇悍，擁衆三十餘人至城外。範遣人犒之，俾勿擾，以俟處分。世顯乃陰有窺城之意，範以計擒斬之，給其衆，使歸。

四年，還朝，首言：「旱暵荐臻，人無粒食，楮券猥輕，物價騰踴。行都之内，氣象蕭條。左浙近輔，殍死盈道。流民充斥，未聞安輯之政；剽掠成風，已開弄兵之萌。是内憂既迫矣。新興北兵，乘勝而善鬬；中原羣盜，假名而崛起。擣我巴蜀，據我荆襄，擾我淮堧，近又由夔、峽以瞰鼎、澧。疆場之臣，肆爲欺蔽。勝則張惶以言功，敗則掩覆而不言。脱使乘上流之無備，爲飲馬長江之謀，其誰與捍之？是外患既深矣。人主上所事者天，下所恃者民。近者天文示變，妖彗吐芒，方冬而雷，既春而雪，海潮衝突於都城，赤地幾遍於畿甸，是不得乎天，而天已怒矣。人死於干戈，死於饑饉，父子相棄，夫婦不相保，怨氣盈腹，謗言載路。『等死』一萌，何所不至？是不得乎民，而民已怨矣。內憂外患之交至，天心人心之俱失，陛下能與二三大臣安居於天下之上乎？陛下亦嘗思所以致此否乎？蓋自曩者權相陽進妾婦之小忠，陰竊君人之大柄，以聲色玩好內蠱陛下之心術，而廢置生殺，一切惟其意之所欲爲，以致紀綱陵夷，風俗頹靡，軍政不修，而邊備廢缺。凡今日之內憂外患，皆權相三十年醞成之，如養護癰疽，待時而決耳。端平號爲更化，而居相位者非其人，無能改於其舊，敗壞污穢，殆有甚焉。自是聖意惶惑，莫知所倚仗。方且不以彼爲讎，而以爲德；不以彼爲罪，而以爲功。於是天之望於陛下者孤，而變怪見矣；人之望於陛下者觖，而怨叛形矣。陛下敬天有圖，旨酒有箴，緝熙有記，使持此一念，振起傾頹，宜無難者。然聞之道路，謂警懼之意，祇見於外朝視政之頃；而好樂之私，多縱於內廷燕褻之際。名爲任賢，而左右近習或得潛間；政出於中書，而御筆特奏或從而中出。左道之蠱惑，私親之請託，蒙蔽陛下之聰明，轉移陛下之心術。」於是，範去國四載矣，帝撫勞備至。

遷權吏部侍郎兼侍講。以久旱，復言：「陛下嗣膺寶位餘二十年，災異譴告，無歲無之，至於今而益甚。陛下求所以應天者，將止於減膳徹樂、分禱羣祀而已乎？抑當外此而反求諸躬乎？夫不務反躬悔過，而徒覬天怒之釋，天下寧有是理？慾望陛下一洒舊習，以新天下。出宮女以遠聲色，斥近習以防蔽欺，省浮費以給國用，薄徵斂以寬民力。且儲貳未立，國本尚虛，乞選宗姓之賢者育之宮中而教導之。」又言銓法之壞：「廟堂既有堂除，復時取部缺以徇人情；士大夫既陷贓濫，乃閒以不經推勘而改正。凡此皆徇私忘公之害。」未幾，復上疏曰：「天災旱暵，昔固有之，而倉庫匱竭，月支不繼。升粟一千，其增未已。富户淪落，十室九空。此又昔之所無也。甚而閭門飢死，相率投江；里巷聚首，以議執政；軍伍誶語，所不忍聞。此何等氣象，而見於京城衆大之區？浙西稻米所聚，而赤地千里；淮民流離，襁負相屬，欲歸無所，奄奄待盡。使邊塵不起，尚可相依苟活；萬一敵騎衝突，彼必奔迸南來，或相携從敵，因爲之鄉導。巴蜀之覆轍可鑒也。竊意陛下宵旰憂懼，寧處弗遑。然宫中宴賜未聞有所貶損，左右嬙嬖未聞有所放遣，貂璫近習未聞有所斥遠，女冠請謁未聞有所屏絶，朝廷政事未聞有所修飭，庶府積蠹未聞有所搜革。秉國鈞者惟私情之徇，主道揆者惟法守之侵。國家大政則相持而不決，司存細務則出意而輒行。命令朝更而夕變，紀綱蕩廢而不存，無一事之不弊，無一弊之不極。陛下盍亦震懼自省。」

詔：「中外臣庶思當今急務，如河道未通，軍餉若何而可運？浙右旱歉，荒政若何而可行？財計空匱，糴本若何而可足？流徙失所，遣使若何而可定？敵情叵測，邊圉若何而可固？各務悉力盡心，以陳持危制變之策。」

拜吏部侍郎兼中書舍人。復極言宴賜不節、修造不時、玩寇縱慾數事。兼權兵部尚書，改禮部尚書兼中書舍人。淳祐二年，擢同簽書樞密院事。範既入都堂，凡行事有得失，除授有是非，悉抗言無隱情。丞相史嵩之外示寬容，内實忌之。四年，遷同知樞密院事。以李鳴復參知政事，範不屑與鳴復共政，去之。帝遣中使召回，且敕諸城門不得出範。太學諸生亦上書留範，而斥鳴復，併斥嵩之。嵩之令諫議大夫劉晉之等論範及鳴復，範遂行。會嵩之遭喪，謀起復不果，於是拜範右丞相。範以遜游佀，不許，遂力疾入覲。帝親書「開誠心，布公道，集衆思，廣忠益」賜之。

範上五事：曰正治本，謂政事當常出於中書，毋使旁蹊得竊威福。曰肅宮闈，謂當嚴内外之限，使宮府一體。曰擇人才，謂當隨其所長用之而久於職，毋徒守遷轉之常格。曰惜名器，謂如文臣貼職、武臣閤衛，不當爲徇私市恩之地。曰節財用，謂當自人主一身始，自宮掖始，自貴近始，考封樁國用出入之數，而補窒其罅漏，求鹽筴楮幣變更之目，而斟酌其利害。仍乞早定國本，以繫人心。

時親王近戚多求降恩澤，引前朝杜衍例，範皆封還。乞撥堂除闕歸之吏部，以清中書之務，惟留書庫、架閣、京教及要地幹官。人皆以爲不便，太學生亦上書言之。帝以示範，範奏曰：「三四十年權臣柄國，以公朝爵禄而市私恩，取吏部之缺以歸堂除，太學諸生亦習於見聞，乃以近年之弊政爲祖宗之成法。如以臣言爲是，上下堅守，則便者必多，而謗者息矣。」未幾，赴選調無淹滯，合資格者得美闕，衆始服。

帝令宰執各條當今利病與政事可行者。範上十二事：「曰公用捨，願進退人才，悉參以國人之論，則乘罅抵巇者無所投其間。曰儲材能，内而朝列，則儲宰執於侍從、臺諫，儲侍從、臺諫於卿監、郎官；外而守帥，則以江面之通判爲幕府、郡守之儲，以江面之郡守爲帥閫之儲，他職皆然。如此則臨時無乏才之憂。曰嚴薦舉，宜詔中外之臣，凡薦舉必明著職業、功狀、事實，不許止爲褒詞，朝廷籍記不如所舉，並罰舉主，仍詔侍從、臺諫，不許與人覓舉。曰懲贓貪，自今有以贓罪案上，即行下勘證，果有贓敗，必繩以祖宗之法；無實跡而監司妄以贓罪誣人者，亦量行責罰。臺諫風聞，言及贓罪，亦行下勘證。曰專職任，吏部不可兼給、舍，京尹不可兼户、吏，經筵亦必專官。曰久任使，内而財賦、獄訟、銓選，與其他煩劇之職，必三年而後遷；外而監司、郡守，亦必使之再任，其不能者則亟行罷斥。曰抑僥倖，佈告中外，各務職業，朝廷不以弊例而過恩，宫庭不以私謁而廢法；勳舊之家，邸第之戚，不以名器而輕假。曰重閫寄。曰選軍實，曰招土豪。曰宜倣祖宗方田之制，疏爲溝洫，縱横經緯，各相灌注，以鑿溝之土，積而爲徑，使不得並轡而馳，結陣而前，如曹瑋守陝西之制，則戎馬之來，所至皆有阻限，而溝之内又可以耕屯，勝於陸地多矣。曰治邊，理財實爲當今急務，有明於治邊、善於理財者，搜訪以聞。」

時孟珙擁重兵，久居上流，朝廷素疑其難制，至是以書來賀。範復之曰：「古人謂將相調和則士豫附，自此但相與同心徇國。若術相籠駕，非範所屑爲也。」珙大感服。未幾，大元軍大入五河，絶中流，置營栅，且以重兵綴合肥，令不得相援，爲必取壽春之計。範命維揚、鄂渚二帥各調兵，東西來應，卒以捷聞。範計功行賞，莫不曲當，軍士皆悦。

未幾，卒，贈少傅，謚清獻。其所著述有古律詩歌、詞五卷，雜文六卷，奏稿十卷，外制三卷，《進故事》五卷，《經筵講義》三卷。

論曰：杜範在下僚，已有公輔之望，及入相，未久而没，豈不重可惜哉？

文獻書院記

臨川　危　素撰

新安朱文公爲浙東常平使者，台之士杜燁與弟知仁獲從公游。燁、知仁以所聞於公者授從孫範。範字成己，宋嘉定元年同燁舉進士，自爲軍器少監，奏對詳明，歷官郡縣，多有惠政。淳祐四年，理宗遺國子監主簿與郡守包恢即家拜右丞相，其制詞曰：「學貫天人之奥，識明義利之分。」曾未八旬而卒。没世之後，特贈少傅，謚以清獻，建弼直坊旌異之。没之百十有八年，浙江行省左右司郎中劉仁本言於行省，請建文獻書院於丞相所居黄巖州之杜曲，以祀朱氏，而丞相配享。别爲祠堂，合祭徐温節先生、郭正肅公洎兩杜先生，割私田二頃以供其費。行省達於朝，禮部議從其請。劉君以書來屬臨川危素爲之記。

方朱公弭節黄巖，相其滷地高下，開河通江，爲牐源泉、常豐、石湫等十有三處，時其啟閉，灌田數萬頃，其民至今利之。此其遺愛，宜應祀典，況以聖賢之學作則垂憲？兩杜先生用其親見親聞者授於丞相，高明光大，厥有本原，故能直道正言，風節彌著，論者以爲澤潤生民，學承道統，《祭法》所謂「以勞定國，法施於民」，丞相實兼有之，俎豆而尸祝之，誰曰非宜？

初，州之父老阮舜咨、趙必皓等請建書院，以祠丞相。進士周君仔肩首倡其謀。州上於郡府，不報。劉君至是乃能企儒學之正傳，慕前修之清節，建學直師，以爲州里之望，何其盛哉！至正初，予出黄巖，拜丞相畫像於杜曲，讀其遺文，著其言行，載之《宋史》。今乃與聞書院之事於政府，執筆以爲記，又惡可辭？

黄巖州新創文獻書院記

郡人　朱　右譔

道之顯然之謂文，賢有足徵之謂獻。夫道在天下，由人而行。《傳》曰：「文武之道未墜於地在人，賢者識其大者，不賢者識其小者，莫不有文武之道焉。」然則文獻書院之作，實有關於世教者矣。台之黄巖素稱文獻之邦，自宋文公朱子爲浙東常平使，按行其地，表温節徐先生墓，而士風以勵；修置常豐、石湫十有三閘，而利澤在民。又以道學淑諸台士，若趙師淵、郭磊卿、杜煒與弟知仁，皆從公游。杜以所學授從孫範，嘉定改元，與煒舉進士。範自金壇尉歷官州縣，多有惠政，兩入臺諫，直道讜言。淳祐四年，理宗遣使即其家拜右丞相，益著風節，僅八十日竟薨於位，特贈少傅，謚清獻，詔建弼直坊於宅里以表之。惟二先生師友淵源，闡聖賢道統之學，文章、政事暴白當時，利澤風烈，儀型百世。

既没之百二十年，今江浙行中書省左右司郎中劉君仁本言於省，請建文獻書院，祀文公朱子，以清獻杜公配，别爲祠祭二徐先生、郭正肅公磊卿、趙訥齋公師淵，洎南湖先生煒、方山先生知仁。授基於邑南五里之名山，曰委羽洞天，構宇若干楹，門廡堂舍、像設服器，靡不具備。乃割田二頃有奇，以供春秋朔望師生廩給。行省達於朝，令下，將以明年二月仲丁率州里諸生行禮其間。麗牲之石既具，俾撰以辭。

右惟堯、舜、禹、湯、文、武之道，自周東而幾熄，集前聖之大成以教萬世者，孔子也。孔子之學自濂、洛而載明，集羣哲之大成以淑後人者，朱子也。其道著於君臣、父子、兄弟、夫婦、朋友之常，而講於家塾、黨庠、術序之間，無非所以化民而成俗也。苟知講學以明道，則唐虞三代治教將不在今日乎？先哲往矣，後之人日益景仰，謂不專祠尸祝之，則無以致如在之誠，而興起於百世之下，此書院所由作也。在禮，入學必釋菜於先聖先師。然二公道學行業爲天下法，傳之後世，又豈止一鄉一國所歆慕而崇祀者乎？惟斯道未墜，文獻足徵，後生俊髦朝夕游泳，誦詩讀書，是則是傚，有以裕身而善俗，則劉君之舉，於世教豈小補哉！斯立學之本意也。若區區以二公謚號爲名，則陋矣。右忝居里閈，習聞二先生遺教，敢不述其梗概以俟君子。

劉君字德玄，邑人也。今以温州路總管陞行省樞密院副使云。

杜清獻公祠堂記

《續增》原在《赤城續集》

程公許

淳祐八年春正月，台州黄巖縣以故大丞相清獻杜公祠於學。公，天下士也，砥節礪行，終始金石，崇論宏議，焜燿册書，精忠可質之鬼神，盛名揭乎日月。方百里之國，焉能得以地産私其有？然嘗論之，天下惟是是非非不可泯於人心，而是是非非之公，訂之鄉黨，爲得其實，必其修於身，行於家，信於州閭也，而後可使從政。由一命以上，推所學以行己及物，達而立乎人之本朝，以道事君，施利澤於天下，皆其取信於州里者推之也。蓋古者尚賢崇德，始於校庠之習射習御，而鄉先生没，得祭於社之義，距古未遠。舉三老，孝悌有詔，月旦有評。至於邦彦碩老，生有令聞，卒有遺烈，或立之祠，或樹之碑。江都相之塋，過者爲之下馬；郭有道之葬，銘者自謂無愧色。彼其徘徊顧瞻，悲慕綢繆，必有以心服於人，而人自不能弭忘者。民之秉彝好德之懿，豈吾欺哉？

公之解送於鄉，第春官，仕州縣也，臞然一儒生耳。掌故府四歲不遷，稍進而列屬寺監，爲郎中祕。安知其際更化，於端平任言事官，以直道結主知，以風節聳動四海。逮其出輔碩藩，入扈禁橐，兼掌書命，擢貳事樞，尋見嫉於枋臣，歸食洞霄之禄，猶前日一臞儒耳。安知其積天下之重望，又際更化，淳祐入秉國鈞，以全德始終也？

先是甲辰歲，時宰以憂去位，上觀監久，若未有所屬者，中外疑慮，異論蠭起。公許奉祠厲霅，被起家之詔，以左螭直禁苑。嘉平月之十二日，賜對便殿，晝漏盡十三刻而退。日晏，宣麻之命遽下，秉燭問詞頭，公與寶婺范公並命拜左右丞相。丙夜，二制脱稿進入，偶當上意。翌旦，路朝宣布，縉紳舉笏更慶，都人士懽聲如雷動，上側席延佇，驛召旁午，且申戒郡邑長吏趣發。人情厭於朋比，徯公相國，一振刷之。以六旬始克輿疾造朝，理機務甫八旬而遺表上矣。疾革，索紙筆，欲有忠告，淡墨數十字，僅一字可辨。上深悼，爲之不視朝者三日，詔贈少傅，謚清獻。公許屬當演綸，中有兩聯：「如聞遺息之僅存，頗欲有言而已澀。雖數字欹傾而若辨，想九京忠愛之未忘。」識其實也。

嗚呼！士君子幼而學之，壯而行之，每患乎無其時、無其位，有其時、有其位，道可得而行矣，命之不淑，則天也。天於斯民，何薄其祐而塞其予也？意者，氣運之伸屈往來，如環無端，蒼蒼正色，亦姑任其自然而已乎？抑陰數偶、陽數奇，爲善者不能以勝夫爲惡者之朋，猶陽之奇不能以勝夫陰者之偶乎？不然，何望治於上者注意之切若是？而事與人迕十常八九。温文正公所云「四患未除，吾死不瞑目」。吕獻可臨訣，謂「天下事尚可爲」，以今揆往，信可爲於悒而流涕也已。

閒者，邑子戴君汝白過我谿滸，嘗及其長官趙君必适之意，曰：「清獻公祠堂成，惟疇昔心事之同，非程公孰當筆？」頓首謝不能自已。無何，以書來，申前請益堅。

嘗聞黃巖之爲邑，與赤城、雁宕岡阜聯屬，下際滄海，渺無涯涘，育秀孕奇，有衍未艾。趙君之作斯堂也，尊賢紀善，崇化厲俗，非但爲一邦衮繡之誇。圭璋特達，近接耳目之聞見；焄蒿悽愴，寧忘歲時之瞻思？德容如存，風蹟未泯。繼自今父詔子，兄詔弟，此吾曹之鄉先生也，則必竦然知所敬慕。退而自力於學，以求爲矩矱之遵，炳靈載英，豈特賦《三都》者得以專美於江漢哉？

公諱範，字成之，學者尊之曰立齋先生，而不以官稱云。

重建清獻公祠堂記 見《赤城集續》

明 黄中德

竊觀漢唐以來，以勛業文章居相位者代則有之，未聞以道學登台輔若宋丞相清獻杜公之爲人者。是宜社而稷之、尸而祝之於無窮者也。

丞相諱範，字成之，台之黄巖人，以宋淳熙九年十月乙丑生於杜曲里。幼孤，能操志勵行，歷從從祖南湖、方山二先生學，以承考亭朱夫子之傳，道學淵源有自來矣。嘉定中舉進士，調金壇尉，再爲婺州司法。律己以嚴，臨民以恕，所至有聲。其入爲御史也，則能整飭朝綱，而屏退奸邪。其出知寧國事也，則能捐俸發倉，而多所賑給。其後以吏部而兼侍講，累除而參宥密，莫不盡心竭力，以效厥職。由是聲譽烜赫，朝野屬望矣。淳祐初，公退居田里，詔即家拜右丞相。公挺身當國者八旬，以淳祐五年四月丙戌薨於位。其豐功盛烈，直言極諫，具在國史傳中，及公所爲文集、奏稿可考也。公薨時，上爲輟朝減膳者三日。尋贈少傅，謚清獻，錫以上公之服及飯含、龍腦、水銀、郴板以斂。有敕：還葬於本縣靖化鄉黄杜嶺之原。明日，上率百官設祖帳於東門外，親述文以祭之。復出内帑銀絹三千兩疋，左帑所賜如之。即其山爲造五鳳樓及封壙，壇陛、翁仲、祠宇、象設之物，莫不具備。仍以境内鴻福寺爲香燈院，俾供灑埽。神道有碑，祭祀有田，燕享以時。若是先朝加殊禮於丞相者，可謂至矣。

至元丙子，兵燹荐更，杜氏子若孫浸陵替，而寺日强盛，由是墳塋不治，祠宇傾圮，碑識無存。錫山土田，寺僧奄爲己有，而杜氏之祀忽諸。閒有一二舉正其祠，以復先圖者，復爲豪右勢家所脅。今杜生回者，丞相六世孫也，年最少而貧又特甚。一日，讀少傅家傳，即涕泣，白其父，欲直其事於臺省，而父方以力繇任重難之。生即自奮勵，日以規復先業爲事。吴元年，大兵南下，總戎朱公過而悽之，既竄諸豪右，仍命有司拘還其舊物，而寺僧終以頑傲拒命。洪武元年六月日，僉浙江提刑按察司事熊公鼎寔來，下車之初，問民疾苦，杜生回首白其事。公一見，撫几歎曰：「先賢之故，豈不在我？」乃以其事屬之州長官唐侯某。侯承命，即集其鄉之長老、里胥訊狀，無異詞，遣五伯追呼，凡浮屠之頑不率化者詣公所。公面諭以禍福，不施捶楚，而寺僧咸叩頭謝罪，歸其田若干畝、山園若干頃而退。既乃命州屬官某等即其故址，重建祠宇，以奉祀事，仍以杜生回一人掌金穀出入，以爲永久計，他子孫不與焉。於是州之人士莫不感戴忻忭，願紀其事於石。杜生回函公命來請於予。

予惟丞相公以道德名節冠前朝，以勳業文章垂後代，蓋自趙抃之後，謚「清獻」者一人而已。廟食百世，誰曰不宜？前元時，部使者亦屢上其事於朝矣，然祠事之復起復廢，豈天不妄以屬非人耶？抑將有待於明時而爲之耶？欽惟聖朝混一區宇，屬當更化之初，凡在儒先，宜加恤典，況以清獻功德之盛，必有感慕而爲之興起者。祠事之舉，維其時矣。屬公以節制之尊，行按論之重，首以斯文爲己任，復其業，不絶其祀，方且爲之建白於上而大施行。自非志清獻之所學，疇克修祀典於廢墜之餘，垂休光於淪没之際者哉？將見公之盛德令譽，與清獻相爲無窮。其履歷不至於台輔不止也。

余既重上官之請，嘉杜生之志，樂清獻之事有成，故爲叙述其事，不惟使人人知風化之源，且俾爲杜氏子若孫有所勸焉。是爲記。

寄立齋二首 見《赤城詩集》

秘書　戴良齊

玄雲太山阿，倏忽起天際。悠哉復何心，適與飄風會。雲間翔虬螭，蜿蟺炫五彩。萬生方喁喁，豈但千里内？吾鄉作者幾？俯仰既千載。願言慰斯人，名實施四海。

蜚鴻時以南，蜚鴻時以北。翻翻堂上燕，來往逝安適。秋聲來九天，星漢浩無極。嚴嚴北有斗，可望不可即。極望勞我心，夢想三太息。下有縱壑鱗，上有飛雲翼。

慟立齋先生

玉峰　車若水

元元含望久，及是事方新。四海看更化，皇天忍誤人？多於閒論議，得聽古經綸。豈不懷斯世，吾今愛此身。

祀典勘合帖文

台州府爲尊禮先賢，以敦治化事。承奉浙江等處承宣布政使司劄付，承准禮部以字一千四百九十五號勘合祠祭清吏司案呈，奉本部連送該本部題本司案呈，奉本部送於禮科抄出，浙江等處承宣布政使司台州府黄巖縣給由知縣黄印奏：

臣伏覩《大明律》内，凡忠臣烈士、先聖先賢墳墓，不許於上樵採耕種。而近以來，優詔屢下：「所在先賢墳墓，有司皆爲修治看守。欽此。」欽遵。竊見臣所屬黄巖縣先賢杜範者，宋理宗朝仕爲丞相，卒謚清獻。史臣稱其清修苦節，南渡以來百餘年間，以正人而持政柄，未見如範者也。其高風直節，崇言偉論，見之册書者，歷歷可考。蓋先是大儒朱熹嘗提舉浙東，教化漸染，台爲最久。範實得其再傳之學，與金華何基、王柏同一源委，在勝國時嘗立文獻書院，以尊祀之。歲久傾頹。今範墓在本縣十二都黄杜嶺，歷世既久，子孫衰弱，當代所賜祠院墓田，皆爲豪右所奪。臣因公事，偶經其地，詢知父老，惻然痛心。亦嘗追復修治，存其梗概。然未奉明降，不免玩狎因仍，難爲經久。如蒙伏望聖恩，憐念先代儒臣，舉興滅之典，乞敕該部轉行浙江布政使司守巡官員，一切追復其祭田，脩祀其祠墓，仍度其在邑空閒之地，照舊蓋造文獻書院一所，春秋祭祀，庶幾廑一世以爲心者，不致於無聞；曠百世而相感者，不致於無據。而所以敦治化、厚風俗者，誠不爲無少補矣。等因具奏，奉聖旨：「該部知道。欽此。」欽遵抄出送司，除追復祭田移咨户部施行外，查得先該直隸蘇州府長洲縣民人魏芳奏稱：十世祖宋儒魏了翁，累官至臨邛郡開國侯，資政殿大學士贈太師，封秦國公，謚文靖，理宗嘗親書「鶴山書院」四大字，開賜第宅，在於蘇州府。見今書院、墳墓俱存。奏乞比照范仲淹事例，賜以常祭。該本部覆題准令春秋祭祀。及考得杜範少從其從祖燁、知仁受學於朱熹，至範益著。嘉定元年舉進士，自金壇尉歷官州縣、臺諫，多有惠政。淳祐四年，理宗遣使即其家拜右丞相，益著風節。元浙江中書省左右司郎中劉仁本以朱熹提舉浙東，教化漸染，杜範私淑諸人，得承其緒。言於省臣，奏准建立文獻書院於黄巖縣，以祀朱熹，配以杜範，仍割田二頃，以供春秋祭祀。今該前行案呈到部，台州府黄巖縣知縣黄印奏：要將宋相杜範祠墓修治照舊。蓋文獻書院春秋祭祀，一則誠爲修舉廢墜之善政，景行先哲之美意，況書院祭祀，查有前項魏了翁事例合符，准其所言。本部移文浙江布政使司，轉行該府縣，將杜範墳墓修葺，仍擇空閒地方，照舊蓋立文獻書院，中祀朱熹，以杜範配。本部仍行移翰林院撰祭文，令本縣正官春秋丁致祭，庶往哲之餘澤不遺，先代之墜典復振，實聖朝崇儒之盛舉也。緣係尊禮先賢，以敦治化。及奉欽依，該部知道事理，未敢擅便。弘治十四年六月十五日，本部尚書傅等於奉天門具題。十七日奉聖旨：「你每還議處停當來說。欽此。」欽遵。臣等議得：杜範墓在黄巖縣黄杜嶺，及本縣舊有文獻書院春秋祭祀，意蓋爲杜範而設。本部照得當時建立書院，蓋不專以祀範，尊朱熹爲主，而以範配之，額名「文獻書院」。今奉前因，臣等再議得：朱熹既已天下春秋通祀，文獻書院亦已頽廢，所奏書院不必蓋造。合無本部行移浙江布政司轉行該府縣，將杜範墳墓再行修治，仍於墳前量立祠堂三間，每歲春秋，本縣正官致祭一次。庶先朝賢臣之澤不遺，而聖朝崇重之典不失。緣係尊禮先賢，以敦治化。及奉欽依：「你每還議處停當來說事理。」未敢擅便。弘治十四年六月二十一日，本部尚書傅等於奉天門具題。二十三日，奉聖旨：「是。欽此。」欽遵，合就送連本部該司，類行浙江布政使司，轉行該府縣著落，當該官吏照依本部題奉欽依內事理，欽遵督屬，查支無礙官錢，即將杜範墳墓再行修治，仍於墳前量立祠堂三間，每歲春秋，本縣正官致祭二次，毋得違錯不便。奉此擬合就行，爲此帖仰本縣官吏照依帖文，備奉劄付內事理，即便查支無礙官錢，將杜範墳墓再行修治，仍於墳前量立祠堂三間，每歲春秋，該縣正官致祭二次，毋得違錯不便。須至帖者。右帖下黃巖縣准此。

弘治十四年十一月初二日，照磨所對同帖押。

祭杜清獻公文

欽差提督學校浙江等處提刑按察司副使趙寬撰

維弘治十六年歲次　三月　朔，越　日，浙江台州府黃巖縣知縣　等，敢昭告於宋右丞相清獻杜公之神：惟神鍾丹崖之間氣，傳紫陽之正學，風節挺拔乎台衡，望瞻峻極乎星嶽。爲一鄉之先達，開百代之後覺。雖書院久矣其荒蕪，而祠堂奐然其樸斲。涓時序之昭融，薦蘋藻於帷幄。青天白日，煥吾道之光華；尊德尚賢，濊皇明之恩渥。尚饗！

杜清獻公集卷首終

杜清獻公集卷一

宋中書右丞相兼樞密院使贈少傅謚清獻黄巖杜範著
皇清杭州府東塘海防同知署黄巖縣知縣吴縣孫熹栞

四言古詩

三月某日有感而書

敏不可恃，鈍宜自强。詩酒荒嬉，恐暴汝良。我日衰惰，賴汝以張。安肆日偷，古訓洋洋。我與伯氏，短檠夜書。矻矻待旦，我所不如。每一念之，抆涕痛乎。嗣而昌之，其後人歟？

和訥齋題山曉亭

理粲萬象，孰妙孰徹？卓彼南山，目游心討。靈氣澄澈，净不可掃。琴瑟風松，翦翦煙篠。甘夢未覺，一聲晨鳥。恐墮賓送，歲月空老。整冠危坐，抱膝目笑。天際飛鴻，健翮矯矯。一念既徹，何遠不到？我卷我書，豈其勿攷？萬動紛起，萬慮冥澡。斯物之格，斯理之奥。隨寓隨得，靡間昏曉。雲麓固夷，石壁非峭。目在而察，炯炯獨瞭。有臨太華，咸視以渺。山豈不崇，乃見之小。扁亭者誰？有揭斯表。

耕甫歸書約信二字爲別二首

水失其防，一決莫止。人心惟危，殆亦若此。曾子之守，慎習在是。以約失之，蓋亦鮮矣。

實之謂信，言巽行果。言有不實，自喪厥我。誰其掩之，不善已播。人而無信，不知其可。

五言古詩

夏夜雲月不明有感

天色未清霽，浮雲翳層空。朦朧玉盤質，髣髴璧絜中。瓊宇本瑩徹，一髮不可容。胡爲受掩蓋，萬象歸冥蒙。誰能召風伯，埽氛有餘功。中天懸清光，娟娟萬里同。

病中和東里寺中作

陋質百不能，補敗倚師友。東里丈人行，幸忝巾履後。君詩如秋霽，峭絶森碧岫。又如萬古甃，潺湲瀉寒溜。一手轉機軸，四顧無匹偶。明窗一披讀，張膽不論斗。願分有餘光，屢辱自醉酒。駑駘費翦拂，鞭策誰可久？徂暑變新涼，一氣分六九。逼仄塵區閒，蒸鬱未改舊。心逐林泉佳，病兹面目醜。起來强力貧，寧敢繼富有？

募　兵

召募古來有，今日何其艱？文書急如雨，取辦都保間。百夫不當十，一夫費千鐶。恐彼嗜利徒，無能禦國患。老母與少婦，蓬頭走江干。挽之不得留，悲泣聲徹天。母曰我壯子，婦曰我健夫。衣裳破無補，田園荒未鋤。一朝棄我去，饑寒我何如？我欲從汝行，生死同一隅。抑恐惰軍氣，累汝重汝辜。今業已分離，把袂累須臾。拭淚爲汝言，汝亦無我虞。戮力濟王功，期以斬强胡。

戊辰冬和湯南萬韵 號嬾老

我聞抱膝翁，高卧南中廬。方其未遇時，邈若與世疎。起來扶漢業，肉骨成豐腴。青簡萬世名，寒窗一編書。出處寧異轍？此道誠非迂。嬾老天下士，被褐尚窮居。負米供一飽，晨昏擷園蔬。自知身有待，寧論食無魚。博洽貫萬里，收拾歸一途。翰墨瀉三峽，意氣横九衢。才大用寧小，道肥身不臞。勳名會有時，天意非人圖。璧玉藏名山，抱璞初不渝。良工一顧盼，光彩照路隅。看君策駉馬，願言刈其芻。春初赴京華，秋杪歸舊廬。簡編廢已久，開卷澀且疎。誰能擊其蒙，石田或可腴。雁山有佳士，讀盡天下書。足跡半九州，不憚道里迂。陋邦何足臨？而亦來我居。相從一尊酒，未厭園中蔬。笑譚欣有合，浩若縱壑魚。人生惟所適，所適各有途。胸中苟不迷，到處皆通衢。簞瓢有真樂，顔氏何其臞。役役嗟我生，未知終焉圖。論交須論心，所論在不渝。願君示一語，今我反三隅。君無金玉音，請誦一束芻。

十二月初六日棲嬾和方山

携手喜初晴，夜光列星漢。栖嬾壁上圖，昉於此乎看。詩翁爲抽思，宫徵手自按。一醉不敢辭，斗膽破崖岸。

送子謹叔五首[一] 并序

子謹叔自幼與某兄弟游，略去位分，相與論議，反覆不厭，閒以杯酒爲娱適，不啻若朋友交。某之兄質氣實，志勤行端，叔尤愛之重之，而某實師之，欲學之未能也。不幸天降之孽，奪之師，而兄已下世矣，不復見矣。今叔又捨某而侍親數百里外。異時蹤蹟參差，將不得爲向日從游之樂。叔以某之意爲何如也？叔嘗援手而謂之曰：「吾之行有以處子矣。子何以贈我？」顧某嬰戚之餘，志念剥落，故學浸忘，悒悒無一可道而眷焉，惜别之語徒足以增感愴者，又不足以陳。然其情抑有不能自已，謾成古詩五章，蓋以平日所聞所知者而求正焉。叔其一笑許之否乎？叔之處我者，昔聞其畧矣，願聞其詳。將終身誦之。雖相去數百里外，固不異於朝夕之面命也。

古道日凋弊，人心競險薄。風雨晦朝暮，平陸變溝壑。歸來尋故廬，緑窗静猶昨。殷勤時拂拭，塵埃易侵剥。此地寛且明，休哉有餘樂。

大聖不可作，立言百代尊。開卷讀且想，凛凛儼若存。古今寧異轍？豈徒資討論？檢點作用處，聖愚從此分。記誦不足言，爲道忌多門。

大雅久不作，文士日以衆。纘緝鬬新美，靡靡相潰澒。春禽囀巧舌，但可供好弄。取之以終身，隻字不可用。古來名節人，往往多樸重。

小少從君游，忽已各壯年。蒙銅未披發，憂孽故熏煎。羨君懷利器，吾宗秀而賢。刮摩盡結實，涵揉歸本源。聖處猛自力，人物方渺然。

聚首日嬉戲，胡乃遽言别？回首十年間，坐令肝膽裂。東陽古佳地，先民有遺烈。爲我一酹之，山寒水清絶。無以持贈君，高秋千里月。

【校勘記】

［一］五首：原無，據卷一目補。

送石宰

朔風攬長林，凝冰封厚地。人嗟行路難，君行亦易易。句金號巖邑，日事紛萬蝟。羣情一齟齬，煩言四騰沸。長吏不足嚴，去之若下縋。俯仰十年間，轉足幾顛躓。君材萬斛鼎，屹然國重器。小試涖兹邑，斬斬常正義。百鍊剛莫奪，豪猾斂手避。惠人鄭之僑，始亦遭怨詈。三年輿誦聞，人情見真僞。君來整弊俗，固有不得志。抗之如不免，浮言吁可畏。論定要以久，克終乃爲貴。謗讟變懽謡，君政本不異。字民有隱德，動人皆實意。嘉績今報成，坐洗十年愧。民俗豈相遠？己治人亦治。我本山澤臞，强顔領一尉。弱植媿非材，久矣辱大芘。傾蓋罄心腹，撫愛殊醜類。我亦爲知己，奔走常盡瘁。君今造清朝，行李挾佳氣。我方困塵役，何以逃吏議。世道就淺狹，人心競功利。俗子不足言，志士或窘匱。規摹與事業，兩者略相似。願君恢宏綱，大用見經緯。江梅受命獨，奇節凌贔屓。折取歲寒枝，摻袪以相遺。此物君固有，珍重調鼎味。更須厚培植，華實自根底。

丁丑别金壇劉漫塘七首

黄綺避世翁，萬乘輕商顔。翻然爲羽翼，國本安泰山。出處義與比，盛衰世相關。懷古誦考槃，令人欲長歎。

二

崇山鬱嵯峨，千章自交陰。培塿植松柏，斧斤日相尋。物小固不容，名大亦難任。智哉寧夫子，其愚非本心。

三

北風吹夏律，草木塵沙昏。枝葉曾未害，根本難具論。肉食謀何有？家食徒殷勤。誰能起東山？埽翳扶朝暾。

四

川澤升爲雨，霈然周四郊。有水行地中，溉灌亦良勞。勢力固有限，戛哉加分毫。爲義分内耳，誰言薄雲高。

五

詞章道之華，於世非小補。施之非其宜，文繡被泥土。自昔重立言，一語萬鈞弩。誰其厭來者？是非實千古。

六

女蘿去長松，籊籊紛委地。曚瞍辭詔相，十步九顛躓。弱昧暫陋質，先生未終棄。再拜願有聞，服膺敢失墜？

七

人生玩歲月，世事變朝暮。三年在門牆，一日泣歧路。窗前長新緑，生意自呈露。願君日强飯，安排濟時具。

喜雨

淒其望雲漢，旱饑何頻年？去歲秋後雨，溝壑僅少延。春耕問菑畬，饁婦多嘉言。夏耘喜優渥，驛驛生翠煙。不雨寧幾日，已復憂虧愆。傷弓慨心事，過計乃不然。風雷變俄頃，膚寸連九天。夜坐聽傾倒，朝起望渺緜。時哉此甘霔，不後亦不先。我無負郭資，墨突非所憐。但願時豐登，有粟均里廛。歲晚稱壽觴，一笑生歲妍。彼蒼其或者，副此心拳拳。拜賜盈百室，敬誦良耜篇。

己卯夏憂雨偶作

昨者憂不足，今日厭有餘。垂垂匝曉夕，灩灩平澮渠。苗事方用壯，過潦非所虞。但慮盈與虧，理或相乘除。它日倘望霓，神貺俱墮虚。造物願有終，屯膏時其輸。自此年大有，大書不一書。飽飯樂田社，一官徒區區。

閒行溪西得梅數花喜甚偶成小詩呈諸趙兄

作意每不偶，邂逅與心會。疇昔問寒梅，李園不成醉。今夕亦何夕，見此道花最。獨立如高人，凜凜塵世外。藤蘚半侵剥，風雪幾顛沛。蕞爾籬落閒，勁氣奪松檜。下視桃李場，碌碌千百輩。古淡不入眼，何能供世嗜。苦心抱歲寒，天其知我矣。此行得此花，嶷然爲增氣。置之几席閒，相對喜不寐。有果碩不食，明朝日南至。芽蘖或未知，爾乃太蚤計。三嗅味清絶，令人發長喟。

方山和篇再和韵

方山叔祖諱知仁，字仁仲，文公門人。

方山詩

寒梅吾故人，歲必以文會。涴墨尚可覆，未知凡幾醉。晚乃得此詩，山靈以爲最。置身風月上，出語色香外。駕言孤絶處，壞枝委顛沛。懸崖折披竹，斷澗僵病檜。窮交僅如此，過是藐無輩。碧眼若好奇，於焉有深嗜。迎長得一花，一作「失喜一陽花」。以爲時可矣。遂若天下春，筆頭頓生氣。我屬閉關日，一作「我亦解事者」。一枝偕寤寐。敢賀微陽來，尚虞堅冰至。一作「目成良文之，未知其所至」。結束果何在？飄零初不計。政恐負歲寒，或爲識者喟。

殷勤里社閒，談笑文字會。平生一樽酒，無慮千百醉。問梅窮澗岡，樂事此其最。風霜盡木末，冰雪封户外。誰其念岑寂？自得以顛沛。歲寒二三友，已不數蒼檜。卓彼方山翁，自許偕行輩。古心味玄[一]酒，於世百不嗜。少小誦佳篇。搜句亦奇矣。年來久不作，吾黨幾喪氣。珠璧忽墮前，疇昔曾夢寐。三詠結束語，坐令百感至。來者恐未然，往者非所計。汗青幾多節，徒起千載喟。

【校勘記】

[一] 玄：本作「元」，係宋人避「聖祖」趙玄朗諱、清人避康熙皇帝玄燁諱而改，今回改。下遇此徑改，不復出校。

方山有求轉語之作并用韵二章

方山詩

孤根要先覺，一花已後會。而況萬香中，晚乃誇狂一作「劇」醉。東皇兆羣物，無物居其最。對梅欲著語，當在梅之外。君看龍蛇蟄，中有江河沛。其元陽復雷，其真歲寒檜。於梅觀此妙，眼力憐湛輩。無能根本求，僅爲香色嗜。一元無識者，孤真可知矣。君獨邃玄機，命筆一作「筆力」開風氣。奇哉天根詞，與世呼夢寐。猶疑轉語下，未爲梅之至。願聞第一義，更作向上計。會有先天翁，當發無極喟。

觀物非外索，其眼以心會。微陽花病槁，寧供等閒醉。我嘗課前作，無言乃爲最。譬彼清廟瑟，一唱弦越外。萬卉染春色，生意豈不沛？何物漏天機？一點映寒檜。我欲屋溪曲，種竹十數輩。疎影浸清淺，作此苦淡嗜。方山於此花，論交亦久矣。憔悴對冰雪，中有蓋世氣。向來多朋從，痛飲忘夜寐。舊事俱已非，尚善詩押至。俯就相唱酬，殆爲後來計。一花未足多，夫子亦可喟？

二

四時冬復春，造化一機會。朔風空草木，餘枿猶病醉。梅花於其閒，居殿亦居最。三春在何許？不在粉鬟外。我嘗玩茲理，若決江河沛。冰壑卧寒松，雪嶺立老檜。見命謂受獨，落落一二輩。有此不改節，不與世同嗜。抱貞開化元，此花而已矣。整刷此精神，寸草亦生氣。嗟嗟迷復者，膠轕隨寤寐。萌蘖尋斧斤，豈知七日至。擊壤詠天根，巧歷不能計。持以印梅花，無語獨歎喟。

古風

叔虎辱與予游最久，其所爲詩文僅窺一二，未獲搴珠璧之櫝而縱觀也。行李來京都，攜《方崖類稾》并續集示予。暇日隱几讀之，斵巧抽新，絢綵爛爛，爲之洞心豁目，不知君家所藏其富者若是。輒成古風以自詫奇觀，因以爲謝，幸恕其斐。

昔君游我里，諸老皆競爽。今踰三十年，百事一非往。君今來京都，相對各槁項。青燈話疇昔，未語意先惘。槖中黱緗帙，挈來耀書幌。枸簴列羣編，金石振逸響。又如春江闊，縠瀾敷浩瀁。繡鞶飫耳聞，錦囊愜心賞。今夕亦何夕，塵塞爲披敞？吾衰亦久矣，欲勉不可强。尚記諸老言，種收同鹵莽。顧我困朝饑，羨君富秋穰。何日遂賦歸？相從問隴畂。滯穗倘可拾，我亦歌擊壤。

張上舍送望水偶成小詩

我家東南隅，去海不踰咫。單潮厭鮮美，望水快珍脃。揭來雙溪上，河魚僅青鯉。泥滓漬膚肉，强食輒三噦。此物從何來？對之驚且喜。雖然餒敗質，尚餘江海味。令人憶故鄉，沽酒爲一醉。

閒坐有感偶成古風簡劉會之高吉父康司理

虞夏幾百載，繼以周禮樂。洋洋雅頌音，後亡前亦作。井疆貧富均，薄海詠康樂。姬公固聖賢，積累亦不薄。宜其垂萬代，整整守規矱。寧知不數傳，板蕩已非昨。邱賦魯史書，田疇鄭謗作。滕君謾憂勤，畢戰空唯諾。盛古猶有憾，此豈易商榷？矧今千載後，而欲强復剥。州縣工罟穽，黔黎惴溝壑。世道日澆訛，禁厲不可縛。我嘗三太息，浮雲翳碧落。爲貧走塵埃，豈解拯民瘼。州家輕任使，千鈞委羸惡。勞瘁敢自愛，恐負此邦託。仁政安在哉？名是意已錯。治道去泰甚，此論東州確。人言寬一分，所望恕且約。一分寬未易，十分擾已博。嗟哉斯人生，日巧亦日削。俗吏事朱墨，暴吏事鞭扑。我把七篇書，人笑謂迂學。誰與輸此懷？濁浪渺垠堮。

奉祀禮畢飲福有感偶成

憶昔少年日，拜起隨父兄。飯羹集鄰里，果糉羅豆登。坐有白髮翁，感歎或涕零。我時百不解，一飽追儕朋。歲月忽已晚，半生如飛霆。鬢影吹秋風，覽鏡良自驚。父兄不可見，黍稷恐非馨。跪拜蔵常禮，苦淚空填膺。呼兒共飲福，百感心未平。古今一俯仰，生死同夢醒。此去寧幾秋？況復較枯榮？收淚且舉爵，行行付交承。

寬堂生辰見招坐中賦小詩爲壽

人以寬而安，道以寬而久。蹄涔貯污潢[一]，滿[二]除翻覆手。江海無津涯，天地等大受。寬故静而一，是謂仁者壽。晴天泛風光，春意入花柳。一笑登公堂，寬德寓杯酒。愈見則愈壽，松柏歲寒友。

【校勘記】

[一] 潢：原作「滿」，蓋形近而譌，且與下句開頭「滿」字錯亂，據文淵閣《四庫全書》本（以下簡稱《四庫全書》本）改。

〔二〕　滿：原作空圍，此蓋與上句錯亂所致，兹據《四庫全書》本改。

别陳常簿塤五首

古道湮不續，遺直聲以彰。良藥見謂苦，不試徒有方。豈其蓋世名？可浣憂國腸。視天方夢夢，令人歌慨慷。

二

心理同一轍，世學何多門。倡徒各有植，成性非兩存。習之到聖處，小心道自尊。工夫未易熟，毁譽何足論。

三

空言漫浩渺，實行較分寸。爲官志何在？監州民可問。以此百紙忍，解此千里慍。有守矧更賢，往哉同令聞。

四

菜畦浥夜雨，麥壟摇春風。板輿奉歡笑，意與物態同。路才百里近，水可一夕通。君其戒徒御，駕言無匆匆。

五

義交味逾淡，心敬跡自疎。球玉世所貴，車馬人交趨。性懶拙造請，獨抱此區區。贈别我何有？珍重千金軀。

良月游水樂

久矣聞水樂，邂逅作此遊。林立攢萬石，曲逕穿深幽。谽谺開古洞，下有清淺流。惜哉非古樂，噴薄皆人謀。流觴飲山緑，風鬢吹飀飀。欲歸興未盡，携手湖上樓。斜陽獻萬狀，浩以百目收。白鳥去復還，翩翩良自由。我本山林人，對此多慙羞。歲月不我與，宴閒其可偷。便合作歸計，老矣安所投。世事皆漫爾，政恐空白頭。

送羅季能赴興國

句金與君别，忽忽二十年。君滋厲素節，我已羞華顛。轉物有玄機，埽翳還青天。羣士共聳聽，明詔方改元。篤意召諸老，高爵升衆賢。執麾不可挽，問君胡爲然？一意纔作新，萬卉皆争妍。雪霜誰謂無，松柏良自堅。操心不厭危，知機常慮先。承流惠疲氓，調俗暢新絃。送日徒京塵，班春勝著鞭。顧我足上縶，羡君翮方翩。數里已云隔，千里其可前？有懷空感惻，何時解拘攣？卓哉漫塘翁，邈在雲山邊。煩君招衡門，爲我致問言。萬牛應莫回，世事如風煙。

湯南萬求詩贈別遂用其和韓總卿韻

清朝方振飭，羣彥盡收攬。萬化轉機軸，一氣變舒慘。歲寒天漠漠，日暮雲澹澹。古志可今覆，遠考異近覽。世味甘甜蜜，國計未嘗膽。驢技或易窮，羊質徒大闞。冒没忘險塗，吁嗟入玄窞。志士抱忠篤，封事寫憂懵。已動疑前旒，又隔充耳紞。有獻非羹芹，有味真苦欖。誰其鄙肉食？政恐忘饁噞。一別幾十年，重會生萬感。舊歡痛莫追，久交味逾淡。羨君粲詞華，綵霞生暮晻。顧我已衰晚，鬢雪羞髦髧。猛虎躍山谷，寧甘落圈檻？靈龜通鬼神，肯自朵頤頷？看彼苑上花，何如澗下菴。幽廬對江山，逸興寄鉛槧。我欲同君歸，何由遂此散？茅茨勝金屋，飯羹飽玉糝。願言寄新詩，奉意起蓮菼。

仲夏朔汰卒，羣閧驚擾居民，内外凜凜，撫而賚之，而後少定。人情憂畏，警夜愈嚴，一夕霈雨，羣心頓甦。張倅作《喜雨》詩見示，因和其韻

居家多惰拙，爲國常隱憂。有時發魯歎，乃或遭楚咻。褱證至束手，錯事皆從頭。收汗挑怨憒，作勞睨嬉游。變成生悍卒，禍已延數州。胡然近輦轂，豈不聞高侯？大決多所傷，小安其可偷。悍心未熨帖，轉手即寇仇。嗟哉逢不辰，老矣何所投？人力豈足恃，天意或爲謀。連夕蒸霮䨴，崇朝洗歊浮。巷陌收燥坌，河渠漲濁流。仰道戴恩育，歡心誰怨尤。國步自茲穩，吾志將何求。高人贈我詩，妙語清于秋。口誦殊未已，頭痛頓已瘳。欣然萬宇氣，快以一筆收。仁鄰幸可

卜，舊好自今修。願言爲明時，却顧思遠猷。王度殊未飭，人情過則休。朽索難繫馬，機心或驚鷗。君方抱經濟，我當歸樊邱。

送趙寬堂

馬膝眩朱白，孤山自踈影。冰雪幾歲寒？誰解爲渠領。李園百樹花，人與凡木屏。濕蘚回春風，猿鶴并刷整。爲我一酹之，往事莫重省。

兩片南山雲，偶爾連堂飛。一去向空谷，一留伴殘暉。招招浙江渡，激激風吹衣。仰頭看鴻鵠，孰使心事違？何時黄山邊，把酒話昨非。

送湯仲熊國正以直言去國

朔風翦木末，碩果懸孤危。邈矣冥飛鴻，異哉聞鳴鵙。暮雲結愁陰，送君江之湄。去者晚莫留，留者長自悲。何當謝塵鞅，鼓枻相追隨。

花翁將歸婺女因爲江西游有長篇留别社中次韵送之

曠士隘宇宙，孰爲君家山？逸興渺湖海，孰遺君意還？胡然動行色，便欲生慘顔。新篇寫襟素，和章就詞班。亦念塵坱客，肯照窗几間。懷舊徒感愴，搜語愧冥頑。兩年重憂患，悲涕不勝潸。一身纏疢疾，形骸頓已孱。顩天凡幾疏，無路叩九關。望絶鐘鼎貴，分甘衡茅跧。苶然一疲駑，不願十二閒。送君爲心折，把酒慙量慳。行行逮京洛，去去難追攀。莫上八詠樓，且宿雙溪灘。爲問赤松子，世道何其艱？

靈峯

造物幻奇傑，立石環堅城。拔地數千尺，變見百怪形。兩夫幾當關，左右排戈兵。崛起萬古雄，護此鐘鼓聲。我來自塵寰，一見心目驚。把酒對此奇，坐使世念輕。明朝下山去，此石留吾膺。

雁蕩

東南富山水，傑氣鍾雁峰。巨靈排贔屭，妙力開鴻濛。斷崖據險絶，峭壁凌寒空。分岑獻萬狀，轉盼無一同。或疊如錦纈，或鑄如青銅。或前如舞鳳，或郤如飛鴻。或伏如卧虎，或矯如游龍。竝如兄語弟，差如兒對翁。脱如筆露穎，歧如翦開鋒。二湫分大小，二靈儼西東。古語聊近似，天巧難形容。我久埋世埃，幸此拔天風。應接費耳目，魂磊羅心胸。有僧本儒家，伴我追雲蹤。攀躋不知勞，指引殊未窮。胡然便語别，問之以涕從。爲渠游興盡，生我歸意濃。出計何草草？回塗復匆匆。還此未了緣，邂逅須有逢。

送耕甫弟赴補

所性常存存，危者惟人心。子才秀吾宗，一歕凡馬瘖。俊快恐易蹶，謹勿輕千[一]金。賢關集多士，轡策方駸駸。功名亦漫爾，培護在資深。我嘗評京華，真是穢濁林。繩約稍自寬，一縱不可尋。蚤夜念倚門，翼翼如有臨。亟歸慰慈抱，毋浪花邊吟。

【校勘記】

[一] 千：原作空圍，據《四庫全書》本補。

送夏肯甫赴補

之子問行李，策足游上都。晚風吹客袂，話別聊躊躇。朝家渴多士，璧水來英儒。子志横四海，亦復隨羣趨。磨厲强國老，它時翦驕胡。卓彼漫塘翁，一壑老壯圖。萬牛挽不前，世事付長吁。君欲方隱所，爲問今何如？案：漫塘，劉宰號。

龔實虎秋實堂

人心務内外，學道謹趨捨。巧令世所賢，木訥人謂野。至聖垂大訓，夫豈欺我者？陽和發天葩，爛其映春斝。一朝隨狂風，殊不如土苴。秋至萬寶成，結束槁葉下。一一抱天根，真理不容假。

持以薦豆籩，潔誠神所椵。孔門德行科，卓爾先游夏。漢世躬行人，未肯遜班馬。照影空自妍，心事形面赭。美璞藏至用，不琢存大雅。詩篇匪君重，閉户自汛灑。余言亦已多，尚口不如啞。

五八叔席上詠江梅水仙

難兄冰雪姿，難弟金玉相。一夷與一惠，共此歲晚香。凌波孤山下，不染塵壒場。故山尚無恙，愈覺風味長。夜闌更秉燭，寒雪聲鏘鏘。

雪中成十一韵

入冬多癘氣，陽洩月令暢。隱雷聲閒作，萬蟄驚塞向。數日凝重陰，雲同寒威壯。飛瓊遍天色，宇界鋪寶藏。前此亦屢白，玉瑞此其剏。緘運孰主張？一雪壓千瘴。紛紛富家兒，羔酒醉金帳。誰思道丐者，雙脚紅玳樣。顧我雖甚貧，可挾尚有纊。蚤起願年豐，共飽拜天貺。天意然不然？獨立爲楚愴。

園丁得二小花，以獻坐中，屬梅津龜翁賦之，且以寄處静索詞，仍有白戰寸鐵之禁，自非不喫煙火，誰解作此架空生活？處静詞先至，梅津詩繼之，皆清絶可味。輒用梅津韵奉呈諸丈，殆類癡人强絶粒，未免又喫漿也。一笑

歲功巧結束，物與七反丹。應嫌青女妒，摇落空人寰。耀釵雲髻裏，點粉黛眉間。香色亦幾何？小有即大還。豔陽費浮花，微陽惜真韵。月窟占奇芬，天根闢大分。冰雪又催年，自此接新運。泰華與秋毫，巨細非定論。

耕甫弟寄示秋懷二章冗不能皆和次韵後章謾見愛助之意

杜曲傳詩書，百年植門户。汝少秀而賢，中上期可語。胡然織錦機，未半已投杼。謝彼游冶徒，前功尚可補。墮身泥滓中，起穢實自取。細讀玉汝章，此意可近古。凡物甘以壞，其成在堅苦。要須心自鞭，勿以言浪許。它時觀厥成，一笑相爾汝。

中秋夜客退觀月謾成

檻外不數丈，深窅藏丘壑。璧月縣中天，玉露下叢薄。尺水澄秋光，黿魚共予樂。所樂亦伊何？飲水良自覺。恍若歸故山，灑然對羈絡。明發將向之，塵埃又如昨。行也誰使之，有此一大錯。幸保寸心在，興頭問碧落。

書于立齋自戒并示諸子

晦以昭明德，怯以成勇功。用拙巧莫尚，持静動攸宗。惟柔養真剛，自下升穩崇。虚可使實積，小乃與大通。守約博有歸，味淡甘無窮。萬里以是觀，一心須自融。戒哉驕與盈，外强中空空。

登山述懷

抆淚别妻子，登山望歸舟。舟遠望不及，巖溜鳴咿嘎。足繭坐絶頂，晚色忽已稠。淒其杜宇聲，問我胡爲留？撫襟獨浩歎，淚下不可收。三年足别離，此淚良有由。區區駒隙中，爲形役不休。爲形役尚可，爲人役何求？淵明獨何人？我乃如拘囚。親老方倚門，甘旨誰供羞？子幼未知學，擇師誰與謀？鬼蜮閃光怪，虎豹嘷昏幽。世路委從棘，吾道若綴旒。豈無知我者，應謂我心憂。

和劉會之野堂韵

草草春又過，淒晦風雨夕。三年烏傷夢，不斷一區宅。台山在何許？空有塵滿屐。英英江夏公，老龍蟠古澤。尋勝著幽宇，搜奇列佳石。可齋不出門，亦復爲渠役。酒酣對崔嵬，寸管凌千尺。念我蕭寺中，遠贈煩走力。隱几讀妙句，緬懷賓主席。何當謝吏網，足躡堂上客。

詠芙蓉與菊花

秋光濃欲滴，結束東籬花。糝糝紛點綴，戢戢相參差。淵明太好事，言我酌流霞。誰云制頹齡，爲與霜争華？映水開芙蓉，麗色如春葩。謾以拒爲名，青女不能加。持此問淵明，何乃吝齒牙？門外風如箭，黄落滿天涯。

再用韻

浮艷誇春苑，貞耐還秋花。有菊與芙蓉，誰能分等差？金蘂含朝暉，丹臉粲夕霞。素商太冷淡，歲晚生光華。詩人抱幽獨，東籬愛天葩。可惜亭亭姿，誤以脂粉加。知音須子期，知味須易牙。臨風慨千古，雲海浩無涯。

三用韻謝孫花翁趙寬堂趙貴方見和

金飆蕩天末，清泠聚玆花。凜然傲且拒，霜天肩正差。好事共一觀，目眩五色霞。但此慰寂寞，那復矜榮華。誰無蘭蕙姿？誰無桃李葩？秋邊竟誰語？短瓶插交加。但知愛風味，何必加齒牙？未能輸一醉，有興浩無涯。

夜讀花翁詩什有感，謾成鄙句拜呈，藉以求教。癡目駭見異寶，揣摩讚歎，徒犯古人銜嗤之戒耳

士有當世志，誰肯專詩名？自古巧文字，與道關廢興。傾座聽君語，雄辨窮粗精。目中無全牛，肯綮技未經。胡爲趁風月，候蟲相與鳴。静夜誦佳什，泠然如夢醒。瘦語自腴澤，險句自穩平。譬彼有源水，隨流作幽清。奇抱歎皓首，敗屋挑寒燈。天運豈其然？人力非所能。我讀淵明詩，悠悠千古情。銜觴豈好飲，采菊非餐英。何時共皋益，賡歌在虞廷。

國正丈黄則象名漢章章齊物之論掃去軌轍超然形外所進高矣讀之敬歎不自揣再用前韵爲謝并以求教

鐘鼎非徇利[一]，山林非徇名。古來豪傑士，不待文王興。得時舒氣燄，宇宙生光精。失時卷機軸，圭篳韜緯經。神龍冬亦蟄，蟋蟀秋乃鳴。飲醇未同醉，啜醨還獨醒。泛觀疑自戾，反視不失平。人言惠與夷，寧知和非清。膏沃照幾室，火傳非兩燈。但使本根在，毋誇知力能。協一雖奥理，不齊本物情。聊借莊生語，一吐胸中英。看君鼓天翼，事業揚帝廷。

【校勘記】

[一] 鐘：原作「鍾」，鐘鼎之「鐘」不作「鍾」，據《四庫全書》本改。

杜清獻公集卷一終

杜清獻公集卷二

黄巖　杜　範著

七言古詩

和鄭府判韵

萬里扶摇整飛翮，自是凌雲九霄客。黄槐白紵秋風高，借君彈壓添顔色。奉檄校文真誤推，多才視我蚿與夔。竭力詎敢辭鈍遲，寒芒在上方輝輝。

次宗司法雲字韵

我來縠水儐披雲，秋堂藹藹生春薰。落筆盤空鬬神速，刮眼一破平生聞。自笑黏黐日凭案，抽思索句曾未半。弱步何由附天驥，肝膽輪困慙寸管。

和鄭府判秋闈行

秋雲黄，日月忙，登選才俊收詞章。操觚搦翰换鐘鼎，往往冰炭交中腸。柯山多士稱海内，勇氣洗盡古戰場。笑揮筆陣示整暇，灑灑胸中書傳香。此邦昔日龍頭客，前後相輝九霄翮。山川孕秀不乏人，想已津津動顔色。題輿左嶽得儒英，整行速步趨天庭。金蓮琳瑯耀光彩，不學砌下寒蛩鳴。蓋世功名人共許，赤手欲搏南山虎。塹來秋院鎮文塲，坐使千袍同鼓舞。我昔貧困如匡衡，鄰燈夜照心峥嶸。區區薄宦亦謾爾，役役塵埃愧此生。淺學幽深雖未燭，到耳獨能辨絲竹。從今著意聽文鳴，會使嚶嚶出幽谷。

又和鄭府判韵

荆璞照耀非常珍，天衢整步凌通津。與人軒闢破畦畛，滿懷拍拍無非春。我如櫪驥異遠道，志在千里身未到。竭來此地尋文盟，平生心事爲傾倒。飽德醉義樂有餘，況有蘭玉芬庭除？諧笑云云殊未厭，盤飧夜半勞兵廚。依依此情那忍去？自恨塵鞍難久駐。佇看飛詔自天來，殿前臚作摩空賦。

漢中行

思昔漢中殆，羯奴自荒逖。驅侵警邊陲，腥臊污華國。官守蒙胡塵，宫廟入胡域。姦回執國命，地土輕棄擲。倒懸頭足互，妖氛日月黑。念之不忍言，言之淚沾臆。壽皇雄武姿，一洗曾莫得。祖宗固有靈，何以重此慼？忠賢固有心，何以久阻抑？忍恥坐薪亦幾年？生聚教訓亦纖悉。昨者飛詔天上來，積穢坐欲一朝滌。忘形感憤泣東南，生氣果鋭吞西北。似聞元戎已啟行，官軍所到無勍敵。倒戈橫尸四十里，搴旗獲馬六千疋。長安遺老今尚在，壺漿筐篚輸悃愊。勇威義氣有如此，鼎魚鬭沸真假息。事雖未必合所聞，要之天地當開闢。池魚一日羊角上，此理從來有通塞。世人信古不信今，動把國事作嘲款。胡懵不念涵煦恩，坐看行人鬭道側？嗟予少小涉古昔，有志未就苦弱植。茅簷獨對參斗橫，百感交情節屢擊。男兒出世豈無爲？七尺非供螻蟻食。當年幕庭三踴人，乃有洙泗詩禮客。豈作今人蠹簡編，琢腎雕肝緝文墨。干戈社稷不入用，有似作糜煮砂礫。我欲匹馬胡兒中，直指燕山以功勒。

黄兄宇出示湯丈追和春日詩，適有會余情者次韵

君不見西山凛凛百世師，忍窮受餓終采薇。又不見醜謬遺臭幾千載，當年方丈厭肥滑。孰得孰失試大觀，較若五味辨甘辣。冶容媚世吁可憐，羞面顧影自塗抹。名利物我争銖錙，語笑詡詡已衷甲。方嗟天際暮雲深，還見牆陰春草茁。旨哉君詩良起予，重把心事爲君説。百年功名亦漫爾，塵路投蹤何日脱？

再次沈節推送春韵

子規泣訴春山頭，芳草連天不盡愁。紫陌游人在何處？空有顰眉人依樓。溪上悠悠棹木蘭，溪邊落紅紛班班。嗟哉片片逐流水，新篁忽長千琅玕。多少閒愁推不去，欲問春歸杳無處。少年知己負心期，尊酒從今樂事稀。

歸自明遠醉中作

觴豆論交今豈無？肺肝相與古來少。我今宦游雙溪上，一見爲僚盡傾倒。吏塵終日何没没？休澣有盟方皦皦。點檢春事今幾何？殘紅滿地紛不掃。明遠奇觀雄此邦，倚欄一望雲縹緲。潑眼争先堤水流，傷心不盡天涯草。文楸得失亦漫爾，投壺成敗供一笑。酒酣耳熱聲烏烏，語到難言心愀愀。有言及時事者。一切置之姑勿道，四時風月殊未了。鬢華知復爲誰老？我輩心事要論討。尚喜後會今有期，誰其識之有鷗鳥。

七夕歌

象緯昭垂各度躔，牛女之説從何年？博物有志張茂先，客槎親見織與牽。坐令千載習繆傳，遂將濁欲穢清玄。詩史實録百世賢，亦以俚語形歌篇。君不見昭陽夜静玉欄邊，誰知漁陽萬驥横戈鋋？何如鳳簫縹縹緱山顛，舉手辭世乘雲軿。我欲浩歌痛飲秋風前，仰視星斗奕奕紛羅駢，安得壯士横笛一聲吹上徹九天。

詹世顯老丈舂米爲贈，時有張老之子携其父詩求月助，即以詹米轉饋之，詹丈以詩送米和其詩

歸來兩見春載耜，老矣陳人愧髦士。書生活計常苦拙，瓶粟屢空固其理。石莊好義無不爲，

獨將飽腹念朝飢。擔石頳肩來叩户，要轉兒啼成歡嬉。此賜何敢望此老，況有新詩非草草。再拜爲之驚且慙，錦章玉粲鬬新好。我貧猶有稻粱謀，更有貧士需麥舟。爲君乞與君然否？樂施曷計誰家留。

五言律詩

新　秋

大火西流日，秋風户到時。斷痕依淺水，疊翠别高枝。氣每隨時改，人應共物萎。百年同一夢，身後欲何爲？

電

玉女開天笑，驪龍弄月珠。照眸千壑滿，應手一絲無。掩映同雲表，行移轉海隅。田夫占北極，明日雨平鋪。

和澧州喜雨韵

秋色在何許，浮嵐疊翠間。江清陽鳥渡，天闊片雲閒。雅量肩文舉，新詩壓子山。更深聽遠溜，哦咏答潺潺。

十五日十九兄到家小飲有詩和之

晚色煙霞好，寒山雪月明。賞心聞鵲喜，醉臉任狸形。銀燭輝蓬户，冰花爍膽瓶。讀君斷腸句，孤雁欲呑聲。十九兄末章云「鶯鳴求友聲」。

是夜聞十六兄雪中有作次韵

曉山栖半白，晚岫勒斜紅。草草三杯裏，悠悠一笑中。喜君才磊魄，顧我意蒙茸。伯仲壎篪處，空嘆不與同。

次鄭府判金字韵

巇嶇來北固，邂逅識南金。未覺人間役，欣同物外心。燈花殘夜半，桂子落秋聲。細聽朱弦曲，寥寥大雅音。

和十四兄靈巖偶作

松關開野寺，山色浄藜牀。戰局誰争勝？夸聲或大當。有人觀物静，得句滿囊香。鷗鷺盟猶在，閒中作此忙。

次會再和

古殿後多竹，虚簷前可牀。炎歊於此却，胸次要人當。自足蕭蕭意，時來細細香。曲肱無一事，閑爲屬詩忙。

和十九兄梅韵二首

空谷寒花好，荒村野路長。有懷尋往事，無語攪枯腸。老氣猶無恙，幽姿只自香。喜君歌白雪，茂對此新陽。

二

語别星霜久，懷人道里長。江山高着眼，文字飽撑腸。窮壑生新態，寒梅帶舊香。他年當記憶，有雁過衡陽。

九月二十六日觀水

滔滔隨岫遠，瀰瀰浸沙寒。萬古去不極，幾人來此看？放乎知有本，逝者若爲難。瞪目斜陽裏，雙鷗下碧瀾。

道傍見梅

一樹棲殘雪，不禁春夜霜。香飄非寶篆，粉褪厭時糚。且合收餘白，應難待晚黄。自便籬落好，榛棘不相妨。

别宛陵同官

海宦見交情，惟憂閒易生。文書衹自了，意氣若爲傾。幸已符金斷，終然爲玉成。官僚有如此，共保歲寒盟。

途　中

官身驚昨夢，山店是回程。郡事關新舊，人心屬送迎。塵衫纔幸脱，野服要須成。世路如川險，歸途却自平。

有　感

捧檄來兹邑，勞勞兩載餘。親庭千里隔，家信十分疎。有婦聞多病，諸兒盡廢書。低簷秋雨滴，點點正愁予。

和楊兄五言二首

羈栖餘兩載，塵擾費三思。愧匪江陵掾，空多東野詩。佩囊無限富，擊鉢已嫌遲。細讀停雲句，多應負所期。

二

納履終朝役，挑鐙燭夜思。功名非我事，風日負君詩。菽水謀多拙，山林計未遲。江村梅正好，珍重歲寒期。

趙山甫居玉壺，盡得湖山之勝，醉後次和其韵二章

占盡春光好，湖山一覽餘。著身蓬島裏，縱目畫屏如。我計還知錯，君謀定不疎。他年同到此，卜築更躊躇。

二

相見雖無幾，相觀却有餘。清襟無這㨂，塵世有誰如？文理須教密，濃醺且放疎。論文何日再？欲別更躊躇。

舟早行將至三界偶成

辭京塵漸遠，入越思逾清。雨壑溪方漲，風帆去又輕。天光浮水闊，山色帶雲横。更問鄉關路，從今尚幾程？

捉筆次前韵

小雨添溪滑，新晴散野清。寸襟如水闊，一槳共雲輕。坦坦道皆直，縈縈徑自横。脚跟只這定，何用問前程？

再次前韵

晨炊浮早渡，午夜過錢清。越國移舟便，曹娥上堰輕。人言三界近，共指一山横。古剡明朝到，籃輿數去程。

再次前韵

厭見塵泥汩，喜看沙水清。魚攢偎日暖，鷗去帖波輕。寒渡人來少，閑舟岸與横。不須催去槳，溪曲不論程。

和孫司門寄寬堂詩二首 孫尋訪梅約還，淵明詩有兼簡之詩。

官喜文書少，塵迷歲月遷。豈無車可出？儻有約宜堅。傍水尋踈影，裁詩續舊編。孤山須竟日，去莫買游船。

二

靖節非沈湎，行藏豈漫游？幾多經濟具，可付醉吟休。志在存周鼎，悲能學楚囚。流風千載想，我欲賦登樓。

和吴隼齋所賡劉石澗詠湖山之樂因見示韵

勝賞付飛觴，詩人妙嚼芳。荷君相拉拭，容我共清涼。湛俗人空老，偷閑策最長。高峯應更好，何日曳桃榔？

戲賦段橋風箏

段橋牽紙鷂，兒戲亦關心。風快應難挽，雲高徑欲侵。人誇無限力，身值不多金。説與須知道，明朝不似今。

水簾谷 浄名「維摩室」「新月谷」。

巨崖森四立，谺洞費前瞻。鳥道穿危磴，虬松奮老髯。巖高全似砌，水小不成簾。半生纔此見，雖倦未應嫌。

賦夏肯父所性堂

心外非吾有，區間忝爾生。道原無欠剩，物與共流行。繩甕誰言辱？旂常未足榮。反躬深體認，莫浪付詩情。

酬謝韓仲和見贈

丹心空自照，白首欲何成。踏地方求實，箋天敢爲名。樹深秋水浄，山遠暮雲輕。索我文書外，論交深友生。

挽王侍郎二首

地靈鍾國秀，臚唱壓時名。虎觀堅廉節，螭坳振直聲。志隨時暫鬱，身與道俱榮。人羨腰金日，於公孰重輕？

二

里枌敷蔭樾，晝繡借輝光。誘接嘗登席，摳趨屢負牆。故山欣弭節，華屋痛帷堂。歲晚凋松柏，令人重慨傷。

挽鍾保義 周岐山爲之求。

賨館名猶在，燕山事有光。解衣非楚纊，指廩異齊堂。暎日庭蘭蔚，餘風宰木香。翠珉垂世勸，寧復事雕章。

挽劉監丞二首

諸老凋零盡，公胡不少留？麈談裁後進，山立儼前修。逸館休黄髮，爲邦付黑頭。甌閩看蔽芾，有淚正難收。

二

奕世詩書遠，三劉姓氏香。鄉評高宿望，里社借餘光。蓮浦秋堂晚，松岡夜室長。典刑無復見，南望獨淒涼。

挽葉子儀二首

性質孰無偏，工夫豈易鐫？人誰知此學？我獨謂公賢。耿耿存憂世，悠悠付逝川。一經端有屬，拭目看家傳。

二

當年共短檠，心事孰評論？豈我非同志，於公不用情？幾多才莫試，有此恨難平。舊友凋零盡，悲哉伐木聲。

挽項監鎮

男兒志四方，世事苦難量。蚤逐功名誤，空令歲月荒。倦游歸故里，幽興肯新堂。當日多知己，諸公孰在亡？

太師平章喬文惠公挽歌詞三首

奕世諸賢輔，清朝得老成。諫兵秦蹇叔，憂國漢蕭生。更化人皆仰，調元位獨亨。天遲諸葛死，尚欲致昇平。

二

名在洪鈞上，身游緑野中。社方娱白傅，城遽閉滕公。國勢觀輕重，君恩著始終。堪嗟典刑盡，羣木刺寒空。

三

憶在烏傷日，驚騰鶚薦辭。自憐拘法守，何以答心知。零落黄花暗，淒風晝翣悲。遥瞻孔山路，無計送靈輀。

挽周迪功二首

書種開風氣，儒聲動海涯。一門團義聚，千里擇名師。重卦終須卜，留耕已可菑。賢書初入貢，玉樹影參差。

二

憶昔癡兒幸，聯君季氏姻。兩家成契闊，一夢記酸辛。鄉譽聞君子，銘章又古人。落花愁暮雨，淒冷不成春。

挽張監丞

我兄同昔席，我亦接清班。不盡明時用，空令老淚潸。筍聯纔冑監，竹使只鄉關。時豈無知己？吁嗟世路難。

挽趙漕二首

蔚蔚郎闈望，皇皇使節輝。競時俱勇往，懷寶獨言歸。皂蓋人方惜，黄粱夢已非。蕭山遺老在，誰使涕交輝？

二

斂衽從童丱，巢枚幸里閭。塵蹤誰拉拭？餘論借吹噓。得意鳴珂地，驚嗟素錦車。直言公不死，蘭玉秀階除。

趙學士挽詩

鼎盛彈冠地，胡然袖手居。自怡還自足，誰毁又誰譽？花竹人安在？芝蘭慶有餘。華塗驚素錦，行道盡欷歔。

挽陳漢英

庠塾崇師道，鄉閭重典刑。麟經開晚學，鶚薦動天庭。頭未終朝黑，衫能幾日青？文章難得力，愁絶峴山塋。

杜清獻公集卷二終

杜清獻公集卷三

黄巖　杜　範著

七言律詩

新秋二首

少昊行秋正疾驅，灑然涼色已侵膚。翠空碧水涵高下，淡靄蒼煙半有無。風露已經生慘戚，菰蒲且欲慰斯須。誰將霜竹横雲外，似有悲聲與恨俱。

一葉階前落淺黄，已知秋色渡長江。百骸假合寧長健，萬慮叢生未肯降。荒草露寒飛蝶盡，暮山煙帶白鷗雙。倚欄獨立渾無語，時讀[一]殘篇對小窗。

【校勘記】

［一］讀：原缺，底本作墨丁，據清鈔本《杜清獻公集》補。

春雨甲子而潤澤不違時，夏已更秋，方慮乾涸，一夕沛然優渥矣。喜而寫情

甲子謡言未足聽，沛然甘澤以時行。平田不藉開渠水，野老誰思逐婦聲。黄倒積雲承露重，青翻長浪簸風輕。賤夫一飽誠爲幸，更祝傾河洒甲兵。

繼和嚴君壁上韵

山舍櫰樝朽蠹餘，揭來小圃作閒居。推移寧免人間世，灑落還同心地初。鷗鷺齊盟忘物我，薜蘿交翠映簪裾。恭惟不負傳心印，已把浮生付六如。

丁卯九月十夜觀月

草露團團夜氣濃，一天明月半彎弓。光涵萬頃澄秋霽，影落千山接翠空。毫髮不迷孤照處，膽肝盡露廣寒宫。迴廊獨步渾無覺，似是泠然駕遠風。

己巳登玉峯亭二首

與君携手上巒坡，多少塵襟盡刮磨。一鳥横邊秋色遠，片雲歸處夕陽多。潮來萬里翻明練，山簇千峯列翠螺。此地不堪歸去早，欠看明月漲金波。

杖藜無事歷危坡，一片清寒鏡面磨。極目盡時知水闊，置身高處見秋多。此時不著登山屐，到處還成測海螺。遥想高人間物外，故應不與世同波。

八月十一夜風月可愛，自前屋覓酒不得而歸小詩呈百六十叔

晚煙輕拂亂山横，落日纔收月已明。萬頃孤光低闊埜，一天寒色帶疏星。交情要與秋容淡，携手難禁夜氣清。慣識醉中風月好，不知風月更宜醒。

次韵草堂

心事崔嵬日不如，愁端叢起蔓難圖。殘山剩水鳥聲怨，落日微雲雁影孤。妙句聳聞驚昨夢，寒窗細讀慰來蘇。許身已在羲皇上，降志猶能念昔吾。

偶屬成嵬字韵録呈六十叔二首

溪頭徙倚對崔嵬，世上塵愁安在哉？峭壁千尋翻素練，深崖萬古門雄雷。空餘鳥跡無人到，應有山靈怪我來。偶爾相逢成勝槩，平生襟抱此中開。

莫令胸次著崔嵬，萬事於人何有哉？欲向懸崖看積雨，幾經空谷撼奔雷。山花無思開還落，溪鳥忘機去復來。此地逍遥吾足矣，解愁春甕不須開。

清真褚道士攜羅丈唱和訪余求詩，予非能詩者，辭不獲，力拙次韵能不以狂斐疵我否

遠尋幽侶對清閒，落筆煙霞寫壯觀。不染紅塵隨處適，獨將青眼箇中看。雲飛碧落無心到，月浸清波徹底寒。遥想銜杯當日意，灑然新沐欲彈冠。

和宗司法與鄭府判韵

毫端收盡九秋清，凡目容窺巨海驚。别駕錦囊誇李賀，參軍石鼎續彌明。珠璣錯落交輝映，金石鏗鏘迭奏成。迷道願君相指示，敢辭駑鈍策孤征？

又用韵

候蟲嘖嘖泣秋清，節物還令壯士驚。人在九原誰可作，月横千里自增明。詩壇尚幸從盟約，句法于今識老成。自愧枯腸如罄室，只愁有債未寬征。

又和鄭府判侯字韵

野人漫學事王侯，宦牒相從得俊游。着眼丹鉛常午夜，轉頭萸菊已深秋。幾多陳迹成今古，莫對清尊話去留。自幸趨隅陪玉麈，如今何止識荆州。

復用韻以見別情

插架牙籤富鄴侯，戲將翰墨此中游。紫萸黄菊家家酒，巨軸長篇字字秋。談笑不堪增戀嫪，簡書無奈怕淹留。人生聚散真萍梗，咫尺應能見九州。

別張簿兄弟

弱柳含風拂路隅，一尊話別意躊躇。相看未了百年事，有約無忘千里書。到手功名還漫浪，褆身德業念居諸。願君一語勤相贈，拜賜從今儻不虚。

戊辰夏月和趙十七兄招提偶作

故山携手愜心期，里社從游即舊規。十雨五風深望歲，一尊重會只催詩。多君格律開壇社，得句精神見睫眉。匹馬秋風思遠道，此盟常恐憶它時。

游擘翠

新晴山色浄襟裾，世上塵埃一點無。飛瀑驚奔争澒洞，層崖屹立鎮崟嶇。亂流平處沙可數，頑石叢中草不枯。醉後偶來觀物變，要知到處是工夫。

和沈節推韵

點檢春光向幾多，埋頭官事暗中過。蕭蕭鬢影霜先入，匝匝襟塵鏡未磨。盟會誰令寒晉楚，篇詞自幸識陰何。休文多病風流甚，紅藥尊前獨醉謌。

次陳友韵 永嘉人，葉交代館客。

企望鄰邦百里賒，一時文物數名家。驚人議論鏗蒼珮，落筆詞章粲彩霞。此日相逢真有幸，何年重會恐無涯。顧余何以爲君别？多愧新詩屢拜嘉。

歸自漕司試院到桐廬晚偶成

歸棹便風泝古流，一杯獨酌興悠悠。夕陽醮水金窩沸，暮靄籠山紫幕浮。牧笛村村分路入，漁帆浦浦帶煙收。丹青此處難爲手，更有羈情不奈秋。

再依韵復足五十六字以見一時無聊之態非詩也

人間總是一虛空，過眼流光過耳風。方見露芽牆下茁，又嗟霜葉嶺頭紅。身來作吏雙溪上，誰使銜寒一寺中。急雪隨風穿瓦過，强呵凍筆作詩窮。

十二月初六日出郊途中值雪偶成小律詩

宦塵役役走長途，歲晚離家只自吁。風入破輿寒徹骨，雪穿疎幌亂沾鬚。橫陳瑞色今如許，定擬豐年可大書。州縣徒勞何敢憚，萬家溫飽即吾廬。

仙山知寺志剛示余以浸碧倡和詩漫繼其韵

浸碧軒臨小池，剛師所扁，剛亦頗可與語。

窮年奔走繚鄉隅，暫此凭欄意已殊。一水光明平處現，四山容色淡中鋪。莫羞塵鬢臨冰鑑，自有靈源照玉壺。浸碧主人應領會，試言此碧有耶無。

林倅到迓之途中小詩　四月初一。

簡書奔走日衝衝，偶此郊行興易濃。雨意醞成春野意，雲容點就曉山容。繭絲貯色桑條上，餅餌吹香麥隴中。忽憶故園歸去好，雲山知隔幾千重。

和林簿二詩　一謝喻總幹置酒，喻棄官早；一題香山寺。

憂喜從來巧聚門，刖人有足未爲尊。人生何用家萬石，世事還輸酒一尊。荒徑賦歸人已遠，急流勇退意猶存。功名千古成何事，眼底榮枯不足論。

宦途元自險於山，我輩孤寒分外難。蕭寺羨君成勝槩，新詩爲我解愁端。自歎落落無三語，底事區區爲一官。初夏北窗新枕簟，碧梧畫影正清團。

大雨喜成小詩呈百里

顒顒萬目望穹蒼，連日雷車走阿香。不用甕中留蜥蜴，已聞野外舞商羊。霶沱施澤盈千澮，穲稏收功可萬箱。令尹愛民天所相，三年境内樂穰穰。

恭謝侍讀仁皇訓典徹章，御賜杜工部《紫宸殿詩退朝口號》并鞍馬香茶

於赫仁皇訓典垂，寬慈實德太平基。鴻圖植遠文孫紹，燕翼謀深烈祖貽。寶曆初更思善治，瑶編久閲撫良規。平平王道今猶昔，海宇雍熙庶可期。

丹地從容接細氈，豈徒口耳謾周旋？帝王家法由心法，典策言傳以道傳。章徹誦筵天意悦，恩隆賜典露華鮮。禮文稽古皆成憲，主德由斯志罔愆。

微臣何幸厠經帷，寵渥便蕃亦例施。鸞鳳驚飛高晉帖，夔龍會送借唐詩。靈蕪甘露排憂困，駿馬雕鞍念老羸。自愧無功難稱塞，孤臣耿耿只天知。

得雪稱賀馬上得五十六字

昨夜同雲猶未合，曉來一色變山河。料應天上梅花早，吹落人間柳絮多。酒興自憐今老矣，詩腸無奈此清何。銀杯逐馬天街路，何似寒江伴釣蓑。

窗前竹

拔地停空翠削成，與凡草木不同榮。無心到彼難教曲，有節防身只自清。本是孤根穿草壤，誰令弱杪上雲程？礙簷敲瓦宜芟去，好伴寒松澗壑聲。

聞喜宴和御詩

臣恭睹御製賜徐儼夫以下詩，仰見陛下菁莪樂育，棫樸能官，君子有酒旨且多，爰啓雲需之宴；治世之音安以樂，載頌奎畫之章。臣昔厠職於搴羅，今饕恩於慈惠，不揣荒蕪，恭和投進。伏望聖慈頫垂睿覽。冒犯天威，臣無任震越恐懼之至。

清朝策士屬新元，四海英髦意氣軒。自是冕旒崇直道，亦令韋布效忠言。鹿苹初洽君恩重，鳳藻俄頒帝語温。此日微臣陪鎬宴，更慚蘭省濫搜掄。

舟中偶成小詩

泛溪深處暮山晴，乍脱塵埃耳目醒。水面浮天相與碧，波心浸月兩争明。淺流礙石灘灘急，曲岸鋪沙渚渚清。人静夜闌舟未艤，微吟顧影不勝情。

和楊兄兩詩

魯教寂寥鄒辨已，異端塞路日殷繁。竇絲遠緝千年緒，古鑑新磨一世昏。正道以身爲屏翰，真儒于此見淵源。緘來遺像知君意，百世師模儼若存。楊以昌黎像見贈。

望斷家山兩地懸，白雲何處涕潸然。吏塵歲月知無幾，宦海風濤幸有邊。已是雪霜催歲晚，又還花柳放春妍。起予妙語令深省，碧眼相看話百年。

準齋誨人，亹亹不倦，某每侍几席，灑然若執熱之濯清風。一日語及倡和新篇，繼復緘示聯章巨軸，皆相與切磋之意。某輒忘其荒陋，次韵二章，借以求教，不敢言詩也。幸赦不敏，而鐫誨之

著身鬧市厥惟艱，渺渺狂瀾蕩不還。心莫轉移真匪石，德常安重有如山。談經不踵諸儒後，辨理尤嚴一字間。傾耳名言深猛省，半生日月總成閒。

倦游愈覺世途艱，遠矣淳風未易還。車去出門多異轍，塵來眯目失前山。差殊只在毫釐際，迷復都來反覆間。珍重先生相指示，忙中自有本來閒。

伏蒙賜和，復用韵二章拜呈，可謂出醜衒媸。惟自叙鄙懷，併以見區區敬慕之意，姑惟教之，是所願也

道在行藏自古艱，爲貧拖出未能還。一從舉手遮西日，已恐移文在北山。身入微官韁鎖裏，心慚大隱市朝間。浮雲富貴非吾事，便有功名亦等閒。

學道辛勤歷萬艱，精神見性本無還。齊眉自可供瓢樂，携手何須去鹿山。謂介謂通非所在，不夷不惠可其間。自憐走俗心猶在，丈席摳衣願少閒。

和花翁盆梅

絶澗移來近市園，又還移入賣花盆。體蟠一簇皆心匠，膚裂千梢尚手痕。試問低回隨俗態，何如峭直抱孤根？歲寒風節應無恙，魯兀須知自有尊。

和花翁自詠

愚拙天真未易全，如翁自許豈其然？剩將詩句酬花債，只把春衣辦酒錢。僅六尺牀皆樂地，方千里早自豐年。瞿曇老子都曾學，曾學爲儒也學仙。

和貴方韵

萬物由來備一身，要教純熟在持循。莫教惡濁浮埃昐，自做分明實地人。培養確知心是聖，工夫豈費筆如神？羨君精進追前哲，愧我衰頽落世塵。

借韵呈寬堂

坦然寬德是居身，又有疲甿要拊循。鏡浄不過方寸地，海涵何止八千人。呻吟望賜多溝壑，晚閃爲霏幾怪神。膏澤未能周海宇，祝公先静一州塵。

次韵花翁冬日三首

料理新陽在此朝，休文但覺帶寬要。懶將漫刺巡門到，病怕時人舉酒邀。强裹青衫空自累，滿簪白髮不相饒。冥心久矣隨天付，九轉還丹不用燒。

人心天理兩相關，無奈花翁盡日閒。麗服靚妝紛拜節，弊衣短策自怡顔。已聞瞥爾尋幽去，又見陶然向市還。住世世塵塵不染，梅花好處即孤山。

蕭然僧舍一柴扉，淡泊如君眼底稀。山澤肯爲仙骨瘦，襟懷自得遯身肥。有詩盈帙遮空橐，無酒留賓辦典衣。一棹稽山風雪裏，便應興盡雪中歸。聞欲往越上，故云。

次花翁喜雪快晴韵

何人急急走靈符，扶醒摐摐十萬夫。隘巷未收穿屐迹，短簷已倚晒書儒。日開雪色如翻手，景屬詩家費撚鬚。起望四山新入畫，翠屏半是粉成圖。

次韵花翁第二雪

創見飛瓊粲晚華，已聞得句壓劉叉。亂隨風勢斜穿户，誰在雲端巧雨花？惱殺饑烏尋屋角，寒驚宿雁失汀沙。此時清絶難酬賞，羔酒誰言勝鳳茶？

次花翁第三雪

擁衾無事可相干，忽報飛瓊急起看。推户已成千頃白，倚欄未覺十分寒。三逢瑞景開心目，幾費詩翁琢腎肝。妙句鼎來方對客，共吟驚喜欲忘餐。

次花翁自笑韵

即翁活計謝田莊，肯與時人較短長。餘事詩篇陵鮑謝，太平胸次到黄唐。以通爲隱渾無礙，有樂償貧似署當。自笑此生成鶻突，誰知鶻突正難量。

次趙貴方九里松獨行韵

道機已熟絶隄閑，縱步來尋興裏山。殘雪照衣消酒醉，晚風吹鬢帶詩還。妙年羨子歡悰足，宦步愁余樂事慳。安得相從塵綱外，快將如意碎青珊。

羅季能赴興國前詩未作嘗于醉中謾成亦併達之

一笑重逢二十年，自憐鏡影已華顛。謾言世上誰知我，落在人間恐愧天。理到平時無一事，行須實處著千鞭。但教千里民安樂，莫使虛名爲世傳。

又送湯國正五十六字

一尊濁酒送君行，慘淡江雲似我情。已是園林堆落葉，更添風雨埽殘英。直存吾道曾何病，公在人心爲不平。我久念歸歸未得，羨君趲得去帆輕。

南鄉舟中偶成

日斜遠浦悶銀光，烟抹前山濕翠妝。自有著身丘壑分，故應遺我水雲鄉。便于世上誇鐘鼎，何似田間飽稻粱。手把黄花相問訊，秋風不改舊時香。

和耕甫弟梅

數點冰葩與雪宜，有人著眼水邊籬。從渠疎影初傳句，自此清吟未有詩。曾到孤山飛鶴處，恰思偃樹跨鯨時。李園莫負春風約，應有當年未折枝。

冬至展墓偶成

至日銜寒埽墓墟，凄然一拜一欷歔。蓼莪恨與雲無際，常棣愁催雪滿裾。誤落世塵驚日月，謾牽吏鞅廢詩書。回頭更看諸兒姪，門户支撑正要渠。

鄭寧夫携詩什訪余併有贈篇聞其浙右之行詩以送之

何人剥啄叩雲關？袖有新詩數百篇。宫徵自調相和應，珠璣不揀盡光圓。昌黎薦士慙無路，東野盤空枉笑天。聞道二親猶未葬，知渠著眼爲渠憐。

承見再和用韵

簇簇枝頭綴淺黄，鼻通四遠孰留藏？秋於對樹疑添色，雨不多時怕減香。花事索人非易管，詩情得酒爲新嘗。叢芳德色驚人句，影下重吟駐夕陽。一本云「乞將花事從君管，賸有詩情得酒嘗。推挍已驚新什至，藹如病思得春陽」。

挽曹處士二首

年纔四十未云遲，勇謝文場意已奇。獨抱古心欣有得，肯同時好浪相追。迴神自是平生學，徹底還看處死時。援筆大書真烈士，紛紛醉夢若纏悲。

持身非介亦非通，閒處工夫不墮空。石室隱居雖我獨，鳳岡文社與人同。道鐫一族多名士，惠浹千家有後功。潛德自昭何待發，矧兹大筆詔無窮？

徐倅尊人挽詩二首

教子成名豈偶然？存心積善契蒼天。獨工學問馳清譽，旁習陰陽得異傳。煞有哀榮身後事，不差生死夢中言。欲占厚德看銘誌，七十之期過一年。

令子論交事契深，同年同里又同心。登門未展龐公拜，夢奠俄驚尼父吟。自古陰功天所予，如公遐福世同欽。老成漸漸凋零盡，空有潸然淚滿襟。

丘知府挽詩

弟兄鼎譽人争羨，富貴隨時報未均。領閣清班非不遇，持麾重選遽成塵。世誇人物今何在？志在詩書竟莫伸。笑語詼諧猶在耳，怳聞遠訃恐非真。

挽陳將仕

事到蓋棺方始定，言於陋巷乃爲公。試看傾郭盈襟淚，盡是忘餐振廩功。榮貴但知崇己欲，文章未必濟民窮。如君厚積人誰忌，惟恐君家積未豐。

挽黄修職 居仁尊人。

宰士當年棣萼情，世科心許白頭登。詩書早已傳家學，場屋誰知負夜燈。老矣尚餘英氣在，嗟哉獨慕善人稱。一經分付曾何憾？看取于門自此興。

挽李處士

确犖羣山兀海隅，芬川蔚有吉人居。施仁一念周鄉井，稱善同聲溢里閭。教子垂芳心有待，榮親養老意何如？貤恩漫爾撑門户，肯負當年一束書。

挽趙漕閤中

丘公四海大名垂，有女來嬪閥閲宜。蘋藻自供寒女事，琴書未許世人知。舟移夜壑方遺恨，劒合平津自有時。膝上一經勳已策，吁嗟不賦板輿詞。

挽

韜光自古常難見，友道于今幸可論。勳業但看江左相，才名已識下邽門。壯哉蘭若當時志，已矣雲山此日原。到底百年同一夢，山林鐘鼎尚何言。

挽翟親

時運遭逢亦偶然，著鞭莫訝祖生先。閉門終負三冬用，脂篋徒誇十部賢。玉樹幸能光舊德，爵羅寧復歎當年？生平未快荊州願，有淚空令落九原。

杜清獻公集卷三終

五言絶句

酥溪寺舍窗前有黄金閒璧玉竹可愛謾作二十字不許撞題

中土太淡素，東皇染半節。此君已不羣，此種更奇絶。

得光字

掛起梧桐月，先成一夜霜。與君飛大白，一口吸秋光。

杜清獻公集卷四

黄巖　杜　範著

七言絶句

和六十叔二絶

夕陽有意爲人留，斜映寒江著小舟。遠目遥岑無限意，不須蕭瑟賦悲秋。

半窗斜日帶東籬，桂子團團已滿枝。朝露晚風并夜月，細看一一是君詩。

辛未白鷺一絶

故園蒼莽淡煙霏，白鷺翩然下小池。豈我機心猶未盡，躊躇四顧復驚飛。

次韵十一叔芍藥五絶

白白朱朱埽地殘，尚餘紅芍帶春妍。娉婷自笑成孤語，困倚芳叢背日眠。

簇簇妖紅裛露鮮，春工爛漫乞君看。心期點檢都無可，幸有花盟獨未寒。

心事摧殘厭世喧，眼前能復問媸妍。故園春色還依舊，此日看花意不然。

手把春花已後春，錦容入眼更成新。凭欄落日渾無語，倍覺君詩信有神。

寒暑回還日日新，數枝留得幾多春。君能彈壓憑佳句，一段清襟亦可人。

次韵草堂二首

月蕩秋光滴翠空，英英寒色萬山同。一年奇事惟今夕，顧我萎然卧病中。

中秋有約醉南湖，料此清光已不孤。枕上不堪良夜永，起來猶强作伊吾。

壬申九月初十歸自邑中兩絶

雁宿沙頭水月明，無端驚起兩三聲。孤飛縹緲知何處，影落寒江浪已平。

風清露肅片雲閒，耿耿寒光沐萬山。滿目瓊樓高著脚，豈知身復在人間。

清貞褚道士携羅丈倡和，訪余求詩。余非能詩者，辭不獲，力拙次韵。能不以狂斐疵我否？

冀北奇才萬馬空，驚人佳句墨深濃。春風桃李人應識，要看溪寒澗底松。有和道士韵者云「乾坤造物元無物，花鳥逢春不識春」。

戲十九兄二首

風流公子醉陽臺，歸路猶傳笑語諧。玉腕雙扶争嫵媚，不知失足在蒼崖。

君曾夷視北山巔，險阻誰知在眼前。亟欲問君無恙否，小春催到探梅天。

飛雪未已可謂佳瑞約判簿判務二丈同登尊經閣

萬頃瓊瑶爛不收，從今便合慶來牟。與君莫負登臨約，不是偷閑作浪游。

次沈節推韵

春工剪水巧先呈，不夜寒光滿地瓊。獨撚冰鬚搜雪句，此時誰解與同盟。

又得一絶句

白帝方從萬玉妃，安排紅袖點春暉。一寒自笑無氈客，三酌匆匆早賦歸。

和汪子淵桂花一絶

姮娥剪綵壓羣芳，一夜秋風入酒囊。薰徹醉魂清入骨，敢言天下更無香。

和趙山甫海棠

春風得意酌霞觴，翠袖寧禁白露霜。欲向月宫收臢馥，曉窗强理背時糚。時海棠與桂花同開，折以同賞。

次沈節推送春韵二首

佳人憔悴怯春衣，日暮樓高酒力微。流水落花無限恨，一聲杜宇又催歸。

一年春事逐飛蓬，燕語千愁訴未通。水竹誰家深院落，捲簾準擬納薰風。

七月二十七日午到釣灘，登其臺。丙子歲，予自三衢回，與同官數人過此，嘗書歲月壁間，今尋之無有矣。尚記曩者登臺時，風雨凄寒，石磴危滑，躡屐而上，不以爲難。今踏晴扶杖，不數十步即足懦心悸，目眩耳聵，登而恐不至也，下而恐不及也。卧舟中久之，氣始定。丙子距今才七年，筋力衰遽如此[一]。更七年矣[二]，不知視今更又何如也？偶成二絶

高人作計亦迂哉，千尺崔嵬著釣臺。握手故人留不住，有魚那肯上鈎來。

憶昔斯堂醉晚風，壁間歲月已無蹤。誰知千古留名字，只在當年把釣中。

【校勘記】

[一] 筋力：「力」下原有一墨丁，或爲手民誤刻而刮去之跡。校以《四庫全書》本，此處無他字，故删去墨丁。清鈔本《杜清獻公集》亦無墨丁之類標記。

[二] 矣：據清鈔本《杜清獻公集》補。

偶成

喜脱京塵理棹行，歸心佇立望危檣。得風甚飽秋帆腹，頃刻回頭失富陽。

宿興善寺成小絶

廢寺翛然殿宇空，早寒催雪撼山風。急投小舍成孤坐，撥盡爐灰那處紅。

用韵作懽喜語

冰雪凝寒萬木空，我今正欲轉春風。東郊已作安排計，會看枝頭萬點紅。

劉上舍携酒有詩和其韵二首 正月初九日。

數過流年轉矚中，宦程休更問窮通。新詩喚我塵埃夢，孤驛青燈一笑同。

匆匆歲事又更新，一氣初回萬木春。獨有江梅殊未覺，凜然冰雪照詩人。

高兄徐倉高弟和劉會之兩絶見寄再韵謝之

我輩周旋實地中，此身窮處此心通。荷君一見如平素，迹未相親味已同。

袖手閒居德日新，静安增伴四時春。君方入室慰此老，肯作浮陽愧古人。來詩有「比侶澹臺」之句。

康秋惠詩和其韵二首

春入桃園日正遲，懷人何以慰朝飢。自憐官事冥煩日，却是詩人得句時。

觀梅詩興愧何郎，塵鞅埋頭歲月長。力薄何能堪重負，託身猶喜鄭公鄉。

晚坐偶成一絶

日隱西山月色微，林端水際淡烟霏。遥岑横碧在何許，誰念行人未得歸。

劉上舍以詩送牡丹併酒和之二首

春愁風雨不禁寒，紅盡枝頭緑已團。誰遣佳人伴岑寂，初酣卯酒臉匀丹。

紛紛萬卉委泥沙，獨殿春風自一家。珍重白衣相問勞，醉吟佳句醉看花。

偶　題

雪外亂山才約略，雨中平野更凄迷。有人支枕篷窗底，卧看羣牛渡野溪。

和楊秀才惠詩七絶

半菽生涯志九霄，詩篇妙處壓劉曹。朵頤鐘鼎人都錯，自有靈龜價最高。

夜光那肯暗投人，至寶何須借所因。袖有明珠來遺我，荷君此意重千鈞。

區區敢計一身安，剥盡皮毛尚有根。有客款門歌慷慨，清風爲我濯延禪。

百年墜典一朝行，疾痛誰知赤子情。勞瘁何曾沾小惠，追呼蚤已困苛征。

載籍重脩舊額存，從今便可養胚脾。只愁均賦無良法，巨室逃楊復放豚。

事已垂成慮正長，民風安得反醇龐。交征上下方旁午，何以爲謀淑此邦。

三載塵埃積寸心，空齋暗鎖一牀琴。忽聞宫徵相句引，聊整徽絃發舊音。

問淵明菊

世以淵明名爾菊，却來紫陌換青銅。東籬采采知何處，豈不包羞負此翁。

代菊對

未有淵明先有我，何人喚我作淵明。東籬宛在南山下，誰向秋風管落英。

曹　娥

舉世貪生不足評，捨生取義亦難明。娥知有父不知死，當日何心較重輕。

偶　成

短篷支枕看青山，山意閒如人意閒。飛過白鷗何處宿，宿時莫向急邊灘。

處静得梅枝爲贈以新詩將之漫次韵以謝

花與詩人自目成，荷君持贈半寒燈。悄然清夢江村裏，忘却官身在宛陵。

何君智父之堂名以「雲岫」，袁蒙齋記之，智父以示余，漫成絶句

谷裏深藏豈自珍，須臾觸石上天津。悠然一片心何在，説道無心却誤人。

枕上偶成三首

一春霽色養花天，近夏鞭霆雨沛然。説與農人勤貯水，行看緑霧漲平田。

春動邊聲虜計狂，淮流據斷架浮梁。雨師怒烈風雲陣，定報驚奔盡犬羊。

老夫屢與死爲鄰，急報家人早入京。正慮舟行流未滑，枕前快聽瀉簷聲。

和楊兄二絶

詩人過我辱高軒，坐覺塵埃不敢干。三寸古今談不了，明珠落落走金盤。

三年嘗盡萬間關，力怯强弓寸寸彎。何日變成閒世界，與君夜月對湖山。

偶詠玉簪花

葉帶春姿如潑澱，花多秋色似凝酥。恍疑鷺立清波上，只欠漁舟湊畫圖。

和會之二絶

飣蘁篘釀挹仙霞，味到詩情分外佳。應把梅花望彭澤，不辭漉酒污巾紗。

愛景桃春意已生，新詩新釀一時成。遥知獨酌微吟處，霜月應多别處明。

劉百十六兄送梅花大鯽新酒以詩將和其韵四首

塵鬢三年繡水湄，詩懷久矣負良時。門前喜鵲來相報，知有騷人委色絲。

寒冰爲骨玉爲精，籬落横斜數點清。不見孤山浮動處，嶺頭折贈若爲情。

暖日浮光深水湄，魚方掉尾煦晴時。巨鱗如掌勤分餉，輿入扁舟動釣絲。

新篘盎盎瀉瓊晶，照我襟懷徹底清。多謝白衣相問勞，舉杯無語不勝情。

贈以酒寄詩

茅茨底下坐寒氈，應是孤吟舌本乾。急遣麴生相問訊，滿澆磊塊潤毫端。

和高吉父六絶

端爲稽田賦未均，一時板籍盡更新。三年敢作賢勞歎，政恐才踈負邑人。

麥隴吹風餅餌香，桑畦映日繭絲光。晚春好誦歸田賦，問汝何爲兩鬢霜。

飲啄于人似有緣，又將塵面對瞿曇。儒冠未必非相誤，時聽鐘聲静夜參。

平生冥懶怕逢迎，相望何時可合并。妙語貫珠分在手，山齋快讀晚風輕。

工部文章裕後昆，橋齋遺稿炯然存。偶拈同谷悲歌句，又把愁腸攪一番。稿中有《和老杜同谷七歌》，其詞悲怨。

世事紛紛起笑端，五雲深處最高寒。與君便好尋前約，霽月難同俗眼看。

途中二絶

一點天根動處微，已令萬物受春熙。欲知消長從來意，便是人心善惡機。

脚踏京塵動數旬，歸途又復見書雲。羣陰已放陽來復，看取新年别有春。

和韓蕺山見贈絶句

世網纏身未得歸，但勞清夢到林扉。高人誤作班行看，只是山中一布衣。

秋遊雁宕道中

遥睇前峯已出奇，從今便合辦新詩。山靈似是知予意，擁翠來迎步步移。

石　梁

他山不數碎如拳，有此撑空萬古寒。好個山中廊廟具，游人浪作石梁看。

照膽潭

布襪青鞋得勝尋，四邊卧石護清深。從他照破千人膽，容我論交一片心。

羅漢洞 靈峯

攢空巨石太崔嵬，踴躍山巔亦壯哉。誰把斧斤揮直下，斫開洞户許人來。

道中戲成

造物人言是小兒，偶然越樣與兒嬉。不過幾塊麤頑石，博得人誇幾個奇。

天　柱

削成一柱是何年，屹立當空更不偏。我欲借渠成大厦，少陵此意久無傳。

天聰洞 靈巖

脚力窮時眼力通，層梯倚石上天聰。世間無眼惟頑石，獨此中間透外空。

小龍湫

水脈憑高天外來，半空散得萬飛埃。老龍卧處知何在，唤作靈湫亦漫猜。

大龍湫

半世聞名始見之，洞心無語立多時。選洞心駭目。經行處處皆奇絶，此比諸峯更絶奇。

攜酒落成倅廳綺霞閣口號代簡

綺霞風月一番新，臜把餘光燭近鄰。聞道落成開宴席，也容老子挹芳塵。

和陽字韵

又還秋色到萸觴，檢點東籬次第黄。碧水連天無限思，欄杆無奈帶斜陽。

寄題蘆洲

幽人作計築幽居，傍水爲亭手植蘆。何愛世閒閒草木，只緣胷次有江湖。

拾　遺

相傳有富室，公至其家，嘗厚款。一日訪公，遇午留食，葱羹麥飯，怒而去。公貽此詩，終身愧不敢見。

葱療丹田麥療飢，葱羹麥飯兩相宜。請君試上城頭望，多少人家午未炊。

杜清獻公集卷四終

杜清獻公集卷五

黃巖　杜　範著

奏劄

軍器監丞輪對第一劄 端平二年秋

臣草茅書生，竊第奉常幾三十載，區區愚忠，無由自達。遭逢聖朝聿新庶政，一介滯遺，亦與甄擢，進之周行。今幸當輪對，正小臣竭忱報上之日，其敢或有所隱，以負不忠之罪。惟陛下垂聽焉。

臣讀《易・繫辭》曰：「易窮則變，變則通，通則久。」夫天道、人事未有運而不窮者，變而通之，斯不窮矣。其道存乎其人，故《否》之上九曰：「休否，大人吉。」蓋謂非大人則不能轉否而泰也。《剥》之上九曰：「君子得輿，小人剥廬。」蓋謂非君子則不能轉剥而復也。至于上卑巽，下苟止，則爲蠱。蠱者，弊壞之極也，而有元亨天下治之象。其繇辭曰：「先甲三日，後甲三日。」蓋甲者，事之更端也。先甲以究其弊之所以，然後甲以慮其弊之將然。周思曲防，動而必當，則弊革而事立矣。夫窮而必變者，勢也；窮而能變者，人也。人不能變，而聽其勢之自變，則天下之故可勝道哉。

陛下以爲今之時何如時也？豈非否而欲泰，剥而欲復，大壞極弊而爲蠱之時耶？三四十年權臣擅國，百蠹交潰。自陛下親攬大柄，召用正人，天下延頸企踵而望。更新之治，且兩年于此矣。而紀綱之蕩廢者未脩，政事之苟翫者未飭，風俗之頽靡者未振，氣象之凋殘者未復。楮輕物貴，國匱民貧。軍伍干紀而遠邇效尤，邊備單虛而中外凜凜。弊端糾結，有不可爬梳之勢；壞證捷出，有不可調持之憂。而上下方且苟安，玩愒歲月，以憂時爲張皇，以慮患爲過計，以振職爲生事，以持正爲好名。天下大勢，如寄扁舟于驚濤駭浪之上，維楫不固，篙師不力，而安坐以幸其善濟，蓋亦難矣。陛下更新之志，非不勤也；朝夕更新之令，非不多也。天下不惟未覩更新之效，而或者乃有浸不如舊之憂。陛下亦嘗深思其故乎？夫新教條易，新風聲難；新觀聽易，新心術難。以一時之教條，聳天下之觀聽，而無以行鼓動之風聲，變積習之心術。是無異飾屋之陋以丹雘，丹雘雖新，而屋猶故也；飾人之羸以衣冠，衣冠雖新，而人猶故也。若是則蠱何由而治，而否泰、剥復之機，將轉移之以人耶？將一聽之于勢耶？

臣愚竊謂：致弊必有源，救弊必有本。本源之不究，而漫曰革故而圖新，是以弊易弊也。天下之理，天命之所不能違，人心之所不能異者，曰公而已矣。公則正大而明遠，私則偏狹而滯暗。公則兼聽廣覽，而是非洞見；私則好異惡同，而利害莫察；公則剛毅有執，而果於徙義；私則依違不決，而制于兩可；公則確意倚實，以圖事功；私則苟焉徇名，以爲觀美；公則隨其所施，而人情允協；私則一有所爲，而異議並興。公之與私，蓋世道理亂之所由分也。積三四十年之蠹習，至于浸漬薰染，日深日腐，潰而爲百孔千瘡，有不可勝救者。考論其故，雖不止一端，推究其原，不過「私」之一字耳。

陛下奮大有爲之志，而適當天運人事之窮，固宜懲其弊源，而痛加滌濯，使私意浄盡，公道大明，則變而通之本無難者。不然，病根未除，而隨證用藥，藥雖屢更，何補于病？臣兩年間所覩聞者，雖未必盡然，而臣愚不敢有隱。試爲陛下一僭陳之。

以天位之重，而或疑其爲私德之報；以天倫之親，而或疑其有私怒之藏。天命有德，而或濫于私予；天討有罪，而或制于私情。左右近習之言，或昵于私聽；土木無益之工，或侈于私費。隆禮貌以尊賢，而用之未盡；温詞色以納諫，而行之惟艱。此陛下之私，猶有未去也。和衷之美未著，同列之意未孚。紙尾押敕，事不與聞，同堂決事，莫相可否。集議盈廷，而施行決于私見；諸賢在列，而密計定于私門。正塗未辟，捷徑已開，朝端未清，舊習猶在，此大臣之私猶有未去也。君相之私容有未去，則教條之頒徒爲虚文。是以賢能不見于實用，而流俗足以移人。居論思獻納之地，或以循默而充位；處彌綸省闥之任，或以刻薄而結知。有言責者，不得其言而風采之日爍；有官守者，不得其職而吏姦之日勝。監司無澄清之志，而貪俗未弭；守令無撫字之勞，而民生益困。任邊陲之寄者，視軍實之喪，而不以實上聞；夸稱提之能者，飾楮券之直，而惟以虚取譽。上下相蒙，類皆欺罔。至于事之相關者，則挾諼詐以啟紛争；勢之相敵者，則懷疾妒以謀沮害。朝廷方恃以爲屏蔽，而彼乃自爲仇讐。私意横流，上下充塞，大抵以便文自營爲入官之計，以乘時射利爲進取之能，以辭難避事爲保身之哲。各身其身，各家其家，則陛下將孤立于天下之上矣。豈不危哉！此「私」之一字，所以爲致弊之根源。而枝葉之蔓延，末流之泛濫，其害有不可勝言者。弊源之未去，而徒摘其一二政事之失，更張而易置之，朝令而夕變，屢行而輒止，無益于更新之政，而徒以失信于天下，而生亂階也。嚮也以苟且致弊，而今也以苟且革之；嚮也以具文致弊，而今也以具文革之；嚮也以因循致弊，而今也以因循革之；嚮也以欺誕致弊，而今也以欺誕革之。是謂弊益弊也，何革之能爲？是以上輕于出令，而威信不立；下輕于玩令，而朝廷不尊。天文變於上，人事乖于下。民心日摇，國勢日危。陛下之臣，誰與領此？臣所以痛心疾首，流涕而長太息也。

臣願陛下克己寡欲，側身脩行，不以富貴爲可樂，而所畏者天威；不以威福爲可恣，而所奉者天道。體乾德之剛健，而無一毫牽制之失；行王道之正直，而無一毫繫累之偏。廣聰聽，以防壅蔽；採衆論，以定是非。厲篤實之意，以斥虚美；行謹審之令，以立大信。毋徇流俗之見，以疑君子；毋求目前之快，以用小人。洗此心以主公道，正此身以行公道，修明此綱紀政事以大布公道。方今爰立並相，揆路更端，亦轉移世變之一機也。若拘攣退沮，復循故轍，則天下之政殆將不復新矣。矧國家多事，内阻外訌。鎮定綏輯，惟在輔相。既同心于忠愛，亦何分于事權。宜相與協力並智，埽除宿弊，擴然大公以公是非，進退人才以公好惡，大明黜陟以公議論，脩廢補弊以公利害。扶顛持危，毋有纖芥之嫌以來讒人；交鬬之口，毋爲形跡之避以壅中書。積壓之務，此正今日之所當先者。且論道經邦，宰相事也；四方有敗，必先知之，宰相事也。今乃下行有司之事，而尤侵銓曹之官。州縣之美職，京局之猥任，悉歸于堂除。又有堂餘撥下者，亦占爲堂差，此姦臣招權之術，市恩之門，聚利之塗。因仍不改，以致今日。瀆亂朝綱，滋長吏蠹，莫甚于此。祖宗朝雖六院亦隸銓選，今縱未能遠跡前憲，亦宜近考孝廟朝。凡不繫堂除差遣，皆令銓曹依條注授妙選天官、長貳，使率其屬，以綜核人才。不惟可以息奔競之風，塞僥倖之路。而宅揆之地，文書不至委壓。庶可以清心省事，與其同列講明至計，以安社稷，舉用賢俊，以起事功，此尤今日之所當先者。然後訓飭庶官，布告中外，明示意向，立之風聲，以洗天下積私之習，以回天下嚮方之心。其他蠹弊之所當革，事功之所當舉者，毋循偏見，毋急近功。必深思夫先甲後甲之義，圖其始，必究其終；規其得，必計其失。慮患之必先，預防之必審，則治蠱之道得而否者可泰，剥者可復也。臣不勝惓惓，取進止。

貼黄

臣竊謂近者召用儒臣，發明格物致知、誠意正心之學。蓋以人之一心，萬事主宰，故欲闡先賢之格言大訓，以切劘陛下之心術，爲建事立業之基。此正[一]大臣格心事業，雖施之于用，未覩厥成。此當責之於用[二]功未實，故成效未著，不可以其言爲清談、無益實用[三]，而欲委而棄之也。竊聞近有好議論者，從而詆訾[四]訕笑之，是將以不致之知、不誠之意、不正之心，而欲有爲于天下，萬無是理。陛下一惑其言，則將有厭薄儒學之意。而姦駔嗜利之徒，偷爲一切，以攫取陛下之富貴者，乘間而售，則人心失而國本摇，天下事去矣。此賢不肖進退之機，天下安危之所係，不可不謹也。臣願陛下亦崇儒學，以其講明見之施行，毋徒資誦説，以事美觀而卒墮或者清談之譏，則天下幸甚。取進止。

【校勘記】

［一］正：原闕，據《四庫全書》本補。

［二］之於用：三字底本殘闕，據《四庫全書》本補。

［三］無益實用：四字底本殘闕，據《四庫全書》本補。

［四］詆訾：二字底本漫漶，據《四庫全書》本補。

第二劄

臣竊謂當今天下之至可憂者有三：邊備之虛也，國計之乏也，民生之困也。臣日夜憂念，輒有一得之愚，敢僭言之。

一曰核守禦之實。臣得之傳聞，韃虜聚兵河南，其意叵測，分道並進，虛聲已馳。逆全餘黨，必爲嚮道。北來新附，動皆寇讐。萬一邊面有驚，淮東爲急，敗軍之將已難語勇。矧私隙方開，孰禦外患，一無足恃，可爲寒心。雖邊庭斥候，事未必實，爲國深慮，理宜預防。今上下晏然如平時，豈非猶幸和議之可恃。臣聞王檝尚留浮光，收買南貨輜重甚多，差撥人夫以數千計。則是商販嗜利之徒，必非虜廷通和之使，疲弊中國，取笑四夷，莫此爲甚，猶爲可和，豈不誤哉。臣愚謂宜亟遣朝廷重臣，視師江淮，自擇其諳知形勢，曉暢軍事者，以爲之屬。至其近地，檄召二帥，諭以廉藺、賈寇之事，而責其戮力王室之功。然後訪其所以爲今日守禦之計，險要尚虛何以備之？營屯尚闕何以補之？糗糧未足何以儲之？民兵未精何以練之？將校之不可用者何以易之？城池之不可守者何以繕之？新附之不可保者何以處之？使之條陳其措置之宜，與夫見行經畫之事。毋循前弊，以爲欺罔。仍遣其屬親行廵視，體量利害，以參考其説，相與講求實備，而亟施行焉。庶爲守邊者知所任責，而邊備有足恃矣。

二曰專物賦之司。今大農雖曰總天下之財賦，然分于四總者，大農不得而察；貯于南庫者，大農不得而知；藏于内庫者，大農不得而與。事權無所統攝，而蠹弊必倚仗其間。矧楮券天下已厭其多，而朝廷常患其少。漫曰稱提，率皆嘗試。苛令四出，尋即寢罷。上下相視，束手無策。惟有節用住造，而擇其無害于百姓者，多方以收之。遲以歲月，必有成效，然非一有司所能爲也。臣欲傚祖宗時三司使，專設一官，以執政領之，使周知天下錢穀出入、有餘不足之數。設其屬籍而會之，覈其失陷，稽其蠹弊。一歲之所入，必足以供一歲之所出。不足則講求節用事宜，痛加裁減，條具奏上而施行之。至南庫、内庫，亦使司存者月具見存之數，而關聞焉，以爲均節財用之備。夫内庫之設，本以備緩急之需，非以資浮泛之費。有司雖不可得而會，而一人亦不得而私也。陛下視宫府爲一體，而使執政、任財計于一身。庶彼此無贏耗之異同，而帑藏省積習之蠹弊。其于楮券，亦可以通融而扶掖之矣。

三曰嚴按察之職。夫一郡之官，郡守察之；一路之官，監司察之。監司之職于按察爲尤重。今爲監司者，大抵以獄訟、簿書、期會爲急務，而于一路官吏之賢否，漫然不加之意。其舉也以應人情，或不識其人而强加刻畫；其刺也多狥私意，或不得其實而誣以貪贓。是以外臺之風采不振，而循吏之治效蔑聞。臣願陛下諭大臣，精擇監司，恪修厥職。舉吏必言其可舉之實事，無徒爲褒稱之虚語；劾吏必條其可劾之實跡，毋過爲詆毁之浮詞。其有罪在貪暴，害及百姓，必追勘得實，具奏朝廷，重加鐫斥，甚者籍而竄之。仍令吏部籍記，歲終則考監司所舉、所劾以爲殿最。其有奉行稱職，所部風生，及有舉刺不當，或一歲有舉無刺者，則以名聞而加賞罰焉。且親民之官，縣令爲切。其貪暴害民者，監司、郡守不知，是失職也。知而不以聞，是庇姦也。宜令臺臣併劾之，重者罷黜，輕者鐫降。庶爲按察之官者，知所任責，而民氣甦矣。

此三者，皆關于天下之大政。陛下如以爲可行，願與二三大臣講究而速行之。庶邊備之虚者，可以漸實；國計之乏者，可以漸贏；民生之困者，可以漸安矣。取進止。

貼黄

臣曩爲安吉獄官，見本州獄按已成，上之朝廷，至有二三年不下者，干連拘繫，多以瘐死。心甚念之，意謂棘寺、刑部稽滯，以至此也。昨爲大理司直，方知刑部下其案于棘寺，大小皆有限日。縱有駁難往復，亦有期程。嘗詢問其故，蓋大囚之獄，謂之死按，欲其緩死，奏上輒留，有司不敢請，遂致稽滯。是知緩死之爲仁，而不知無辜被繫，遷延歲月，至于瘐死之爲不仁甚也。臣聞臺察有六，刑居其一，民命所繫，其事匪輕。臣愚謂凡州郡以獄按來上，宜併以申御史臺，及至刑部下之棘寺。寺定刑申部，部申省，省以奏入，皆具日月關聞焉。或是有司稽限，令其覺察；

或是留中，許其具奏。庶刑獄不至淹滯，而平民免于拘繫。其於仁政，亦非小補。併乞睿照。

入臺奏劄 端平二年十二月

右，臣一介迂疎，誤蒙聖恩拔從庶僚，寘之臺察。自維力綿責重，兩具控辭，天聽弗回，黽勉拜命。既在言責，其敢顧私畏縮，以負陛下親擢之意，抑區區有當先陳者。

臣竊見曩者權姦擅國，所用臺諫，皆其私人。約言已堅，而後出命，其所彈擊，悉承風旨。是以紀綱蕩然，風俗大壞。陛下親政，公道方開，首用洪咨夔、王遂爲臺諫，痛矯宿弊，斥去姦邪，改聽易視，于旬日之間烝烝然有向治之意。然舊習猶未盡去，意向猶未昭白。然廟堂之上，牽制尚多。言及貴近，或委曲回護，而先行丐祠之請；事有掣肘，或彼此調停，而卒收論罪之章。亦有彈墨尚新，而已頒除目；汰去未幾，而反得美官。自是臺諫風采，昔之振揚者日以鑠；而朝廷紀綱，昔之漸起者日以弊。國論未定，治功不立，職此之由。今陛下一旦更易數臣，以任風憲之責，更欲一心臺綱，以仰副勵精之意。若欲其迎合時好，循默備位，是自壞其紀綱，自塗其耳目。聖明圖治，夫豈其然，亦非愚臣事陛下之職分也。

臣望陛下斷自聖意，明詔大臣，力除回護調停之弊，以伸敢言之氣，以折姦回之萌。臣當誓竭愚忠，以上報君父。儻舊習未除，是非不別白，則言者雖多，小人無所畏忌；黜者雖衆，天下不知所懲。雖數易臺臣，何補于治？惟陛下裁之。謹録奏聞，伏候敕旨。

國論主威人才劄子 臺中上端平三年春

臣竊惟當今天下之大患有三：夷狄之憑陵、財用之匱乏不與焉。夫二者關于天下之安危存亡，其大患宜莫急於此。而臣獨以爲不與者，固非敢爲是迂緩不切之論，以罔陛下。蓋本强則末應，綱舉則目張。否則，飾精彩於衰殘，飽口腹於飢肉，非惟無益，祇以賈害。所謂三大患者：國論之未定也；主威之未振也；人才之未作者也。臣請爲陛下條陳之。

國論者，所以一意向。方今韃虜不道，蹂躪荆蜀，震驚江淮。襄陽重鎮，而道梗援絶；江陵孤壘，而力困事危。隨、棗、德安蛇豕薦食，光、黄又告急矣。而議者慮兵財之不支，則主于和；憂豺狼之難厭，則主于戰。廟堂籌邊，未有一定之見；督視開闔，未有一定之規。因循歲月，苟且施行，精神何由折衝，將士何由用命？不特此也，至于進君子矣，已有賢者無益之疑；退小人矣，復懷狙詐可使之意。使君子桯杌而自危，小人扇摇而伺隙。欲節用，而或嫌其流于儉陋；欲懲惡，而或謂其戾于寬仁。凡此等類，不止一端。自更化以來，所以無一事之可立，無一弊之可革者，實由于斯。臣所謂國論之未定者，此也。

主威者，所以厲風俗。方今百度積弛，萬事交蠹。上輕于出令，而羣議之易摇；下輕于玩令，而人情之不肅。王法屈于大臣之親故，主柄移于政府之調停。姑息之政尚多，苟翫之習猶在。將帥驕蹇，而漸有難制之形；士卒怨傲，而常有易叛之勢。脛大幾于腰，尾大難於掉。朝廷不尊，威令不行，未有甚於此時者。如是且不可以控馭中國，況能以制服夷狄乎？則其所憂，不惟在韃虜，而且在蕭牆矣。臣所謂主威未振者，此也。

人才者，所以興起治功。自權臣竊命三四十年，擅勢利以消天下之氣節，縱貪墨以昏天下之智能。自古才難，而加以挫辱沮喪。是牛山之木，牛羊、斤斧之餘，其不濯濯者幾希矣。方今多事沸集，非才不濟；衆弊坌積，非才不除。内脩外攘，苦無任責之彦；宵衣旰食，常有乏使之憂。凡參錯于職位者，惟以議論爲事業，以文移爲紀綱。上下相蒙，習爲苟且。一旦有急，則束手顧驚。求其首公辦事，以身徇國者，無有也。其將何以排國難，何以寬主憂。臣所謂人才之未作，此也。

此三者，實爲當今大患，亦在陛下主張之、綱維之、感召之而已。臣願陛下清心寡欲，兼聽博採，與二三大臣講明可否利害之實，而施行之。審之於先，而斷之于後。事無輕發，令毋輒變，則國論定矣。法天剛健，行以夬決；彰善癉惡，以植風聲；信賞必罰，以示懲勸。毋牽制于小恩，毋輕褻以大柄，則主威振矣。人才之生，何世無之。布于目前者，雖未滿人意。其沈于下僚，隱于山林者，不乏也。臣願陛下亟降手詔，内而侍從、臺諫、卿監、郎官；外而帥臣、監司、守倅、令長，各舉所知，不限其數。以其才之所宜，悉以上聞。其餘職事官，苟有欲薦士者，許其于廟堂入劄。軍帥亦令舉將士。陛下與二三大臣擇其被薦之多者，詳加搜訪，而録用之。其績效可稱者，從而尊顯之。必有自奮于功名者，出而爲陛下用矣。

陛下以是三者深思而力行之，庶幾國論定而意向以一；主威振而風俗以厲；人才作而治功以興。如是則雖夷狄憑陵，財用匱乏，豈足爲陛下憂哉。臣不勝惓惓。

杜清獻公集卷五終

杜清獻公集卷六

黄巖　杜　範著

奏劄

邊事奏劄 臺中上

臣竊謂存遠慮者，其國安；懷近憂者，其國危。至于玩目前之憂，則國非其國矣。自韃虜南寇，蕩析數郡，積骸千里。今襄報雖寬，而光圍已急。勢迫蘄黄，聲震江面，可謂憂在目前。或者曰：春氣已深，虜當自退。又曰：韃虜已退，其搶攘于荆、淮者，皆其投拜户及德安叛卒爾。此皆容悦幸安之論，不足深信。臣聞前歲韃虜滅金之時，追逐而南，自汴京而應天，自應天而蔡城，皆盛暑之月。荆、淮風土與中原亦無甚異，是殆未可以畏暑而幸旦夕之安也。所謂「投拜户及德安叛卒」，今爲韃用，與韃等耳！韃雖退，不過宿師近地，以爲之聲援。其衝突之計，意實叵測。又況秋高馬肥，屈指數月。去歲之春，亦嘗憂及此矣。苟且因循，守禦無備，一旦寇至，束手驚惶。今若幸其苟安，虚過日月，則蜀、漢、荆、淮莫非創殘之地。邊塵一警，望風驚遁。設不幸有一騎浮江而南，陛下能晏然玉食于九重之内，與京城百姓相安于無事否乎？靖康之初，金虜三月退師，九月復至。臣子所不忍言，其覆轍可鑒也。臣每念及此，不遑寧居。然熟觀今日之事，上下晏然，無異平時。至廟堂之上，其所施行，皆不切之細務；其所關報，皆無益之文移。方且志慮不孚，猜防已甚。遇風于同舟，而相救之不聞；載車于絶險，而將助之無有。以至宏建督府，付以閫外之寄；奏劾細事，亦且稽于報行。其何以使之作厲士氣，責其禦侮之功？當此危急存亡之秋，而玩視若此，此臣之所未喻也。

臣願陛下赫然震怒，汛埽舊習，篤憂勤之念，以身先之奮，剛果之斷，以身行之。内而宫掖，凡燕飲之娱，匪頒之費；外而親屬戚族，凡土木之侈，錫賚之寵，一切以義裁恩，務從省節。日與二三大臣、侍從、講讀之官討論守禦之急，務使之同心體國，併志合慮，以求至當之説。毋以私情而廢公議；毋以小忿而害大謀；毋以議論而爲事功；毋飾具文以苟歲月。亟降御筆，勉諭督府，使之統厲將帥，以蔽遮江淮；警飭邊臣，使之嚴備要害，以豫防衝突。仍令條具當今所合改圖急切事宜，畫一來上。凡督府邊臣應有申奏，令樞密院擇一屬官專掌之。朝奏夕報，無或稽留。昔范仲淹以參知政事使河東、陝西，久而覺報緩，而請不獲。召掌吏問之曰：「吾爲西帥，每奏即下而請輒得。今以執政而請，報不逮，何也？」曰：「吕夷簡爲相，特别置司專行鄜延事，故速而必得爾。」乞陛下明諭大臣，以吕夷簡爲法。其或有難從之請，亦宜早與區處，而速報之。毋視爲泛常，使之觖望而疑懈也。臣激於憂愛之忠，僭塵聖聰，唯陛下裁之。

貼黄

臣昨見前廬州駐劄御前强勇諸軍劄都統制司隨軍計議官陳正夫所上封事。其言禦韃、誅叛、處降之策，慮周而計密，多有可采，似非紙上浮言。乞陛下諭及大臣，參酌其所陳，下之督府，取其可用者，而亟施行之，必有可以爲守禦之助。

又貼黄

臣竊謂朝廷行計畝輸券之令，實出于甚不得已。令内而卿監、郎官，外而守倅以上，先行催納。蓋以爵位稍崇，宜與國家同共休戚。其他小户或可免輸，以少損咨怨。但州縣奉行之吏，不能敷廣德意，乃一例拘催，甚而至以宣教、承務、學士立籍。即非官户，元不在指揮之内者，亦行催擾，大恣邀利。則是朝廷出令初無益於秤提，而徒爲州縣貪吏賣弄乞取之資，重民怨而傷國本，爲害非細。臣愚欲乞聖慈，亟令朝省嚴行禁約。照元指揮，先催卿監、郎官、守倅以上，俟其催足，申聞朝廷，聽候行下。其餘官户、民户，不問田之多寡，並不許自擅催納，妄有追擾。如違，許其經臺部越訴，切待究實，將官吏鐫罷決配施行。庶以明朝廷不得已之意。其于仁政，實非小補。

留徐殿院劄子　同吴察院上

臣等一介疎賤，分察臺綱，得與殿中侍御史徐清叟同事。自供職以來，感激知遇，知無不言。

所上奏章動關國體，每蒙陛下曲賜優容。臣等誓欲糜捐，以圖稱塞。今于二十九日，忽聞御筆，徐清叟除太常少卿，臣等恍然，莫測所謂。豈因清叟近日三漸劄子言及貴近，致激陛下之怒耶？臣等竊見陛下自更政弦，廣開言路。凡言二邸，言諸璫，言及小人復用，連篇累牘，語涉疎狂。雖在小臣，靡不容受。今清叟既居臺貳，正色盡言，是亦職分之宜，不知其言之戇。今陛下一旦出令，俾遷他官，此必有左右之臣懷諼挾私，以此移主意而防善良者。奉常清官，似不爲小，清叟得去，亦所甘心。然盛明之朝，乃使直臣以言事去職，不惟于臺綱有損，播之天下，亦恐于聖德有虧。一舉兩失，臣等深切惜之。敢援祖宗朝臺臣留御史例，欲乞聖慈亟回成命，仍令清叟赴臺供職，足以彰陛下改過不吝之意。若以臣等之言爲借，欲乞併與清叟俱黜，庶幾不辱此臺，有辭于世。謹録奏聞，伏候敕旨。

三留徐殿院劄子

臣昨因殿中侍御史徐清叟出臺，事關國體，遂同臣昌裔兩具奏陳，乞留清叟，令其赴臺供職，未蒙施行。臣竊念近與清叟、昌裔一時被命並陞臺職，相與感激恩遇，以期無負于明時耳目之官。遂不避怨仇，合詞論奏大臣誤國之罪，亟蒙聖旨宣諭清叟，復于經筵面奉玉音。臣等恭承聖訓，不敢再有陳奏。臣獨思念祖宗時臺諫論及大臣，即無兩存之例，抗章自劾，至于再三。陛下又遣使諭止之。臣進不得盡忠，退不得去職，泯泯默默，羞見搢紳，兩旬于此矣。

今者清叟論三漸事，此大臣畏之而不敢言，通天下知之而不能言者，清叟明目張膽爲陛下言之，此正臺諫職也。雖傳聞或有失實，語言或有過當。其于警戒自治之道，實非小補。臣聞清叟面奏時，陛下和顔受之，畧無忤容。清叟以語同列，謂聖德寬大，樂受逆耳之言。若此未幾，而遽奪其職，此豈出於陛下本意？是必有交鬭之讒，以激陛下離閒之怒，而又欲歸過於陛下，使有諱諫之名，此臣所甚痛也。臣嘗得其三漸奏稿，讀之深服其有骨鯁敢言之氣。方將以其所論，詳加體訪，繼以奏聞，而清叟既因此罷職矣。臣雖有忠藎之忱，寧無顧慮之意？使冒昧言之，是重怒也；循默而不言，是失職也。夙夜以思，不遑寧處。

昔治平中，吕誨等以濮議事出臺，司馬光乞留之不果而求黜，彭思永召還不獲而求罷，此祖宗時臺諫故事也。臣敢援是，仰瀆天聽，欲乞聖慈，亟罷臣御史職事，畀以叢祠，使歸田里，庶幾全臣進退之義。

論襄陽失守劄子 同吴察院上

臣等兩上章留徐清叟，又各自疏乞畀叢祠，一無報行，日切兢懼。自合居家待罪，不當復有所言。然事關危急存亡，不容自默。

臣等每謂今日邊事，蜀中之患不在韃而在秦、鞏；淮、襄之患不在韃而在北軍。昨聞鞏州汪世顯等已降于韃，爲之引兵直窺階、文，則秦、鞏之患已有證矣。近者訪聞襄陽城中北軍爲變，挾李伯淵以叛，半殲南軍。制帥趙范狼狽出城，僅以身免。雖傳聞未可盡信，若其果爾，則是北軍之患又有證矣。

竊惟襄陽東連吳會，西通巴蜀，古人以爲國之西門，又爲天下喉襟。若爲寇盜據其門户，扼其喉襟，則吳、蜀中斷。自上流渡江，直可以控湖湘。若得舟而下，直可以擣江浙，形勢順便，其來莫禦。萬一有此，則人心動摇，望風奔潰。雖有智勇，將焉用之？况自去年以來，郭勝叛于唐，范用吉叛于均，尚全等「克敵軍」叛於德安，皆以北軍相率叛去。今李伯淵素號膽勇，爲三軍所推，又逐人往來江浙，稔知地利。若羣雄並嘯，四叛連衡，守我城池，據我糧食，則其謀深計狡，將不止抄掠邊疆而已。加以韃騎往來不常，此輩爲之向道，則憂在社稷，恐有不忍言者。昔宣和間，黼、貫開邊，郭藥師以常勝軍來降，又招雲朔漢兒以爲一軍，謂之「義勝」。厥後金虜南牧，二軍首叛以降，遂道虜軍儆擾中土。時宦官尚閟其事，不以上聞，竟成靖康之禍。臣等讀國史至此，不勝痛之。今日之事，雖未遽至是，其危證亂階亦已畢露。不知陛下亦嘗憂及此乎？大臣亦嘗以此告陛下乎？

臣等忝在言責，得之風聞，若不亟爲陛下言之，何以自解不忠之罪，用敢不識忌諱，冒犯奏陳，欲望陛下明諭大臣，亟思所以靖難保邦之計。若趙范果已離襄，急令收聚諸郡餘兵固守江陵，以爲上流捍蔽。鄂渚與江陵相近，陛下已嘗命帥而尚未亟行，宜申命督促，疾馳以往。如其方命乞改，畀有威望忠畧之人以鎮武昌，與江陵犄角。乞行下淮西帥尤焴疾速嚴作隄備。所有淮東之地，亦多北軍。雖聞分戍新復州軍，然恐聞風相挻而動，亦乞下趙葵急作措置，毋使噬臍。區處既定，則守江之策尤不可緩。乞專以責之陳韡，如戰艦、軍糧、防江民兵等宜日下辦集，以防不測。其他所合思慮預防之事，蚤自廟堂同心區畫，不可循習故態，苟安目前；不可畏避張皇，謾爲覆蓋。日夕憂懼，惟恐禍至無日，庶幾可以扶顛持危，而不至淪胥以敗。臣等不勝憂愛懇切之至。

貼　黄

臣等昨與清叟以開邊誤國論及首相，又因發下條具邊防事宜，見其所具，多有疎略，已同諫官疏其不可行者，以復廟堂。但知控竭愚忠，不知觸忤時忌。今外有虎視之狂韃，内有鴟張之叛兵，國勢凛凛，危于綴旒。大臣于此，不能憂邊思職爲君父計，而乃惟事猜防，虚擲歲月，甚可憂也。清叟既已出臺，臣等自難安職。惟君臣義重，冒言及此，又將不免廟堂之疑。欲乞陛下以社稷大計爲重，毋以人情牽制爲拘。若謂臣之言可采，即乞檢照前奏，亟賜睿斷施行。若謂臣等不能静嘿安處，即乞早賜罷黜，或以與祠。庶幾大臣不以臣等多言爲慮，專一爲陛下區處邊防。臣等雖歸田里，寔爲大幸。

端平三年三月奏事第一劄

臣竊惟陛下不以臣愚陋，俾分臺察。凡天下國家理亂存亡，無所不當言。而臣一身之利害禍福，皆所不敢計。臣伏觀今日事勢，其阽危之形，又非昔比。昔之所憂者韃，今則不止韃矣；昔之所防者秋，今則不待秋矣。蛇豕薦食，千里爲墟，幸其畏暑而暫退。正當改紀，而亟圖邊備，方集議而未行，襄城已倉皇而告變。帥臣所恃，以爲腹心者，忽反戈而爲仇；陛下所恃，以爲干城者，乃棄甲而遠遁。江陵事力，素號單弱。況藩籬失守，迫近風寒，其何以折姦宄之衝，其何以壯上流之勢？萬一有奪舟浮江而南者，則遠近震驚，望風奔潰，將有不勝諱之憂。

臣聞之經筵講讀之官，謂陛下憂見顔色，想夫日不暇食，夜不甘寢。思祖宗付託之重，念天命保守之難，凛凛乎臨深履薄之憂也。昔宣王中興，側身脩行，百姓見憂，是以天下喜于王化復行。今陛下獨焦勞於聖慮，而未形于設施；惟顰蹙於聖容，而莫聞于政事。且宫苑不節之費用，朝廷無益之文移，苟且因循，以玩歲月，殆與安居閒暇之時，無以異是。陛下之憂，雖同于周之宣王，而百姓未之見，則異于周之天下也。非惟百姓未之見，而臣亦且莫得而見，亦何以致復行之喜，而成更新之治哉！臣聞興衰撥亂之規模，不可用繼體守文之調度。昔靖康初李綱疏論時事有曰：「繼體守文之君，恭己足以優于天下；至于興衰撥亂之主，非英哲不足以當之。」惟其英，故用心剛，足以斷大事，而不爲小故之所摇；惟其哲，故見善明，足以任君子，而不爲小人之所間。此誠論治之格言，實爲拯時之要道。臣愚不足以窺陛下神聖之萬一，竊意當興衰撥亂之時，而尚存繼體守文之舊，恭己之有餘，而英哲不足也。故威斷失于優游，權綱紊于姑息，聰明惑于牽制，政事蠹于美觀。當禍至無日之時，而爲濫恩不切之舉，廟謨尚緩于邊陲，廷號先及于肺腑。閭巷之人亦相與竊訝之，而大臣方且爲固位持禄之計，孰與任社稷存亡之憂？且其好善之名，不足以掩惡直之實；盡公之念，不足以勝爲私之情；一身之廉，不足以蓋一家之貪。而同列之人，存形迹以苟容，幾于具位；視顛危而莫救，徒有空言。是以出一令、立一事，漫無成謀，卒無定見。如近者督府之始建也，倉卒而行之，繼乃滅裂而遺之，其終也模糊而罷之。徒有丘山之費，曾無錙銖之補。凡此等類，非止一端。以是而繼體守文，猶且不可，尚欲其興衰撥亂，不已難乎！且邊臣之撫養北軍，殆如驕子，不爲不厚矣。竊料今日之叛，不生于怨而生于易，彼誠見夫朝廷之秕政舛令不足以服人，邊陲之庸將弱卒不足以捍敵，故易心一生，而叛心四起。況其徒實繁，散處淮、襄千里之地。襄已叛離，則其他之在諸郡者，寧免疑貳，其變殆未已也。譬之久敝之屋，棟宇橈傾，牖壁頽圮，日懼覆壓。而徒以幄帟障飾之具，燕笑其下。雖甚愚者，固亦爲之寒心也。豈若去幄帟之飾，罷燕笑之歡，而相與盡力爲整葺支撑之計哉！

少康以一旅興夏，田單以一邑復齊。今天下之大，其爲一旅一邑也亦多矣。自古未有顛而不可扶，危而不可持者，亦在陛下與二三大臣深思力圖之而已。臣願陛下布昭英哲之德，盡破拘牽之見。必如漢宣帝之厲精總覈，唐憲宗之剛明果斷，以肅惰而革偷，以黜浮而抑誕；奬直臣以振紀綱，節浮費以給財計，用實才以集事功。明諭二三大臣，協一心以體國，盡血誠以慮患。圖社稷之大計，去形迹之小嫌。必如蠡、種之治越，王猛之治秦。凡不急之細務，宜付司存；相仍之弊例，悉從罷去。毋牽于人情，毋役于虛譽，毋襲于具文，使朝綱一新，精采振發。則遠近改聽而姦宄革心，此古人所謂折衝樽俎，固有在于臨陣却敵之外者。

至于重江陵之鎮，嚴沿江之防，臣與昌裔已嘗言之矣。至今未聞有所措置，當救焚拯溺之時，而尚爲雍容緩帶之態。此臣所謂陛下雖有憂，而百姓未之見者也。昨有守臣召對，其所論奏，謂人主悔過則上天悔禍，欲乞陛下痛自切責，下罪己一詔。臣愚謂此若儒生不切之迂談，實當今至切之要務。蓋所與陛下保天下者，人心也。人心所在，作之則勸，感之則興，以積數十年愁怨之情，而重以累歲俶擾之變。心已涣離，動皆仇敵。今陛下若深自咎責，布所失于天下，以求濟難之策，以招遺逸之才，必有三軍之感泣，父老之思見，可以潛消其不肖之心。而奇偉卓越之士，亦必有出爲陛下用者。傳曰：「禹湯罪己，其興也勃焉。桀紂罪人，其亡也忽焉。」願陛下以篤實惻悫之意行之，庶可使百姓見憂，而天下有復見之喜矣。

臣一書生，不能深曉邊面事宜，惟見根本之未强，綱維之未舉。而且有浸隳浸微之勢，不識忌諱，罄竭誠悃，爲陛下言之。儻察其微忠，賜以采擇，其於内脩外攘之政，不爲無補，冒犯天威，不勝隕越，惟聖明裁之。

第二劄

臣竊謂御史之職，不止按察，又許言事。自唐以至本朝，雖有擅權之臣，私意變易，尋即復舊。其官雖卑，其職之要，與拾遺、補闕等。臣以疎賤小臣，冒當要職，日夜思念，惟欲以先朝臺諫所以事祖宗者事陛下。雖至愚陋，期自勉竭。

嘗讀先朝名臣奏議，臺諫論事必先體要，彈劾必先貴近。非徒立一身之名節，蓋將以振朝廷之紀綱。其職業在斯，雖竄殛不悔。故有論大臣而至八九疏者，有留直臣而至十餘疏者，有納敕復還而再論者，有召至都堂宣諭而不從命者，豈其好爲紛争而惡安靖，甘於取禍而棄寵榮，不近人情若此哉？當時朝廷尊嚴，姦諛畏讋，史策書之，光垂萬世。臺諫之關於人國也如此，殆非他官比也。自權姦擅命數十年來，穢濁風憲，圮裂紀綱，至紹定極矣。端平更化，稍復振揚，然舊染已深，難于盡革。雖無納簡聽命之風，而簡亦不廢于往來，間有直節敢言之氣，而言終歸于調護。臣向者已深爲聖朝惜之，不自意冒膺其職，方開口而有言已轉喉而觸諱，不能堅初志以求遂。又復聞上命而輒止，有負所學，爲親擢之羞，忸怩于心，跼蹐罔措。近者徐清叟以言去職，力辭新命，襆被出關，此數十年所未見。而士大夫多有訾其輕出者，蓋習于近年脂韋之風，而未聞古臺諫之體也。臣已與吴昌裔累疏留之，未蒙報可，義當與之俱出。適董試事嚴滯留，半月不獲嗣請。已聞陛下宣召清叟，委曲面諭。清叟不獲已供常卿職矣。自非聖明崇奬直臣，以護國家元氣，則一清叟之進退，顧何足惜。而乃上勞宸念，勉留至此耶？然臣聞蘇軾嘗言于哲宗朝，謂臺諫論回河不當役〔一〕，言既不從，而言者皆獲美遷。論鄧伯温不可任翰林承旨，言既不效，而言者亦獲進職。雖人臣迫于朝旨，黽勉就位，而中外觀望，不知曲直所在，爲損不細。朝廷則負諱過便私之毁，臣下則被苟簡懷禄之非。風俗漸成，士節陵替，載之史策，不爲美事。今清叟之除，亦頗類此。使清叟以罪去職，則不當既去職而復得美遷；使清叟以賢而遷，則不當未及三月而遽奪其職。所以人言未弭，實緣上意未明。今陛下委曲勉留，且俾之經筵仍舊，是陛下已察其無罪，而欲進之矣。始也雖以其言之過實而出臺，終也儻以其言之忠直而俾復臺職，則聖心豈不明白洞達，聖德豈不日新又新？漢高帝刻印、銷印，無我之量何以過此？若羈縻以虚名，而闊畧于實意，徒使天下疑其諱過便私，陛下亦何利於此？

臣聞天聖、景祐間，三院御史常有二十員，其御史中丞，闕者累月。御史五員〔二〕，差出者二員〔三〕，吕〔四〕誨已爲治平羞之。今中丞虚位不知幾年〔五〕，而臺臣闕〔六〕長，又已一〔七〕月，未聞除命。僅有二御史，豈不爲端平之[八]羞？臣愚欲望陛下斷自宸衷，還清叟臺職，以昭示容直好諫之意，仍多選勁正忠篤之士，增御史員，廣布耳目，以共扶社稷，式振紀綱。如臣之選愞不堪任，且疾病侵陵，實難以當風憲之責。欲乞聖慈，畀以祠廩，或在外小小待闕差遣，容臣安分養痾，以爲陛下他日之用，不勝大願。

【校勘記】

[一] 回河：此乃北宋治理黄河迴歸故道，此句原出北宋蘇轍《論言事不當乞明行黜降疏》：「惟有去年臺諫論回河不當，言既不從，而言者皆獲美遷。」杜範以爲蘇軾之言，蓋記憶偶失也。

[二] 五員：二字原闕，據《四庫全書》本補。

[三] 差出者二員：五字原闕，據《四庫全書》本補。

[四] 吕：原闕，據《四庫全書》本補。

[五] 不知幾年：此四字原闕，據《四庫全書》本補。

[六] 而臺臣闕：四字原闕，據《四庫全書》本補。

[七] 一：原闕，據《四庫全書》本補。

[八] 平之：二字原闕，茲據《四庫全書》本補。

杜清獻公集卷六終

杜清獻公集卷七

黄巖　杜　範著

奏　劄

乞招用邊頭土豪劄子 臺中上

臣聞昔劉平言於仁宗之朝，謂五代之時中國多事，四方用兵，唯制西戎，似爲得策。中國未嘗遣一騎一兵遠屯塞上，但任土豪爲衆所服者，以其州邑就封之。凡征賦所入，得以繕兵。由是兵精士勇，將得其人，而無邊陲之虞。臣愚謂今日備邊之急務，莫切于此。自韃虜南寇，破陷興、沔，蹂躪均、房，汎蕩棗、隨，攻掠光、信。二三千里之地，晝無炊烟，野多暴骨。至韃虜暫還，而降卒繼叛，襄陽重鎮燬爲焦土，制閫重臣走同潰卒。今近邊之郡，皆謀内徙，不待上命，擅自離城，則是沿邊藩蘺，蕩無障隔。蘄、黄、荆南等數郡，孤處江外，一旦警急，孰與死守？天塹雖險，曾何足恃？國祚阽危，所不忍言。臣每思至此，未嘗不撫心而痛哭也。臣聞樊城土豪劉廷美，部轄在城軍馬，團結莊農隊伍，措畫守備，剿殺叛賊。提孤軍以摧方張之勢，出死力以障難守之城，事亦偉矣。五遣蠟書，求援于帥臣，趙、范皆抑而不報。范忌功之罪，何可勝誅？今廷美已能自達于朝廷，則褒嘉之典，應援之備，不可使少有觖望，以挫其勇心。今畀以刺史之號，恐徒借虛名，未足以羈縻之也。臣竊意邊頭土豪如廷美輩，尚多有之。彼其習兵戈之事，深爲鄉井之謀，孰不願借朝廷威令以立功名？豈肯甘心投拜韃虜，以爲魚肉？今若責之逐路帥臣，乘機號召，大爲節制。能撫定一邑者，與之一邑；保守一郡者，與之一郡。使之自食其租賦，時給其糗糧，列大屯于江面以應接之。彼必能踴躍自奮，以捍却外侮。雖韃虜肆暴，且不足畏。況叛卒偷生，其何能爲？昔宗澤之守東京，招降盜賊願爲用者七十萬，見抑于黄潛善，竟以忠憤發疾而死，爲萬世痛恨。矧沿邊土豪，素號忠勇，若能招集而善用之，莫非良將勁卒。與官軍之望風奔潰者，相去萬萬。或朝廷不行招集之令，不思撫御之宜，則其逐處豪民，自爲屯守，無所依附，其勢必折而歸韃，否則與叛卒合而爲仇矣，豈不甚可慮哉？今因劉廷美之功而勸奬之，以風厲其餘而生其氣勢，則邊面保障，可以成於呼吸間矣。臣願陛下與二三大臣深思而亟圖之，行下帥臣，蚤爲區處，毋使措置失宜，以成他日之悔。臣不勝拳拳。

臣竊聞沿邊守帥，當此邊塵少静，不思備禦之良圖，乃爲兔脱之巧計。有行賂而獲召者，有託辭而求去者。平時則享厚禄，緩急則爲身謀。朝廷若惟徇人情，曲從其請，去者既已得策，而留者孰有固志？更相倣效，必無能爲陛下堅守而排難者。臣愚欲陛下明示大臣，以邊任至重，不宜輕動。如有輒求解罷者，必察其人之能否。其人不可用，當聲其罪而放之遠方，毋止罷之，以墮其計；其人可用，當勉而留之，毋徇其請，以棄前功。庶沿邊守帥各堅一心，竭力捍禦，而莫有顧私之意。伏候敕旨。

端平三年五月奏事

臣竊聞天下之患，莫大於持一偏之見，以幸一時之功。古人有言曰：「君子之行，思其終也，思其復也。」終者，事之極也；復者，事之反也。思其終，則已盡矣，而又思其復焉。蓋人情多囿於期必之中，而事變每出於意料之外。思其得，不思其失；思其利，不思其害，則爲備不豫，患至莫禦。行之一身尚且不可，而況爲天下國家者耶？譬之善奕者，一舉棋而終局之勝敗已瞭然於胸中。蓋其反覆思慮，知己而復知彼也。

曩者邊臣邀功生事，經營河洛，以至一敗塗地，此其不思復之禍。蓋不可追悔矣。謀國者懲創前失，圖靖邦家，優顯職以出臺臣；起私人以寄國事，誠豈得已？夫中國和戎，治世所有，雖漢文之盛，猶且屈意爲之。況今日之財不足於用，而兵不足以戰耶？正不必陽諱其說，陰主其謀，徒取掩耳盜鈴之譏也。然臣竊聞之，先爲不可勝，而後可以言和；有備無患，而後可以言和；紀綱修明，將士戮力，而後可以言和；糗糧充積，器甲精强，而後可以言和。使今之議和，如魏絳所謂「邊鄙不聳，師徒不勤」，豈不甚幸？然反其事而思之，萬一如遼之求和於金，金之求和於韃。厥鑒昭昭，悔其可追？且靖康之禍，百年之痛未瘳也。夫和之爲義，《春秋》謂之「成」，以其兩不相加，而彼此利於息民耳。儻其勢窮力弱，卑辭求和，以偷旦夕之安，則與投拜何以異？彼方恃其無敵之勢以陵我，我以卑屈之禮而有求焉，則彼之索愈高，而我之應愈難，力不暇應，將有不可勝諱之憂矣。且聞間諜之報，降卒之供，與夫逃歸之言，皆謂韃人不歸草地，分駐河南，造艦治兵，期以八月大舉入寇。今上下晏安，無異平時，以言其紀綱，則未見其脩明也；以言其將士，則未見其戮力也；以言其糗糧，則未見其充積也；以言其器甲，則未見其精强也。荆襄不聞經理之方，江淮不聞守禦之計，敗證悉見，何以爲不可勝之形？搏手無策，何以爲有備無患之術？臣未知其何所恃而和也。竊料謀國者，不過以史嵩之、孟珙曾與俻鲨交通甚密。使之議和，必無不可。議之可也，必之其可乎？曩者不思其復，倚范葵以攻，而不知所以守，將使天下之勢自安以趨於危。今若又不思其復，倚一嵩之以和，而不知所以守，將使天下之勢自危而趨于亡矣，豈不甚可懼哉！

臣一介腐儒，不曉邊事，採之公論，不敢不言。欲望陛下與二三大臣思終思復，計安計危，毋循偏見，毋求幸功。如極邊土豪，當乘機而號召；已破州郡，當乘時而經理。團結戰艦，招集水軍，不可以文移而爲實數；江面置屯，諸州和糴，不可以因循而致後時。凡固圉之計，委之邊臣，各令任責，必加精覈以行誅賞。使和議幸而集，則内外相安，不集亦可以無恐。天下之勢，常如泰山之安，而黠虜之强，不足畏矣。臣不勝惓惓。

第二劄

右，臣竊惟今日之民病極矣。近履畝權楮，方以無益而寢其令。科擾甫停，人情稍息，而綢絹之事，又聞以白劄之請，行下州縣，盡令本色輸納，且云「鬻其給用之餘，以爲生財之助」。以臣觀之，決無益于國計，適重爲民害耳！古者之定邦賦，隨其土地所宜。而今綢賦之絹，非必其盡出于蠶桑之處也。于是往歲縣官有許從折納之令，正不欲以其所無，責之民耳。今乃一切令以本色輸納，彼蠶桑之鄉，以其所有，輸之未害也。而非其所出者，安所趨辦？必將倍價市之他郡，而惟恐納之不中度也。且細民微産，絹以寸計，非合數十百户不足以成鈔。州縣污吏重爲邀索，騷擾萬端。或又因民之所不便，多折價錢，而別市輕薄以塞綱賦，比及官賣，反未必如折納之價。虚爲紛紛，貽害百姓，而于國計，初無涓埃之益也。

竊聞每歲中，如此白劄之請，往往多有之。州郡難于催理，以劄公懇，以賄私屬。省部胥吏率以是爲利，朝廷不得不從其請，而折納固自若也。國家將何便于此？臣愚欲乞聖慈明諭大臣，行下諸路州郡，檢照遞年常例，應非蠶桑出産之地，許從以錢折納。庶不重爲民病，天下幸甚。

論重臺職劄子

臣一介猥陋，誤蒙親擢，處以臺職，强顔祗命，七閲月矣。力小任重，災釁隨之，累疏丐祠，求之愈力，而聖恩未俞，戒之愈嚴。臣懼瀆天威，扶疾就職。竊伏自念臣之不足比數，而陛下所以勉留至此者，豈非以臺諫進退，關係國體，故不以人微而輒去之耶？臣近者恭聞陛下諭宰臣曰：「徐清叟方去國，杜範又豈容輕去？」堯言一布，人心胥説，咸謂陛下重言責以扶朝綱，開公論以護國脈者，其聖慮至深遠也。臣不佞，抑有疑焉。

夫臺職亦朝廷一官耳，所以獨重於他官者，陛下亦嘗思之否乎？孟軻有言曰：「無法家拂士者，國常亡。」法家拂士，今之臺諫是也。凡君德之過愆，朝政之差繆，廟堂之壅蔽，臣工之邪慝，人所不敢言者，臺諫皆得以敷陳而劾奏之。是以朝綱振舉，國勢尊嚴，姦人斂手而畏憚，遠夷聞風而讋服，此臺諫之所以爲重也。故漢有汲黯，而淮南寢謀；唐得李勉，而朝廷始尊。非以其人也，以其言也；非以其言也，以行其言者也。

臣學識淺滯，不足以明當世之故，受命以來，勉自罄竭。凡所奏陳，皆采之公議，不敢一毫有負于陛下。方入臺之初，未暇他及，首言回護調停之弊。然奏墨未乾而舊弊滋甚，緩彈章而未報，以丐祠而先行。方劾去之未幾，而除用之已峻。事有掣肘，則委曲調護；言有違忤，則節去全文。臺諫不敢避怨，而大臣乃因以市恩。嘗以臣昨所論奏而默計之，所上便宜，皆成空言；所有彈劾，多已擢用。論何炳，而見疑于大臣；論衞樸、趙汝捍，而具文于鐫降；論趙澧夫、喬幼聞，而獨畀以祠廪；論史宅之，而不改于予郡。若合臺所奏者，又視之若無有矣！使微臣内愧而蓄縮，姦黨旁睨而嗤侮。若是，則風采日鑠，已不足取重于人，果亦何益于國體，而陛下重于去之若此也？如臣清叟所陳三漸，皆憂國之至論。但聞陛下深惜其去，不聞陛下深信其言。使陛下思其所言三漸者，折其芽于未長，撲其燄于未熾，遏其端于未成，雖清叟已去班行，猶侍黼扆。倘陛下溺于親愛之情，而長其驕；狃于狎暱之素，而熾其姦；玩于窺伺之謀，而成其計。雖百清叟日侍清光，亦復何益？臣固疑陛下之所以重臺諫者，名也，非實也。方今天下之患，莫大於飾虚名而廢實用，爲苟道以事美觀。紀綱所以不立，政事所以益蠹，風俗所以日壞者，皆由于此。

矧邇日以來，天文屢變，人心益危。已迫防秋之期，茫無固圉之備，危亡之勢，憂在旦夕。近史嵩之申上擒獲韃兵劉馬兒所供，韃虜已擺布兵馬，分路入寇，約以七八月會合于大江。不知大臣亦嘗奏聞，而與陛下憂及此乎？聞之人言，謂宫庭之間土木之費未戢，燕飲之樂猶故。而大臣又不能同血誠以慮國，惟植己私而异心。今何等時，而上下玩易若此？惟有公議一髮僅存，而陛下徒以臺諫之虚名而牽制强留之，使之不得其言，又不得其去。意氣消阻，名節頓喪。臣竊凛凛自懼，又竊爲陛下憂之也。

臣愚欲望聖朝推重臺諫之心，而求其重臺諫之實。植直言之氣，培護公議之脈，以振朝綱，以定國是。或其言不合事宜，徒忤上聽，即乞聲其罪而斥之。或因其請而從之，雖祖宗盛時，蓋亦若此。庶使是非别白，意向昭明，毋徒畏其去臺諫之名而曰「姑留之」而已。臣不勝大願。

貼　黄

臣近聞吴淵團結鹽軍，與之旗牓，以備緩急點集之用。其意則善，其謀則踈。村落販賣私鹽者，皆無賴姦人。其陵弱暴寡，欺擾居民，蓋其素行。况官司借以聲勢，虎之翼之，則公然捶賣，以致奪攘殺掠，此其必然之理，實跡皆已可驗，豈容飾有爲無？淵護短諱過，不卹人言。幸而朝廷知之，省劄行下，使之區處。聞已收上旗牓，而使武人節幹湯克昭徧歷地所，放散鹽軍，使之改業爲農，團結爲土豪，以備他日緩急。此殆類兒戲。此輩販鹽爲業，以贍口食，一旦捨之，其何以自存？不過隨聲責狀，以給克昭，而克昭又以給淵耳。所謂土豪爲鹽軍，猶故也。官司團結此輩，初無所利，但利依憑官勢以擾平民。或有交争，必有總所追逮，遠者數百里，近者亦不下數十里。道路之齎糧，官司之費用，窮閻小民何從辨此？幸而得直，尚可以伸一時之寃。不幸受抑而歸，豈不益長凶人之計？或有不勝其忿鬱，嘯呼而起，如三衢之變，又豈不重爲朝廷之憂？臣愚欲乞明諭大臣，劄下浙西監司，行下諸州縣鎮：或有鹽軍與百姓作鬧，仰即就地所合屬官司陳理，即與追上，究見曲直事情，申本州及監司從條斷治。使總所自行團結□爲實效。不得干與人户交争詞訴，以致追擾。或所屬理斷有失其平，即仰依條經次[一]第官司陳理。庶幾百姓不至被擾，無所告訴，而可以潛消其不平之氣。此于思患豫防之道，亦非小補。

【校勘記】

[一] 次：原作「决」，據《四庫全書》本改。

太常少卿轉對劄子

臣戇拙不才，用過其分，冒處臺職，無補涓埃。陛下未忍即加之罪，而擢貳奉常，祇服恩榮，惕焉内懼。適當轉對，竊有向之所欲言而未盡者，敢爲陛下言之。

嘗讀《抑》之詩曰：「洒埽廷内，維民之章。脩爾車馬，弓矢戎兵。用戒戎作，用逷蠻方。」此古人内脩外攘之政也。夫當中國不競，四夷交侵，則謹飭武備，以捍外侮，誠不可緩。若使廷内未加灑掃之功，紀綱不明，表儀不正，雖士馬强壯，兵革犀利，蠻方未易逷也。而況兵力素弱，事力日困之時耶？荀卿所謂「堂上不糞，郊草不瞻曠芸。」内修之急，蓋有甚於外攘者。臣竊謂天下之勢，如人之疾病，外證雖甚危，使其病不在心腹，猶可爲也。今日之病在心腹矣。論心腹之病，莫大於賄賂交結之風。向之專於一門者，今分裂四出矣；向之形於緘題者，今潛達密致而不可數計矣。旁蹊曲徑，競致奔趨。小黠大痴，共爲奸利。名位已隆者，賈左右之譽，以爲固寵之圖；宦游未達者，惟梯級之求，以爲進身之計。邊方帥臣，黄金不行於反間，而以探刺朝廷；厚賜不優於行伍，而以交通勢要。飾子女之麗以阿好，獻珠玉之珍以取憐。撥支軍旅之費，大糜國帑；盡歸承受之手，分賄權門。窠局已成，而公爲市易；肘腋既掣，而易於取携。以致貿亂是非，顛倒賞罰；敗壞紀綱，慢褻威令。使股幾以如腰，臂難以運指。罪貶者拒命而不行，棄城者巧計以求免。此方憂蹙國之禍，彼乃貪拓地之功。下制其權，上縱其欺。提援兵者，召亂而肆掠；當重寄者，怙勢而奪攘。下至禁旅，驕悍難制。近而鹽軍，羣聚剽劫，蕩無治紀，動成亂階，此皆廷内不足爲民章，以至此也。雖使四方無虞，邊塵不聳，猶恐浸成魚爛之勢。況虜情叵測，人心不固，必將卒有瓦解之憂。此通國之所共知，而迷於利害之間者未必盡知也。

臣愚欲望陛下念投艱之危，存履薄之懼，剛明以體天德，奮勵以振主權。毋以小恩廢大義，毋以私情撓公法。嚴制宫掖，不使外言得以入於閫；禁約閹宦，不使讒諂得以售其奸；親親以禮，不使近屬得以招權與政。如是，則陛下之廷内洒掃矣。明諭大臣，盡血誠以思孔聖持危之言；窒私徑以嚴姚崇寡謹之戒。清中書之務以凝志慮，省堂除之缺以歸銓曹，塞姦邪之路以安善類。如是，則陛下之廷内益洒掃矣。君臣同德，廟堂協恭，一以社稷存亡爲憂，而思所以濟難保邦之計。一念所形，天心昭格，人心丕變。上有肅清之象，下無弛慢之形。國政、軍政皆可以次第而舉，内患、外患皆有所恃而不足慮，則天下未有不可爲者。惟陛下亟圖之。

貼黄

竊聞近者聖躬少愆常御，罷朝浹旬，小大之臣咸懷憂懼。昨延和殿召見，陛下聖德，所以係屬人心若此。臣聞之近臣，謂陛下閔雨過於憂勞，動傷血氣。而或者之疑，則以爲宫中宴樂之過也。夫以陛下屬艱虞之時，重宵旰之慮，尚安有此，而所以啟人之疑者，抑亦豈無其自哉？臣聞仁祖朝蘇轍以賢良對策，謂：「三代之衰、漢唐之季，皆以天下治安，朝夕不戒，沈湎荒淫，以至於亂。而近歲以來，掖庭千數，飲樂失節，内將爲蠱惑之所污，以傷和伐性；外將爲請謁之所亂，以敗政害事。試以清閒之時，上思宗社之可憂，内思疾疢之可惡，下思億兆之可畏，則夫嬪御滿前，適足以爲陛下憂，未足以爲陛下樂也。」臣讀至此，未嘗不深有感焉。及觀仁祖嘗聞諫臣之一言，斥遣盛色於方進之時，略無留難。則知所以享四十二年承平之治者，非偶然也。況當今國本未建，邊患方深，中外凜凜，未知攸濟。如其戰兢危懼，澡刷奮勵，日圖所以救亂之策，猶恐弗給。萬一有如或者之疑，蹈蘇轍之憂，其如宗廟社稷何？《詩》曰：「天之方難，無然憲憲。」惟陛下深留聖慮無忽。臣不勝惓惓。

上邊面事宜 經筵上

範於今月二十日準御史臺關報，備準朝省指揮，令近臣條上邊面事宜，申尚書省。範一介書生，素不諳邊面事宜。今據己見，條具畫一於後。

一、目今虜寇搶攘，深入吾境，自固始一破，散兵攻攘，此不過使我師自備之不暇，我若隨其所攻而救之，則力分勢弱，何以爲要害之防？不若使諸郡各自堅守，令淮東及沿江二帥選良將精兵，會合淮西兵，屯聚於蘄、黄間要害之地，以備其不測窺江之計。來則與戰，去則不可深逐，以墮其姦謀。仍精間諜，體探韃人重兵所在，嚴爲之防。然非事權統一，則彼此異心，亦難倚仗。須令沿江帥臣兼江淮制置大使，以重其權。庶體統歸一，可以運掉。

一、當今最是防江爲急，宜行下沿江帥臣急作措置。聞大江之可渡者不止一處，江面守臣不可不得人。其不足用者，亟去之。令沿江帥臣條上防江事宜，一面便宜從事。毋爲具文牽制，以貽大悔。

一、聞江陵單弱，事勢甚危。萬一失守，其所關利害不少。宜行下淮西帥臣，急調兵應援，嚴爲固守之計。并行下湖北州郡，有兵可調、有糧可撥者，悉力助之，以生其氣勢。

一、聞邊頭義甲土豪，或爲虜人迫逐，奔遁流移；或爲淮西清野，無地居止；或爲調發遠戍，中道散逸。此輩素勇於戰鬬，非官兵比，既無所倚靠，若不爲盜賊，必相率從虜，反爲向道。宜急降黄榜招誘，遇有智略熟於邊事之人，付以事權，委其唤集。彼必欣然來歸，撫而用之，必得其力。聞王好生頗有謀畧可用，淮人亦服其名。

一、王檝見留黄州，聞有國書欲議和好，此其真僞皆未可知。然朝廷亦不可不急與之區處。範謂納之固不可，拒之亦不可，宜令淮西帥臣，諭以彼國遣使議和，何故又遣兵攻擾？兵既未退，難以具申朝廷。若委欲議和，即請遣頭目人回稟彼國大帥，盡斂諸處兵馬，却容申上朝廷，差官迎接，奉使到京，商量和議。看王檝辭氣如何，料之必不從此説，即將一行人發過江南僻遠州郡，分散牢固拘管。仍將一二以下人解上朝廷，送獄根勘，便見情僞分明。

一、聞淮西帥臣申上韃虜欲攻淮東，此亦不可不防。今韃兵於淮西諸郡，獨不攻齊安，而散擾光、廬、蘄、舒等處。其奸計叵測，恐孟珙必預聞其謀，宜劄下淮東帥臣急作防備，并令沿江制帥相爲掎角。仍行下鎮江，急嚴爲防江之計，且令吴侍郎在任措置，已差下人別與州郡差遣。

杜清獻公集卷七終

杜清獻公集卷八

黄巖　杜　範著

奏劄

殿院奏事第一劄

臣至愚極陋，偶值明時，躐登朝列。已嘗冒膺耳目之寄，輒忤上宰。至勞陛下委曲調護，臣凛不自安，屢控祠請。聖朝寬大，緩其罪斥，遷貳奉常，尋長秘府，又進之經筵。其濫恩倖位，未有甚於此者。臣退省震懼，方欲俟邊報稍緩，即申前請。今又復以向所負芒之地，陞其職而畀之。臣固辭不獲命，黽勉就列，嘗惸然以思，中夜不寐。不知疎遠小臣，何以上簡睿知若此？豈以臣樸無他腸，行絶私比，而其狂直之言尚有可取者耶？抑以臣選愞之夫，易於調護而姑使備數耶？若以狂直之言爲可取，臣敢不勉竭自效以報隆恩；如以爲易於調護，則臣向也執守不固，已爲親擢之羞。今更不務飭厲而脂韋苟禄，則臣之罪大矣。臣實不敢。

臣竊謂自昔人主之於諍臣，非樂而聽之，即勉而從之，否則疎而遠之，未聞有不用其言而復用其人者也。陛下自端平親政以來，召用正人，以振臺綱，天下想望風采。未幾而有回護調停之弊，其所彈擊，多牽制而不行；其所行者，復因緣以求進。臣於入臺之初，固已力言之。非惟不之革，而其弊滋甚。至於所論便宜，則但有報可之虛文，曾無施行之實事。甚者不惟不見之施行，亦且不聞於報可，殆無異於班行之輪對，何有於臺諫之開陳？且其行於外廷者，每加節貼而文理不全，或至易寫而臺印無有。中書不敢執奏，見者爲之駭疑。縱使惟上意之稟承，豈無中閒之曖昧？恐非清朝之令典，徒虧大道之公行。不意聖明之時，而其相仍之弊一至此極也。陛下以爲言不可用，則疎而遠之亦可矣，而又從而超遷之，有不數月而出臺者，有出未幾而復入者。其出也，不爲從臣，必爲卿貳；其入也，又因舊職而陞之。則是臺諫之官專爲仕途之捷徑，初無益于朝廷之紀綱。設官初意，夫豈若此？陛下惟知崇獎臺諫之爲盛德，而不知沮抑直言之爲弊政也。抑其言而獎其身，則是外飾好諫之名，而內有拒諫之實。天下豈有虛名而可以蓋其實者哉！方今邊氛甚惡，國事孔艱，可謂危急存亡之秋，正陛下虛心求言，屈己從諫之日。臣愚欲望陛下恢張聖慮，明目達聰，黜私意以開忠直之路，察邇言以防蔽欺之姦。凡臺諫之所奏陳，亟降付外廷，與二三大臣詳議而亟施行之；凡向來回護調停之習，節貼易寫之弊，一切革去。或其所論未盡事宜，所彈未合公議，即乞明正其罪。輕者左遷，重者貶斥，使是非昭白，黜陟彰明。其於朝廷之政，誠非小補。取進止。

第二劄

臣恭惟陛下纘承丕緒，乂安海寓，而兩年之間干戈日尋，境土日蹙。自去歲韃虜南寇，興、沔破陷，均、房蕩析，隨、棗覆没，光、信震驚。今歲之夏，襄城重鎮鞠爲盗區。歷秋而冬，樊城不守，荆、郢相繼委棄。荆、襄諸郡，十亡其九。未幾而虜透大安入閬、果，分三路以破成都，遣四散以焚郡邑。骸骨壅川，肝腦塗地，西蜀諸路，四失其三。彼方據建瓴之勢，我日有解瓦之憂。夔峽單薄，江陵孤危。雖聞已退之師，寧保不測之計。聞劉傑之所報，謂其一旦抽去重兵，意圖他路攻入湖之南北，與蜀道通。或有爲之向導者，出我不備，擣我腹心。陛下其將何以爲計？又況兩淮諸郡處處受敵，史嵩之蔽於和議，而且肆爲誕欺。趙葵守備雖嚴，而亦先爲畏怯。陳韡事權不專，兵少財乏，雖有忠赤，而難以展布。江面無備，一葦可杭。萬一有數百騎浮江而南，突入内地，陛下又將何以爲計？高宗皇帝固亦備嘗險阻艱難矣。今之時非曩時比也。其時東南之力尚强，今已竭矣；三軍之心尚一，今已離矣；百姓羣黎方望治，今皆思亂矣。陛下亦嘗憂及此乎？臣每惕然而思，懔然而懼，其憂痛之懷，不能一朝居也。以臣區區之忠，而竊料陛下聖慮，思祖宗付託之重，念生靈塗炭之苦，其必宵衣旰食之不遑也，其必悔過自咎之甚切也，其必側身修行之弗怠也，其必卧薪嘗膽之如越也，其必向師而哭之如秦也。咸仰維新之政，期以感動人心，興作士氣。

自聞蜀破之後已一月矣，而上下苟安如平時。而或者之言，謂陛下在朝聽政，則斂容憂思；至退朝暇食，則輭美之言交進，而艱虞之意已忘。至有安爲之説，謂昨者誤聞蜀師捷報，陛下幕帟張燈，俾晝作夜。此等謗言，固無足信。然所以致謗，抑豈無由？且登[一]元老而居上相，海内以望興復。而蓄縮畏懦，略無施行。朝紳之危言激論日聞，而廟堂之玩歲愒日自若。想其懲創往事，專爲審重之規模，而不知已迫危機，徒重他時之痛悔。

臣嘗得近日合臺之所奏而讀之，又得朝臣之輪對而讀之。其間忠懇之誠，剴切之論，豈無當今可行之策？借曰：易置淮帥重事也。如一路之監司，當自朝廷選差，亦何憚而不敢？借曰：合帥江淮重事也。如鄂渚置帥公安屯，亦何憚而不爲？借曰：估籍贓吏，今已後時。若諭藏鏹之家，借助邊之費，似非虐政。借曰：嚴核軍實，昔已生事。若出無用之宮女，省冗員之閹宦，似亦易行。如痛下罪己之詔，非若財用之難辦也；痛節浮泛之費，非若邊需之難省也。不知何乃優游卒歲，使人觖望若此，此臣所未喻也。

臣愚欲望陛下赫然奮怒，斷自宸衷，毋溺於左右之近諛，毋玩於曩昔之天幸。明諭大臣，强勉有爲，革去蠹習。凡不關於安危，社稷之故者，一切緩之，毋以惑亂聰明；凡有司所當奉職者，一切付之，毋以妨害大政。如臣前所陳數端，與執政大臣詳議斟酌，亟賜施行，則天下之事未有弱而不可强，削而不可振者。惟陛下留意焉。取進止。

貼黄

臣竊覩黄牓，措置兩界會子，永遠行用，自來年二月爲始斷，欲作七百七十行使。違者，官吏、百姓鐫罷黜籍。以臣愚見觀之，永遠行用，猶不保其後。若必欲强以七百七十之價，斷不可行。臣居台州，昨歲曾天麟爲本路提舉，行秤提之法甚嚴，本州邢[二]近奉承甚謹。而州縣暴吏乘勢作威，一郡騷然，市肆皆閉，初無益於秤提，而徒以飽官吏之貪。天麟近相繼罷去，臣是以知此令不可行也。以片幅之紙，使人以錢鏹視之，爲世所貴重也。今楮券之出，視昔不知其幾十倍矣！欲壓以威力而强重貴之，萬無是理。此令一行，則人惟有懼罪而不敢用，則楮爲棄物矣。至于乘時射利之徒，以全楮取質贖産，貧富相仇，禍釁滋起。或楮價暗折，物價顯增，軍人無聊，變生不測，此時易令，則已晚矣。不知廟堂每事謹重，而此一事所關甚大，何乃輕易若此？今黄榜已出，傳布四方，誠難遽改。臣欲望陛下明諭大臣，再出曉示，令取贖者照元所用錢楮取贖，不得强抑生事，且以安人心，此至不可緩者也。仍令監司曉暢楮券利病者，使之自擇其屬，置局講究，求其的當經久可用之策。俟邊事稍靖，即與施行，庶可變通以寬國用。若只以今來黄榜所行，恐其失信，執而不改，則無益而有害。其折閱必有甚於今日者。惟陛下亟圖之。

【校勘記】

〔一〕「且登」後原係裝訂錯葉，將下文「貼黄」插入此處以至於文不可讀，今釐正。

〔二〕邢：原作「刑」。邢近於宋理宗端平二年（一二三五）知台州，見於《台州府志・職官表》。邢刑形近而謁，今據以訂正。

論災異劄子

臣聞周宣王之中興，序《雲漢》之詩者美之曰「遇災而懼，側身修行」。又曰「百姓見憂」。夫天以災變警戒人主，其玩視而不知畏者，固亂亡之道。苟知畏矣，惟恐懼貶抑而不能修省于躬行，厲飭于政事。則雖有隱憂，百姓將何見焉？欲以感悦人心，興復治功，其道無由也。

臣讀《國史》，竊見高宗紹興二十一年春正月，雷發非時，而雨雪繼之。殿中侍御史陳俊卿進言，謂：魯隱公八日再有大異，孔子謹而書之。震雷，陽也；雨雪，陰也。意者陽不能制陰，故陰出而爲害。以類推之，是夷狄窺伺中國，臣下玩習威權之象也，可不懼乎？乃者立春之三日，雷震連夕而繼以大雪。陛下惕然祇畏，寢稱觴之儀，罷垂拱之宴。一念所格，轉陰爲晴。自天基誕節，雲翳豁開，數日以來，天宇清宴。天之仁愛陛下，可謂甚至。蓋以易感之機而開陛下，非以可喜之祥而怠陛下也。陛下亦嘗以陳俊卿之言思之否乎？

夫天秉陽，君德也。洩以非時，而使陰慝之氣出而乘之，陵暴肆虐，紛不可止。則代天職而爲天之子者，亦盍知所以自警矣。徒曰「恐懼貶抑」而已，而不思振厲奮發，以昭布剛德，以整飭弊事，則是有負於上天示戒之意，而不足以動百姓見憂之喜。治亂安危，實分於此。夫外而夷狄，内而臣下，皆陰類也。方今韃虜不道，蹂躪荆蜀，所至殘毒，蕩無噍類。江面震驚，旦暮凛凛，固不止於夷狄窺伺而已。督視之遣，中外想望，而費不預備，行且滯留，而所辟幕屬，未厭物論。若爲規畫，已啟玩輕。臣恐陽未足以制陰也。欲望陛下亟降御筆諭之，倍道疾馳，以慰荆湖軍民之望。廣其聽納，以來智謀；審其事宜，以謹號令；詳其體訪，以別能否；嚴其誅賞，以示勸懲。使風采可畏愛，而將士咸盡死力，則可以坐收攘却之功，而寬西北之憂矣。

下之事上，分也。今也上之體積輕，下之分莫守，權綱不振，多抑法而濫恩；命令方頒，已沮格而輒變。將帥驕蹇而難馭，士卒怨懟而易叛。指强無可使之勢，尾大有不掉之憂，固不止臣下玩習而已。廟堂之上，惟事覆護，殆類掩耳而盜鈴。志在苟安，何異惜莠而害稼？臣恐陽未足以制陰也，欲望陛下法天剛健，行以夬決。謹審於未發之初，堅守於既行之後。彰善而癉惡，以植風聲；信賞而必罰，以昭意向。則綱紀振明，觀聽一新，而率作興事矣。

至于宮掖之閒，謂之非陰類，不可也。事關禁密，固非外廷所能悉知。臣得之傳聞，謂女謁之根尚固，而宦寺之權或行。以陛下聖智，固非此輩所能蔽惑。然易狎難制，漸不可長。臣願陛下日召二三大臣，與夫經筵講讀之彦，從容吁咈，講明當今急務，而汲汲施行之。玉堂夜直，以備顧問。此祖宗舊典，曠廢已久，亦宜時賜宣召，以裨聰明。庶幾見士大夫之時多，接宦官宫妾之時少。志慮清明，緝熙日益，以爲消變召和之本，此尤不可不加之意也。

陛下誠以是三者，深思而力行之，則遇災而懼，非徒有懼之之名；側身修行，而皆有修之之實。令出而衆聽孚，本强而外患弭，則無愧於内修外攘之道，而中興之功可以度越周宣矣！臣不勝惓惓。

便民五事奏劄 知寧國府

臣譾劣愚陋，曩誤睿知，拔自冗曹，置之華近，將以收其一得之愚。而臣顧方命薄，寵過災生，抗疏丐歸，投閒里舍，弗敢復覬榮禄。迺蒙皇帝陛下念爲簪履舊物，未忍棄捐，强畀郡寄。臣雖不肖，蒙被君父軫録之恩，亦思自効。願爲聖朝牧養小民，保障一方，庶幾圖報萬分之一，是以不敢終辭。

顧宛陵爲郡，内拱行都，外聯江面。山土磽瘠，物産罕出，民俗樸愿，訟獄簡稀，素爲江左佳郡。自近以來，水潦荐臻，圩田無收，税籍散亡，苗賦失陷。版曹、總漕之積逋，無可輸解；奸胥、悍卒之肆害，莫或誰何。臣初領郡符，但見上司之差人，淮民之流徙，充塞旁午。問其帑藏，則帑藏空竭，無一月之聚糧；閱其市井，則市井蕭條，無一錢之貿易。告糴無所，人多菜色，旱暵彌時，種不入土。臣職思其憂，朝圖夕慮，極力撫摩。幸蒙公朝不拘以文法，許裁撥上供米斛以充軍食。繼請於監司，發常平倉米，按户濟糶。既而雨澤應禱，富人啟廩。數月以來，始稍成城市氣象。然而衆弊因仍，未易毛舉。臣與此郡寓貴及諸寮屬、士民商搉，其精切可行，無損於國而有便于民者，條列以獻。一曰楮多銅乏之爲患，而上供當用全楮。二曰流民充斥之可虞，而不可偏聚一郡。三曰兩邑版籍之不明，而經界所當修。復此三者，皆目前之急，不可不亟爲之圖者也。四曰城下置務之非便，而欲徙于城子。五曰兩縣置寨之無益，而欲改置西尉。此二者則永久之利，不可不以次而行者也。若夫修築城郭，訓練郡兵，申嚴保伍，倡率義役，此則臣所當自任其責。已一面分委僚屬，次第舉行，不敢縷瀆宸聽。仰惟陛下加惠元元，究心民瘼，視遠如近，而況此郡越在甸服者乎？然臣所陳五事，實非苟焉以塞詔旨。惟陛下垂意採擇，千里幸甚。

一、所謂「銅乏楮多之爲患，而上供當用全楮」者。且銅、楮並行，其來已久。朝廷之給賜，州縣之上供，民間之入納，並用半錢半楮，是固不易之法也。然自近歲，楮券日輕，銅錢日少，上下交以爲病，而惟此郡爲甚。蓋江浙諸州多是水道可通，商旅凑集，尚有銅錢相交易。寧國所管六縣，皆斗絶山谷間，全無物産可與他郡貿遷。富商大賈足跡罕至，銅錢一出，不可復返。故至于今見錢絶希，應官府與民間所用，僅有一色楮券而已。竊計本郡上供三口爲數，總三十五萬緡。嘉定十七年前，守臣因諸縣請用全楮，奏之於朝，特蒙報可。朝旨一頒，邦人鼓舞，行之二十有三年矣。去歲，司國計者不知顛末，忽再降錢會中半之命。于時守臣争之不能得，僅許用三分見錢、七分會子。其所從得，大致狼狽。每遇輸納折帛之時，持券求錢，茫無所售。貴家豪族有少藏鏹，則低價以買之。彼但欲得錢以應官，不復計價直之何若。楮幣折閲，日甚一日。職此之由，初夏領郡時，楮券猶每道兑得二百六十一，從折閲帛，開場幾減三之一。近因諸官、民户有請於三分見錢内，願以楮券三道折作銅錢一緡。臣以其説頗可施行，遂爲申請，已蒙廟堂劄付。本郡從申迄未見户部明文行下，豈猶冀本郡之解發見鏹耶？臣之愚以爲三券而折一緡，特以寬一時之急爾。然細恡鄙狹，殊非損上益下之道。況楮之爲用，上以爲重，則下莫敢輕。上苟輕之，則何怪于下之不以爲重哉？今此郡之人，不過以楮券之價低，銅錢之難得，故以三折一，不以爲難。萬一異時楮價如舊，而貪官污吏仍責其以三折一，豈不爲此郡無窮之害耶？臣愚欲望聖慈特降敕旨，令此郡照嘉定十七年所行，用全會輸納，上供折帛。行下户部及總司，永爲定式。庶幾千里疲民，仰戴陛下如天之施無窮矣。所損者小，所利者大，一邦幸甚。

一、所謂「流民充斥之可虞，而當散處諸郡」者。夫邊烽未撤，淮甸清野。淮民避兵，扶老携幼渡江而南，無慮數十百萬。朝廷屢降指揮，俾州縣守令任責區處，居以空閒官舍及寺觀，而時給散其錢米，勿令失所。彼其脱放萬死之中，流離奔迸，朝不謀夕，實爲可憫。稍有人心者，誰忍坐視其殍死而不之恤乎？然流民固當處也，而非一郡所能自處也。蓋邊江諸郡，東則爲建康，爲太平，爲池；近裏則爲廣德，爲寧國，爲徽，爲饒；西則爲江，爲興國；近裏則爲豫，爲吉，爲瑞，爲袁。方今所至州郡，事力單弱，苟一郡先有振濟之恩，居處之安，則紛至沓來。不惟無地以容，且亦無糧以繼。彼此相視，莫適爲謀。而況逃卒雜襲其閒，持弓挾矢，帶甲荷戈。内地之民非所慣見，視同盜賊，閉門逃竄者有之，聚衆捍禦者有之。而兇悍之徒，因以啟其不肖之心，剽劫財物，驅襲牛羊，焚燒廬舍。甚者至有將爲攻劫城郭之謀，如廣德之建平，與本郡之城外，皆因聚衆罹害矣。旋得制司遣兵彈壓，及本郡亦嘗隨宜賑給，僅僅無事。深慮流傳浸廣，居民惶惑，彼此相挺，激成巨變，不知何以處之？是使江北之人流徙失業，而遂嫁禍于江南也。臣愚妄謂合行下督制府，亟爲區畫，擇其强壯可用者，招刺爲兵。老弱者分往諸郡，各從督制府給據。凡江東西諸郡，每郡各撥若干人，俾散處諸縣寺觀，或空閒官舍，或與富人力作。能自營衣食者，聽其營生；不能者，官與量給。俟來春虜騎既退，復歸故里。蓋强壯者招以爲兵，則可增今日江防之固；老弱者散處諸郡，則可免聚衆生事之憂，計無便於此者。不然，置之勿恤，則以其等死之心，或者姦雄如李特之流起於其中，收而用之，其貽宵旰之憂甫深爾，願亟加之慮。

一、所謂「兩縣版籍之不明，而經界所當修復」者。蓋爲州縣，莫先于明版籍。版籍明，則賦役均；賦役均，則刑法省，此實上下、公私之所同利也。本府所管南陵、涇川兩邑，人物繁夥，財賦浩穰，最號壯縣。曩自遭洪水鬱攸之變，百年版籍一旦散失殆盡，爲令者不能即時修復，因循以至于今。于是若催科，若差役，悉受成于姦胥之手，而公與私交病矣。何者？貴家豪族所管常賦，重賂鄉胥，或指爲坍江逃閣，或詭寄外縣名籍。雖田連阡陌，輸税却少，役且不及。村疃小民僅有田園，不能賂吏，則額外横斂，重催申納，又爲上户承當重役。每一遇役次，則訟牒紛然。吏執□□□高下其手，惟賄是視。雖有嚴明之令，亦漫不能考。非不能也，無所稽據而不可考也。

是以兩邑之民，富者愈富，而陵駕府縣；貧者愈貧，而旋致流離。令之貪污者，反緣此漁取席捲，自豐囊橐。上供苗税平白欠折，監司州郡付之無可奈何。倘非爲之修復經界，則其害未有窮已。前此令之稍有才力者，亦屢以請于州郡。但豪民擅利，爲日已久，非其所樂，多爲説以阻閒之，尋復中止。若非朝旨行下，安能迄于有成？臣愚欲乞聖旨劄下本府，或别差官，或止委兩邑令佐，專任修復經界之責，假以事權，優以歲月。俟其辦集，則從本府保明申奏，重加旌賞。不過期月之勞，而可爲兩邑無窮之利，亦何憚而不爲耶？

一、所謂「城下置務之非便，而徙于城子」者。蓋征商有額，以佐國用，固未易蠲以予民。要須權其地里之遠近，利害之多少，則或罷或存，始無後患。本府宣城縣舊置五場，曰「林遷」，曰「符裹」，曰「水陽」，曰「城子」，曰「城下」，各置吏征取無藝。前守臣袁某建請于朝，省罷其四，止留城下一務。夫存其一而罷其四，固是也。但當時攷之不詳，議之不熟，而存城下一場，則未爲盡善。蓋本府僻處山谷，無物産與諸處貿，是臣已嘗言於前矣。今城下一務，歲以三萬緡爲額，往往只取之小夫負販，市井行鋪，蔬菜魚肉，錙銖之入而已。樂歲民物，氣象寬紓，尚難趣辦，一遇凶歲，則市井蕭條，百物不至，趁額不及，郡迫之務，務迫之[二]專攔，道路之攔截攘奪，無所不有，不幾爲穽於國中乎？惟城子一處，舟車粗通。春夏水漲，則有竹木桴筏由此而出，大舶小艘，相銜不絶。于以置場征税，非惟商賈樂輸，而官額易趁，兼亦可以防遏他寇往來。而乃罷城子而留城下，可謂捨大而圖小矣。臣愚以爲莫若罷城下務，而復城子務。只置監官一員，而徙城下之額，責其辦趁。則利以興而害以除，此邦之民幸甚。

一、所謂「兩縣置寨無益，而改置西尉」者。蓋本府所管宣城、寧國兩縣，地里遼闊，盜賊殺傷之風較諸邑殆幾倍蓰，非一尉所能鎮壓。故城下既立管界寨，而麻姑復有巡檢。寧國附近旌德縣界既有三溪寨，復有都巡一司。所以控扼險要，防捍盜賊，使戎曹得人，儘足爲二邑之助。然自近歲州郡部餫，類差右班，部餫欠折，責其填補，故人以爲憚，莫肯注授來赴。久闕正官，多就本府指使及寄居借補，差其攝職。閒有夤緣辟置，亦不過失陷綱餫，不可參選之人。此曹貪饕苟得，無所顧藉，冒領白詞，公肆拏攫。或遇差出，體量公事，檢覆屍首，則惟賄是視。公然以有爲無，以曲爲直，甚者縱容寨卒，爲賊人道地，而分受其餘。鄉民被害，殆不可勝言。臣自領郡，訴牒言及此者甚多，雖嚴加呵禁，猝未易革。是朝廷設官置吏，蓄養數十强悍之夫，爲害於兩邑之間，其弊何若？臣愚以爲不若省罷城下、三溪兩寨，而改爲西尉司。尉從本府選辟一次，後却聽從吏部依格注擬。或照紹興諸暨縣東尉例，差武舉出身人亦可，其見管寨卒改爲弓手，每司各以七十人爲額。蓋尉既用士人，縱有不職，必不至如右班之甚。而所以防賊盜、禁殺傷者，亦豈遽不如戎曹哉。且于吏部注授，初不相妨，實二邑之幸。

杜清獻公集卷八終

【校勘記】

［一］「之」下底本作空圍，據《四庫全書》本删。下「道路之」下同。

杜清獻公集卷九

黄巖　杜　範著

奏劄

薦通判尹焕翁逢龍劄

臣猥以衰繆，濫綰郡符，衹役以來，勉殫心力，凜懼瘝曠。因復自念，嘗列要近，浸承恩遇，思所以圖報萬分之一，惟有薦進人才，共拯時難，庶幾仰稱當宁延佇圖任之懷。而況列在采寮，備諳功狀，蔽而不言，臣則有罪。

臣嘗謂郡有監州，實資關決。而近世以來，類多以平分自詭，偃仰棲遲，罕曾與聞郡政。爲之長者，莫敢問也。臣自領郡事，適當民力凋瘵，郡計空乏之餘。有奉議郎通判軍府尹焕、朝散郎添差通判翁逢龍，相與協力裨贊，不避煩難，實不負關決之寄，臣固已知其爲佳貳車矣。近者，淮甸流民與逃卒雜襲入境，持弓挾刀，縱火掠財。居民驚駭，奔迸無所，甚者至有導爲劫城之謀。闔郡吏民憂憤，舉欲起而殲之。臣與尹焕、翁逢龍同議，謂：「殲之固易，但淮民避難流徙，本無惡心。兵戈一動，玉石俱焚，非所以廣聖朝好生之意。」而尹焕、翁逢龍乃肯以身任備禦招捕之責，訓練士卒，保護城壁，日夜撫循，備極艱苦。既而設計用閒，擒其渠魁，撫其餘黨，下里士民藉以獲全，無不舉手加額相慶。此雖朝廷威靈輝赫，凶黨無所售其姦。然而尹焕、翁逢龍以文儒而當軍旅之事，以别駕而彈扞禦之勞，亦不可以不録也。臣竊照尹焕學識敏博、謀畧深長，翁逢龍性姿端凝，臨事善斷。使之内在王廷，必能彌綸庶務；外爲牧守，必能保障生靈，實爲有用之才。方今天步多虞，人才衰乏，如二人者，豈宜置之冗散？欲乞朝廷重加旌擢，不特可以爲趨事赴功者之勸，而所以扶國祚、壽國脈，不無頼焉。謹録奏聞，伏候敕旨。

嘉熙四年被召入見第一劄

臣一介陋愚，絶無他技。晚誤睿知，躐躋要近。君恩未報，衰病已侵。抗疏丐閒，養疴故里。伏蒙陛下念簪履之舊，起守宛陵，已書下考，曾蔑寸效。方將投誠君父，乞畀祠廪，倏叨召節，再覲清光。因復自念，粤從去國，以至于今，三蒙收召。昔則以在家卧病而不前。今則以屢辭不獲命而後至。揆以「行不俟駕」之禮，合坐傲上從康之誅。席稾俟譴，而趣旨愈嚴。疎遠微臣，何由上簡淵衷至是？豈以其忠朴之腸、戇愚之論，不識避忌，亦足仰裨睿筭之萬一耶？臣感激涕零，罔知所措。倘或變易初志，隱情惜己，不惟上負聖恩，抑恐下玷清議。庸敢以今日所當急者，歷爲陛下言之，不自知其狂且僭也。惟陛下裁察。且陛下視今之時爲何如時耶？旱暵薦臻，民無粒食，楮券猥輕，物價翔踴。行都之内氣象蕭條，左浙近輔殍死盈道，淮甸流民所至充斥，未聞安集之政。内地剽掠，相習成風，已開弄兵之端，是内憂既迫矣。新興犬戎乘勝而善鬭，中原羣盜假名而崛起，擣我巴、蜀，據我荆、襄，擾我淮壖。近又由夔、峽而瞰鼎、澧，上流之勢孔棘。雖以春漲而退引，寧保秋風之不來？疆場之臣肆爲蔽欺，因其斂兵則張皇言功，飾無爲有。至有敗衄則掩覆不言，以有爲無。土宇日蹙，撤戍無時，脱使乘上流之無備，爲飲馬長江之謀，誰其捍之？是外患既深矣。夫人主上所事者天，下所恃者民。陛下嗣服之初，災異之形不知其幾，姑諉曰：天心仁愛，將示警戒也。寇盜搶攘，無處無之，姑諉曰：民情驚疑，未易弭帖也。邇者星文示變，妖彗吐芒，犯王良，絡紫微，方冬而雷，既春而雪。海潮衝突於都城，赤地幾徧於畿甸，則其仁愛已轉而爲怒也。人死於干戈，死於飢饉，父子相棄，夫婦不相保。怨氣溢腹，謗言載路，「等死」一萌，何所不至？則其驚疑已轉而爲怨也。内憂外患之交至，天心、人心之俱失，陛下能獨與二三大臣安居於天下之上乎？且陛下亦嘗思所以致此否乎？臣歷觀古昔諦考興衰，大抵人主所以致危亡之釁者，昏闇也，怠荒也，淫刑重斂也，惡忠直而好佞諛也，遠君子而近小人也。漢之威、靈，唐之僖、昭，未有不由此者。陛下聰明邁古，洞察事幾，未嘗有昏闇之失；日親庶政，靡憚勞勤，未嘗有怠荒之愆。哀矜庶獄，雖僨軍失伍，類從末減，未嘗用一嚴刑；歲蠲常租，雖國用窘匱，亦不少靳，未嘗增一横斂。有言畢受，雖直而不加之罪，諛佞者無所售其巧；知賢必用，雖去而旋復登進，小人無所投其奸。以此數者論之，陛下曾無致危亡之隙。今乃有危亡之證，不惟人以爲疑，陛下亦當自疑之矣。臣請爲陛下詳其故。

蓋自曩者權相陽爲妾婦之小忠，陰竊君人之大柄，以聲色玩好内蠱陛下之心術，而廢置生殺，一切惟其意之所欲爲。旋至紀綱陵夷，風俗頹靡，軍政不脩，邊備廢闕。凡今日之内憂外患，皆權相三十年醖成之。如養護癰疽，待時而決爾。端平改元，號爲更化，天下忻忻有向治之望。而充相位者非其人，無能改於其舊，而旁蹊邪徑，捷出争馳，敗壞污穢，殆有甚焉。自是聖意惶惑，莫知所倚仗。方且不以彼爲讐，而反以爲德；不以彼爲罪，而反以爲功。於是天之望於陛下者孤，而變怪見矣；人之望於陛下者觖，而怨叛形矣。陛下敬天有圖，旨酒有箴，緝熙有記，文義粲然，環列左右，使持此一念，振起傾頽，以無負列聖付託之重，何難之有？然臣聞之道路，謂警懼之意，祇見於外朝視政之頃；而好樂之私，多縱於内庭燕褻之際。名爲任賢，而左右近習或得而潛間。政出於中書，而御筆特降，或從而中出。左道之蠱惑，私親之請托，蒙蔽陛下之聰明，轉移陛下之志慮，於冥冥之中而不自覺。《傳》曰：「君人者，昭德塞違，以臨照百官，猶懼或失之。」陛下之所以照臨百官，既失其所以自强，百官則而象之，宜其潝潝訿訿，而未知所底止也。

且所謂大臣者，固當以宗社自任，以公道濟時。但知有天下之安危，寧復計一身之利害？其相比也非黨，其相可否也非忌，同心協慮，以躋康平。乃今徇國之志，不足以勝[二]自營之計；憂時之念，未能蓋其求勝之私。其深文密計，豈皆社稷之志慮？其持正沮難，或非黜陟之大公，外若爲寅恭之同，中實有町畦之異。當言而不敢言，當行而不敢行，以有爲之歲月，而虚度于兩持莫可之中。且所職者何而顧爲是睽異耶？

所謂臺諫者，天子之耳目，朝廷之紀綱，正有賴風采之振揚，亦何取循嘿以苟合？祖宗盛時，所謂言及乘輿，則一人改容；事關廊廟，則宰相待罪，此其職也。乃今臺諫方入朝，而類因盡言以去職；正人方招集，而每示意向以充位。論或切直，則譏其好名；彈及權要，則罕曾付外。于是或强起而輒告病，或辭職而遽歸。中外懷疑，莫知所出，必至於以侃侃爲戒，以容容爲能。立見成風而威柄下移，邪論之熾，殆莫知其所終矣。

至于内而百執事，居一官者，當任一官之寄；守一職者，當盡一職之責。「靖共爾位，好是正直」可也。今乃習爲婾婧之常態，以苟安於燕幕。其或以國事爲念者，亦僅能顰眉於平居無事之時，而未嘗盡瘁於趨事赴功之際。其視紀綱陵夷，風俗頽靡，不暇問也。外而邊帥疆埸之事，謹守其一而備其不虞，姑盡所備，事至而戰，古人之常法也。今乃徒能浚竭朝廷之事力，朘削生民之膏血，以爲大言攫利禄之資，不爲唇齒之良圖，而猜忌横生，未有横草之寸功，而爵位已顯。其視軍政不脩、邊備廢闕，未嘗恤也。此譬如人之一身，内外百骸，頭目、手足無一不受其病，爲日既久，危證盡見。使其絶去聲色，力節嗜好，而爲之醫者識標本、審虚實，而時進其粥食，密輔以良劑，庶幾萬有一焉，可冀其回生起死之功。若致病之原，未有一改，而羣醫且各惟利是嗜，粥食藥餌，束手相顧，而莫之投，是坐視其斃爾，可不痛哉！

臣嘗妄謂：今之自上而下，大率喜含糊而憚明白，務包容而惡甄别。由是官無内外，人無賢不肖，皆得博取陛下之高官美爵以飽其欲，而於陛下了無所益，徒使國勢日削、國事日非而已爾。以若所爲，施之安平之世，然且不可。顧今何等時，而尚可循此軌轍，以悠悠度日乎？陛下與二三大臣試思念社稷之阽危若此，必不能以一朝居矣。必能翻然改圖，而求所以拯救之策矣。

昔漢武帝惑方士、事土木，窮兵黷武，及海内虚耗，户口減半，輪臺之詔痛自刻責，至曰：「朕向所爲狂悖，天下豈有神仙，盡妖妄耳。」於是禁苛暴，止擅賦，力本務農，而漢業復安。唐德宗志平藩鎮，禁旅四出，税架除陌，急於聚斂。及涇原變起，三叛連衡。興元之詔，至曰：「積習易溺，居安忘危。不知稼穡之艱難，不恤征戍之勞苦。天變於上而朕弗寤，人怨於下而朕弗知。」於是武夫悍卒無不感動流涕，而唐祚再造。是二君者，其悔過之心皆未及施于有政，而一念之發出於真實，遂亦足以導迎善氣，消遏亂源，實之不可掩也如此。近陛下以彗見發德音，天下方争傾耳聽令，而詞旨散緩，無異平時，人以是覘陛下徒爲減膳避殿之虚文，而無反躬脩德之實意也。臣愚以爲今日之計，非有大悔悟、大振刷、大轉移，而徒毛舉細故，求以應天而惠民，安内以禦外。臣恐日復一日，寖以淪胥，噬臍無及矣。

伏望陛下奮發宸慮，堅秉精誠。以災譴屢形、天怒未釋爲大警，而常懷戒懼之心；以夷狄憑陵、國步斯頻爲大恥，而常勵脩攘之志。必側身脩行，使百姓見憂，如周宣王；必卧薪嘗膽，使種、蠡分任，如越句踐。誕下明詔，責躬自厲，播告中外，嘉與士大夫洗心滌慮，惟新是圖。責大臣以協心爲國，共濟阽危，而無事形迹之嫌；責臺諫以有犯無隱，糾正官邪，而無爲調護之舉。博求良實忠純之士，列寘職位，以自輔翼；精擇忠智勇畧之將，保扞邊陲，以張形勢。□[二]取建隆開創，紹興興復之規模而力行之。直言可用者，不徒外爲容納，而必見之施行；君子當親者，不徒陽爲尊敬，而必任以事功。彌文不急者，無一不省；實政有益者，無一不舉。非足國裕民、整軍經武之事不爲。自一人之勤，以至於内外大小，凡百執事，莫不恪恭厥職；自一身之約，以至於六宫貴戚，内外臣庶，無不恪循彝制。庶幾國勢强而夷狄知畏，民情悦而天意自回。於以迓續景命，鞏固皇圖。天下幸甚，社稷幸甚。

若今日出一令是一令而已爾，明日易一事是一事而已爾，以此爲補綻扶傾之計，亦果何益哉？觸突天威，罪在不赦，惟陛下畧賜採擇而用之，則雖以狂僭受鈇鉞之誅，亦分之宜。《詩》曰：「譬彼舟流，不知所届。心之憂矣，不遑假寐。」臣不勝惓惓，取進止。

【校勘記】

〔一〕勝：原闕，據《四庫全書》本補。

〔二〕□：《四庫全書》不闕，但此處或爲手民誤删，故不從改，以存其舊。

第二劄

臣竊惟方今爲國家之憂，士大夫之所謂大議論者，外則韃戎，内則流民與楮弊是也。然臣之愚，以爲韃本不足爲患，可憂者流民爾、楮弊爾。何者？韃戎起於遠裔，鳥言獸食，本無大志。乘金虜垂亡之釁，蹙而取之，蹂躪中原，曾無噍類。其殘虐不道，自古夷狄所未有，天亦厭之久矣。使吾刑政脩明，國勢尊安，將士用命，邊防固密，雖有十韃，其如我何？故臣謂韃戎不足爲患者，此也。若夫淮民流徙，充斥内地，楮券積壓，折閲不行，是則今日之所當最先區處，而不容以弱待之，以緩視之也。

夫自韃戎侵邊以來，兩淮之民秋避春歸，其老弱流離，轉死於溝壑，幾無餘矣。閒有强悍善鬭之徒，自號某寨某將，皆足以扞禦敵兵，保衛鄉井。使爲邊帥者，撫之以恩，結之以信，申之以賞罰，則皆足爲吾用。自清野令行，一切驅之渡江而南。凡今聚於沙上，散於諸郡者不啻百餘萬。其來也，提挈妻子，迫逐牛羊，固若可憫。及饑寒切身，則所至剽掠，村落一空，甚者至有攻劫城郭之謀。去冬宛陵與繁昌幾墮其計，至於以殺止殺而後定。萬一其閒有姦豪如李特之徒，收而用之，寧不大貽宵旰之慮？臣所謂流民之爲可憂者，此也。

自邊烽未撤，楮券印造之數不啻數十倍，而錢監所鑄之錢，比祖宗盛時□二十之一，上下百費，悉仰於楮。昔也，楮本以權錢之用；而今也，錢反無以濟楮之輕，錢日荒而楮日積。端平初，謀國者不思所以變通之宜，而但拘以一易一之説。循至於今，楮價之損，幾不可言。朝廷名爲出一緡，而祇獲一鍰之用爾。秤提一語，誰其作俑？今已熟爛而不可行矣。近者朝家，俾廷紳各條救楮之策，其閒豈無一二可以參酌施行？而狐疑猶豫，欲行復沮，日復一日，狼狽益甚。幾於坐視其委棄無用，而不之救，富貴之操柄一失，將何以爲國？何以足軍？此則上下之所同病，而不可不亟爲之圖。臣所謂楮券之爲可憂者，此也。

竊以爲欲處置流民，必使各得所安，然後可以保其無虞；欲增重會價，必使省印造，然後可以免於折閲。夫欲流民之各得所安，不爲國害，則莫若使之散而不聚。欲望朝廷明詔行下有司，諸路、州、縣作急爲處流民之計。如富弼之在青州，明立科條，擇其强壯，招刺爲兵。其不願就招，亦合一聽官司節制，立爲軍號，如防江之類，勿加事黥涅。事已則復爲平民，其老稚則散居州縣寺觀，能自食其力者聽其自食，不能者官與上户，計日給之。不特可以消其乘時窺伺之心，亦所以廣聖朝好生之德。此處流民之策也。

欲楮券之省印造，不爲民病，則莫若先於節用。欲望朝廷擇主財之臣，如王堯臣之爲三司使，推財利出入贏縮，較本末緩急先後，去其舊弊之有根穴者，使黠胥無所容其奸。然後計其内而服用燕賜之費，外而官兵禄廪之需，月用若干，損之若干，損之又損，以至於無可損。勿以國體爲諉，而務爲美觀；勿以小節無益，而併忘其大計。用既節則印造省，印造省則人之求楮必多。若銅錢之乏，亦當詳求所以增羨之方。如是則楮價可增矣。此重楮券之策也。

時事所急，莫此二者，及今爲之，雖已後時，然尚有萬分之一可以拯救。如更因循苟玩，任其自來自往、自消自長，至於不復可以措手。則雖有智者爲之圖，亦將無及矣。臣本書生，不識時務，管窺如此，惟陛下裁擇，取進止。

貼　黄

節用一説，臣竊計臣僚固厭陳之，陛下亦且厭聽之矣。然生財要道實不出此，未可以塵腐而棄之也。臣竊聞去秋，明禋禄賜，嘗有減半之議，此亦節用之一端。俄而中止，得非有左右之言眩惑聖聽，掣其肘而不得行歟？使每事顧惜人情，則用何由節？又如陛下自外藩入承大統，園廟之築，邸第之營，雖以致親親之恩，然國勢方危，國力方單，盍亦權其先後緩急可也。而耗費若此，恐非祖宗在天之靈所望於陛下者。由此類而推之，自上而下、自中而外，其可節者何可勝數？節之一日，則有一日之效；節之一事，則有一事之功。惟陛下亟圖之，伏乞睿照。

第三劄

臣仰恃天地父母隆寬之恩，僭布衷忱，上瀆宸聽，未言先懼。臣迂愚無取，早塵陛下末第，碌碌常調幾三十年。遭際陛下親攬權綱，登進耆哲，而臣亦誤蒙識拔，處以清要，寄之耳目，皆平生夢想所未到。臣當是時，口與心誓，思所以圖報恩私，惟有不避怨讐，盡言無隱，庶以折奸萌，扶國是，乃微臣之職分。至於一身之利害，非臣所敢知也。既而臣以病去國東歸，陛下遽捐易鎮江圻書，殿清班增，畀衰朽書生志願於此畢矣，臣之精力於此耗矣。而三節之召忽從天降，臣所以再三控辭，而不敢即前者，固非沽名，以退爲高也。實自念年已遲暮，不能勉强應酬；學術庸虛，不能慷慨建明；性姿方拙，不能委曲俯仰。惟有乞身就閒，歸守丘壟，以保餘齡。在聖朝則爲量能授官，不至用違其才；在小臣則爲揣己安分，不至老不知止。而塵櫝屢上，俞音迄閟，進退維谷，跼蹐靡寧。復自念臣身居外藩，實意未白，無由感悟天聽。若借玉階之地，咫尺天顔。陛下目擊臣之筋力衰頽，齒髪凋落，非復舊觀，亦必惻然爲之動心，聽臣歸田矣。遂敢冒昧進於闕下，既以事務之所當急者，歷爲陛下告。庸是不憚三瀆，悉意控露。伏望陛下憐臣之老拙無用，察臣之真實無僞，許臣還歸故山，特畀祠廩，俾贍孥累，不惟拜陛下愛護臣子晩節之大德，而一家温飽無非銜陛下之賜。糜軀捐骨，其何爲報？若陛下謂臣尚可爲朝廷牧養小民，則乞一待闕小郡差遣。容臣養疴待瘳，異日苟有使令，臣復爾避事苟安，則臣實有罪，惟聖慈財幸。

第一劄讀至「脱使乘上流之無備」，上曰：「今上流已有備。」範奏云：「以臣所聞上流爲備，似甚疎畧，正當可憂。陛下不可不加聖慮。」又讀至第二劄說區處流民事，上曰：「聞卿去年在寧國，區處流民甚好。」範奏云：「臣之不才，豈能集事？仰藉陛下威德，幸免疎虞。」上又曰：「聞流民一時甚擾，又聞有本郡逃卒在其間。」範奏云：「此輩因清野南來，初非盜賊，緣官司無以處之。其老弱遂依强壯者，聚集剽掠，多者至數千，少者亦不下一二千。其來也，分爲三隊，自號爲寨，去城不十里各據一寺，時出抄劫，其姓張者尤暴悍難制。臣初只以好意待之，犒以酒食，給以錢米，諭以勿擾居民。渠乃自繕兵器，窺伺城壁，因獲本郡一逃卒方知其謀。即與兩倅設計，擒其渠魁誅之，餘始知懼。繼制司遣官招之而去，境内自此寧帖，皆朝廷威令所及。今蒙玉音嘉奬，容臣奏事畢，下殿謝恩。」讀至「增重會價」事。範奏云：「今會價折閲益甚，秤提無策，惟有節用一說，所當力行。」上曰：「此説極是。」範奏曰：「此雖書生常談，實當今要務。欲每事節約，宜自内廷爲表倡，然須斷自宸衷。若聽左右之言，則彼此牽制，用終無可節之理。」上頷之。讀至第三劄言「丐祠求歸」。上曰：「望卿來甚久，既到此，豈可便求歸？」範奏曰：「臣一介迂疎，加以衰病，自入春以來痰疾屢作，筋骨疲弱，拜跪稍艱，且最苦健忘，恐他日有負陛下使令。臣之所請，實出於中誠，欲望聖慈垂憐，特賜俞允。」上曰：「不可，不可。」範奏曰：「容臣退後，再陳懇悃。」

杜清獻公集卷九終

杜清獻公集卷十

黄巖　杜　範著

奏劄

吏部侍郎已見第一劄

臣竊見今者關輔之内，彌月不雨，上軫聖慮，減膳徹樂，分遣臣工，徧走羣望。玉帛之禱祠有加，而旱魃滋熾；冕旒之憂閔彌切，而天聽愈高。傳聞秀、常二郡種未入土，其餘則苗之已秀者就槁，稼之垂實者不粒。民心驚惶，莫知爲計。且去歲浙左旱暵異常，浙右雖得中熟，而仰食既多，米價十倍其湧。垂磬之腹，閔閔望歲，失今不登，人且狼顧，而國非其國矣，可不慮哉！

臣竊謂人主事天，猶子之事親也。不得乎親，不可以爲子；不得乎天，其能以爲君哉。人子之所以得親之心者，非徒日三牲九鼎以爲養，温凊定省以爲禮也。温恭以飭其身，勤儉以肥其家。行善力學，顯親揚名，是乃親之所望於其子，子而副親之望，則親之心悦矣。閒有故而怒，亦當反躬求所以致罪之由，惕焉内懼，奮焉亟改，則親之怒隨釋，而親之悦猶舊也。事天之道何以異此？天生民而立之君，使司牧之。所居者，天之位；所治者，天之民。故先儒張載《西銘》：

「以乾坤爲一大父母，大君爲父母宗子，而大臣爲宗子家相。」蓋有見於此也。一念慮，一動靜，造端於我者甚微，而感應之機捷於桴鼓，不可誣也。陛下嗣膺大寶垂二十年，災異譴告，無歲無之，至於今而益甚。陛下亦嘗思天之所以譴告之故否乎？亦嘗思譴告之不已，而繼之以震怒否乎？陛下苟思念及此，則所以應天者，將止于減膳徹樂，分禱羣祀而已乎？抑當外此而反求諸躬乎？成湯桑林之禱，非徒自翦爲牲也，而必以六事自責，所謂：「政不節，使民疾，苞苴行，女謁盛。」湯固未必有是，而湯必以爲言者，敬天之怒，而懼其或有以致此也。宣王《雲漢》之詩，非徒曰「靡神不舉，靡愛斯牲」也，而必側身脩行，百姓見憂。夫使百姓曉然，皆見上之爲憂，則必無自暇自逸，置天戒於不足恤矣。聖賢之君其事天，蓋如此也。臣日者陛對之初，嘗告陛下以「必有大悔悟、大振作、大轉移，誕下明詔，責躬自勵。嘉與士大夫洗心滌慮，惟新是圖」，是乃所以應天之實者也。雖蒙陛下開懷容納，而卒莫見之施行。得之傳聞，謂內廷之好賜，外邸之營繕如故也；左右之蠱惑，私親之請托如故也。夫不務反躬悔過，而徒冀天心之悦、天怒之釋，寧有是理哉？此久旱所以未消，而陛下不可不亟思改圖者也。

二三大臣，實陛下之所賴以共治天職者也。今也知印分筆，雖稽故常，同堂合席，各懷私見，各植私恩。一令之出，一人之用，彼是此非，一可一否。類皆除授之小目，初非廢置之大政。至于切劘君德，選進人才，脩政攘夷，賞功罰罪，則未有以是而自任。抑果何等時？乃不思協心并謀，而自分別町畦若此耶？此久旱所以未消，而二三大臣所當亟爲之改圖者也。

若夫金甌之業未復，而醜虜之窺伺方深；清野之令既行，而淮民之流徙益衆。秋風一動，哨騎南牧，長江風寒孰爲扞禦；鴻雁于飛，哀鳴嗸嗸，「等死」之心孰與安集？江湖謀帥闕人尚多，上流重寄安保勝任？抑天之全付予有家者，其忍使之闕裂不全歟？此又天意之所由未釋，而陛下與二三大臣尤不可不共爲之圖也。

臣愚欲望陛下卓然奮發，厲精有爲，濯去舊習，以作新天下。必反躬自責，如成湯必側身脩行，如宣王出宫女以遠聲色，斥近習以防蔽欺，省浮費以給國用，薄征斂以寬民力。詔二三大臣與百執事，精白一意，勉爲後圖。仍乞遵用仁祖開天章閣故事，分命大臣，各條今日政事之孰可行，孰不可行；人才之孰可用，孰不可用；邊防之某處當緩，某處當亟；兵甲若何而精練；糗糧若何而辦集；流民若何而還定；錢幣若何而流通。務求切實可久之計，毋爲依違具文之謀。斷在必行，使天下改聽易視，咸知上意。則人心訢合而天意悦，天意悦而雨露霈矣。凡此皆應天之實，在陛下力行之耳。轉危而安，易亂而治，一念之形，應若反掌。惟陛下亟圖之，取進止。

貼黄

臣既以消旱災之道略陳於前矣，而事有關於宗廟社稷之重者，敢復爲陛下言之。陛下自即位以來十有七年，災異薦臻，於今尤甚。上下危疑，旦暮凛凛，而儲貳未立，國本尚虚。朝野竊議，皆有憂色，甚非所以繫人心而承天休也。仁宗朝范鎮、司馬光諸公言遴擇宗親，早建儲闈，至十餘疏而不置。至以天譴之變，歸於大議之未定。拳拳以奸人窺伺，變起倉卒爲憂，其慮深矣。以至和、嘉祐之盛，丕圖鞏固，人心彌寧，而忠臣愛君，猶且危言若此。況今之天怒未怠，國勢將傾，其可因循玩視，而不亟爲之圖耶？臣愚欲乞陛下斷自聖意，謀之二三大臣，選宗姓之長而賢者二人，育之宮中。擇宮嬪之老成端謹者以爲姆傅，儒臣之忠純有識者以爲師保，撫養而教導之，高宗之舊典可遵而行。陛下春秋尚富，繼有聖嗣，俾之歸藩，則有真宗皇帝故事可覆也。臣迫于愚忠，不識忌諱，僭言及此。惟陛下赦其罪，察其誠，而賜之留神。宗社幸甚，天下幸甚，取進止。

第二劄

臣竊謂銓衡之任，所以綜覈賢能，甄別流品，以興吏治。自資格之令行，而後鑒賞之用廢。然抑奔競、絶私情、崇公道，亦自資格始。而今之爲吏部者，既不得以行激濁揚清之意，又不得以盡徇公守法之職。請謁肆行，緘題交至，以廟堂之尊，而下侵有司之權。片紙批下，所當奉承，稽之三尺，率多違礙。凡罪名之未正者，資考之未及者，歲月之未足者，舉員之不當者，皆不求通諸法，而通諸人情。挾上以令下，託公以濟私，遂使强有力者惟意所欲，弱而寡援者束手坐困。銓法之壞，莫甚於此。陛下不以臣不才，俾貳銓衡，職在守法，何敢撓法？寧得罪於廟堂，毋得罪于祖宗之成憲。然有非臣所可得而專執者，輒以二事上瀆聖聰，惟陛下垂聽焉。

夫一官而三人共之，蘇軾固嘗言於熙寧間矣。以今之天下較之熙寧，十無三四[一]，土地日蹙，闕次日遠，固有一官而五六人共之，差注不行，參選淹滯。使盡其所有之闕，聽有司循資格而授之，猶之可也。而天府之職官，諸路之幹官，諸州之教官，其地闕稍佳者，皆屬之堂除。今又有元係部闕而礙於資格者，輒取爲堂除，以應親故。除授既出于廟堂，誰敢不聽？然廟堂本以道揆而統法守，今乃壞法守以亂官常。臣昨見一闕，嘗已從部射，而竟奪於堂除。爲彼之計固得矣，而不知此之參部、判成、候闕，滯於逆旅者幾何時，一旦挹以授之他人也。臣愚欲乞睿斷，明示二三大臣，縱使未能撥下堂闕，以從公選，豈可復取部闕，以徇私情？其有仍前批下，許本部申執。庶使有司可以盡職，中書可以省事，而奔競之風可以漸革，此一事也。

夫内而臺諫，外而監司，以糾摘官邪？爲職所謂官邪？惟贓濫爲甚。士大夫而陷於贓濫，則其行義已虧，污穢無恥，不足以爲士大夫，非深有以痛懲之，使之改悔自新，則相師成風，毒民滋甚，非小故也。今以聖君賢相崇飭禮教，而郡縣之閒乃敢恣爲不法，以害吾民。貪酷之吏，在在充塞，姦濫公行，恬不之怪。閒有爲内、外臺按劾者，下之理寺，則引不經推勘之條；上之朝省，則特與改正之旨。醜迹彰露，疏網徑逃。近者數月，遠者不過一年，參部注闕，略無阻難。賢否混淆，莫此爲甚。夫所謂不經推勘，免約法者，蓋以言者一時風聞，未有實驗，而遽虚言約法，將濫及無辜，此朝廷罪疑從輕之意。然因是以縱奸佚罰，非所以厲俗也。臣愚謂自今監司、郡守彈奏屬吏，而以贓濫聞者，必追究證驗的實，而後奏上。臺諫風聞，罪及贓濫，亦合奏上。乞行下本路推勘詣實，其有未經推勘而下之理寺者，亦合從本寺申上朝廷施行。如委有贓濫實跡□[二]，照罪名約法，不許無故改正。重者貶竄除名，不以赦原。庶使人知所畏憚，吏道清而民怨紓矣。如有仍前具文免約，到部參注，許本部執奏以聞，此二事也。

以上二事，在臣職分所當奏陳。如陛下以臣言爲可采，亟賜付外施行。臣不勝大願，取進止。

【校勘記】

[一] 十無三四：原作「十三四年」，據《四庫全書》本改。

[二] 如委：《四庫全書》本作「如果」，兩通。「實跡」下無空闕，兹爲存舊跡，不從改。

七月已見劄子

臣竊見旱魃爲虐，上勞聖憂，避殿減膳，責己求言而又不憚勤勞。鑾輿夙駕，親行祠禱，烈日撤蓋，流汗沾衣。萬目共瞻，莫不以手加額，謂陛下畏天憂民，一至此也。是日甘雨隨應，溝澮驟盈。陛下一念感通，捷於影響，天監不遠，於斯可見，至誠必動，在理不誣。然暵乾既久，膏澤未霈，沾渥甫爾，蘊隆已驕。高田之不種者既已無及，而下隰之僅植者其槁未蘇。河運將通，又復斷涸，秋成浸迫，人心皇皇。陛下明見萬里，而近地之休戚利害，固已上徹聖明。臣區區之愚，竊謂久旱得雨，誰不以爲喜？喜心既勝，將忘其可憂。正當動色相慶之時，寧有側身脩行之戒？陛下或以爲雨已通濟，可望有秋，而不知旱災未消，危證益甚。其憂勤之念，或少怠於前時，則感召之幾，安保其不變於此日？天人相與，至可畏也。又況江上飛蝗漸入近地，浙右飢殍已行剽掠。淮民流徙，內郡驚疑，邊塵未寧，上流無備。萬一處暑之前終於不雨，則旦暮之憂，將何以爲計？天步益艱，國勢益危，歲甚一歲，日甚一日，臣未知其將何所底止也？欲乞陛下益盡憂民之慮，愈堅畏天之誠。示求言之實意，而無爲具文；存禱雨之實誠，而無應故事。脩實德於宫廷之間，凡聲色之奉，請託之私，一切屏絶。兢兢業業，常在帝左右也。脩實政於朝廷之上，凡黜陟之權，號令之施，一切徇公。蕩蕩平平，惟代天理物也。若是，則人心感悦，天意昭格，而雨澤沛然矣。不然，臣甘坐妄言之罪。臣迫于憂愛之誠，輒進狂瞽，上干天威。惟陛下矜念而亟圖之，取進止。

八月已見劄子

臣聞自昔之爲天下國家，弭變於未形者，其國安；遇變而知懼者，其國存；玩變而苟安者，其國危且亡。唐虞君臣，勑天命，維時幾，其道深遠矣。禹之不見是圖，成王之于時保之，弭變於未形者也；宣王之側身脩行，百姓見憂，遇變而知懼者也。自三代辟王以至後世叔末之世，未有非玩變苟安，以至覆亡其後。厥鑒昭昭，具在簡策。

陛下亦嘗念，今之天下，謂之變耶了非耶？臣生於海陬，不及見淳熙之治。爲嘉定進士，客於京師，見市井喧闐，文物富麗，人謂已非淳熙之舊。至紹定、端平，自京局而位朝列，耳目所接，景物蕭條，又非嘉定之舊。去國四年，今夏五月被命入京，得于所見，又非端平之舊。今纔四閲月，視初至之時，抑又大異矣。天災旱暵，昔固有之，而倉廩匱竭，月支不繼，上下凛凛，殆如窮人，昔所無也；物價騰踊，昔固有之，而升米一千，其增未已，日用所需十倍于前，昔所無也；民生窮瘁，昔固有之，富户淪落，十室九空，竈罕炊煙，人多菜色，昔所無也；楮券折閲，昔固有之，告緡譏關，錢出楮長，而物價反增，人以爲病，昔所無也。愁歎之聲相聞，怨怒之氣滿腹，里巷聚語，首問粒食之有無，次議執政之然否。踣于道、投于江往往有之，軍伍竊誶語，或不忍聞，此何等氣象？而見于京城衆大之區也。浙西稻米所聚，而赤地千里，繼以飛蝗大至，田禾槁死，未盡者一旦俱空。太湖揚塵，河港斷絶，嘯聚剽掠，所在相挺。會稽帝鄉，白晝行劫，道殣相枕，此何等氣象？而見於京輔密邇之地也。江淮諸郡，大抵皆旱，江西閒有稍稔，豈能旁給？淮民流離，襁負相屬，朝廷以措置遣使，不過欲截之江北。而先已在南者，諸郡例以盜賊待之。有枉莫訴，欲歸無棲，道路狼狽，見者閔痛。其泊于沙上者，亦奄奄待盡。使邊塵不起，尚可相依苟活。萬一虜騎衝突，彼將千萬爲羣，奔迸南來，何有遮截？或捍拒之已甚，必懷「等死」之心，相携從虜，爲之向導。巴蜀之禍，尚可鑒也，豈不深爲朝廷之憂？不然，則外流内飢，勢合爲一。有桀黠者鼓倡其閒，侵犯州縣，又豈不爲朝廷之憂？自淮以南，皆以旱告；自淮以北，乃以稔聞。虜有齎糧之資，而無清野之阻，似聞邊聲已動。萬一長驅而前，爲飲江之計，何以禦之？又況夔門要地，付之一貪黷殘暴之夫，專上流之寄者，安坐鄂渚，迫之莫進。朝廷無糧以爲之助，又將收其茶鹽之利。似聞上流諸屯乏食已久，皆無固志。萬一虜騎復去年已闖之蹤，壓以重兵，窺伺鼎、澧，震動湖南，又將何以禦之？腹背之憂，莫爲之計，而南詔復有假道之傳矣。如多病之身，惡證俱見，元氣已消，有奄奄澌盡之形；已壞之屋，棟榱户牖，傾蠹無餘，有凛凛欲壓之勢。

臣中夜以思，矍然而起，爲之痛入骨髓，繼以太息流涕。以臣之愚，竊料陛下宵旰憂懼，寧處弗皇。然宫庭宴賜，未聞其有所貶損也；左右嬙嬖，未聞其所有放遣也；貂璫近習，未聞其有所斥遠也；女冠請謁，未聞其有所屏絶也；朝廷政事，未聞其有所脩飭也；庶府積蠹，未聞其有所搜革也。秉國鈞者，惟私情之徇；主道揆者，惟法守之侵。國家大政，則相持而不決；司存細務，則出意而輒行。命令朝頒而夕廢，紀綱蕩盡而不存。無一事之不弊，無一弊之不極，未知其何所底止也？自夏五不雨，今已數月，雲已合而風離之；雨欲垂而虹截之。避殿減膳，僅行故典，竝禱羣祀，見謂具文。正霜降水涸之時，寧有油雲沛雨之望？星文示變，更無虚日，參之占驗，抑又難言。危亡之勢已迫，而恐懼之實未聞，玩變苟安，莫此爲甚。其將燕坐以委海内於鼎沸乎？其將甘食以委赤子于溝壑乎？其將暇逸以聽夷狄之侵陵乎？其將因循以聽盜賊之蠭起乎？其將優游以視宗廟之傾危乎？其將猶豫以視社稷之覆亡乎？臣又爲之痛入心膂，繼以慟哭哽噎也。

臣愚無以效微忠，欲乞陛下念藝祖之創業，高宗之中興，先帝之垂統。故王不足纘緒，而歸之陛下。祖宗之所望者謂何？天意之所屬者謂何？人心之所仰者謂何？而使世變至此，爲之震懼自省，爲之奮勵有爲。命二三大臣同心徇公，戒舉朝百執事同心徇國，詔中外臣庶思當今之亟務。如河道未通，軍餉若何而可運？浙右旱歉，和糴若何而可足？財計正匱，糴本若何而可辦？細民飢饉，荒政若何而可行？流徙失所，遣使若何而可定？諸闖專利，茶鹽若何而可收？虜情叵測，邊圉若何而可固？上流無備，軍政若何而可脩？凡關於目前之至急者，各務悉力盡思，以陳扶危濟變之策。其有濟時振難之才，沈於下僚，隱於巖穴者，各舉所知，以聞於上。二三大臣推血誠，黜私見，協慮並智，擇其可行者而決行之，訪其可用者而亟用之。明賞罰，謹號令，痛節約，責事功，去虚僞。如衛文公之定難，如句踐之復讐。毋崇美觀，毋飾大體，毋信浮言，毋循舊習。以行總核名實之政，天下庶或可爲。不然，將有甚不可諱者。陛下倘以臣一得之慮或在可采，厲精改圖，以濟厄運。臣敢不自竭駑鈍，繼之以死。如以臣言爲張皇，罔惑上聽，即乞重加貶竄，以懲不忠之罪。臣區區之愚，盡於此矣。惟陛下裁之，取進止。

貼　黄

臣竊謂茶鹽爲今日之大利，乃擅於諸閫。當此財用匱竭，所宜收之朝廷，專置一使以領之，誠亟務也。第未知諸閫專制已久，肯一旦輕棄，以歸朝廷乎？藉使知君臣之義，不敢固吝阻遏。又未知諸軍假制閫之勢，圖私販之利者，肯一旦斂手以遜商賈乎？不然，彼將以淮東者歸之朝廷，而自專東海之利，則二者之鹽，其將孰辨[二]？他日以東海之名，而擅淮東之實，朝廷之虧利自若也。萬一上下睽疑，彼此交競，勢有阻格。重費區處，必致中輟，則朝廷之體愈失而令愈輕矣。臣謂當先有以通其脈絡，而均其利害。朝廷之意下孚，而諸閫之情上達，合爲一家，使其柄一歸於上。然後措置販賣，從長施行，斯無後悔。竊謂使者已廣置官屬，朝廷已撥下支費。倘利權未收，規畫未定，徒縻帑廩，無益也。臣區區之愚見如此，願陛下與二三大臣審處之。取進止。

【校勘記】

［二］辨：原作「辦」，清鈔本《杜清獻公集》作「辨」，是，今據改。又辨辦古同字同音，後世分爲二形二義。

杜清獻公集卷十終

杜清獻公集卷十一

黄巖　杜　範著

奏劄

上已見三事 吏部侍郎

臣輒有已見三事上干天聽，謹條具如後。

一、臣竊見今歲之旱，京輔爲甚。粤自夏初以至秋末，中間小雨，僅成沾濡。陰陽乖離，其變特異。河運不通，斗米十千，又復日長。京城細民無所得食，棄擲幼孩，啼號載路。而結衣牽裳，舉家沈江者日日有之。氣象若此，其將何以爲國？哀痛官司再行科糴，夫豈得已？前科未已，後科繼至。大家之力亦已困匱，等户淪落，愈見蕭條，甚非所以重根本也。臣愚欲乞陛下力節宫廷之費，量出内帑之儲，行下臨安府，鈔劄細民之委實困極無聊者，優行賑給，以示九重憂民之意。陛下既以身率之，執政大臣豈無推楚令尹之心，毁其家以紓國難者？其在外執政之家，受恩也深，積禄也豐，子孫享之以恣淫佚，僕從竊之以致富贏。今國步艱危，京民困餓，豈忍坐視不顧而徒爲盜賊之資？其近在畿輔，如明、如婺，水路可通，舟運無阻。若朝廷量其所有，科降數目，令其運米至京城，照官價出糶，既非白敷，理宜樂聽。如有擁厚貲以自封殖，不恤國難，非臣子也。臺諫論劾，重行譴謫，孰曰不可。其餘侍從、卿監、監司、郡守之家，素以富聞者，次第施行。待浙西水運已通，如斟酌科糴亦如之，豈無數月之行可以接濟？京城等户之再科者，且權罷住，以俟他日。其小民之無錢糴者，令臨安府稽覈其實，亟作措置，以時賑給。如此則京城細民可無乏食之憂，京城等户亦可寬重征之困。其于今日救饑之政，誠非小補。

一、臣竊謂待夷狄之道，在于措置得宜。一失其宜，動成納侮。國勢重輕，實此之由，不可不謹也。王檝黠虜，欺慢朝廷，昔者之來，意在嘗試。其時當國之臣識見卑近，僥倖和議之成，屈意厚禮，重捐金帛以奉之。出境未幾而邊塵已動，至今言之，爲之憤悒。今者復來，蔑視中國而以朝廷爲無人也。陛下威斷絶之境外，固誠足以破其奸謀，而廟堂猶有羈縻僥倖之意，是將復踵向來之誤著也。周次説者何人？朝廷遣之羈留於虜者三年，似聞足未嘗一至虜廷。豢於王檝之家，情稔好密，身雖華而心則夷矣，是未可以蘇武、張騫待之也。聞其言曰「和議必可成」，未知周次説果曾親見韃王與其大臣，而真得其要領否耶？且韃在萬里外夷滅數國，號爲至强，彼亦何利於和，而求好於我也？藉使其國爲鄰境侵撓，則是彼方不能自立，我亦何藉於和而有求於彼也？周次説受命于王檝而來，其語言不可盡信，其情僞必有不可掩者。乞陛下密諭大臣，令有司反覆詰問。奸狀一露，則正典刑以誅之，以其首示王檝。彼當奪竄之不暇，是伐其謀也。不然，亦當嚴行監管，伺其動息。俟今冬邊廷不擾，别議施行，毋再墮奸計，以重中國之羞。

一、楮券之弊極矣，新舊並行，雖曰下策，然舍此之外無策可行。則其行也，亦豈得已？此議既出，遠近傳聞。楮價日低，物價日長。臣昨得之人言，謂廟堂議猶未決，或成中寢。竊恐民聽惶惑，商旅不行，物貨不通，大爲民病。而糴本未辦，和糴失時，國計所關，誠非細事。以今日事勢論之，則新楮之不可不出也必矣。第恐施行之間，節目或有未盡，而新楮又不足重取[一]于人。萬一或有變更，非所以示信。欲乞睿斷，明示二三大臣。如已明審利害，則當決于施行。若猶未也，亦宜目下審處[二]，無爲猶豫，以重楮券之弊。

三事條具如前，倘陛下以爲一得之愚或在可采，乞與二三大臣熟議，亟賜施行。臣不勝大願，取進止。

【校勘記】

[一] 取：原作空圍，據《四庫全書》本補。

[二] 處：原作空圍，據《四庫全書》本補。

論和糴榷鹽劄子

臣聞朝廷政令，不難於出，而難於行。非行之難也，出而易行之爲難也。不審其出，而輕於行，勢阻而事艱，民與國俱病矣。近日和糴、榷鹽二事，爲當今至亟之務。本以利國也，國未覩其利，而民已受其害。削國本而離人心，鞠爲亂階，莫甚于此，臣不敢不爲陛下言之。

倉廩空虛，至今極矣。和糴之數，乃一歲支用之不可省者，及時收糴，誠不可緩。然奉行之臣，固當思國用之甚亟，尤當量民力之所堪。聞之浙右，自三百畝以上，每畝例科三斗。以今歲年穀不登，其得熟處僅半收而止矣。自輸納常賦之外，所餘寧幾何？而欲以三歸之官也。是將空其家，盡其老稚而飢之耶？其大家素有厚蓄者，多科之固不爲虐。其餘中等小户，專仰每歲田租以自給，稔歲僅僅不乏，凶年且無以自贍，其何以應有司之輸？强其所難從，雖嚴刑峻罰，朝籍而暮黥，亦無益於和糴之數，而徒傷祖宗寬厚之澤。矧吏奸並緣其邀索之費，幾與輸官等，則民力其將何以堪？其餘江東、江西諸郡科數亦重，每郡不下數十萬。雖小壘苗租不及一二萬者，亦科十餘萬。且行一切之令，不恤民户之有無，至有行下諸郡，不容其納正苗而先量和糴者。奉行若此，必將暴政四出，人心怨離，重爲社稷之憂，非細故也。今朝廷若遽減已敷之數，固非事宜，亟合旨諭諸路和糴官、監司、郡守廣爲耳目，務通下情，詢問人户有無之實，斟酌官司科糴之數。無爲一切以行苛擾不恤之政，無徒重科以開奸吏邀索之門。上下相安，不虐[二]而辦，則民力紓而國事濟矣。

財用匱乏，於今爲甚，鹽課不登，所宜措置。專置一使，誠爲亟務。若付之沈慮深謀之人，下不擾而上不競，則國體正，利源復。今乃使貪躁喜功者爲之，侵使者之職，奪小民之利，掠正額以圖浮贏。苟以虛羨之數愚誘朝廷，且各郡置一檢察，其所辟皆貪進不静之徒，必將各以媚上爲能。虐亭户、捕私販，紛紛多事，所至騷焉。於國計曾未見其有益，而户部已虧月入之額矣。待其生事苛擾，怨讟並興而後罷之，則所傷已多，雖悔無及。不若以兩淛鹽課責之兩路使者，或鹽本不支，舊額虧欠，使者亦何所逃其罪？顧何庸曠朝廷舊置之官，而欲自以爲功也？淮東鹽課最重，而擅于諸闤，誠非重制使之權，不足以收之，亦合斟酌事宜，使彼此相安，以圖久遠之利。商賈通行而無艱阻之憂，則課利不患其不羡，爲朝廷之助，誠非小補。兩浙諸郡檢察宜亟寢罷，以安畿輔小民，無令競爲生事，以激多事之變。

昔人有言「寬一分則民受一分之賜」，正爲朝廷行不得已之政者設也。今之和糴、榷鹽二事，可謂不得已矣。出之不審，以至行之甚難。民爲邦本，根本一削，實安危存亡所係，不止目前帑廩匱乏而已。如臣前所陳，欲乞聖慈，念民生之甚艱、國步之甚危。明示二三大臣，亟賜施行，天下幸甚。取進止。

【校勘記】

[一] 不虐：原作兩個空圍，據《四庫全書》本補。

論聽言劄子

臣聞伊尹之告大甲曰：「有言逆于汝心，必求諸道；有言遜于汝志，必求諸非道。」蓋心者一人之私，道者天下之公。私則徇好惡之偏，而是非或至易位；公則合事理之宜，而觀聽皆無異辭。人主尊臨，百官頤指意使，孰敢違忤？遜志之言，宜日聞之，而或有逆于心者。豈狂易顛迷，以自取不測之禍哉？此上人之所當致察也。唐魏徵有言曰：「臣願爲良臣，不願爲忠臣。」龍逢、比干蓋爲臣之不幸者，委贄事君，夫豈願此？然臯、夔、稷、禼，在唐虞時可謂良臣矣。而君臣吁咈，相與警戒，未聞有以遜志相容悦者。而舜猶命之曰：「予違汝弼，汝無面從，退有後言。」蓋古者聖帝明王嚴警懼于朝夕，求規諫于臣鄰，遠佞柔，進忠直。故言以逆至者，藥石也，于吾心爲逆，而于道爲遜。吾不從心以違道，則私怒不行，而讜言日至；言以遜至者，美疢也，于吾心爲遜，而于道爲逆。吾不從心以徇非道，則私喜不用而諂言莫入。意向轉移，朝皆忠臣，上無過舉而天下治矣。孔伋言于衛君曰：「君出言自以爲是，卿大夫不敢矯其非；卿大夫出言自以爲是，士庶人不敢矯其非。」君臣既自賢矣，而羣下同聲賢之，賢之則順而有福，矯之則逆而有禍，如此則善安從生？此天下治亂存亡所係，聖賢所甚懼也。

恭惟本朝以樂諫爲家法，以獎直爲朝綱。慶曆諸臣侃侃之風，有光史册，扶植元氣，培養國脈，以遺後人休者，實在于此。陛下聖度如天，至仁如春，萬類不齊，悉歸涵育。每羣臣奏對，言稍狂直，未嘗不和顔以受之。雖甚忤者，亦未嘗加之罪。是以下情畢達，無有顧慮而不敢言者。當此百度浸隳，大命近止而此一脈尚存，則天下猶可爲也。近歲以來，謇諤之風漸不如昔，大臣負格心之業者，有將順而無正救，有祗若而無弼違。是陛下欲繼仁祖之盛德，而大臣有愧慶曆之諸賢也。近者驟遷驟黜，而臺諫之風采頓銷；朝對夕罷，而直臣之氣節[一]復沮。人言藉藉，皆謂陛下惡逆心而好遜志也。陛下容德無我，過化不滯，豈應有是？豈非大臣不善彌縫之過耶？臣恐羣臣妄窺上意，阿順成風，國事日非，孰與諫正？此其所關，豈此一政事得失而已哉？臣願陛下明降御筆，訓厲臣工，以來忠鯁之言，以杜諛佞之漸，以壽國家之脈。天下幸甚！社稷幸甚！

【校勘記】

[一] 節：原因底本殘損而闕，據《四庫全書》本補正。

辛丑知貢舉竣事與同知貢舉錢侍郎曹侍郎上殿劄子

臣等誤蒙陛下推擇，俾典春闈，蒐舉多士。于開試之日，又蒙陛下頒降御劄，昭示意向，有曰：「經學欲其深醇，詞章欲其典則。言惟合理，策必濟時，毋以穿鑿綴緝爲能，毋以浮薄險怪爲尚。」大哉王言，真甄別人才之龜鑑也！臣等欽承明訓，夙夜考閱，思得篤誠有學之士，以無負陛下器使。然士習積久，文氣日卑，相師成風，競趨險薄。擇其彼善於此者，以備奏名，大懼弗能悉稱上旨。蓋文弊至今極矣，不敢不爲陛下言之。

先朝舉子之文去今甚遠者，樸古渾厚，今難以遽復。乾淳之間，辭人輩出，見之方册者，質而不野，麗而不浮，簡而不率，奇而不怪，士子所當倣傚。數十年來，體格浸失，愈變愈差，越至于今，其弊益甚。六經義不據經旨，肆爲鑿説。其破語牽合字面之對偶，弗顧題意之有無。終篇往往掇拾陳言，綴緝短句，體致卑陋，習以爲工。至有結語巧傍時事，圖貢諛言，如吾身親見。此策語也，用之于論已失其體，今乃于經義言之，詞賦句法冗[一]長，駢儷失體，題外添意，體貼不工。至有第七韵，不問是何題目，皆用時事，有如策語。今又于第六韵見之，或原題起句便説時事，甚者終篇竟以時事命意，此皆習爲諛言者也。論則語不治擇，文無斡旋，麤率成篇，殊乏體製。策則謄寫套類，虛駕冗辭，裝飾偶句，絶類俳語。至有效歌頌體，四字協韵，用以結尾，甚有用之成篇者，此何等程度之文？兼三場多是雷同一律，衒惑有司，尤爲場屋之弊。去取之間，祇見才難。若不示以正體，轉移陋習，安得復還典雅之舊？欲望聖慈，備臣等此章下國子監，委監學官精選經、賦、論、策各數十篇，付書肆板行，以爲四方學者矜式。申諭中外學官及考試官精加考較，其前項文弊有陳述未盡者，併令本監點對，逐一開具，揭示諸生，使毋循舊習。如有仍前不改，竝從黜落。庶幾士類向風，文體復舊，仰副陛下崇雅黜浮之意。斯文幸甚。取進止。

【校勘記】

［一］冗：原作空圍，據《四庫全書》本補。

辛丑四月直前奏劄

臣聞憂治而慮患者，其治常無窮；幸安而玩危者，其危不可救。《易・否》之六五曰：「休否，大人吉，其亡其亡，繫于苞桑。」蓋六五，君位當否之時，常有危亡之憂。而爲苞桑根固之計，此否之所以休，大人之所以吉也。聖人繫之辭曰：「危者，安其位者也。亡者，保其存者也。亂者，有其治者也。」此其幾相爲倚伏，特在人主一心之運而已矣。自古言治者，莫盛於唐虞、成周。觀其君臣更相告語，不過曰「儆戒無虞」「兢兢業業」「敬天之休」「無疆惟恤」而已。自帝王心法不傳後世，常以天位爲樂，溺燕逸而弛憂勤，習因循而忘戒懼。怵迫于事變之方來，喜幸于變亂之僅息。幸心一啟，玩心隨之，幸愈多而玩愈甚。至于天變人災，層見閒出。人皆有凜凜旦暮之憂，而君臣之閒相爲慰藉曰「昔固已若此矣」。以痛哭流涕爲張皇，以危言激論爲好名。甘受佞辭，惡聞忠讜。天下之勢浸微浸削，至于滅亡而不悟，此皆幸與玩實爲之。三代而下，其亡未有不若此者。

陛下聖德天縱，聖學日新。固將繼帝王心法之傳，以追隆古致治之盛。然天運未泰，國勢未寧，而或者妄疑陛下憂勤之慮，不足以勝燕逸之私；戒懼之誠，不足以變因循之習。而幸之與玩，猶未免有累聖心也。蓋自陛下即位以來，天下之變不知其幾矣。未聞有勘定之大功，綏靖之善政，而紛紜未幾，尋復帖息；驚擾方甚，旋即敉寧。《詩》《書》之垂訓，幾成虚語；臣子之獻忠，類若過言，此固幸心之易啟而玩心之易萌也。且二十年閒，變故之小者不暇論，姑摭其大者言之。

山東逆酋輒肆反噬，遠近方震動，而彼已陷淖而殞軀矣，此幸之一也。京畿汰卒隳突澒洞，旦暮已莫保，而彼已服刑而順令矣，此幸之二也。輕啓兵端，大稔寇孽，巴蜀之禍所不忍言，荆襄、兩淮彌望茅葦，一江之限未足深恃，國勢幾岌岌矣。而兩年以來哨騎亟退，狼煙暫息，廟堂之上稍寬憂顧，此幸之三也。清野有令，鴻雁載塗，數千爲羣，肆爲剽劫，焚蕩城邑，其勢益張，人心亦凛凛矣。而烏合之衆未幾解散，困餓沙洲，不敢猖獗，此幸之四也。以至江潮失道，摧陷撞擊，浸淫之勢已迫，城闉幾不可以爲國。而怒濤復殺，浸安故流，民用寧止，此又幸之五也。

積此五幸，則喜心勝而懼心忘，視其所可畏，將玩之以爲不足畏，此其勢必所至也。然變至今日極矣。去歲旱饑，京輔爲甚。田野小人齕糠粃以延旦暮之命，糠粃不足，取草木根實以繼之。根實又不足，弱者則殣于道，填于壑。所至穢積，無異斃獸。强者未甘餓死，而相食之風盛行。始不過刲剔遺胔以贍枵腹，甚則不待氣絶，已施利刃。又甚則生致而烹之，雖其子而且忍焉。哀哉，此何等氣象，而見于畿輔之間也！陛下爲人父母，其得不爲之動心乎？盗賊公行，所在劫掠，道路險阻，行旅不通。被害横屍，往來習見。京城委巷，夜無行人。不幸遇之，輒遭其毒。市民聞之而不敢救，官司知之而不敢問。尸不及稾，擲棄于江，日日有之。哀哉，此何等氣象，而見于輦轂之下也！陛下爲民父母，聞此得不爲之動心乎？然臣竊見上下通論，皆謂今日之可憂在韃虜耳！百姓流離死亡，非所甚憂也。去冬小沉邊柝[二]，而漸講彌文之事，則是朝廷意向重於外患而輕於内憂，已可槩見。况旬日以來，麥秋有成，民稍得食。米價稍減，死者漸稀。道途之間，寇盗亦少，孑遺之民，初回生意。人情至此，孰不喜幸？不惟天下幸之，而朝廷尤幸之也。臣所深慮者，懼其幸之而至于玩也。古人未亂而制治，未危而保邦，今日之勢幾于亂且危矣。苟喜幸于一時，而苟玩于平日，則亂證已成，乃狎之以爲常；危形盡見，乃忽之以爲安。上下嬉嬉，恬不知懼，以根本之撥而爲太平之粉飾，以財用之乏而襲豐亨之調度。事力日微，而興不急之土木；蠹弊日甚，而濫當尼之恩私。使今歲果有一稔之望，猶懼疲氓難以遽蘇，壞病難以遽復。萬一歲事，復不可保，國廩無可儲之粟，浙右無可糴之糧。上無以餉軍屯，下無以濟饑莩。揭竿一呼，羣黨趨和。當是之時，其將坐視而弗顧也，尚可幸而安之耶？此其蕭牆之變，而邊境之虞不與也。又況韃虜多詐，姦謀叵測。去歲邊塵不起，豈無其故？斥堠不明，傳者多端。或謂其聚衆河洛，爲搶淮麥之謀；或謂其備粟近邊，爲誘流民之計。搶麥不過爲一時之擾，而流民無歸，怨氣滿腹。使果以誘而招之，將懽趨之不暇，是皆吾仇也，豈不甚可慮哉？

且天之仁愛陛下亦甚矣。赤雨彗星、冬雷春雪、日蝕地震、水旱薦饑，災異之見，無歲無之。至于去歲之旱，則前此所未有也。海宇將有鼎沸之憂，人心已有瓦解之勢，社稷真有累卵之危。而今夏麥事大熟，天下猶欣欣焉有願治之思。是天欲陛下知世道尚可扶持，而益存聖心之兢業。使幸而玩之，不能有所振刷，而垢弊日滋，是違天也。違天者，其能久乎？欲保天命，莫大于回天心，欲回天心，莫先于懼天變。玩視天變，苟安愒時，而欲回天心以保天命，未之有也。陛下遇災而懼，上同周宣，顧安有玩視而苟安者？然人言藉藉，或謂陛下宫中之宴飲不節，而排當日聞；左右之好賜不省，而内帑日虚；嬪嬙之請托不戢，而御批日出。臣每侍經筵，言及世變，輒憂見天顔，豈應有是？而傳播中外，大累聖德。然近有内殿脩造，破漆五千斤，而費外帑十五萬緡，此臣所親見，非得於傳聞。漢文帝欲造露臺，百金之費尚且惜之。今脩造之漆，不知爲露臺幾百金？自漆之外，又不知爲幾百金？有限之入乃耗于無藝之支，錙銖之取乃散於泥沙之用。以此一事言之，則前者所聞，能掩人之議乎？陛下固以爲此特宫掖之常事，不足以係社稷之安危。然當天變人窮之時，戒懼之實意未著，憂勤之實政未彰，而縱欲奢麗之聲乃聞於外。玩天變以違天意，觖人望以排人心，其如宗廟社稷何？

臣愚欲望陛下念誕保壽命之爲難，思遺大投艱之不易。天示譴戒，則惕然震懼，若子之獲罪于父母也。民生困窮，則焦然不寧，若父母之無以育其子也。省躬思咎，痛自貶抑，益加刻厲。當人情喜幸之時，而常存儆戒之意，若禍難之迫乎其前也。罷宫庭之燕賜，節内帑之浮費，禁請謁之私，杜斜封之漸。日與執政二三大臣講求扶顛持危之大計，毋爲應變飾美之虚文。明示宰輔，以大公存心，以血誠憂國。正朝廷之大綱，而不弊精神于細故；明爵賞之大權，而不植除授之私恩。博求賢俊，進用忠讜。擇監司以肅吏治，選守令以紓民力。廣詢衆論，亟爲來歲軍糧、民食之備。毋使一時束手，又行去歲之下策。上自宫掖，下至百司庶府，其所宜省者，何可勝數？專置一司，條具事宜，務在節約，以豐帑廪之儲。其邊方之所當飭者，及此閒暇，亟爲之備。毋使一時倉猝，上下狼顧。庶使厄運可扶，亂階可遏，而休否之吉，庶乎可致矣。臣不勝惓惓，取進止。

貼　黄

臣聞國本之立，人心攸繫，自古所重，于今爲尤重。臣去歲嘗進瞽言，已蒙采聽。似聞宫中已進宗親二三人而養之矣。聖意未有所屬，則是鎮安人心之計猶未定也。臣愚竊謂預定莫如預教，擇少不如擇長。不能教之而徒育之宫苑之内，則耳目移于富貴，氣體移于豢養，其何以培成器根，進脩德業？教之之道，祖宗固有成法，資善堂之故實尚可考也。内則當責之宫嬙之老成有德者，以謹視之；外則當責之宫僚之端純有識者，以訓導之。庶乎日漸月漬，德成而行尊矣。是所謂預定莫如預教者，此也。人之性質，方髫齔之時，賢否未易辨。至十年而就外傅，其好惡趨向，强弱美惡，一見可決。擇其賢者而善教之，則學易進而德易成。聖意早有所屬，人心早有所係，其所關者豈細故哉？是所謂擇少不如擇長者，此也。臣不勝漆室之憂，輒再干天誅，僭陳忠悃。惟陛下垂聽而亟行之。取進止。

【校勘記】

［一］ 柝：原作「拆」，據《四庫全書》本改。

杜清獻公集卷十一終

杜清獻公集卷十二

黄巖　杜　範著

奏　劄

經筵已見奏劄 辛丑八月

臣聞天下之患，莫大于安危之謬見，而緩急之錯施也。夫以危爲安，則禍至之不戒，而有不可勝諱之憂。當緩而急，則具[一]文之是講，而無以爲有事之備。古人所以觀時度勢，以圖事揆功者，蓋謹諸此。

臣竊見進書有命，期限甚迫。以一時之大典，而責成於庶幾之手；以千載之信史，而取辦于旬月之間。拘之入局，則司冗劇者不能時至；限以定日，則與脩撰者必以苟成。非其素能，豈皆良史？筆削惟意，詳畧異宜，考訂不詳，紀載無法，不足以彰聖朝之文獻，而徒以貽後世之笑譏。況《寧宗實録》尚脩未就，盡日夜之力，以應期限之嚴，必多差訛，前後牴牾，而書吏之錯字漏句且不暇閲視而改正也。臣每聞之族談竊議，謂朝廷進書，雖係大典，然在今日，亦未爲甚急之務，而何至匆匆若此也？

時已棗紅，邊遽正亟，淮東西及襄、蜀之報，大非往歲比。而西帥不和，交惡互申。平時尚爾，一旦緩急，何以望其協謀敵愾？淮西副帥本非其才，勇鬬自誇，智謀何有？近者挑山寨之怨，深恐爲蕭牆之憂。而淮東制臣深溝堅城，嚴於自守。責其應援，恐致誤期。而川蜀數千里莽爲盜區，一失上流，則江淮之地皆非我有。以是思之，此正安危存亡之秋，君相同心憂慮之日也。今内治之政多闕，外治之備尚疏。方且致飾於進書之舉，汲汲然若有不及爲之態，是可謂以危爲安，當緩而急。傳之四方，人心疑而離矣。昔宣和間，金人已陷平州，而上方御樓觀燈，措置書藝。靖康間，金人已謀再寇，而上方復《春秋》、復賦詩[二]。萬世之監，良可痛已。

今者土地日蹙，賦入日少。恃和糴以足糗糧，倚造楮以爲泉貨。方幸少稔，遺黎生意僅如一髮。上下凛凛，憂在旦暮。而顧以錙銖之取，供泥沙之用，竭百姓之膏血，爲一時之美觀。雖奉御筆，置局裁減浮費。然承平舊例，用一破十，所支之數，動以數十萬計。雖曰裁減，上下牽制，豈能盡革？方今正楚丘布帛之時，會稽薪膽之日，而糜有用之財，爲此可緩之事，實臣所未曉也。

臣愚欲乞聖斷，且緩進書之期。候今秋冬邊事寧息，財用有餘，來春舉行，亦未爲晚。或者則曰：來歲大禮年分，難以舉行，蓋爲事併而費重也。夫費出於國帑，皆陛下之財，用之於來春者也。豈有用於今歲而有餘，用於來春而不足者乎？若令有司一面痛加裁節，計其費幾何，且令來春行之，似無不可。其所進之書，詳加訂證，仍以一員專掌其事，□□□□屬相與參稽互考，使前後無舛，體製歸一，毋致荒率苟且，爲朝廷文獻之羞，不勝幸甚。取進止。

【校勘記】

［一］具：原作「其」，據清鈔本、《四庫全書》本改。

［二］賦詩：清鈔本、《四庫全書》本作「復詩賦」。

經筵已見奏劄　辛丑十一月

臣聞上天之愛人君，如父母之愛其子。慈而撫之，愛也；怒而呵之，亦愛也。休祥以順應之，愛也；變異以警懼之，獨非愛乎？迺者瑞雪愆期，陛下宮中精禱醮事，未幾而飛霙［一］已積。一念潛格，其速如響，豈非休祥之應？然次日之夕，電光再爍，繼以雷聲，都人震恐，此殆非小變也。陰方凝而散，陽方伏而泄，咎證之形，抑豈無其故？臣惕然而懼，端居以思，豈非邊塵初收，臘雪又應，幸心一勝，驕逸易生，故天愛陛下而以此警懼之耶？又豈非廟堂已幸籌邊之功，朝廷方舉喜雪之宴，上下相慶，以樂忘憂，故天愛陛下而以此警懼之耶？周成王之頌曰：「我其夙夜，畏天之威。」人主之事天，固當無時而不威也。況天變甚畏，天威甚明。若不應之以實意之側脩，而視之爲屢年之狎見，是玩天也，是慢天也。爲人子，當父母之呵怒，至於玩且慢，則其獲罪也，何止於呵怒而已哉？

數年以來，天變形其呵怒不知其幾，今又有冬雷之變繼於臘雪之後。臣竊意陛下宵旰憂勤，必有脩省之實；君臣吁咈，必有戒飭之言；祖宗故事，必有講行之節。默觀審聽，皆未之見聞也。豈懼災之心不足以勝喜瑞之意耶？不知大臣進嘗以告陛下，退嘗以咎其身否耶？使晏然坐視，無異平時，是幾於玩且慢矣，臣竊憂之。昔高宗皇帝以正月雷震謂輔臣曰：「去年未交正月節，雷忽發聲，後有苗劉之變。朕與卿等宜共脩德，以實應天。」今太史所占類是，矧當此國勢萎弱，人心涣離之時，易於動摇，率多陵僭。苟非君臣脩德，力行善政，痛除污吏，其何以安疲俗而遏亂萌？前之歲十有二月，雷雹震京師。去歲遂有旱蝗之變，以至尸骸遍野，相食成風，今存者皆溝壑之餘也。儻非今夏麥大稔，今秋小稔，則變亂之形已非今日所見。然其民生之困未蘇，國用之竭益甚，氣象之凋殘，事勢之危迫，未有極於今日者。設不幸嗣歲未保有秋，其將何以爲？國亂亡之證近在目睫，言之寒心，此正君臣慄慄危懼之時，未可以屢年狎見而忽之也。

臣愚以爲今日之弊，莫大於意向不白，無以鼓動天下；施行不實，無以信服人心；賞罰不明，無以作興臣庶。上以苟且爲政，下以偷安爲習，淪一世于委靡壞爛，不可支撑之地。强閫得以遥制朝廷，强豪得以侵敗王法。盜賊公行，姦宄陰伺。其欺嫚我國家者，不止於强韃而已。臣願陛下嚴虞舜敕天之戒，脩周宣懼災之實。夙夜祇畏，毋使天下疑其有宫庭之宴酣也；政令由中書，毋使天下疑其有嬖倖之私謁也；除授以公議，毋使天下疑其有親黨之與政也。明諭大臣，推誠布公，毋使人疑其尋寶、紹之舊轍也；篤志用賢，毋使人疑其貌親而情疎也；血誠憂國，毋使人疑其周防以固位也。明諭臺諫，正學直言，毋使人疑其同好惡於權勢也；彈劾必審，毋使人疑其求過愆於舊籍也；風采必振，毋使人疑其釋豺狼而用狐狸也。以至侍從、給舍，羣臣百職，皆使之洗心易慮，竭節守公。毋懷利以事君，毋循枉以干進，毋便文以自營，毋合污而瘝職。

上下同心，以謹天戒，以回天意。庶幾轉沴爲祥，豐登可兆，人心可安，亂萌可遏矣。《虞書》曰「庶明勵翼」，又曰「率作興事」。人心敬惰，惟在陛下與大臣率作之而已。臣不勝惓惓，取進止。

【校勘記】

［一］霙：原作「靈」，據《四庫全書》本改。

貼　黄

臣竊謂人主承宗廟社稷之重，莫先於定大計以鎮安天下。今世運艱阨，人心危疑，而國本未定，其所關於宗廟社稷者至大也。臣去歲已嘗一再奏陳，且言擇善不如善教，立少不如立長。已蒙陛下垂聽，不以臣言爲僭。今又一載矣，曾未聞聖意所定，中外人心無不憂懼。近者諫臣抗疏，朝班輪對，亦嘗屢進忠言，而終未有以感動陛下之意。臣竊惑之，昔范鎮言於仁宗朝二十疏。臣等所言僅一再而止，是其忠懇之忱不足以及范鎮，故區區之言不足以格聖心，臣之罪也。夫皇天付中國于陛下，祖宗傳丕基于陛下。自即位以來一十八歲，儲位尚虛，舉天下以爲憂，而陛下若置之意外者。縱陛下自輕，如宗廟社稷何？臣願陛下察臣愚忠，詳思却慮，檢臣前奏「善教立長」之説。決計而立行之，以安天下危疑之心，以弭姦雄窺伺之計。臣不勝大願，取進止。

簽書直前[一]奏劄 壬寅

臣一介妄庸，誤蒙睿眷擢置樞密。自詭無補毫髮以稱任使，抑有區區愚忠，願一陳于前。而淮壖繹騷，籌邊爲急，不敢妄進書生迂闊之談。近者至日之朝，雷雹之變，上下駭驚。陛下祗懼天戒，亟降御筆，以導人言。臣何敢不竭其愚，以效微忠？

竊謂數年以來，災異頻仍，雷發非時，歲歲有之，未有發于陽復之旦，若是其震厲可駭者也。占驗之書，臣所不識，妄意推測。雷在地中而爲《復》，今乃在天上而爲《大壯》，其不爲旱乾之災乎？關方閉於人，雷乃發於天，其不爲疾疫之癘乎？陰陽未定，當静而動，其不爲危亂之兆乎？陽不勝陰，迫而輕發，其不爲兵寇之擾乎？是必有大恐懼，大脩省，大黜陟，大變更，以大慰乎人心，而後足以消天地之大變。不然，徒應之以減徹之常禮，求言之具文，適以重天怒而益其變也。陛下慄慄承休，翼翼昭事，同符商周。當此非常之變，宜有非常之應。中外盼盼，朝夕引頸，以觀朝廷之設施。或玩視之以爲常，循習之以苟安，則變不虛發，其何以上荅天譴？此實關於安危存亡，非細故也。寇躪兩淮，通川不守，其餘僅保城壁。而井邑村落，雖海角湖渚，至遐遠之地，悉遭殘毒，焚蕩爲墟。被虜者死於干戈，流離者死於飢寒。冤痛徹天，薰成沴氣，生聚既空，國何以存？且津[二]流要害，在虜目中，荐食無厭之心，恐非一江所能限也。朝綱不肅，蠹弊成風，吏治不清，姦貪塞路。疾視興訛，形爲謗讟，危心無賴，每倖禍災。國步日蹙，邦計日虛，民生日困，盜賊日啓，危亡之證，懔懔可憂。使無天變之駭，猶當朝夕慮求，所以拯艱扶顛者。而况天譴昭昭若是，尚可優游恬翫，以度歲月乎？人主代天理物，一毫之私不容間也。敕天命以謹時幾，畏天威以嚴夙夜，此念所存，何莫非天？賞曰「天命」，刑曰「天討」，陟降厥士亦曰「天監」。若私怨之宿，非天也；私恩之酬，非天也；私暱之爵，非天也；私謁之行，非天也；私勑之降，非天也；私財之貯，非天也。動不以天，其何以弭變？剥復之機，特在陛下一念轉移，天意、人心皆於此乎觀之。

臣愚欲願陛下以懼災之實心，行弭災之實政。奮然厲精，痛自咎責，降詔罪己，如漢輪臺之詔，如唐奉天之詔，以動天下感悦之心，以開天下忠直之氣。穆然以思，二十載之間，有蓄疑而未化，溺愛而未克，過恩而未截，揆之天秩之常，天道之正而未合，而向也羣臣固嘗屢言而未從者，一旦舉行之、斥絶之、易置之。罷宫廷之宴賞，懲左右之奸欺，杜禁掖之批降，禁斜封之除授，使天下欣欣然有望治之想。明諭宰臣，進退百官，黜陟在位，一採天下之公言。抑諛進直，扶正黜邪，以植國家之元氣。至於臺諫，天子之耳目，朝廷之紀綱係焉。而近者習于和平之説，流爲迎合之私。毛舉細微，猥及閒遠，以應故事。凡君相之所信用而未察者，皆不敢畧有所言。風采不振，莫甚於此，是尤不可不激厲而更張之也。虜寇雖退，姦計叵測，來歲備禦，所宜急作規摹。江面諸郡，莫非風寒藩屏重鎮，所宜急選才望。鹽政已壞，宜急變更，以循舊法；和糴方行，宜急措置，以贍軍儲；楮價益下，宜急扶持，以助國用。凡内脩外攘之政，所當施行者，皆宜隨其緩急而爲之圖，以一新天下之耳目。庶人心悦豫，天意可回，而災異可消矣。不然，臣恐憂未歇而禍方大也。祖宗之大業，社稷之大計，惟陛下深念之。臣不勝憂國之心，敢貢狂言，罪當誅斥，謹鞠躬以俟命。取進止。

【校勘記】

[一] 直前：清鈔本、《四庫全書》本同，卷十二目中題作「已見」，與此差異。

[二] 津：原作「浸」，據《四庫全書》本改。

第二劄

臣昨嘗侍經筵，讀《帝學》，至呂公著論武帝之待汲黯。臣奏云：「汲黯在漢，能使淮南寢謀。」玉音云：「朝有直臣，則奸臣自知畏憚。」大哉王言，萬世帝王之龜鑑也！臣退而亟書之，關入《時政記》，以光國史。

臣竊見端平更化，召用諸賢，直言讜論，聞於四方。其時朝廷清明，烝烝向治。未幾而宰臣誤國，賢者亦相繼引去。至嘉熙選用臺諫，風采凜然，未幾而朝論驟更，敢言之士不能安於朝廷之上。自今觀之，端平、嘉熙之號爲善類者，疾病死亡之餘而僅存者無幾，存而用於時者又無幾。昔者所進，今已不知其亡。自游侶[二]、徐榮叟、李韶、王伯大繼踵去國，而人言紛紛，羣聽[二]風靡，以諤諤爲禍，以容容爲福。致政令之差謬，除授之混淆，邊境之艱虞，人心之暌離，國祚之阽危，誰敢爲陛下正色[三]而昌言之？夫所謂直臣者，其立身之勁近于矯，其惡惡[四]之過近於訐，其憂慮之切近於張皇。其遇事輒發，近於不達時務。人往往嫉惡而攻毀之，惟賢主則愛護扶掖，以奬其忠直之氣。蓋以其言不利於其身，而甚利於邦家也。昔司馬光讀賈山上疏，言秦皇帝居絶滅之中而不自知，因極論順己之損，逆己之益。若逆己者罷黜，順己者拔擢，則諂諛日進，忠言日踈，非宗社之福。蓋上之意向，人所共趨。上有惡直醜正之心，則下皆讒諂面諛之士。人主之柄，將潛移浸失，而其勢益孤矣。西漢之亡，此其證也。陛下聖度如天，臣下奏對，雖有甚忤者，未嘗不借之辭色以優容之。而近者浸虧謇諤之風，每多優游之論。雖職在言責，亦不過苟焉指摘，以塞月課而已，不足以起人意而振朝綱。此豈非朝廷進用之間，無以昭示樂諫奬直之美意而然耶？

臣愚無以仰報聖恩，惟有爲國薦賢，可以盡臣子之義。王遂、徐清叟、方大琮、王萬，此四人者，鯁亮端方，爲善類所推者也。范應鈴、羅愚、徐鹿卿、陳昉，此四人者，剛勁有守，爲衆論所予者也。湯巾、劉應起，此二人者，負敢言之氣，不苟同於流俗者也。陳韡内懷忠赤，外著威聲，平寇南方，功烈甚偉；分閫江淮，敵人知畏。雖浮光僨軍，因以放廢，而通國之人，常望其復起，以敵王愾。方今多事，正乏帥才，豈宜使斯人久于家食？此尤天下之共屬，非臣之私言也。其餘端人哲士，陛下已用於朝者，臣不敢贅言。其在下而名未彰者，臣又未敢輒言。臣願陛下開明公道，振扶直臣。如臣前所論薦，其未召者，急取召之；其已召者，則速其來，而亟尊用之。庶幾陛下好賢遠佞之心益白於天下，愛君尊上之論日聞於廷紳，篤實勁正之士不遺於遠外。國是彰明，朝綱振肅，而慶曆之風可以復見矣。臣不勝惓惓，取進止。

【校勘記】

〔一〕 侣：原作「侣」，今正。

〔二〕 聽：原作「然」，據清鈔本、《四庫全書》本改。

〔三〕 色：底本原闕，據《四庫全書》本補正。

〔四〕 惡惡：底本原闕，據《四庫全書》本補正。

杜清獻公集卷十二終

杜清獻公集卷十三

黄巖　杜　範著

奏劄

相位五事奏劄

臣恭惟陛下奮發乾剛，收還威柄，斥遠兇佞，召用英耆。不以臣之衰殘無似，起之家食，擢畀鈞衡。臣控辭弗獲，扶病入覲，任大責重，凛懼弗堪。臣聞更天下之治易，凝天下之治難。蓋自古迄今，治亂之相因，禍福之相伏，機括所在，至可畏也。聖人於《易》發之，夫巽而止爲蠱，蠱，壞之象也。而彖辭乃曰：「蠱，元亨，而天下治。」是當蠱而有大亨之理，亂之生治，禍之藏福也。乾坤交而爲泰，泰，通之象也。而九三之爻辭曰：「無平不陂，無往不復。」是當泰而有陂與復之理，治之生亂，福之藏禍也。今陛下乘大權下移，衆弊膠轕之後，一旦發憤而改弦易轍，薄海内外拭目以觀新政，人孰不以爲喜？而愚臣獨有隱[一]憂焉，蓋懼是耳。臣不敢遠摭往事，姑以陛下臨御以來近事言之。且端平嘗改紹定矣，而弊反甚於紹定；嘉熙又改端平矣，而弊益甚於端平；淳祐又重改嘉熙矣，而弊又加甚焉。何哉？蓋端平失於輕動，嘉熙失於狥情，而淳祐則失於專刻。輕動者，其私在喜功；狥情者，其私在掠美；專刻者，其私在固位。是三者同出於私，而專刻又私之尤甚者也。臣入對之初，蒙陛下寵錫宸翰四卷，曰開誠心、布公道、集衆思、廣忠益。是陛下亦知私意纏繞之爲害，而以諸葛亮所以處身治國者望臣也。臣雖至愚極陋，敢不盡忠竭節，捐私徇公，以報陛下之知遇哉？臣亦願陛下克去己私，動循公理，相與扶植世道，遏絶亂源，無使後之視今猶今之視昔，則天下幸甚。臣敢摭五事，爲陛下獻。

一曰「正治本」。夫中書者，天子所與宰相論道經邦之地，而命令所從出也。昔唐李德裕告武宗以政常在中書爲治本，若輔相有欺罔不忠，當亟黜免，擇其忠與賢者屬之，使政無他門，天下安有不治？武宗從其言，德裕始得自盡其才，削平澤潞，麾制河北諸鎮，幾致中興。大抵惟辟作福，惟辟作威。福威之柄固不可以下移。若懲下移之弊，而欲悉出諸己，則一人之腹心耳目無所於寄，左右近習得以乘間而竊取之，名爲獨斷，實出多岐，是安可不慮哉？漢武帝憤田蚡之除吏，於相徒取充位，而嚴助、吾丘壽王得以制外廷；宣帝戒霍光之專政，於是宰相止總衆職，而弘[二]恭、石顯得以縱己欲。武、宣尚爾，他可知矣。或有勸仁祖以凡事從中出，則威福有歸。仁祖曰：「事正不欲從中出，不如付之公議，使宰相行之，有過失則臺諫得以言之，改之易耳。」大哉王言，真聖子神孫世守之家法也！今陛下新攬權綱，惟恪循仁祖家法。凡廢置予奪，一切與宰相熟議其可否，而後見之施行。如有未當，給舍得以繳駁，臺諫得以論奏。是以天下爲天下，不以一己爲天下。雖萬世不易，可也。

二曰「肅宮闈」。昔者周公旦制六典之書，以致成周太平之盛。自宮伯、宮正以至閹寺、嬪御之微，悉屬之天官冢宰，其意蓋甚深遠也。今固難與古並論，然人主一心，攻之者衆。外廷遠而易疎，內廷近而易褻。親士大夫之時少，親宦官、宮妾之時多。防閑之不密，檢梱之不至，則淫怠奇衺之習進，得以貿亂其聰明；私謁請托之風行，得以干撓於政事。或託內降，或求御筆，宰執不敢奏，郡縣不敢問，而令甲爲虛文矣。陛下春秋既高，歷變多而閱理熟，固未必爲此曹搖動。然其間乘罅伺隙，狐鼠憑附已不能掩。或者紛紛之竊議，大抵欲富貴之心，人皆有之。陛下處深宮之內，一言動之微，一顰笑之頃，皆左右近倖所售以爲欺者也。或潛聽默窺，公受賄賂；或陰排密譖，圖報怨讐。於是士大夫之無恥者，從而趨附之，其門如市，徒使陛下蒙謗於天下，是安可不深爲之慮哉？且自漢唐以來，多以女寵與政，濁亂天下。惟我祖宗家法最爲嚴密，程頤常深嘉道[三]而屢道之。臣願陛下嚴內外之限，絶干請之私，縱未復成周六典之舊，而諸葛亮所謂「宮中府中，俱爲一體，陟罰臧否，不宜異同」者，是亦布公道之大端也。

三曰「擇人才」。夫人之難知，古今通患。其善惡賢否，明白易見者，固未暇論；其大姦似忠，大佞似直者，亦未暇論。且均是善人也，均爲君子也，而長於治民者，或不長於治兵；優於聽訟者，或不優於理財。惟各量其能而器使之，則各稱其任而無廢事矣。用違其材，必至敗事。於是小人之有小才者，執以藉口，謂善人君子但能空談，無濟實用。而兇悍生事之術得以售其奸矣，是不可不謹也。且夫經筵之選，所以養成君德，緝熙聖學，其任至重。今率爲兼官，講罷亟退，仍共本職。程頤所謂「積實意以感動」者何在哉？臣願陛下謹擇庶僚中如程頤、范祖禹、吕希哲輩，使專經筵之任，庶其發聖言之精奧，助聖德之光明，爲益多矣。給舍、臺諫任繳駁、彈奏之責，其選尤不爲輕。自慶元以來，宰相率用私人，觀望風旨，浸以成俗。今陛下親灑宸翰，止令大臣平時薦進。至於除授，必出聖意，是故得收威柄之大端。惟必擇其剛方直諒，守正不阿者而用之。其純厚謹默，巽懦無立不與焉，則朝廷施設，資其正救者多矣。至於内而侍從，任朝夕論思之寄；外而監司，司一路舉刺之權。亦難輕授，必各隨其能而用之，而不徒守遷轉之常格可也。若其大要，則在乎取其忠實廉勤者，驟加拔擢，無拘乎近臣之論；薦擇其貪墨苛刻者，重加貶竄，無待乎臺臣之彈奏。如是則政事、文學、理法之士咸精其能，而天下之治舉矣。

四曰「惜名器」。仲尼謂惟名與器不可假人，以爲君之所司，可謂重矣。且文臣之有貼職，武臣之領閤衛，皆朝廷以是優賢勸功，而非賢與功者不在此選。祖宗朝於此最謹，至政和以後濫矣。南渡之初，稍加釐正。近者大抵徇私市恩，或以加諸世家之乳臭；或以授之臣僚之罷免，曷嘗論其賢與功哉？蓋帶職之設，雖曰虚名，而聖主所以鼓舞天下、興起事功者，正於此乎在。若朝廷不以爲重，則人亦將輕之矣。他如親王后戚之子弟親故，遷轉爵秩，不拘常式；邊頭諸帥之賓吏士卒，奏論軍功，動踰萬數，皆前朝所未嘗有。願陛下謹惜名器，勿徇私情，以之厲世磨鈍，尚安有不趨事赴功者哉？

五曰「節財用」。且節用之説，談者不勝其煩，而聽者不勝其厭矣。而卒不見之施行，何哉？蓋己私之難克，而人情之所最不樂焉者也。今版圖未復，賦輸至寡。而朝廷之用度，視紹興、乾、淳之間，已不翅倍蓰。况邊戍未徹，芻輓之費至夥，郡縣之征求無藝。民力日困，國計日乏，可不亟思所以拯救之？惟陛下自一身始，自宮掖始，自貴近始。凡侯王邸第之營繕，妃后墳廟之供給，宮内非時之宴賜，一切減省，以助邊儲。然後取封樁、國用出入之數，而勾[四]較其出入，補室其罅漏。攷鹽法、楮幣變更之條，而斟酌其利害，通融其有無，施行以漸，而人不以爲怪；區處有方，而人不以爲疑。庶幾上下兼足之效可以旋致，何至皇皇然常以不足爲慮哉？

臣所言五事，皆祖宗之成憲，今日之急務，在陛下舉而措之耳。臣不勝拳拳，取進止。

貼　黄

臣之心腹已具於前，然又有大於此者，不敢不爲陛下告。臣竊見通判某州俞德藻承詔言事，勸陛下早定大計。此皆陛下寬洪無我，容受盡言，故德藻以疎遠小臣，敢言及此。昔仁祖朝司馬光爲并州通判，嘗請於宗室中選擇賢者建爲皇子，以待皇嗣之生，退歸藩服。慶曆盛事乃今見之，臣不勝欣贊。陛下既已付外施行，臣當與二三大臣熟議其當行者奏聞，惟陛下斷自聖衷，毋惑浮議，則宗社幸甚，臣等幸甚。伏乞睿照。

【校勘記】

[一]　有隱：二字底本作空圍，據《四庫全書》本補。

[二]　弘：原作「宏」，係避宋宣祖趙弘殷（趙匡胤之父）、清高宗弘曆諱而改，今回改，下遇此徑改，不復出校。

[三]　道：清鈔本無。

[四]　勾：原作「句」，清鈔本作「勾」。句勾古今字，爲免於讀者誤解，改從「勾」。

相位條具十二事

臣伏蒙聖恩，寵賜御筆，俾臣等條畫當今可行事宜以聞，仰見陛下厲精圖治，委任責成之意。恭惟陛下至仁盛德，同符仁祖。而開天章閣，給筆札，命韓琦、富弼、范仲淹條列利病，實在即位二十一年。其時又適相同，可謂盛矣。臣愚鈍，何足以望韓、富、范之萬一，亦何敢不罄竭愚忠，以稱塞明詔。謹條畫如後。

一曰「公用舍」。孟軻論人之可用與否，皆歸之國人。蓋國人之論，天下之公是非也，用舍務合人情，而好惡不徇私見，則公道布行，人心悅服，而治象新矣。今以善類聞於時者，大畧皆已收召，而素負直聲，爲人望所歸者三數人。或滯在遐邦，或付以外服，殊鬱衆望。其邪比之朋，大者一時斥逐，衆論稱快，而小者亦已漸漸屏去。臣尚慮或有去之未盡者，安知不爲元祐之蔡京？願陛下進退人才，悉參以國人之公論，登衆賢於朝，使精神會聚，氣勢翕合，則乘罅抵隙者必無所投其間。元祐之變爲紹聖，非所慮矣。

二曰「儲才能」。事不豫則功不成，器不具則用不給，朝廷之用人亦然。今士氣不振，人才衰少，平居之時又不爲有事之備。小官閒局，隨分差除，稍關[一]要職，一或乏使，往往徘徊四顧[二]，無所適用，實爲當今之大弊。宜泛搜廣取，涵養而作成之。內則朝列，儲宰執於侍從、臺諫，儲侍從、臺諫於卿監、郎官。外而守帥，江面之通判、幕府，則郡守之儲也；江面郡守，則帥閫之儲也。一官闕則陞一官以補之，其他職皆然。如是則臨時無乏才之憂，而治無不舉矣。又有隱遁山林，不事科舉，或試而屢黜，早棄場屋，其人有學識、才智可爲世用者，令監司、郡守每歲搜訪以聞，亦可以爲國家儲才之助。

三曰「嚴薦舉」。薦舉之法所以廣收人才，今之弊極矣。十科之選不能爲文，而薦以著述；初無學識，而薦以顧問。至於三舉[三]狀關陞，五舉狀改秩，亦皆漫爲褒稱，無所稽據。或挾勢而脅取，或納賂而妄予，皆有力者得之。孤寒之士，卒老於選調。同坐之令不行，朝典之語徒設。臣謂宜詔中外之臣，凡有薦舉者，必明著其職業、功狀、行誼事實，不許止爲褒詞。朝廷置簿書籍記，不如所舉者，定當并舉主懲罰。仍詔宰執、侍從、臺諫，不許爲人覓舉。庶幾人不敢妄爲薦揚，而下之實材出矣。

四曰「懲贓貪」。祖宗待士大夫甚厚，而繩贓吏甚嚴，蓋其毒民害國，莫此爲甚。監司之職，所以廉察吏治[四]，激濁揚清。而今之列職於外者，不過一司存而已耳。一道之貪廉、能否，置之不問。其何以清吏治？何以阜民俗？紹興間，臺臣何溥言：「州縣貪吏，郡守不治，而監司按之，則郡守當坐縱容之罪；監司不按，而臺諫劾之，則監司當坐失察之罪。每歲較其所按之多寡，以爲殿最之課。」今宜舉而行之。然近世多有按察官好惡徇私，論劾不實，動以贓誣人者。臣謂自今有以贓罪按上，即行下本路或鄰路監司，勘證著實。其人果以贓敗，必繩以祖宗之法，輕者監贓，重者簿録。無貪贓實迹而妄以贓罪誣之者，其監司、郡守亦合量行責罰。臺諫風聞論劾，言及贓罪，亦合下行勘證施行。庶幾良吏不致枉濫，而貪吏亦不得倖免。

五曰「專職任」。欲省官而權攝，可以施於閒局，不可行於劇曹。以冗局而兼劇曹，則事務繁雜，彼此交滯。近年以來，每以吏部而兼給舍。夫給舍於朝廷之務無所不關，所以謹出令也。今以吏部兼之銓選之事，已不勝其冗，又兼以給舍，是以朝廷文書始之以尚先行，繼之以尚劄行，而繳駁之職幾廢。間有出令已久，而繳奏方上。但見其令出而屢反，殊失祖宗設官之意。如以京尹而兼户部、吏部，以長才處之，尚以爲難，或力所不及，必將失事。又如經筵之官，職雖清簡，實惟啓沃之要職。祖宗時每多專官，則澄慮事外，潛心理趣，不以俗務之繁，撓神明之舍。然後可以玩索經旨，從容敷繹，以裨益聖聰。凡此者，皆當專其職任，不可以繁劇之職兼之。庶官不爲徒設，職不爲具文。

六曰「久任使」。古昔盛時，官有世守，職無驟遷。是以責實可行，庶務具舉。今朝士差除，遠者一歲，近者數月。一人之身而徧歷兵、財、禮、刑之間。有志事功者方欲整革宿弊，而已遷他司；無志職業者，往往視官府如傳舍。胥吏長子孫以制其權，姦蠹益深，蠹壞益甚。臣謂内而財賦、獄訟、銓選與夫繁劇之職，不能其官者亟行罷易，能者必三年而後遷；外而監司、郡守，不能者斥之，能者必使之再任。考其績效，增秩示寵，既已滿替，必與超擢，以旌其勞。庶幾人無苟且之心，官無曠廢之職，而吏治蒸蒸矣。

七曰「抑僥倖」。朝廷爵賞，所以奔走天下之士。使可以僥倖而得，則不安分義，躁競成風，而惟辟作福，其柄褻矣。自名實不覈，賞罰無章，吏部但拘銓選之苛文，而不問其人之能否；朝廷但存審量之故事，而不察其績用之有無。或執資格以取償，或挾勢利以干進。廉直者困於下僚，致巧宦之徒往往躐處富貴。至於邊頭之以功補官者，濫冒尤甚，捐軀冒矢石之士反被沈抑。

賞典不行，其何以作天下趨事赴功之氣？臣謂宜行綜覈之政，嚴濫冒之法，布告中外，使之各安義分。舉才者必採訪其實能，典銓者必兼考其素行。朝廷不以弊例而過恩，宫庭不以私謁而廢法。勛舊之家，邸第之戚，不以名器而輕假。爵必以德，賞必以功。如是則治功之不成，未之有也。

八曰「重閫寄」。且今韃虜未亡，哨騎歲動，衝突城邑，虜掠人民，蹂踐禾麥，使朝廷常懷北顧之憂。紹興初，劉、楊、韓、岳諸將分屯江淮，而以張浚爲制置以統之，則事權既重，諸將知所聽命。閫外之事，朝廷悉以付之。近雖令維揚兼制淮西，而地遠勢均，運掉不行，又以招撫爲名者，自是以爲贅員，每懷觖望。臣每憂之，要必有以更張而後可，宜早入聖慮。

九曰「選軍實」。今邊戍未徹，供億日繁。淮西既已清野，屯田卒未收功，而三總所盡仰給於朝廷。尺籍伍符，率多虚籍。江左事力已難支持，而兵之貧窶則自若也。臣謂宜令邊閫行下諸帥諸州，將見管軍伍精加選擇，分爲三等：其勇悍有武藝者，使之出城戰鬭；其次者使守城捍禦；其老弱者，既難以臨陣，又難以守禦，則使之於近城之地畫界耕屯，歲終課其所收，使之自食，以省糧運，實爲當今之急務。

十曰「招土豪」。竊見虜人擾邊，先以哨騎侵軼兩淮，而後以舟師自清口、五河、渦河等處出淮徑渡。其哨騎必自浮光之西涉淺而來，使浮光有兵防遏守禦，彼必知畏忌，何至馳騁於千里無人之地，或東或西，惟其所之？朝廷所以未及經理浮光者，非棄之也，蓋運糧不通，無以給餉，虚城難以徒守也。臣聞沿淮土民遁匿深山，以避寇亂，頗有豪傑竊伏其間，千百爲羣，各相保聚，以十萬計。若遣一多知有謀之人挺身而入，見其頭目，示以恩信，諭以朝廷之意。有願經理浮光者，借其名目，使之自率其徒，出力經理，食其地、守其城。俟二三年間經理有緒，則以郡符付之，以爲淮西捍蔽。必有應募而出者。

十一曰「理溝洫」。近年以來備邊之策，以閉關清野爲要務。清野雖使敵無所資，而自戕其人民，自蕩其土地，將何以爲國？雖曰閉關各自爲守，而哨騎衝突，飄忽往來，其何以屏弊長江？甚非禦敵之策[五]。臣謂宜倣祖宗方田之制，疏爲溝洫，縱横經緯，各相灌注。以鑿溝之土積而爲徑，使不得並轡而馳，結陣而前。曹琦之守陝西，其制尚可考也。晁錯曰：「丈五之溝，漸車之水，此步兵之地，車騎二不當一。」但此制其廢已久，罕有知之者。宜行下邊臣採訪通暢有志之士，講究便宜，灼見其可行。既先行於近城二十里内，又沿江諸郡，稍有端緒，以漸開廣，行於沿淮之地，則戎馬之來，所至皆有阻限，不至蕩無障碍，聽其所之。而溝之内又可以耕屯，可以積粟，實足爲安邊固圉之計。如陷馬坑之類，皆所當講行，其勝於清野多矣。

十二曰「明急務」。臣謂治邊理財，實爲當今之急務。非廣集衆謀，旁搜實才，而徒以四五宰執、都司之見而專行之，豈能盡中事機？臣謂宜詔在朝小大之臣，以今之沿邊便宜與夫理財籌畫，使各攄所見，條列來上。侍從、臺諫以上具奏，卿監以下申尚書省，專委後省看詳，擇其可行者行之，可以裨國論。仍詔中外臣僚搜訪人才，有明於邊治，善於理財者，具姓名以聞。朝廷更加詢訪，擇其可用者召而用之，可以集事，誠非小補。

右十二條，謹用奏聞，伏乞睿照。

【校勘記】

〔一〕 闕：原作「闞」，據《四庫全書》本改。

〔二〕 四顧：原作「顧□」，據《四庫全書》本改。

〔三〕 舉：原作「學」，據文義改。

〔四〕 「蓋其毒民害國」至「所以廉察吏治」：原作六字空圍，據《四庫全書》本改。

〔五〕 之策：原作「之□策」，《四庫全書》本作「之策」，清鈔本《杜清獻公集》此句作「甚非其禦敵之策」，故删缺字符。

繳還内降劄子

臣伏準内降：「指揮承事郎、新特添差通判温州兼管内勸農事全清夫，係榮王夫人親弟，可除直秘閣，差遣依舊，替趙與薇任滿闕。已差下吴沂，改添差通判紹興府，替趙與弼闕。擬成忠郎、前特添差兩浙西路兵馬副都監、嘉興府駐劄、仍釐務趙與溢，因任書滿已踰半載，可特差充紹興府兵馬鈐轄，替蕭傯闕。」以陛下之命，臣安敢不奉行？但方此革新庶政，而乃尚仍循習之弊。人每言唐之斜封墨敕，非治世所宜有，恐殆類是。豈不重累陛下厲精之初意耶？昔杜衍事仁祖，凡有内降恩澤，一切不與。每積至十數，則連封而面還之。仁祖嘗謂近臣曰：「人但知杜衍封還内降，吾居禁中，有求恩澤，每以杜衍不可告之而止者，多於所封還也。」至今皆稱仁祖之能克己從善，杜衍之能守公奉職。臣固不及杜衍，而心願學之，亦願陛下以仁祖爲法，毋牽於姻族之私。

庶幾慶曆之治可以漸復，實宗社之幸。陛下其勿謂此特小節，而無害於治。然其事雖若至微，而所關於治體則甚重也。所有内降二件指揮，謹以繳還，伏乞睿照。

又奏

臣早上蒙玉音，問趙希薇内降一件，遂誤認以所繳還兩件中與薇者爲對。歸來喚上、中、左房詰問，乃别是一件。臣緣前日正在病倦中，案吏嘗以此項内降呈行。臣令少遲，意欲繳進，尋以健忘稽緩。此臣因久病，心氣凋耗，遂致上冒留令之罪。今謹以繳還，所合施行，已面奏矣。伏乞睿照。

杜清獻公集卷十三終

杜清獻公集卷十四

黄巖　杜　範著

奏　劄

奏堂除積弊劄子

臣伏蒙御前發下黄袋一封，頒示臣太學生方大猷等伏闕上書一軸。臣已再三閲視，其言三事及君子、小人消長爲治亂安危之分，實爲憂時之確論。而中間亦多有未知朝廷事體，習聞世俗之議，而輒爲之言者。如謂「股肱日趨於惰」，臣讀之不勝慙懼。告假日久，機務積滯，官曹多闕，臣之罪也。迹隣于惰，何以免人言？陛下必已念臣之病，知其非真惰矣。其言堂除一節，陛下豈以此事爲臣所建明，故特以此書示臣耶？臣雖在告，固亦嘗聞外議之紛紛矣。臣區區之愚，不敢不力爲陛下告。

竊謂積弊不可以不革，而人情多習於故常。革之以公，則不當顧流俗之議；革之以私，則不當執己見之偏。且銓選之法付之吏部，擢用之權歸之廟堂，以廟堂而下行吏部之事，祖宗之時無此也。自三四十年來，權臣執國柄，以公朝之爵禄而市私恩，取吏部之美闕而歸堂除。玩習爲常，所取益衆。煽奔競之風，抑孤寒之士，以至人心蠱壞，人才衰削。其關于國家之利害，誠不爲小。臣向來在州縣、在班行間每切痛之，今陛下不以臣之愚，使備位右輔，故于奏事之初，他未暇論，首以是爲請，已蒙聖明付外施行矣。臣適以病告，久不入堂，故于投劄求闕者報應少遲，而發下部者，長貳亦未有處分。誠未免有久困羈旅者，此亦臣之罪也。俟筋力稍健，旦夕參假，自當與范鍾亟議行之。然[二]孤寒寡援，與夫恬静有守之士素爲沮抑者，一聞發下部闕，莫不歡然相慶，以爲公道將行。而巧于進取、素干堂闕者，一旦無以售其謀，遂至紛然騰議。而學舍諸生亦習于聞見，乃以近年之弊政爲祖宗之成法，是必有縱臾爲之者。且其爲説，謂國朝任官，循常調則有部授，别異等則有堂除，是未嘗深考也。所謂别異等者，如秘省之召試，學官貳令，京選通差，皆不次擢用，以儲人才，非若今之所謂堂除也。限以資格，殆與吏部循常調無異，此豈祖宗之法哉？若曰儲才，則如架閣、書庫、京教及所留幹官等，已自過祖宗時堂除之數，正不必多留美闕，以侵吏部之職也。

臣豈無鄉曲之情，豈無親故之交，豈不願一循舊例，多留部闕以應其干請？可以植私恩，可以買虚譽。何乃固執偏見，爲此等不近人情之事，而甘心於召怨招謗耶？獨念臣之愚拙，無以上酬聖恩，惟有以公滅私，盡忠爲國耳。中夜以思，當今積習之弊不止一端，每欲罄竭所知，隨宜漸革。雖力不勝任、才不逮志，而猶未敢自墮於苟且而止也。陛下如以臣之言爲是，則當上下相與堅守，行之浸久，人情漸安，便者必多，而謗者可弭矣。如以臣言爲非，則是人之浮議足以上惑聖明之德，而臣之固滯果不足以有爲，徒負簡知。臣敢不自知進退，惟陛下裁之。取進止。

御　筆

朕自總權綱，夙夜不敢寧處。思日力之當惜，慨治功之未章。爰命耆儒並相左右，所冀同心以輔德[二]，急先當世之務，共濟時艱可也。朕望治甚切，卿等既莅迺職，盍圖迺功，宜悉忠陳，以究實用。毋悠緩以度歲月，毋遜避以妨事功。必絶私意而革去弊端，必立公是而不失和氣，以昭康濟之素業，以副責望之至懷。卿等各殫所見條列來上，朕當決意行之。

【校勘記】

[一] 然：底本原闕，據《四庫全書》本補。

[二] 德：原作「得」，清鈔本同，《四庫全書》本作「德」，於義爲長。下文《謝御筆戒諭劄子》「俾同心輔德，共濟時艱」，則固當作「德」矣。因據改。

謝御筆戒諭劄子 同左相上

臣某等恭拜宸奎，特垂訓飭，俾同心輔德，共濟時艱。捧讀震慚，措身無所。臣等幸際聖明，頃躐躋政途，猶恨區區愚忠，未獲展盡。今俱蒙擢任，並置左右，若不思罄竭，更待何時？況忍懷私見，自取顛沛，有負非常之遇哉？矧臣某、臣某同年也，又同朝最久，每有意見于奏議，多不約而合，非苟同也。今爲何時，真如同舟遇風，相救如左右手，猶懼不濟。豈當少有不孚以上累聖治，以重關宸慮？時事所合奏聞，續議條上，謹先具劄子奏謝，伏乞睿照。

奏上小劄

臣輒有忱悃，仰干天聽。臣衰病之軀，應酬太早，忽于前月二十六日又復暈絶，至于遺溺，亦復不知。此證甚惡，豈復有再生之望。尚餘殘息，皆天地生成之恩。自此愈覺虛羸，不惟足力頓弱，拜跪不可，而心氣久耗，思慮[一]尤難。昨聞虜哨已至八里莊，此萬文勝之報；又聞吕文德已棄五河，此趙邦永之報。二事皆關利害焉[二]，思之焦然不寧。臣雖徒憂，無補于國，坐卧一室，幾同廢人。所甚畏者，凌晨朝參，衝風乘馬，此豈可以久妨賢路？分宜引身知退。緣邊事未寧，不敢有請。欲黽勉以出，又恐病復轉甚，莫保殘軀，勢不免再具狀申省，請旬日之假。别已奏聞，敢乞聖慈，特賜矜允。事有合議施行者，臣雖在假，亦未嘗不請屬官商確[三]，取決于左相范鍾而行，不敢偃然自安，以忘國事。但中有所懷，不得面奏，不勝紆鬱，徒抱孤忠，凜凜自懼。近時宰輔常以親書小簡奏聞，臣亦欲效之，不敢專輒。如蒙陛下特可其請，即乞明賜聖旨，庶臣得以遵守，免於輕僭之罪。時獲上徹，忠忱披露欲言之悃。臣不勝幸甚。

御　筆

兹覽來奏，卿以微恙未可趨朝。聞吕文德棄五河之報，最計利害，不知如何區處。李曾伯濟師之請，可一面應副調遣。當塗、九江江防正嚴，不可時暫闕官。有合施行事，卿等商搉奏聞，或自有所見，密具奏來，宜更將愛，即遂全愈。

【校勘記】

[一] 慮：底本原闕，據清鈔本、《四庫全書》本補。

[二] 利害焉：原作「利害□焉」，《四庫全書》本作「二事皆關利害」，清鈔本無空缺，故删去「□」。

[三] 商確：原作「商□」，清鈔本「商」字下空缺，據《四庫全書》本補正。

又奏

臣閒嘗具奏，少露忱悃。茲蒙聖慈，特降御筆曉諭。其所請密奏，且蒙俞允，臣不勝感激之至。今日所聞虜騎已到八里莊，此春哨之常。若呂文德焚棄五河圃子而歸，此却大關利害，恐所報「欲架浮梁渡師」亦有此理。但今已春深，非過淮攻城之時。第漣泗守禦不堅，或被其攻瑕爾。今已調澉浦、定海水軍轉料過淮，亦調淮西之兵過淮東矣。太平乏守，臣欲以尤焴改知，而都司以爲有才幹，能辦事者不如丘岳，今已議定。并龔基先兼江西安撫、松江制副，及江東西監司闕官，皆已議得其人。來早巳刻[一]，自當面奏，自此或有己見，謹遵聖旨，用小簡奏入。第以衰病之軀，將理未復，在假日久，不勝慚懼，伏乞睿照。

【校勘記】

〔一〕 刻：原作空圍，據《四庫全書》本改。

三月初四日未時奏

臣竊見自楮券折閲以來，邊上諸軍請給不足，以供衣食之費，飢困藍縷，常有怨聲。臣向也嘗言於當國者，以其重糜國用，議弗及而止。臣此番造朝，聞其怨聲日甚。竊恐或有離心，不唯難以責其用命死敵，而勢之所激，必有不可追之悔。今忽得淮西安撫王鑑申省狀，謹以繳奏。臣亦嘗密令人細算，邊上諸軍所請，增之一分，止該十八界官會一十八萬有奇；等而上之，至於二分、三分，所增不過一倍、再倍而已。此一年之數，其糜國用，似不爲甚多，其于悦以使人之道，所關于利害者甚大。欲乞上軫聖慮，于宰執奏事之時，特賜睿旨，令其密紐等實數。或所增不過如上項數目，即乞御筆行下。此事不可不密，或此間軍人知之，又有後言。臣謂殿步軍月請銀子折價太輕，更增得一二分本色，亦無損於户部，更乞聖裁。王鑑申省狀，臣欲密以轉呈范鍾，乞早賜副付〔一〕下。

御筆

覽卿來奏，備悉所陳。朕嘗于史嵩之去國之初，亦念其衣食不給，飢寒迫身，何所不至，脱有不測，悔何可追？欲與添支〔二〕新年分數，繼令都司趙希至密行計算，合該若干，所費不貲。是以特于歲暮凝寒錢内添作三倍支給。在京諸軍雖請全折，亦自艱窮。欲以一半折銀，舊例作三貫五百。今來銀價高貴，特作六貫折支。如此每兩則有三兩，貫之贏餘，亦足以優潤軍士。後來以版曹財賦有限，須用朝廷貼支，此議乃止。今若欲如此施行，當先辨此一項錢乃可，不然，則又添印新楮也。丞相更與范鍾詳議奏聞。近所聞龔基先于九江，公論未允，可別論材，庶免擔閣郡事也。

【校勘記】

〔一〕付：原作「副」，據《四庫全書》本改。

〔二〕添支：原作「添受」，《四庫全書》本作「添支」，義長，下文「御筆」有「覽卿已定添支軍士用月給」亦可爲佐證，因據改。

三月初六日申時奏

臣昨所奏聞邊頭兵士劵食，已密與都司熟議，皆謂事關總司，所謂未易舉行。欲得差朝士曉暢者二人，往江上兩總所，點檢出入，以視其有餘不足，然後詳爲區處。兼殿院鄭寀近入劄，言江上諸處邀阻，鹽商亦合差官覈實，併委二人者以行。然商議亦未定，續容具奏文字五件，謹用繳入。九江欲用蔡節，聞范鍾已嘗面奏。第京漕未得其人，日夕爲之不安。昨見程公許劄子言二相遜避遲緩，臣不勝慙懼。臣以病在告，不得與范鍾面相可否，以致事或滯〔一〕而不行。意見不同，小簡往來，徒成擔閣，深恐機務積廢，外論籍籍，爲朝廷羞。今范鍾令臣粥後過堂議事，臣筋力雖未强，只得勉從其言，在初八日粥後一往。若凌晨朝參，尚畏風寒，又當遲以數日，續容告假，不敢不先以奏知，伏乞睿照。

御　筆

夜來覽奏，欲於初八日過堂與范鍾議事。俟有定論即具奏聞，初七日巳時。

【校勘記】

［一］　或：原作空圍，據《四庫全書》本、清鈔本補。

三月初七日未時奏

臣昨欲在初八日過堂會議，已嘗奏知。繼而思之，恐范鍾來早欲擬奏除目。適已扶病畧出，歸來又覺暈眩，蓋緣體氣尚怯，未可勉强。所議兵券事，此未易輕舉。欲趁此時軍士在邊捍禦稍勞，特支犒一番。其城守不出者亦量支給，庶幾與之有名。荆湖、川蜀不得援例。來早范鍾須面奏，更乞聖旨，令其契勘多寡之數以聞，即賜御筆行之。繼漕已定議崇賀，此人却通練，且以舊職召之。俟其來，却處以此職。九江議定蔡節，一出命便當催趣起離。其他闕監司、郡守處，亦已議定一二人。面屬范鍾，令在來日擬上。臣再思范鍾與臣固同心協恭，但意見有異同，稟性有緩急。臣今病體未復，尚當告假，又不得時與范鍾面議可否，以致事有積滯，頗涉人言。臣區區，欲自此有合用之人、合行之事，區處既定，即擬除目及指揮，先言之范鍾，一面徑自繳入，如上合聖意，即付外施行。陛下如俞臣所請，即乞明賜御筆，書之別紙，容臣以示范鍾，以見出於聖斷。庶免機務不至悠悠，如或者遜避之譏，亦使同列無喜於自任之疑，更合悉取聖裁，伏乞睿照。

臣近見李曾伯所報邊事，辭氣似覺稍緩。今天氣漸熱，虜兵豈能久駐于此？所憂者在今秋耳。合催趙葵早來此，付以邊事。恐當遣庚牌，令快行往趣之，得其速至此，預備防秋之事。庶不至重勞憂顧，伏乞睿照。

御　筆

丞相所奏之事，俟范鍾將上斟酌施行。昨見李曾伯報到邊事，殊無急迫之意，似覺稍緩。今之爲備，却在秋冬。前日已遣快行齎文字，宣諭趙葵催趣赴闕。朕並建二相，正賴協心，共濟國事。事之是非，人之賢否，須是明白洞達，開心見誠。二三大臣相與平章，歸至當之論，無自用之嫌。今後有合行之事、合用之人，可一面與范鍾商確，區處既定，然後入奏，似不必御筆處分也。初七日酉時。

三月十二日巳時奏

臣病體素怯，扶曳北來，五旬之間暈絶者三，分眩者一，因此愈費調理。兩日來天氣漸暄，稍覺清快勝前。但氣體未實，筋力未强，凛凛焉常有朝不及夕之憂。尚望君父矜憐，更寬假期，俾一意調治，以俟平復。臣昨蒙聖慈特遣中使傳旨撫問，且賜以御廚之珍。臣不勝感恩激切之至。臣早上得吕文德蠟書，亦以捷聞。其後雖有告急之説，而意氣亦壯。繼又得其館人與此間承受言郡中有糧，軍士百姓皆無畏怯之意。次第濠亦無慮，想賊意稍畏吕文德，故以兵綴之，却攻他郡，或泗或壽耳。壽自有備，聞泗近來備禦稍可恃，所憂在淮西三郡糧道，爲秋冬攻城計耳，目下非所憂也。吕文德蠟書已同范鍾繳奏其館人書。今謹以奏聞，伏乞睿照。

臣近連得孟珙兩書，頗有相孚之意。若得邊閫無相疑阻，亦幸事也。其書因併繳奏，伏乞聖覽，訖付臣答之。

御　筆

兹覽來奏，知卿體力向安。天氣漸暄，更宜珍嗇，即遂全愈。吕文德蠟書似無甚急迫之意，城中乃有所恃而無恐耳。孟珙之書情意相孚，此亦幸事。凡百更須有以得其心，緩急庶可運掉也。十二日未時。

四月初三日酉時奏

臣屢蒙聖旨傳諭燕宗仁等差遣，緣照條多礙，所以都司難于擬上。已仰體陛下篤親廣恩之仁，擬定五闕，謹以繳進。近者一年，遠者不過二年，以上皆不爲遠，但未免使已受闕之人各遲二年，于義未安。此後恐難復有此等差注。當以義斷恩，不失以天下爲公之道，惟陛下深念之。中閒有欲帶閤門祗候者，於法尤不可，所不敢徇，伏乞睿照。

御　筆

擬進差遣指揮甚善，即已付外施行矣。

四月十六日申時奏

臣乍蒙睿旨，令契勘軍人請給。今已就户部密求得三項請給分數，所合增給者止殿步司諸軍耳。若銀子每兩價錢增作五貫，于户部經常之費，所增亦不爲多。但有一説不可不慮：其將校、軍卒自合一例折支價錢。若止于殿步司軍人增給，則是同於折錢而異於立價，于體未正。不若于二分銀之内，將一分支本色或增支一分見錢，以示優恤之意，於事體差順耳。或聖意尚有所疑，容臣請趙與篙面議，續得奏聞，伏候睿旨。

御　筆

今來既增禁旅、禁衛，亦合增支皇城司等處并諸軍，將二分銀特支本色；諸班直等處，一分銀亦支本色。如此示優異。更約計所增之銀并添給之數，翌日奏聞。

御筆

昨日所奏江淮諸軍增支券食錢新會分數，今尋刷得昨來都司條具到文字四件，頗似詳盡，并與箚具到在京諸軍支本色銀白劄子，並付卿詳觀，可更斟酌，同付出文字繳進。初五日午時。

回奏

臣昨領聖訓，早上即請都司官面議，未有成説，見謀之范鍾。今蒙御筆付出文字五件，令臣詳觀斟酌，仰見陛下軫念邊廷之意。以臣觀之，邊塵未靖，豈可使三軍有衣食不足之怨？兵券不容不增，明矣。但朝廷科降者增之一二分，似亦可那融。而總司所支，亦當如朝廷所增之數，必又别求科降，恐國用未易支給。俟熟議其可行，即當具奏。龔基先既於公論未允，只得以蔡節改除九江，以陳塏爲京漕，却催徐鹿卿來，以郎兼權檢正，此却稍穩，已言之范鍾矣。文字見令人録本，續得進繳，伏乞睿照。

十四日御筆〔二〕

訪聞日來浙西盜賊愈熾，憲司全不措置。至于鹽官界内一家遭劫，被殺者數人。畿甸之内，詎宜有此？别易監司，俾厲風采，嚴行禁戢。

回奏

臣恭準御筆，諭臣以日來浙西盜賊愈熾，憲司合議別易，仰見陛下軫念近甸之意。臣十一日入堂，已嘗與范鍾言之，欲別易憲，而議未決。臣已博加詢訪，其曉暢有風采者絶少，在朝行者有王爚，見爲太府丞。在家居者有陳均見居温州。可用。當一面謀於范鍾，俟議定則以進擬，伏乞睿照。

【校勘記】

［一］十四日御筆：底本漫漶不明，僅一「筆」字稍存隱約之形耳，據清鈔本、《四庫全書》本補。

同左相奏

臣某臣某昨恭奉聖旨，念軍士之貧，於其月給與各增支新會二分，仰見特恩逮下，欲乞降内批，付三省、樞密院。臣某臣某即當擬指揮頒行，伏取聖旨。

御筆

覽卿已定添支軍士用月給，可擬一内批：指揮只今繳入。擬内批：邊未撤戍，軍士勞苦，實可憐憫，宜加優恤。可令尚書省下兩淮、湖廣總領所各照見幫，十七、十八界會，於分數内將二分，十七界更特與支二分，十八界其有係朝廷管餉軍分，並一體施行，仍自□月爲始。

同左相回奏

臣某臣某恭奉聖旨，念久戍之士月給不贍，特恩各换二分新券，惠至渥也，實增矣。只作换給，庶曉然易見，謹擬内批進呈，伏乞睿照。

【校勘記】

［一］十四日御筆：底本漫漶不明，僅一「筆」字稍存隱約之形，兹據四庫本、清鈔本補正。

杜清獻公集卷十四終

杜清獻公集卷十五

黄巖　杜　範著

書　劄

薦葛應龍劄子

某等輒瀝愚衷，仰干鈞聽。某等竊觀昔人有言：「士之致遠，先器識，後文藝。」絜是矩以觀人，真取人之良法。蓋尚器識者，必重厚；顓文藝者，多輕浮。重厚之士如金石、齒革，雖貴賤不同而咸適於用；輕浮之人如鏤冰刻楮，雖華采可觀，而無補于時。此王、楊、盧、駱所以不見録于裴行儉者也。國朝沿唐舊制，以科目取士，名公鉅儒率由此途出。然拔十得五，寧免遺才。使通今學古者或皓首衡茅，篤行厲志者或混迹漁樵。而上之人徒有乏才之憂，良可慨惜。先正蘇文忠公嘗請于先朝，欲於科舉外別選奇才異能之士。誠以程度之文，一日之長，不足以盡人之能否。必廣招徠之路，庶有抱負者，咸得以自見耳。

某等伏見具位葛應龍，器姿樸重，材識茂明，行不詭隨，言無欺僞。其著爲文章，循循焉以先賢爲準的，而不爲時俗夸多鬬靡之辭；其見諸議論，斷斷乎以古道爲可行，而不徇苟且因仍之計。安貧自守，擇義而取。與之劇談時事，每慷慨激烈。邇者天久不雨，茹素默禱，久而不倦。人皆笑其迂，而乃自謂未有至誠而不動。其愿慤之實，亦可畧見，決非近世投書自鬻，大言無當者之比。水心葉公、絜齋袁公悉皆許可，而半生困躓，獨抱苦心。曩歲從官如余兵書、袁吏侍、趙兵侍、李刑侍合詞以薦于朝，而秘省官又合薦之。而應龍以其所論著經説、雜文進，又蒙朝廷差充國子監校勘，尋又與永免文解。其志尚高絜，久不事舉子業，恐徒負公朝優異之典。若畀以一命，使展布寸長，必能究心職業，圖建事功。其視較錙銖于寸晷，決得失於一夫，所得遠矣。近世固有妄庸男子之冒軍功[一]、竊寵禄者，何可勝數？如應龍之才之志，沾以微恩，亦朝廷所不惜也。某等職在論思，不敢蔽賢，欲乞朝廷特賜敷奏，毋使養素丘園者有不遇之歎。某等幸甚，多士幸甚。干瀆鈞嚴，不勝悚惕俟命之至。

【校勘記】

[一] 近世固有妄庸男子之冒軍功：原作「近世固有□妄男子□冒軍功」，兹據《四庫全書》本補正「□妄」爲「妄庸」，據清鈔本《杜清獻公集》補正「□冒」爲「之冒」。

回丞相劄子

某近者竊見朝廷鹽法更令，一介書生，未悉其利害之實。但知苛征不可不盡革，而浮鹽非所以爲名，又未敢遽有繳駁。謀之瀕海士友之解事者，皆以更令之初，不可不審。故輒抒己意，僭以奏聞，亦不敢必以爲是，不過欲廟堂更加詳審而後行耳。兹者伏蒙鈞慈，特賜嚴翰，乃知廟謨已審。顧某迂疎腐拙，不識事宜，妄有駁議，譴而斥之宜也。温詞曲諭，開曉諄諄，若施之敵己者。仰見大人君子撫物接下之盛心，而某之微猥，何以堪此？下情不勝感激慙懼之至。然助軍錢以俟他時蠲除，恐亦是賦芧之術，寧無攘雞之疑？以大丞相主之於上，固無可慮。不然，則新會既全用，而此項錢抑慮其未必除耳。至于浮鹽局，大丞相所言者，官司之利害。某所憂者，則亭民及百姓之利害。某居于海鄉，目所親，覩亭民賣私鹽，遊手販私鹽，百姓食私鹽，蓋有年矣。一旦置局，而欲盡榷之，以爲官司之利，利未必盡歸官司，而借拘榷之名，張巡捕之勢，旁午村落，而人不勝其擾矣。前之助軍錢，若終歸于蠲除，少遲固未害。而浮鹽局一事，恐宜更入鈞慮。某本不當復以淺識，再有辯言。大丞相既不以僭踰爲罪，許之言矣。故敢干觸威重，伏乞矜其愚而赦之。尚容俯伏，光範以稟，伏匄鈞照。

與林教授劄　知寧國府

朱文公《大學章句或問》，其説極詳盡明白，但熟復深味，則三句之意曉然。今觀諸兄所釋，多未通透穩實。想是初看此等文字，未能浹洽。故爾中間有邵應桂、王一鶚，頗勝餘作。又有鄒學賓老而不倦，亦良可敬。外如鍾元震、何達先、郭時中、傅宏父、趙武，雖不免多疵，意亦稍近。餘者或敷演泛濫，援據差舛，又其間有全不曾看文公之説，草草塞白者。今謾以愚見畧批數字，更望潛心講學。且只于文公《章句或問》中子細研究，以求通徹。或有所疑，不妨相與質難。此邦陳司理，其乃祖克齋先生爲文公高弟，其家庭講貫，頗有源流。恐某郡事頗冗，無暇商搉。竊幸從司理一叩之必有切磋之益，府教更宜以此意勉諸生，不勝至望。

杜清獻公集卷十五終

杜清獻公集卷十六

黄巖　杜　範著

序　記

車隘軒《閒居録》序

自中朝文物之盛播于東南，吾鄉俊秀能文之士在在不乏。幸而登上第、騁榮途者百不一二，不幸而陸沈約處、首白衣褐者可傴指枚數也。夫能不能，才也；遇不遇，命也。而閉門挾策，隱几著書，矻矻窮年，抱其所有，曾不少概見者，可勝慨哉！

嘉熙改元之春，余歸自中都，車君若水袖其祖隘軒《閒居録》訪余于窮閻之下。既而又得其小稾讀之，得陳篔窗之序讀之。于是隘軒之文疊卷累帙，鏗鍧炳燿，殆與插架名編濯濯争麗。《閒居録》蓋公自志其平日所得，而若水又搜採舊聞，飾而附益焉者也。其釋經評史，摧古商今，不襲傳記之舊説、簡策之陳言，迥出新意，自成一家。議論亦嘗熟閲而細攷之，如邪正、義利、雅俗之雜，與傲下諂上、凌弱畏勢等語，誠不易之確論。至謂「以僻異解經，當與侮聖言同科」，尤見其所守條律斷斷嚴甚。然毋友不如己之説，昔在帝堯之説、《尚書》之説、卑服之説，若此之類，則余所未解也。余距隘軒之居一舍，而近讀其文、想其人，乃昉乎此。因自恨余之甚陋于聞，尤恨不及見公，質其所未解而終陋也。

昔王氏《中説》其格言雅訓，可以上續七篇之書，而後世乃或致疑其間，謂獨其家以爲名世，外人皆莫之知，李習之僅以比《太公家教》耳。至近世大儒，以隱君子目之，而後千古之是非始定。嗟夫！立言之難也若此。蓋其名位不列于仕，功狀不登于史，道德不稱于其徒，福時輩不能收墜緝散，闡而彰之，則所謂抱其所有，不少概見，終泯泯于汾曲而已。此固人之所同慨，其責寧不在爲子若孫者耶？若水蓋車氏之福時也，强請余叙之，辭弗獲，姑叙其畧，以俟後之論定。

隘軒名似慶，字石卿。其居黄巖邑西馬家山云。

贈嬾朴序

予識嬾朴于二三十年前，嘗聞林竹坡稱其言五行甚驗。後予滯留班行，日動歸興，數問術者皆不許。時嬾朴來自鄉間，亟叩之，云：「歲在申，衝寅而動，動而遷轉；歲在酉，衝卯而動，動則可歸矣。」余聞之喜甚，已而果然。余思之，蓋喜進惡退，仕宦者之常情。彼術者孰肯違其所喜，而犯其所惡？非術之過也，枉術徇情之過也。嬾朴知予者，循其所知而言，故其言輒驗。推此以自盡其術，將無往而不驗矣。嬾樸毋謂人皆喜進而惡退也。因其來，書以遺之。

應師老子解序

道裂而爲諸子百家，抗吾儒而鼎之，至千百載而未泯者，獨老釋耳。派遠徒繁，其源寖失，往往背師而馳，惟老氏之徒爲甚。夫宗虚無、尚柔謙，傷周衰文弊，欲反之樸古者，蓋其著書本意。若圖籙之傳、符咒之術，乃本之張道陵。而寇謙之借李君以文其欺，惑亂世主。後世轉相授受，益肆其詭誕駭異不可詰。如老氏寧有是哉？至于鍊度超昇之詭説，不過剽釋氏土苴，以誑愚俗而圖利其身，此又矯誣謬妄之尤者也。以是《道德》五千言，固有幼習其讀而莫究其義，粗聞其義而莫徇其教，殆若冠者之視弁髦耳。余每爲老氏深慨之。太初子乃能耨莠植稼，汰沙求金，考繹其師所以著書立言之意，爲之傳註，積其精思，七年而後成，斯亦勤矣。且時取六經、孔孟之言以爲援，至考《易》論刑，發明夫明決之義，此又五千言所不及也。是其尊信吾儒之道與其師等，其趨向尤可嘉尚。使能以其書誨其徒，反詭誕之習，爲清虚之歸，安知無蓋公出而安漢業者？而五千言庶不殺于幻邪異説，而其教復明。吁，蓋甚難也，豈獨老氏爲然哉！

常熟縣版籍記

浙右多大縣，常熟田賦殆與他小郡等。紹興經界，逮今未百年，舊僅存籍之在官者，漫不可考。胥吏飫口腹、養妻子，其間朝竄莫易，蠹弊百出。田而不賦者有之，賦而不田者有之。重以瀕江水齧，與抵罪而没于他司者，日侵歲廣。故昔之田以畝計者二百三十一萬，爲苗七萬二百石，爲税若和買錢九萬四千緡。今督于官者，僅三之二。而又多取之白納，取之斛面，取之點合。利擅貴豪，細户禁抑莫訴，下困上迫，令率以不善去，來者睆不敢前。

端平初元秋八月，王君實領是邑，問民疾苦，皆愀然蹙額，以賦役不均告。會府檄脩復經界，王君深念曰：「籍壞滋久，新之維宜。矧上有命，何敢弗力？顧余始至，民志未孚，懼弗從也。弗從而强之，則舛矣。」迺搜剔宿蠹，蠲弛苛斂，孜孜凭案，日與父老相唯阿于庭。居數月，信浹意親，民相與語：「令字我，非厲我者。」王君聞之，喜曰：「可以就兹役矣。」于是考舊額，選衆役，按紹興成法，參以朱文公漳州所著條目，隨土俗損益之。録式以徇禮，致鄉都之受役者，詳爲開説，俾之通曉無疑。然後出令爲期，衆皆驩然率職。田若地標氏名，畝步于塍閒，驗而實者，因而書之，否[二]則量而會之，準紹興成數，一無求贏焉。闢地爲田，以田爲地者書實業。昔之逋賦匿契，與詭挾之弊，釋勿問，而申禁其不悛者。常平田、安邊田、學田、圭田與没官之田，别爲籍文書，費悉從官給。士民之赴期會，以僕隸者聽，鄉井閒吏一跡不到也。由是官民一家，小大競勸，如順子弟之于父兄，不待督而從。縣五十都，都十保，其履畝而書也，保次其號爲覈田簿，號模其形爲魚鱗圖，而又稡官民産業于保，爲類姓簿，類保都鄉于縣，爲物力簿。經始于端平二年之夏，訖事于其年之冬。圖籍既定，則又均其折色之偏重者，蠲其征徭之加斂者，裁定其田與賦高下之不稱者。通一縣之田，計二百四十萬畝有餘。除二十萬爲官田，賦入隸諸司，餘民田得苗六萬六千二百石有奇，税折錢九萬三千三百緡有奇。載諸户版，坦然明白。民以實産受常賦爲砧基簿，印于縣而藏之家，有出入則執以詣有司書之，强無幸免，弱無重困。雖惸嫠幼孤，皆知其自有之業與當輸之賦。污吏猾胥不得加尺寸升合以擾之，其視前時之紛錯龐亂，若改邑而粲殊之也。於是常熟始以佳地稱于浙右，他大縣莫儷焉。向之睨不敢前者，將競趨之，惟恐後矣。王君以書來諗曰：「某不韙冒領巖邑，而又舉此重繁之務。幸邑人不我二，相與協力，以濟於成，授代有期，皆邑人之賜也。扶植之，俾勿壞，爲邑人他日賜于無窮者，又賴後之人。猶之水焉，澄而清之惟難，撓而濁之易耳。吾懼其弗永于清，將復爲民病也。願子爲我誌之，以告來者。」

余曩嘗督斯役於烏傷矣，畝量步會，閱三歲而後成，旁視他邑，猶有窘步其後者。今君成百年之曠于數月之間，上下怡然相安，若未嘗有所興作者。余固不足擬其能也，鄭子產非能者耶？其始執政也，民怨其伍我田疇，而謗讟並興，遲以三年，而後頌歌之。君乃致速若是，方且切切焉引慮逆顧，爲經久之圖，以利斯邑。然則君可謂能而仁矣，余何敢不爲邑人誌之？繼自今令之來斯邑也，披斯圖也，按斯籍也，毋玩其成而易之也，毋恥其隨而棼之也，毋付之吏手而蠹毁決壞之也。則官無虧賦，民無横輸，上佚下熙，俾常熟永爲浙右佳邑，而焜燿言游舊里于千載之下，顧不休哉！

君少登儒科，有志當世，施于邑政，寬猛有則，不震不悚，載籍頓清。迺創義役以息訟，脩廟學以明教。一邑之内，百廢具舉，耳目焕新。蓋疾病既去，精神既復，而後衣冠儼然可整也。然吾聞賦役之不均者十邑而九，令而有意于民，求君之所以易于成者而深思之、傚行之，則是役不患其難，而百姓庶乎有瘳矣。然則余之誌也，豈徒爲常熟邑人而已哉！

【校勘記】

〔一〕 否：原作「石」，據《四庫全書》本改。

郭孝子祠記

表孝行閭自唐始，此古明王誼辟，因人心以厲風俗焉者也。宋興三十載，削平僭亂，四方無虞。若稽舊典，脩崇教化，命有司曰：「應諸道州縣有義夫節婦、孝子順孫，其令轉運使採訪以聞。」至道二年，台州黄巖仁風鄉士庶陳贇等四十餘人詣縣，言本鄉有孝子郭琮，年七十四，事母張氏備極恭順，勤奉甘旨，寅夕不懈。遠妻子，寢處母室，不飲酒茹葷者三十年。誦梵典，禮佛塔，積膜拜之數以七十餘萬計。甘于勩勞，用祝母壽。張氏今已一百四歲，視聽不衰，飲食尚强，里黨異之。縣以聞於郡，郡聞於轉運使。使馳詣其家，召其母，與之坐，飲以醇，嗟賞良久，遂奏于朝。太宗皇帝覽而嘉之，亟詔旌表其閭，復其科役。

嗚呼，以一匹夫閨門之行，而上動天子褒嘉，下勞部使者臨問。築臺植木，丹堊烜燿，使窮閻陋居突兀改觀，邑人仰首瞻敬，稱歎嘖嘖，何其盛也！距今二百五十年，時久制墮，地蹙宫庳，門不能丈，僅留片石，過者愴然。幸其祠尚存，其像猶舊。七世裔孫孝廉偕其季孝溥、孝榮、孝恭，輸財命工，整而新之，以顯先德，以侈舊章。鄉之士友屬余爲之記。

或者曰：古人孝行著于《詩》《書》，皆可覆視。未聞疲筋力從事釋氏之説，以延其親之齡者。郭氏之孝亦異乎古聖賢所謂孝矣。余應之曰：人性之孝，得之于天。古今異時，儒釋異教，而此性之真，未嘗異也。世之痼于質而氣暴，牽于情而愛移，性以物離，天以人喪，不顧其養而遺之憂者，往往而是。如郭君者，非得于父師之教訓，朋友之切磋，而孝愛篤至。凡可以壽其親者，固將無所不爲。此念一存，天地鬼神鑒臨森列，感通之道，豈不在兹？夫孝心爲上，禮次之。使古聖賢復生，亦將與其心而畧其禮，豈以《詩》《書》所不載而非之哉？今其祠翼然，其像儼然，人之登斯堂也，見斯容也，想詠一時婉愉承顔之意，亦可以消暴厲之萌，而長愛敬之端。其有關于風教，豈不大哉！遂爲之記。

東倅題名記

郡置倅尚矣，本朝選尤重。按《宛陵郡志》，特添差釐務，自張點始。其後置廢不常，廨舍亦非舊觀。余始至，見子城之内，環府治爲官舍者三。問之，其北于郡門者爲州鈐廳，又北爲通判北廳，直西南爲南廳。問添差東廳，則舊税務，直子城之北，雜於民廛者是也。夫鈐，兵官也，間于守貳，非順也。通判，郡貳也，下居冗務，非稱也。弗順弗稱，不可以政。予竊疑之。尋翁君濟可以添差侍母來，斯時劇暑，徙廨南廳，以便清養，傀焉靡寧。乃考舊志，訪故老，蓋東廳在府治西北，開禧罷添差，虚其治。會鈐至，于郡守有連，假之居，因而不歸者三十年。或礱其壁記，以湮其跡。人見其爲州鈐廳，而罕知其爲通判東廳也。自端平復置倅，郡無以處，即税務而治焉。人固謂之通判東廳，而不知其爲税務也。翁君一日語余曰：「官居雖等傳舍，苟有志于其職，非其處弗處也。鈐廳之爲添倅廳，載籍明甚，釐而正之，于政爲宜。」且嘗以語余，余喜曰：「是余志也。郡帑廪雖虚，不敢靳。」鈐所居僅數椽，其他榱棟敗橈，室堂墜荒，凛凛欲壓。君是度是營，以葺以新，鳩工蒐材，程役督成，端其傾，完其弛，增其闕，飾其陋。雖一居一楔、一瓦一甓之用，必身視而親會之。經始于己亥冬十一月，落成于庚子春二月。聽事之高明，燕居之瀟邃，下而庖湢褻委，涣焉悉備。于是體統以正，觀聽以愜，而官府增壯矣。

嗟夫！物之廢興，地之顯晦，有數存焉。執道以御數者，人也。委道以任數，人不立矣。一添倅舊宇，廢壞堙晦于三十年之久，而振興光顯于二三月之間。人耶？數耶？翁君之才之志，于是亦可以概見矣。既訖役，魚軒奉親，登堂笑娱，以寢以處，安若素居，乃閲故牘。自季某上之，得其姓名五人，繼季而下，書歲月于壁。余故識其顛末，詔後人俾勿忘。

寧國府增建韓文公祠記

載攷舊聞，追存往哲，像而祠之，以植聲教，行於有司，非飾具崇美也。謝公嘗守是邦，風流遠矣。李仙相望數百載，游于斯，歌於斯，其媲美並祠也宜。邦人讀二公之詩，載瞻遺像，肅容知敬。然昌黎韓公就食之地，而祠顧未及焉。何耶？客有爲予言者，予亟閲其書，如《復志賦》《歐陽哀辭》第曰「江南」，而《示爽》詩首指郡名，蓋是邦公有別業在焉。其祠尚闕，豈昔人偶未之考耶？公之文辭，上接先秦，爲千載模楷。余未暇論視，其言堯舜禹湯，文武周公，孔子至孟軻氏而無傳，非確見道統，何能截爲定論，若此斬斬也？窺前靈，超孤舉，講習是專，實昉於是。其痛抑釋氏，以續七篇之書，卓然以斯道自任。後學聞風師仰，而是邦未祠，豈非其所大闕耶？功在斯文，宜祠于學，已列從祀。或謂匪宜，遂即謝李之祠而三之，俾邦人敬事，久久無射，像既成，率郡僚酌酒奠拜，且爲歌以侑之。歌曰：

大原自天兮，匪人曷傳？孟氏既歿兮，寥寥千年。卓有人兮，鉤深鑽玄。豈無詞華兮，孰究淵源？絶彼羣飛兮，矯翮孤騫。以道自任兮，力與孟肩。異端辟易兮，聖緒昭懸。祠之斯堂兮，光溢二賢。敬亭之岡兮連綿，宛陵之流兮縈旋，有翼其臨兮儼然。瞻遺像而讀遺編，嗟此邦之人兮，其毋怠愆。

宛陵道院記

宛陵古佳郡，昔予蒙恩假守，嘗登雙溪疊嶂之閣，望敬亭、麻姑之山，誦明遠、太白之詩，爲之豁然，心舒目明。披遠抱以夷猶，慨前哲而興起。固已忘其冥頑，無以稱斯敬□，而悒然自愧。會城柝事嚴，排紛鎮騷，幸以輯寧，而予已被召命行矣。興廢起仆，悉所未暇，況土木之事乎？越一年，實齋王公遂寔來闡朱子之學，脩明德之教。正躬以厲俗，敷訓以崇化，節用以厚民。而又力請于朝，用楮以寬征輸；博詢于衆，括田以均賦役。利興蠹除，民用大和。暇日周視，公宇清涼，堂之後敗屋數間，棟攲桷橑，上陋下庳。爰命經度，撤而新之。扁曰「宛陵道院」，以書諗予爲之記。

予謂老氏以清浄無爲爲道，江東西之有道院，豈非以其民淳訟稀，可以優游無爲而治之邪？公之有取于斯也，又豈非以其清涼高爽之地，可以澄慮怡神，而與上下相安于無爲耶？不然，其何以名？亟移書質之。公之言曰：「老氏之道，非吾所謂道也。道者，天下自然之實理。體物不可遺而所以行之者，人也。拂其自然紛擾而爲之者，固不足言道。聽其自然，苟玩而不爲者，亦不足盡道。吾守是邦，理是民也，自一心一身之微，推其政治之大，事物之細，固求無一之不知所止而有得焉，將以盡斯道也。而身之所處乃廢而不治，其何以肅觀瞻、養敬義？安陋玩圮，道之苟也。是役也，予豈效世俗佳土木者哉？予嘗讀朱子之書，而有志于斯矣。」

聞公之言，反而思曩昔之在宛陵也，苟焉因循，道之不盡也蓋多。而公以實學爲實用，撫摩瘡痍，振起痿蹷，又以力之餘，一新棟宇之敝，揭嘉名以見志焉，其庶幾于盡斯道者耶？溪山之勝，殆不落寞矣。吾將見公舉斯道，以授天下，于斯郡也何有？遂摭其言，而爲之記。

黄巖縣譙樓記

黄巖爲浙東壯邑，其治當舟車之會，占江山之勝，有民物之庶。方岑崇崇以鎮於東，松巖嵬嵬以峙於西，澄江汩汩以經於北，而山於江之北者，浮嵐聳秀，十里一碧，蔚爲奇觀。其南爲委羽之山，委蛇蜿蜒，介乎羣峰，隱然有卑不可踰之勢。如虎之踞，如鳳之集，其融結巧特，實爲衆山之宗，爲黄巖之望。古人審面勢以畫井邑，豈苟云乎哉！由其外而觀之，若偉然衣冠，儼立兩旁，而擁所事也；由其内而觀之，若燕豆肆列，設寶篆而在其前也。縣樓與山直，草木可數，光氣相接。自市居競侈，棟宇爭麗，萬瓦突兀，以障其前，而班詔之亭又障之。且楹桷蠹隳，垣甃圮闕，而扁額亦曠落不存，令往往苟歲月賦輸而不暇問。

黎君領斯邑，入其治，見其閈閎而心陋之。既而登樓以望，方岑、松巖翼于左右。江北諸巘崎嶬獻狀，獨委羽仙宅，乃睽隔而不得一睹也，心益陋之，欲易之。未暇一年，訪民疾苦，心惻手摩，未忍於役。二年，浚河疏閘，民以不病，役而忘勞。三年，爰議經度，爰命梓人圖畫其制，高下以稱，庳者崇之，壞者新之，闕者苴之，圮者築之，仍班詔之舊，易爲疎欞以環之。其矮屋之在左右者撤之，求名筆篆額以揭之。其址三丈[一]有二，視舊加三之一；其樓三丈有尋，視舊加六之一。爲工之數，二千有奇，爲費之數，錢以萬計者五十餘，米以斛計者百，皆取之銖積粒儲而用之，毫髮無資于民。屬鄉之士葛元善、阮應龍董其役，鬻材鳩工，無抑取，無靳予。故其具也備，而民不知其成也速，而民滋悅。經始于淳祐二年冬十二月，竣事于三年春三月。樓成，上入青冥，按羣宇而下之，如翳斯豁，如壅斯達。憑高敞以納空明之秀，據虛曠而挹仙子之風。於是古人審面勢而畫井邑者，一覽而盡得之矣。黎君走書來言曰：「是役也，幸邑人之不我非也。夫子居是邑，將不非邑人之不非我也，其爲我誌之。」

余居北山之趾，去委羽十里而遥，拳石擁翠，撲撲可即。而比屋之間，短簷之下，曾不得搴箔推牖而飫茹之，使之偃蹇而莫吾就也。顧邑治之所拱嚮，亦委之形格勢禁而不相顧耶？且是役也，俟農隙而始興，時也；先成民而後舉，順也；約己以足用，節也；征斂不下及，惠也。一役而四美具焉，是亦可以書矣。且黎君當旱澇于頻年，困賦輸之交迫，裁撙有度，帑廩不耗。其蓄之餘，惟公是圖，而益脩古人必葺之規，以嚴官府，以新民瞻，以開風氣，以振華采。是又可不大書之以諗後之人耶？余將東歸，尚能登高以賦，與邑人歌頌賢尹之德之政，君固已結綬登畿矣。或有欲調茲邑者，幸爲言，雖嚴[二]也，非難也，其毋憚。

君名自昭，字某，西川人。是歲六月既望，具位杜某記。

【校勘記】

[一] 丈：原作「尺」，據文義改。

[二] 嚴：原作「巖」，四庫本同，清鈔本《杜清獻公集》作「嚴」，義長，因據改。

杜清獻公集卷十六終

杜清獻公集卷十七

黄巖　杜　範著

跋

跋陳兄《春臺賦》

身履者其詞稱，志羨者其詞侈。夫自成康政熄，雅頌聲微，春臺不作久矣。君殆有志成康其君民者耶？余讀是賦，疑其侈而未稱也，爲之慨然太息。

嘉定癸未二月二十五日。

跋羅文恭公薦士疏

國家中興，愛養人才。至淳熙間，名賢彬彬輩出。公上接流緒，下植風聲，汲沈振滯，寸善不遺。今讀此篇，羣才畢萃，何其盛也！自公云亡，諸老亦相繼凋落。公所薦引者，其顯用十無一二，而時事日新矣。由公而前若此，由公而后又若此。然則公之云亡，蓋寔關于世道之一變也，爲之掩卷太息。

癸未季秋二十七日。

跋倪文節遺奏

道喪俗弊，士氣日卑。數十年來卓然以風節自見，磊磊如公者，不能以一二數。當淳、紹間，駸駸嚮用，未幾屢踣屢起。至嘉定更化，召用諸老，濟濟在庭，而公獨危言激論，落落不合。自此一斥不復，屏居十年。閉門著書，暇日棹扁舟、策短杖，賦詩酌酒，幾與世相忘者。至其親稾遺奏，愛君一念，至死不忘。八柄四維之論，氣不少懾。所言未形之患，無一不酬。使公之志得行于時，豈有二三十年穢染壞爛，不可收拾若是？其可痛哉！公之出處，關于世變者不少矣。

予爲戊辰進士，時公知貢舉，嘗旅進一見，凝然氣貌，使人望而意消。今幸與公之季子祖常爲同僚，遂得公之遺奏讀之，慨歎世變，爲之三太息而書。

端平三年季秋，有事于明堂之明日，天台杜某[一]。

【校勘記】

[一] 自「慨歎世變」至「天台杜某」：底本缺頁，據《四庫全書》本補。

跋義約規式[一]

余每歎王政不行，風俗不古，無告者多，而民生重可哀也。嘉熙元年春，歸自中都，得鄉之義約，隱几讀之，其憫窮恤死，庶幾古者同井相扶持之意。堅此意，推而廣之，必有聞風而來取法者，則斯約之倡，其仁徧吾邦矣。余雖貧，亦願助焉，喜而爲之書。

是歲夏重午前十日，杜某題。

【校勘記】

[一] 自「跋義約規式」至「杜某題」止：底本缺頁，據《四庫全書》本補。

跋項文卿孝行録

余尚記三十年前，項君文卿館于余族，與余兄弟交，知其爲時文師也。余讀是書，凡古人孝悌言行，蒐輯無遺，且聞其事死如事生，將終身焉。余始知其爲篤行君子也。時文以釣利禄，得不得，命也。而率以隳行喪德。孝悌之道，天理根之以生，人極因之以立。充之足以爲堯舜，違之不足以爲人。人而從事於斯，時文蓋不足言也。微是書，幾失吾文卿。爲之掩卷，拉淚自痛，不惟有愧古人，其有愧於文卿多矣。使家有是書[一]，熟玩而深體之，則消暴慢之氣，長順睦之風。人倫其有不厚，教化其有不美耶？

【校勘記】

[一] 自「跋項文卿孝行録」至「使家有是書」止：底本缺頁，據《四庫全書》本補。

跋林逢吉晦翁二帖

康吉堂富藏古賢名帖，而于文公二帖尤所珍愛。世之尚異挾奇，借耳目之玩者，决不解此。余觀軸尾所誌，考訂紹興事爲詳。公之前帖，殆可句釋，不得不然之論，言巽而旨微矣。後帖莫知何時，有黨無黨，所不敢聞。細玩斯語，其關于世道尤可深慨。逢吉珍愛此帖，更爲予訂之。

嘉熙元年夏五至日，杜某題。

跋夏迪卿墓銘 葉水心撰，楊慈湖書。

夏君登第時，余尚幼，自家塾抱書夜讀。父母輒撫之曰：「勤讀書，夏君居然上第矣。」余自是聞君姓字，心竊榮之。既長，款其門，即其人，寡詞淡容，退然若不自有其榮者。人固謂君之家以厚傳，君之天以厚報，其榮顯殆未艾也。而事乃不然，何耶？今得此銘，肅容以觀，翼然如入靈祠，讀古刻而瞻嚴像也。於是君之榮未顯于其躬者，乃組繪翰墨間且不朽矣。是之謂未艾者，非耶？

葉公擅一時文章之柄，人之願榮其親者，往往求輒與。未聞楊公肯爲人作字，而亦屹屹無所愛肯。父所以榮其親者，加于人一等矣。其更以家傳之，厚而篤之，則報之嗇于前者，將大侈於他日。人之翰墨又何足以爲君重？

嘉熙元年中秋日，立齋杜某書。

跋王維畫《孟浩然騎驢圖》

孟浩然以詩稱于時，亦以詩見棄于其主。然策蹇東歸，風袂飄舉，使人想慨嘉歎。一時之棄，適以重千古之稱也。明皇雖善揚相如忠佞之言，而積忤生憎，已萌于此。此力争之九齡所以得罪；媚柔之林甫所以見用，而卒以危社稷也歟。

跋楊慈湖爲陳孔肅作《脩永室記》且自爲之書

孔肅名室之意深矣，蓋知道遠難至，而欲勉强力行，以致悠久不息之功也。慈湖廣其説，至無思無爲之妙。其旨幾于過高，且修之爲義，似亦未之及。然觀其字畫，端嚴清勁，使人望之懔然，亦足以見其所存不惰，而隨寓有則。學者因是以收斂此心，而日加存養焉，豈非所謂脩己以敬者耶？孔子曰：「俛俛孳孳，斃而後已。」余與孔肅尚其勉之。

跋應艮齋祠堂文

余齠齓時，耳已熟應先生姓字。長亦嘗侍父兄，聽誨言。今思之，恨弗獲在弟子列，而蒙固莫啓，以至白首也。吾鄉固多士，而開義理之淵源，揭詞華之典則者，實自先生始。余方將求其遺文，以究其奥義。而先生之季子某示余此編，披卷熟讀，深嘆一時師友相與之意。然遺文散落之餘，寶藏于家者，尚多有之，當繼是以請。

跋徐季節文

余祖父及鄉族先輩皆季節先生弟子。余幼時已聞其篤行雅言。雖酬對俗語，莫非師訓，至今傳誦，以相警厲。今其遺文僅數篇，讀之使人懔懔有生氣。

嗟乎！形天地間皆實理也。理不實則隳，事不實則壞，人不實則危。公之文，公之實也。知公之爲重者，可不摭其實而步趨之哉？不然，崇而衒之，夫奚益？

嘉熙戊戌夏六月六日，里人杜某書。

跋鄭簡子求書《陳情表》後

右李令伯《陳情表》，杜某爲大惠書。書已而言曰：「令伯非義不仕晉，而利禄之誘，終不足以奪其孝愛之情。」吐出肺肝，字字痛惻，後之讀者無不廢卷興嘆。而況事有適類，情有甚同如鄭君者乎？噫！令伯之陳情，令伯之不得已也。顧安知後千載而有戚戚于心，撫事悲慨，至于屢訴而不能自已者？豈昌黎公所謂「曠百世而相感，不自知其何心者」耶？余既書之，又重爲世之忍心背德者媿也。

嘉熙戊戌重午後四日識。

跋薛倅謾筆

余屏居山村，耳不聞户外。夏翼父歸自東嘉，袖二車薛君詩什訪余，乃知其爲樞使公之令子也。赫赫鐘鼎之家，乃興入烟雲，思涵月露，翛然幽人雅士之韵若是耶？金璧爛爛，置古罍洗其間。珍玩錯陳，俱不俗矣。余不但不能詩，亦非知詩者。秋風搜桂，夜夜澄欄。命酒半觴，閲謾筆一二篇，便覺塵思辟易。如别友人，事入唐人奥處。七言句格，尤多清古。昔人投軀破的之論，料是工夫更放精熟耳！未識知詩者以爲如何？

嘉熙戊戌中秋前十日，杜某識。

跋蔡夫人墓銘

婦無二夫，義也。知之難，守之尤難。苟能知而守之矣，則絶部使者之請非難也。非夫人之難，而是銘乃表而諗之，若其所甚難者，何哉？嗚呼！管仲、魏徵猶在君子之後，而世之背義以貴者總總也。觀斯銘也，亦真見其不足貴矣。

跋張子善詩

張子善爲吾鄉佳士，嘗游學于吾宗。所處之室纔數尺，終日危坐挾册，足不越限外。有笑侮其旁，邈若弗聞。世之樸固有之，其真純静朴如子善者蓋寡。余昔也甚愛而期之。譬之美玉，追之、琢之可以爲圭璋；譬之良木，削之、斲之可以爲棟梁。不然，或小其用，而以之資玩好耳目之娱，是負天之所厚而褻之也。

一别幾三十載，今幸再會于白山之塾。繼携其詩什訪余，暇時讀之，其詞端衮衮，可以想燈火蒐獵之富，可以見一時好尚。局清婉之調于狀情寫物之閒，此則子善所不爲也。殆未知胸中抱負爲圭璋乎？爲棟梁乎？然借詩章諷詠，欲以賈一時之譽，其用亦小矣。子程子曰：「參也，以魯得之。」魯則鈍而難入，何以得道？子善試思而勉之。余以疇昔之愛敬，輒致朋友之規云。

嘉熙三年二月八日。

跋夏子壽墓誌銘

吾鄉爲善而報稱之者，惟陳公經仲，而夏公子壽亦其人也。余幼也肄業于常豐閘之東，與之鄰。常接其貌，聽其言，聞其行事，有古人重厚長者之風，時其子迪卿已登顯第矣。今讀秀巖之文，觀漫塘之畫，爛然相輝如美玉，而藉之以藻也。于是夏公之德之名愈彰顯于後世。雖然公之爲善，豈矯矯自衒以求顯者哉！不自求顯，而天顯之，人顯之，世之爲善者可以觀矣。

跋趙十朋文集

余自幼聞趙公父子之賢，恨不及識。今幸見其遺文，猶可想其飄逸不羣之韵。然公之文尚多，一散于狂寇之虐，再散于暴臣之暴，今其所有，十無一二。何造物者不惟窮其身，而且阨其文也！嘗聞石、李二公爲内外兄弟，方其在朝，聲欬赫奕，而公隻字不通。至石公謫居，乃相從不厭。古之爲士者，其自重蓋若此。公之身雖窮，其氣不可屈。文雖阨，而風節磊磊，至今猶在。撫遺編而若見其人，固不在翰墨間。

題晦翁書楊龜山贈胡文定公詩後

欲驅殘臘變春風，惟有寒梅作選鋒。莫把疎英輕鬬雪，好藏清豔月明中。

文定公當國家多難，驅臘變春，正其時也。今讀公《春秋傳義》及其他所著書，其正大之識，英嚴之氣，凜凜乎幾欲鬬精神於風雪之閒者。龜山恐其無以成廟堂鼎實，規以是詩，殆與明道所謂「熙寧新法，諸公不得不分任其責」同意。雖然，龜山嘗用於靖康之初，尋即去國，春未及變，而清艷絶于藏矣。道之不行，命也夫！爲之三太息而書。

題晦翁書《出師表》後

余自少讀《出師表》，輒爲之喟然感涕。嗚呼！世無忠臣志士，坐視國家之傾覆而莫之救也。悠悠千古，此恨何窮！今觀文公之字畫飛動，其一時慷慨激烈之氣尚可想見。使九原可作，捨二公，吾誰與歸？

嘉熙己亥立秋後十日，京兆杜某書于宛陵郡齋。

題《范滂傳》後處静所書

自古名節之士，未有烈于東漢者。人之好莫如生，惡莫如死，而孟博乃好義甚于生，惡惡甚于死。雖母子天倫至愛，亦不可奪是。果何爲哉？裁以聖賢處死之道，誠有未中節者。然其勁心義氣，凛凛與秋日争光，照耀千古，不可蕪没，殆未易輕訾。處静喜爲長短句，意其麗詞輭語，似無鐵石心腸，乃援筆書其傳，求予著語。豈厲言玩世，而胸中所存固不若是耶？

跋處静

如死灰，如焦穀，静矣，而不足于動。動輒差，如持箠。老子豈非欲處静于動耶？子程子有言「動亦定，静亦定」，非知道者不足以語此。

跋陳君墓誌銘 孔肅求

南山陳氏，兄弟聚爨，怡樂衎衎，爲鄉人敬羡。今觀趙、魏二公誌銘，乃知尚義篤友。至文字之訓，亦形於閨閫之間。遺芳所沾，世載其美也固宜，俾此意久久弗替，則于二公之文，將益有光矣。

嘉熙庚子上元後五日，里人杜某題。

跋梅都官真蹟後

右，都官梅公真蹟也。本朝以詩名家自公始。廬於斯，墓於斯，去今二百年，邦人尊事如一日。訪其遺蹟，惜無存者。通守尹君唯曉博雅好古，求越中所藏，鑱之，置於祠。繼是登斯堂者，瞻其像，誦其詩，如見其人，亦可以油然興起矣。

嘉熙庚子暮春晦前三日，天台杜某。

跋韓仲和尊人墓銘

韓氏世載忠烈，今之居會稽者，尤以清德著。蕺山隱處不仕，而好脩義，以教養其族。仲和、仲容，其從弟也，事之如父師。會守宛陵，仲和以王事留者閲歲，暇時從容道其所學，與平生立作大槩。既又出其先大夫銘文示余，蓋慈湖楊公之文之筆也。且言曰：「先君子受教于靖春劉先生，得實之一字，爲終身受用。蕺山宏之以行于家，而吾兄弟得以謹守勿墜。」余聞之，肅容起敬。

嗚呼！天道流行，物與無妄。人之生，天之實也。棄其所以生，而憑虛以欺世，飾假以幸功，其不致喪德敗事者幾希。余于仲和之言，固知韓氏之昌未艾也，于是乎書。

跋翁處静詞

余拙于文，于樂府尤所未解。今觀翁君時可之作，如絮浮水，如荷濕露，縈旋流轉，似沾非著，豈非游戲翰墨之玅耶？余固未解，殆類飾寶玩置窗几間，未嘗不以爲珍也。然柳、周輩淒情麗句，後之爲樂府者多之。而蘇、黄諸公愛惜文士如金璧，乃寂不挂口，此亦余所未解。時可試評之。時可以「處静」自號云。

題何郎中和陶韓詩後 名處恬，自號「雲岫」。

陶詩平淡閒遠，韓詩英健瑰傑。如天球神劍，不同其爲器，而同其爲寶也。何君智父于二詩皆有和篇，尚友之志卓矣。豈徒模擬其近似，而出入于二者之間耶？追和古作，自坡公始。其和陶詩至得意處，自謂不甚愧淵明。嗚呼！愧不愧，他人不得而知也，公獨自知耳！然則智父之詩，吾又將何以措吾辭。

淳祐改元三月立夏後三日，天台杜某題。

題周氏記[一]義倉規約後

墳墓非子孫莫保，而壞之者亦子孫也。不一再傳，貲分户别，而墳墓則衆共之百年，松、檟争尋，斧斤樵伐，已荒棄不復顧。久之則爲古墟，固有服未盡而莫知其服者。蓋不獨貧窶爲然，薄俗至此，良可痛哀。周君雖貧，已能爲富人所不能爲。自曾高而上，苟有域兆可尋，皆立石而誌之。捐己産以贍守塋，詳規約以期永久。屬鄉之篤行之士戴君彦肅爲之記，以詒後人，真可厲薄俗矣。義風既植，使人皆不忘其祖，則孝敬其有不行，宗族其有不睦者乎？喜而爲之書。

淳祐改元孟夏中澣。

【校勘記】

［一］記：原作「詩」，據《四庫全書》本改。

跋姚君墓銘

余自幼寡陋，而鄉之善士至有不及識不及聞者。瑶溪距予家不百里，今始識姚君于度公銘文中。公武夷門人，爲時名卿。其言君之厚德有根據若此，信爲鄉之善士矣。獨予之寡陋，良可恨夫。

跋劉漫塘所遺趙居父箴後

征商非義也，商不病其征，猶義也。而今之司之者，與禦人于國門何異？漫塘先生爲是箴贈居父，污吏態狀，曲盡形容。然豈惟司征然哉？由司征而上可以動目醉心者，何可勝數？利慾之昏，天壤易位。孟氏謂「上下交征，不奪不厭」，則賊民之禍又特濫觴耳。居父服是箴以惠于婺，又將推是箴以宰南陵。自是而爲郡守、爲監司、爲藩帥，所莅愈大，所及愈廣。義行而仁浹，下輯而上寧，人贊而身顯，是之謂以義爲利，其與燔身之貨爲何如哉？居父大族居漫塘之鄉，而知所師敬，明于義者也。余特因是箴而暢繹云耳！

淳祐改元夏五晦前二日書。

跋劉漫塘墓銘

余曩尉金壇，獲拜公于漫塘之上。不旬日輒一往，往輒留。每從容尊酒，抵掌極論古今上下，凡持身、居家、涖官之要，皆究極其指歸，而參稽其援據。退而充然有得，殆若飫甘鮮而懷珠璧也。去金壇迨今三十餘年，公之風裁愈高，朝廷之尊顯愈至，天下之仰望愈不可企及。一代偉名，流芳無極。而予碌碌周行，塵出块入，恐終不異于庸人。冀聞砭劑，以起痿蹷，則九原不可復作矣。又未知尚能不負疇昔之教，他時不復見公于地下否也？讀蒙齋銘文，爲之雪涕而書。

時淳祐改元六月既望，天台杜某。

題吕中岳所藏諸賢辭密賚帖後

辭賜賚特一細事耳。同列相咨，無敢專決。其于朝廷大政，和衷氣象，不言可想。嗟夫，今不復見此矣。安得若人者，相與共籌天下事哉！

淳祐二年春分前五日，天台杜某書。

跋戴神童 顔老 文藁

童科之設，以其神也。世無楊、晏，强教以揠之苗而弗獲，且殄其天，何以爲神？今乃有神如楊、晏，而夭爲殤子者耶？余昔訪戴君，見其子容貌豐秀，步趨詳雅，固以遠器深期之。嘗語戴君曰：「此天下良寶也，一第不足溷，而子宜以經史華潤薰浸而茂悦之，以需其成。謹勿以世俗干禄之文揉其心、扼其膽，而使之制而不得騁也。」去之曾幾何年，今乃徒見其揉心扼膽之文，而其人則已矣。

嗚呼！天之良寶，天所神也，而光采輝發，僅止此耶？九齡與《玄》，昔賢所痛，《玄》可使與也，齡不可復與也。悲夫！然神之者，天也；殤之者，亦天也。雖悲痛奚益？

淳祐癸卯中秋，黄巖杜某書。

跋戴君玉藁後

君玉携詩卷示余，余不能詩，且不暇讀。姑閲數闋，見其斲辭抉意，嚴而舒，瘠而腴。時有饋西湖霜螯者，風味近是，爲之命酒長吟，浩然一醉。恨坡公嘗誂杜，而未嘗此也。昔人謂詩能窮人，又謂詩窮乃工。君之窮，其詩之爲耶？君之詩，其窮之爲耶？或謂詩以得窮，又將以療窮，抑信然否？因醉而書。

淳祐癸卯九日，立齋杜某。

跋晦翁與趙□□書

黄巖趙君鐺袖朱文公遺墨訪余，因得以知剡尉君傳家之懿。元祐中丞孝行忠節，載在國史，使人聞風斂容。嗚呼！紹聖黨禍雖雪于紹興，而僞黨之端又熾於慶元矣。距文公題筆，曾幾何時？讀中丞追贈之辭，爲之三歎。聞剡尉以廉稱於時，而其子乃不免于困窮憔悴，亦可念也。

淳祐三年十一月。

書馬處士墓銘後

馬君椿孫以其先處士事狀求予銘，予以冗弗暇。處士[一]，徐雲臺之妻之弟也。好義如狀，銘之爲宜。而又欲予著語其後，亦贅矣。辭弗獲，遂爲之書。

淳祐三年十一月。

【校勘記】

[一] 處士：原作空圍，據《四庫全書》本補。

跋鶴山書季制置及實齋銘後

衍鶴山書云「有宋公忠廉直季公之墓」，實齋于四字各爲銘。

季公威信著于兩淮。余昔也聞其名，恨弗及見。今公之季子來尹巖邑，介然清白之傳，余與邑人均拜公賜。一日，示余以鶴山之篆、實齋之銘，俾余書其銘，將併其篆以鑱諸石。顧何敢辭？

竊謂四字之義各有攸屬，而大本所係，唯「公」一字耳。公，仁之則，義之輿也。私意不立，一循乎正，亦安有不盡其心，而或陷于貪且枉者哉？仲子伯宗不足爲公道，而事君一念，亦加令尹子文一等矣。以二公之品題，余益恨昔之弗及見也。

淳祐甲辰秋七月既望，立齋杜某書。

跋丘木居葉世英序後

孫真人有言：「鍼灸之功過，半于湯藥。」而近世之醫，往往按方言藥，爲灸者少，爲鍼者又加少。何哉？難易之勢殊，而遲速之驗異也。木居謂葉兄長于鍼灸，豈嘗讀黄帝、岐伯諸書，果能測經源而扶危弱者也。余非深知葉君者，以木居之言爲信。

淳祐甲辰重陽前一日，黄巖杜某書。

跋鄭藥齋墓誌 安道尊人戴彦肅撰

余不識鄭君，識其子鎮安道。余甚愛安道亹亹好學，研味理奥，自拔流俗，固疑其必有家庭詩禮之訓。今觀彦肅之誌，言其教子程律甚嚴，不使專業舉子，且以藥自名其齋，有取于脩慝之義，其志尚卓矣。有是子也，亦宜矣哉。

里人杜某書。

杜清獻公集卷十七終

杜清獻公集卷十八

黄巖　杜　範著

祝文　祭文

謁諸廟祝文

某屬奉上命，假守是邦，事神治民，憂責攸萃。時方孔艱，凛懼弗勝。惟神廟食兹土，依人而行，吏有否臧，神聽無爽。涖事伊始，遵式告虔。神其孚佑於下，使時和歲豐，而守得與千里士民相安於無事。某亦不敢負所學，以爲神羞。

先聖祝文

某章句諸生，頃忝朝列，論事無補，去國東歸。聖天子未忍棄捐，畀以社稷人民之寄。維是不習爲吏，適際時艱，大懼弗克勝任，爲父師羞。唯先聖賢有言曰「若保赤子」心誠求之，雖不中，不遠矣。某不敏，其敢不勉？涖事伊始，矢心以告。

二仙亭祝文

維昔謝公嘗爲郡牧，「浄練」「晴綺」之句，迨今爲此城絶唱。後數百年間，謫仙來遊，凡所賦詩，於公亦多稱道。以謫仙志氣飄逸，孰敢望塵？而顧有取於公，則永平之體始出，其人愛慕可知矣。二仙並祠，適[一]自近歲。某親睹遺跡，企仰清風。涖職之初，一酹致敬。

【校勘記】

［一］適：《四庫全書》本作「纔」。

李參政祝文

某屬奉上命，假守是邦，事神治民，憂責攸萃。時方孔艱，凛懼弗勝。唯神禦災捍患，遺烈在人，廟食百年，凛如一日。涖事伊始，遵式告虔。神其孚佑於下，使時和歲豐，而守得與千里士民相安於無事。某亦不敢負所學，以爲神羞。

社壇祈雨祝文

惟神佐天地以司民極，功與天地並。某視事方新，恪恭致叩。冀神以斯民爲念，請於上帝，沛然三日之霖，俾蒸民乃粒。某寔拜神之德。

東嶽祝文

洪維東岳，峙立乎天地之間，不崇朝而徧雨遠近者，帝之功實與天地並。某叨沐上恩，甫領藩寄。偶際常暘之久，深惟農事之憂。矧田未插蒔，民益狼顧，痛心疾首，吏莫急焉。齊心服形，祗告祠下。帝其爲請於天，亟施滂沛之澤。原野盈盈，人皆得服力南畝，以俟有秋。戴帝之恩，實維罔極。

威德□□祝文

惟神肖象血食，年載寀積。隨禱隨應，人蒙利澤。某沐天子恩，假守邦域。承流方新，偶值雨闕。田未插蒔，民且乏食。憂民之憂，孰任其責？終歲所仰，始於今日。神其監兹，速加憫惻。雲霓四起，爲霖三日。千耦一耘，從事南陌。豐年可期，欣欣喜色。不唯守得以逃譴，而民亦終始戴神之德。

城隍祝文

惟神受命於天，護是邦之疆土；守受命於君，亦承流於兹土。寔與神相依，利澤乎黎庶。某郡符未合，常暘已遇；視事浹旬，人猶憫雨。矧田蒔之未敷，諒神必矜其無措。潔己齋心，矢詞以訴。冀神監是，沛然垂賜。三日爲霖，盈疇沾漬。庶乎豐年可期，而斯民也優游飽食。自今以始，世世其戴神之芘。

承烈王武烈大帝李參政諸廟祝文

惟神有功於是邦，有德於斯民，所以廟貌而血食。某被命來守，涖政方新，而常暘之暴已幾逾月。唯農事不可緩，布蒔之愆期而憫焉。望雨之志，不勝其切且亟。伏冀鑒此衷忱，速垂霶沱之澤。耕者得以服田力穡，而庶幾乎秋成之獲。其誰不欣欣然喜色，而戴神之德。

廣惠王祝文

某祗奉上命，來守此邦，事神治民，憂責攸萃。常暘作沴，農事愆期。人情皇皇，無所控告。唯神職司雨澤，廟食於兹，人所敬事。肯以守之不德，而移災於民。秉此精誠，來叩祠下，願亟垂甘霆，大慰望霓。使耕耨以時，禾黍滋殖。豈惟守得以逭責，而神亦永有攸賴。

諸廟謝雨祝文

比以常暘爲沴，精禱唯勤，曲沐至仁，特垂甘澤，人均喜色，蒔插以時。靈貺難酬，寸心知感。恭陳潔荐，仰答真休。更冀霖雨繼增，常沾膏潤。農情大悦，普格豐穰。仰戴宷深，瞻依罔替。

廣惠王祈雨祝文

某假守凋郡，適際常暘。時已中夏，苗猶未立。民命國脉，所關甚大。比嘗躬詣廟下，控伸憂禱。前月末已拜神賜，恭謝未幾，而亢旱猶昨。播殖失時，民窮罔訴。大王以威德顯靈，廟食於兹者幾年矣。民生休戚，豈不聞知？竊見數日以來，雲氣屢合，雨脚欲來，尋即開霽。若有阻於其間，使不得敷澤於下者，豈某之薄德，不足以事神治民？某之精誠，不足以昭格上下？謬政舛令，不足以致祥召和而然耶？守有罪，殛而去之，神之職也。以守之罪，而移災於百姓，將暵數十萬頃而使之不得種，數百萬户而使之不得食。神之聰明正直，恐不若是。抑豈此方之人，所以尊事祈望於大王之本心哉？守之罪，其何敢辭？然大王於捍患救災，似亦失職矣。憂懼靡寧，稽之故實，祗迎神駕，屈臨府治。庶可朝夕躬伸祈禱，祈回威聽。以沛時雨之澤，以活一郡之生靈。而某將免於戾，亦唯大王之命。謹再詣祠庭，恪恭以告，神其鑒之。

廣惠王祝文

某假守凋郡，適際常暘。時已中夏，苗猶未立。民命所關，凛凛旦莫。近者躬伸懇禱，已拜神賜。恭謝未幾，亢旱猶昨。式按舊章，欲迎神駕，禱於公宇。方此戒[二]期，而甘霔終食，至於崇朝，莫不合爪瞻天，歸德於神。然雷聲一振，雨脚隨止。今圩田近水，僅可車灌，稍高之田，尚難舉趾。更旬日望霓，則山壠、丘原，終於不植，民將焉粒，神將疇依？爲德未竟，厥有攸譴。豈某之薄德謬政，不足以致祥召和歟？抑某之秉誠不純，不足以昭格上下歟？某敢不省躬知懼，然百姓何罪之有？用是痛心疾首，再詣祠下，爲百姓祈哀於大王。唯大王威靈，爲一方尊事，幾年於兹，願毋以守之罪而移災於民也，尚惟念之。

【校勘記】

［一］戒：原作「届」，據《四庫全書》本改。

龍王祝文

唯神躍淵升天，變化無迹，興雲致雨，功用莫測。奕奕靈祠，奠一邦域。屬以常暘，禱祈孔亟。神之格思，隨賜甘澤。惜不爲霖，未遍疇陌。圩田少濟，山田尚坼。更冀明靈，念我矜惻。沛然滂沱，南畝洋溢。種莳若雲，皆神之錫。迄用有年，戴德何極。

社壇祝文

夏令已中，稻苗未立。民心皇皇，郡計岌岌。奔走祈禬，我是用急。神亦我矜，昔宵雨集。倘爲三霖，應遍原隰。惜也遽霽，未之溥及。遲以旬時，種烏可入？維社主土，福我邦邑。垂閔歲艱，俾民乃粒。興起雲雷，掀揭龍蟄。既澤高原，亦利卑濕。百種懷新，人裕家給。

廣惠王龍王社壇祝文

比以旱魃肆虐，歲事可虞。遍走百神，用祈甘澤。唯神不以守之始至，未有德於民而厭棄之。爰鑒其衷，有禱斯應，興雲致雨，凡至再至三，而意猶未艾也。千耦一耘，西成可望。聊陳薄薦，少答洪休。更冀時爲三日之霖，高高下下，彌滿充溢，則戴神之賜，其永無窮。

諸廟祝文

某昔焉閔雨，已拜神賜。芃芃黍苗，一稔可冀。忽睹蝗蘖，飛空欲蔽。來也何從，去也曷戾？胡爲不祥？念之憂悸。豈非謬政，感召至是？人力易窮，捕之非計。匪藉威靈，奚殲噍類？禦災捍患，抑神之事。痛心以告，鑒此精意。善保秋成，克終大惠。

報[一]賽祝文

天子季秋，大享於明堂。上帝居歆，烈祖來格。神靈宴娭，克竣祀事。乃誕告於多方，咸秩羣祀。某屬茲假守，恪恭以承，惟神昭答。

【校勘記】

［一］ 報：原作「赧」，據《四庫全書》本改。

祝　文

某昔也來斯，上下焦然。今既數月，人情粗安。匪神之賜，曷緩憂煎？屬時多虞，寇擾淮堧。流徙迸集，蕩析可憐。豈無暴客，雜襲其間。道路隳突，驚我民編。勞之遣之，期靖里廛。惟茲凋郡，凜若濟川。神其終賜，俾無後艱。瀝情以告，念茲拳拳。

祝　文

歲事足成，幸獲中稔。曷其至是？皆神之賜。唯時多艱，流徙載道。居民驚擾，莫枕未遑。神其相之，俾即於安。此邦吏民，實終拜神之賜。

城隍廣惠祝文

某假守數月，未即於戾。歲功以成，民用不匱。匪神之賜，曷其至是？迺有羣兇，悍俠流徙。薄城而屯，以數千計。縱火行劫，雷震田里。言言郡城，亦敢窺伺。奸謀自露，動輒敗殪。擒戮魁渠，脅從弗治。餘黨斂迹，一城增氣。官兵繼集，率聽風靡。招收已行，靖埽氛穢。赫赫威靈，遠近覃被。豈期小醜，敢此横恣？剪之驅之，非人力致。官吏軍民，咸拜大賜。安不忘危，更祈終惠。此境寬憂，憂在境外。或有突入，又勞獮薙。惟神相之，克善後計。潔蠲蕆祀，以報以冀。

諸廟祝文

流離之衆，羣兇烏合。震驚吾民，凛凛旦暮。賴神之靈，陰驅剿殄，一郡以安。某假守於兹，敢不拜賜？潔蠲明祀，瀝忱以告，唯神其終相之。

勾芒神祝文

於皇蒼祇，授職厚地。布宣木德，條達生意。俶載耒耜，言興稼穡。歆我春酒，相兹豐歲。

梅都官祝文

五緯聚奎，昭宋文明。是生儒宗，發文之萌。先生與歐，佐佑六經。二蘇黄陳，俱逐老成。如剖太極，初睹日星。如世瞶瞶，初聞雷霆。使頌宋德，我將維清。郎闈鬢霜，掩鬱芳聲。獨留篇章，玉振金聲。我懷先生，景山與京。昔誦其詩，今拜其塋。道不徇時，文不徇名。一酹清節，凛凛如生。尚饗！

祭少監劉漫塘文

嗚呼！紛彼有生，間出爲材。充以其學，用世則宜。跅弛不羈，若足有爲。詭御獲禽，殆失其馳。博聞多識，古人與稽。畫地作餅，慮難療飢。董葛不作，吾誰與歸？猗歟漫塘，斯其儔儷。受材於天，亦既瑰奇。刻意汗簡，鉤玄索微。忼慨論事，動皆中機。自任以重，毁譽不移。少年莫辨，纔露囊錐。厥聞四揚，薦墨交蜚。曷不華國，曷不論思？曷不鳴玉？密勿天墀。顧當盛年，牢閉煙扉。超然物表，山巔水湄。譬彼大木，絜之百圍。既繩既削，宜棟梁施。孰作室者，於彼道謀？乃棄弗視，而拾桷榱。端平親政，弓旌屢貽。天子徯公，扶顛拯衰。高卧不起，蒼生其咨。凛凛清節，終始莫疵。公豈矯激，果於世違。孔易者道，孔艱者時。嗚呼！公官雖詘，公德則巍；公身雖隱，公望則丕。施於家庭，井井怡怡；施於里黨，捍患賑饑。君子爲善，曰公我師；小人爲惡，懼公我知。潛乎嘿感，聲業振輝。較彼在列，孰成孰虧。嗚呼！四海茫茫，同心爲誰？胡一見我，交臂不疑。三載尉曹，鍼疾砭癡。謂我可教，逢人説斯。我戇且懦，爲剖毫釐。佩公誨言，生死以之。二十年間，出處差池。慶勞之櫝，亟往亟來。屬我去國，僻居海崖。音問曠絶，浸逾二期。倏有來告，公病瀕危。謂當有間，繼傳其萎。或者謂公，憂世歔欷。痛心傷和，藥不可治。其有是耶，問天遠而。嗚呼哀哉！諸老凋謝，時事日非。恃有典刑，人尚不迷。百川横流，砥柱矻其。今其已矣，人將疇依？我之哀慟，夫豈爲私？世道之憂，海内之悲。我叨誤渥，出守江圻。相望百舍，阻造繐幃。束芻走酹，盡心矢詞。魂而有靈，尚其鑒之[一]。尚饗！

【校勘記】

[一] 之：《四庫全書》本作「兹」。

杜清獻公集卷十八終

杜清獻公集卷十九

黃巖　杜　範著

傳

黃灝傳

灝字商伯，南康軍都昌人。自幼敏悟强記，與仲兄頤肄業荆山僧舍，玩閱窮晝夜不懈。一日別去，僧曰：「子之寢處，與余鄰，壁，閲三年，寂若無人。静重如此，他日當顯貴。」自鄉試登太學，擢進士第，爲袁州教授，再調隆興府教授。訪賢禮士，訓勉諸生，增創舍齋，學政大舉。當路賢而交薦之，知德化縣，首興縣學，葺濂溪周敦頤書堂。凡關於教化者，孜孜行之不倦。輯稅籍，明銷注，寬期以催，人皆樂輸。歲旱饑，覈民籍以行賑給，選邑士以公勸分。區畫周密，實惠偏敷。其所行，州家悉下於旁邑，人之被全活者甚衆。又以德安稅重，宜均之，逃閣武寧創收山稅宜罷。言於帥王藺，悉從之，二邑以寬。藺與漕劉頴表其治行於朝，除登聞鼓院。光宗踐祚之初，天下望治，灝當對，首以天德剛健、絕聲色嗜好之惑爲言，遷太常寺簿。議大臣喪，據古不撓。再對，論和買、折帛等弊甚悉。又論今之風俗禮教廢闕，士庶之家冠、昏、喪、祭皆不復講，請勑有司於《政和新儀》内掇取品官、庶人冠、昏、喪、祭儀，刊印頒降，仍許采司馬光、高閌等書条訂行之。除大府寺丞。未幾，出守常州。陛辭奏言：「願詔中外各條民間利病來上，或損浮費，均有無，虧有司之吝，罷行之。」到郡，勤政節用，各縣置二歷，守令親迭書其上，吏無宿其姦。歲大旱，亟舉荒政，討論德化，已行而未備者悉推行之。尋除本路提舉。以一路之責彌重，往來周歷，未嘗寧居。在官凡四閱月，而六至常、潤，發常平等米以應諸郡者五十餘萬斛，緡錢、僧牒不與焉。至秀州，海鹽饑民伐桑柘、毁屋廬，飢殍盈野。或食其子，持一臂行乞，而州縣方督促逋欠。見之蹙然曰：「是不上負德意耶？近有旨倚閣，旱傷州縣，如夏税秋苗，固當蠲放。」遂奏乞併积苗倚閣。命未下，慮無以解倒垂之急，遽榜行之。於是言事者罪其專輒。移居筠州，命復寢，止鐫兩秩，而卒從蠲閣之請。罷歸故里，幅巾深衣，徜徉廬阜。時乘隻耳騾，緩轡徐驅，若素隱者。起知信州，改廣西轉運判官，辭不獲，勉就道。入境，供具一不受。吏事老而益釐，民情遠而加親。漕計素狹，諸郡仰焉。計度均用，期於兼足。引年告老，不許。移廣東提點刑獄，又請得祠以歸，感疾久之而卒。

灝性行端詳，志拔流俗，學問必審師友淵源之正。事親從兄，處己酬物秩如也。建安朱熹守南康，灝登其門，執弟子禮。問難商搉[二]，豁然有契於心，自是書問往還，疑必質之，多所許可。嘗復書曰：「深憂先師傳付之旨，至此遂絶。今得來問，乃知此道猶有望也。」聞朱熹訃，爲位哭之哀。時僞禁尚譁，其徒或有聞葬而不敢赴者。灝單車儋篋，扶曳千里。既卒葬，徘徊不忍去者旬日。

長子抗奉母爲浙西總所幹官，卒於官所。其弟括爲建昌軍録參，聞之，恐爲母憂，且扶護之乏人也，即棄官謝事而往。其審輕重之義，明決若此，抑可見其家傳之懿云。

【校勘記】

〔一〕搉：四庫本、清鈔本作「商確」，後通作「商榷」，搉榷前賢書寫通用，故仍其舊。

王藺傳

藺字謙仲，淮之廬江人。擢進士第，爲信州上饒簿、鄂州教授、四川宣撫司幹辦公事，所至能于其職。除武學諭。孝宗皇帝幸兩學，藺迎法駕，立道周。帝目而異之，命小黄門問之姓名，自是簡在。遷樞密院編修官，輪對，奏五事：

其一言：絶左右之毁譽，而來衆正之言；杜權幸之請求，而行大公之道。勿使如牢梁、五鹿充宗、貢禹、康衡之結交石顯，勿使如柳宗元、劉禹錫、韓泰、吕温之附麗王叔文。

其二言：今之從官，他時執政，豈容任非其人，進不以道，脂韋患失，尸位獻諛。知人主之愆違，而未嘗有救正之言；覩朝廷之闕失，而不聞論列之疏。專求瑣細以備對揚，唯恐一事之背時，一言之忤意。蘇軾有言：「爲國者，平居必有忘軀犯顔之士，則臨難庶幾有徇義守死之臣。」願明示德意，訓飭從臣，革偷諛之風，作忠直之氣。

其三言：貪暴之吏，榷剥侵漁，以羨餘悦朝廷，以賄賂結權要。託名獻助而恣貪饕，征利斂財以釣官職，或超居侍從，或擢爲監司。雖執政典藩，亦且效尤市寵。至于中外兵將，沿邊帥守，權要販鬻，皆有主名。狐鼠依託，氣燄赫然。羣小爭趨，其門如市，請求必獲，如探諸囊。縱使彈擊，不過罷免，經營擢用，旋即如故。倘去貪暴如比者，斥胡仰、許子中之徒而不用，追周極、韓枋之命而不行，允合人心，聞者稱快，庶幾齊威王烹阿大夫與左右嘗譽者之爲也。

其四言：淮爲江浙藩籬，民爲藩籬根本，豈宜興無益之役，而自搖根本？無益之役，今有三焉：和州、泰州開河填河，一也；定山創建牧馬寨，二也；沿江州郡燒六合城磚，三也。《書》曰：「怨豈在明？不見是圖。」孔子曰：「吾恐季孫之憂，不在顓臾，而在蕭牆之內。」願圖不見之怨，思蕭牆之憂。

其五言：近歲貴戚，特旨除授，頻撓朝綱，專徇私欲。昔王旦不許其兄子舉進士，與寒畯爭；至其終，子素猶未官。陳執中爲相，其女爲婿求官，執中以爲非房匳中物而不與。豈可壞公道而不恤人言？

讀未竟，帝喜見顏色。明日諭大臣曰：「王某敢言，宜加獎擢。」遂有宗正丞之命，尋出守舒州。陛辭，奏疏言：「陛下任賢去邪，而臣下猶有附麗之行；聽言納諫，而臣下猶有諂諛之風；循名責實，而臣下猶有苟且之習；清心寡欲，而臣下猶有聚斂之政。愛惜名器，而不能止予奪之偏私；總攬權綱，而不能絕左右之毀譽。大綱不舉而詳法是備；誠意不孚而虛文是崇。吏治苛而民勞；軍政乖而士怨。諸路置丞受，而開士大夫交結之路；諸軍置丞受，而爲監司遙領之名。如此之類，皆今日事之未得其正者。欲事之得其正，莫若求切直之言以通下情。今有爲切直之言，則欲壅蔽陛下之聰明者，皆指以爲求名。求名之説一聞，而陛下不復知天下之事、姦邪之迹矣。夫士不使之趨名而使之趨利乎？名者，聖人所以綱維萬世而奔走天下者也。聖人知夫區區爵禄，刑誅有不足恃，而後爲之名曰『名教』，曰『名分』，曰『名節』，曰『名義』，曰『名器』。凡加之以名者，天下視之以爲防範。雖姦雄睨之，而不敢有輕心焉。上之人乃欲自輕之乎？又言立國大務在民與兵。民者，國之根本；兵者，國之爪牙。欲得實惠及民，莫如寛郵州縣，使户部勿急迫于内，轉運勿急迫於外。欲結士心以張國勢，當使主將恤偏裨，偏裨恤行伍。庶兵民不致俱困，而根本、爪牙兩得之也。」

又言：「舒州鑄鐵錢，歲以二十五萬緡爲額。城中致監去江百里，灘磧淺澀，鐵岸不通。悉市于民，不堪其擾。乞與減額，無使重困。」帝曰：「卿議論峭直。」尋降御筆：「王某鯁亮敢言，除監察御史。」

時相趙雄，除帥成都。即上疏言：「蜀去朝廷甚遠，祖宗未嘗用蜀人守之。今雄在相位累年，水旱相仍，公私交病，災變屢見，乃全身而去，復捐全蜀以便其私，無乃不可乎？」帝從之。

既而搏擊屢上，人所難言，奮不顧身，任怨無忌。兼崇政殿説書。一日，帝袖出幅紙賜之，曰：「比覽陸贄奏議，所陳深切。今日之政，恐有如德宗之弊者，可思朕之闕失，條陳來上。」藺即對曰：「德宗之失，在于自用遂非，盡疑天下之士。」退，上疏言：「陛下聖學日益，盛德日新，乃以德宗自警。既往之悔，想所欲聞。有以宮僚攀附而登輔佐者，貳陛下精一之心，汨陛下清明之德。而外戚始用，而武臣繼之。武臣用，而財利小人、誕妄附麗者又繼之。引類援朋，非貪即鄙。

蓋羣臣誤陛下，非陛下本心，何必自疑而恐有德宗之弊也？德宗之弊有三：一曰『姑息藩鎮』，二曰『委任宦者』，三曰『聚斂貨財』。今朝廷再置宣撫，而軍帥再逐之。武臣無攻戰之勞，而以節鉞寵之。自曾懷以財用交結而取宰相，吴淵、陳峴、蓋經[二]之徒以聚斂而取侍從，近又有以聚斂而廁版曹者。至于委任之弊，害政尤大。秦二世偏信趙高，梁武偏信朱异，隋煬帝偏信虞世基，唐憲宗偏信吐突承璀，可不監乎？」帝嘉納之。

遷起居舍人，奏疏言：「二三大臣當同心協謀國事，某事可行，某人可用，則相與請而行之。某事宜罷，某人宜黜，則亦如之。若面不相規，背輒互毀，蓄縮首鼠，非所望于大臣。」又奏疏言：「連歲星變熒惑，太白多爲兵占。頃者，湖南之郴寇，江南之茶盜，二廣之妖賊，沈黎之小醜，丹陽之饑剽，寧國之凶謀，幸而勦殄，宜預備禦。又三陽用事之時，日中有黑子蔽明之異，殆踰兩旬。二月、三月之交，風雨霰雪，踰旬不解。變不虛生，當知警懼。君之用人，善則爵之，惡則棄之。今不問其才不才，因緣私恩，寵以公器。如録用舊學之臣之家，而某人某人一時同命，衆論駭然。貪污已著，畀以郡寄，臺諫論列，反令監司體究，監司又畀之。由是州縣貪沓尚多，朝廷除授失當，臺諫不悉舉職，給舍殆廢繳駮。内侍鄧從義死，賜予直萬數千緡，而步軍司兵人貧乏，至于爲盜。内官、醫官、樂官賜予之多，服用之侈，遷轉之易，聞諸市里，族談竊議，謂今最樂，莫如三官，其憤怨也深矣。可不思警懼而有以正之乎？」又面奏言：「崇、觀間，章、蔡之徒變國事，循至犬羊亂華之害。」帝聳然曰：「非卿言，朕皆不聞。磊磊落落，惟卿一人。」

除中書舍人兼侍讀，入謝，奏疏言：「臣向者將命使虜，往來中原，有黍離麥秀之感。因思中原之亂，蓋其始也，兆于法度之紛更；而其終也，成於忠賢之放逐。由是朋黨之論日堅，邪枉之類日熾，是非之真日亂，威福之柄日移，國家之亂于此乎成。自是而後，賢人君子不復可以容身於朝，奸佞得時，閹寺壞政。聰明壅蔽于上，而下不敢言；億兆怨讟於下，而上不得知。天下之勢一旦潰決，至于今日。陛下聖畧神謨，昭灼理亂，而外攘之效未若周之宣王，今日內脩者猶有恨也。」帝覽疏，批問內脩之道。再奏云：「今日急務天下大計，在於教化未孚、人才未得、民力未寬、兵勢未强、財用未裕，有僭侈之習，無廉恥之節。守宰之貪𧒂、征斂之苛刻、州縣之困匱、官吏之煩冗，失將士之心，忘戰守之具。陛下雖欲爲宣王之功業，而未脩宣王之政事；雖有宣王欲爲之志，而未見有如申甫、方召能爲之臣。願廣求人之方，盡用人之道，使才各當職，人各自竭，政事脩飭，紀律赫張，然後惟陛下所志。」

時旱暵求言，詔中外條上闕失。蘭奏言：「今巨姦大猾爲民𧒂、爲軍𧒂者，安意肆志，坐享爵禄。彼其始何自來哉？前者獲焉，後者效焉。風俗波蕩，漫不可收。故尋躡他蹊，依附餘熱，以假借竊取者，今猶紛紛。人言不平，則其心之不悦可知矣。人心不悦，則必傷害和氣。故上天譴告，災異重仍，星辰失行，旱暵爲虐，閭里疾疫，人民流徙。此豈可歸之於數，蓋必有召之者也。」

除禮部侍郎兼吏部侍郎。因講《周易》徹章，帝言其難。蘭奏言：「陛下即位二十有二年，而《易》方終帙。蓋經筵進講，月不過二十餘日，或眡朝對班，多不及御講殿，則又僅半其數。臣謂不御講殿日，宜令進講義，清燕覽觀。如此，庶幾講官皆不廢職。」帝喜曰：「慮不及此，卿言是也。」又上疏言：「風俗靡靡，激昂奮厲之氣不能勝輭熟偷惰之習，廟堂之上不過酬酢節目，而皆非大務。監司、郡守聚斂無藝，國家之元氣、政事之大本、民生之司命，皆不及講。武爵超越，人皆輕易，當謹名器以爲激勸。」御筆：「謀選監司，欲得剛正如卿者可舉數人。」即奏舉潘時、鄭僑、林大中等八人，乞賜擢用。又奏言：「人才之趨向，視一時所用如何。今朝之職事官，號爲收才養望之地，而齷齪循默，衰病昏聵者居之。六院、四轄本以擢縣，最備臺察。而多舉情故，專收掊克，六院架閣率是庸懦。至于剛毅特立，不屈於人者，則往往憚其見用而屏廢之。用舍之勢必有以鼓動天下，然後可以得人，爲邦家之光。」又奏言：「貪刻之政尚多於州縣，愁嘆之聲未銷於田里。廊廟私意未能一除授之論，臺省要任未能罄繩駮之公。朋比將成，蒙蔽有漸；苟賤之行，士人不羞；贓墨之風，大吏不革。人思僥倖，網復闊疏。昔康澄爲後唐明宗言：『國不足懼者五，深可畏者六。』願陛下思康澄言，六畏漸去而五懼以銷，人之意也，天之意也。」帝爲改容聽納，明諭以大用意。會以母憂去國，服闋，除帥江西。不期年，召還除禮部尚書。甫踰月，除參知政事。

未幾，孝宗内禪，光宗即位，除知樞密使。光宗厲精初政，而公亦不存形迹，除目或從中出。有未愜人心者，公輒留之，納諸御坐。或議建皇后家廟，力争之以爲不可。因應詔奏言：「天下之治無他，其要在君志之先定。願陛下先定聖志。國之所恃者曰『民』、曰『兵』、曰『財』、曰『紀綱』、曰『版圖』。今民窮、兵冗、財乏、紀綱廢弛、版圖未復，甚可畏也。倘聖志先定，則事事一新；志不先定，則日復一日，天下事去矣。」條列八事上之：一曰擇邊帥以責久成，二曰越繩墨以收奇傑，三曰懲姑息之弊，四曰儲三衙將帥，五曰止絶内降，六曰貴重武爵，七曰罷額外軍官，八曰去御前祗應名色，皆當世要務，援引祖宗成憲，請遵而行之。疏入不報，諫臣論之，以罷去。起帥閩，改祠官，易鎮蜀，不就，復領祠，除帥江陵。寧宗嗣位，易鎮湖南。久之，臺臣論罷，歸里奉祠者七年，微疾而薨。

藺氣貌魁岸，才量軒豁。初受知孝宗，感激殊遇，每有奏論，輒盡言無隱。凡將相、近臣、大帥、巨閹不協於法，悉抗疏極論。旁觀懾氣股栗，而藺山立不移。事無大小，造膝密啓，莫知何語。至有罷行，人始知之，一時聲望赫奕。雖庸人孺子，聞其名亦悚立起敬。嘗使金虜，謂接伴曰：「兩朝歲遣使南北通驩，北朝使者即南朝臣子，胡爲弗虔？請白諸北朝：凡遣使者，勿用憸人，無使如魏[二]正吉、烏林答天錫、張九思之頡頏不恭。」色正詞厲，接伴拱聽。公歸以奏，孝宗曰：「卿如此諭彼耶？」後北使來問公起居，曰：「王尚書尚無恙否？」蓋其直諒剛正，雖夷狄亦敬畏之。一時君臣相得之盛，世所罕儔。其後卒以言者排詆去國，亦所遭之時然也。平生所爲文，奏議最多，傳於世。

【校勘記】

[一] 經：原作「涇」，據《宋史》改。

[二] 魏：原作「醜」，據《宋史》改。

詹體仁傳

詹體仁，字元善，建寧人。初，後舅張氏既爲之立嗣，乃復歸。始冠，第進士。調饒州浮梁尉，屢獲强盜，郡欲奏其功，謝止之。再爲湖州歸安丞。張氏祖母死，終喪，爲泉州晉江丞。梁丞相克家薦於朝，召爲大學録，遷博士，尋遷太常博士。

時高宗定謚，或謂宜稱「堯宗」。體仁言：「《謚法》雖有之，於古無據。且功莫盛於中興，没而不彰，何以示後？請比殷武丁，謚爲『高』。」力争之，議始決。

遷丞，攝郎金部，提舉浙西常平。繼除左曹郎，湖廣總領，就遷司農少卿，剗革舊弊，軍餉饒足。諸郡積逋百餘萬，奏上，悉蠲之。時有逃卒千人入大冶，鑄錢亂幣法。體仁言於諸司宜速討，曰：「此去京師千餘里，若遲報，賊計行矣。」於是羣黨亟壞，人不知警。

召爲太常少卿。時光宗疾，省重華不以時，中外駭懼。體仁深陳父子至恩，激廷臣交疏迭諫，用意尤苦。永阜陵當復土，禮臣言本營思陵，自思陵而西，地勢益卑下，非所以妥靈也。辛相不聽，争之不已。遷太府卿，即請外除，直龍圖閣，知福州。歲餘，時論浸異，言者遂罪，以争山陵事罷歸，凡八年。徙霅川，諷詩讀書，悠然自得。

復直龍圖閣，知静江府。始至勞農，觀田器曰：「是薄而小，不足以盡地力。」更造農具，以圖授之，民以爲便。移知鄂州，除司農卿，再爲湖廣總領。戍卒聞其來，歡然相告曰：「復得吾父矣！」尋以病卒，召命適至。時論惜之。

幼學於建安朱熹，沈潛經訓，徧考羣書百家，朝夕誦説，本末條暢。其居官，以盡職利民爲心。在浙西開渠浚湖，以備水旱，散鹽本錢數萬，以業亭民；在湖廣出百萬緡以權楮幣，籴腐糴新，以羡軍餉；在鄂築武昌萬金隄；在桂閣税錢一萬四千，除雜税朱膠八千，而所至未嘗以匱告。其立朝，密扶善類，進達人才，請於周丞相必大疏，納知名士三十餘人，後亦多顯擢云。

蔡元定傳

蔡元定，字季通，建州建陽人。生而穎悟，異於常人。八歲能作詩文，十歲日記數千言。其父發示以《西銘》等書，既又示以程氏《語録》、邵氏《經世》、張氏《正蒙》，且語之曰：「此孔孟正脈也。」元定自幼而沈涵其義，既長而辨析益精。時建安朱熹爲學者所宗，遂師事焉。年四十，不就科舉。太常少卿尤袤、祕書少監楊萬里以律曆論薦于朝。召之，以疾辭。既而西游襄漢，循淮渡江，道建鄴，經都城，朝之名勝，無不傾倒。有欲言于上而留行者，即日命舟西歸。

自韓侂胄專政十餘年間，指道學爲僞學，引繩排根，以傾善類，然莫敢誦言攻朱熹者。繼何澹、劉德秀爲言事官，輒上疏詆之，且及其從游最久者。元定知不免，嘗簡學者劉礪曰：「化性起僞，烏得無罪？」未幾命下，謫道州。親故送別，酒酣賦詩，有曰：「執手笑相別，無爲兒女悲。」衆皆謂宜緩行。元定曰：「獲罪於天，天可逃乎？」

至道州，來學者漸衆，元定憂之曰：「神人惡衆，吾殆不免也。」與諸子書，戒以死生有命，訓其自脩，曰：「獨行不愧影，獨寢不愧衾。勿以吾得罪故，遂懈其志。」在道逾年，一日，謂其子沈曰：「爲我謝客，且[一]安静俟命。」凡九日，命移寢正室而卒，時慶元四年。後九年，侂胄誅，始贈迪功郎。

元定天資高，聞道早，於書無不讀，於事無不究，而尤精於天文、地理、禮樂、兵制[二]、度數。

凡古書奇辭奧義，人所不能讀者，一見即解。朱熹嘗曰：「人讀易書難，季通讀難書易。」又曰：「造化微妙，惟深於理者能識之。吾與季通言而不厭也。」及葬，以文誄之曰：「精詣之識，卓絶之才，不可屈之志，不可窮之辨。今不復見矣！天之生是人也，果何爲耶？」學者尊之曰「西山先生」。所著書有《大衍詳説》《律吕新書》《燕樂原辨》《皇極經世》《太玄潛虚指要》《洪範解》《八陣圖説》《陰符經解》《運氣節略》《脈書》，傳於世。叙正邵氏曆法，未就。子淵知方，沈、沆能卒其業焉。

【校勘記】

[一]　且：原作空圍，據《四庫全書》本補。

[二]　制：原作空圍，據《四庫全書》本補。

杜清獻公集卷十九終

杜清獻公集補遺

後學王　棻子莊輯

陳氏本價莊記《赤城集》《三台文獻》

余自少聞同邑里陳君尚誼樂施，忘己爲人，築河隄，甃江滸，凋年食餓，方春掩骼，皆爲人所難者，而本價莊之立爲尤偉。蓋吾邑土廣人稠，厥田作斥鹵，歲入鮮少，積粟者且數洩之他境。豐年猶靳自給，比少不登，輒以艱食告。君名田甲於縣，惻然曰：「古人言，千斛在市，市價自平。吾今度吾餘已足，若但規商賈之利，而坐視人殍死，可乎？」乃會其家所入，除供公上、給賓祭外，贏斛幾萬計。當粒米狼戾，則謹窖藏，絶商販；一遇艱糴，則傾困以升斗糶，率減市直之半，環邑數千家日仰給焉。於是凡廩之閉者發，價之昂者抑，人不病饑矣。歌於道，祠於社，總總也。君垂没，分畀二子龜齡、壽齡田各十頃，爲衣食費，餘悉以備本價之需。索筆書千餘言，以古道訓敕子姓。至此一事則丁寧再三，俾世守之。噫！若君於吾邑，可謂有任恤之恩矣。龜齡亦善承先志，方將築困倉，厚儲蓄，圖所以廣厥考之成規，邑人蒙賴未已也。既乃請於予曰：「先君有治命，龜齡不肖，朝夕奉以周旋，罔敢墜失。顧恐後之人不知是莊成立之艱，而求以自便其私，則龜齡異日將無以見先君於地下。先生知吾先君者，願識其事於石。吾且刊先君遺訓於石之陰，庸詔諸子若孫毋敢怠。豈惟龜齡一家之幸，邑人之願也。」

嗟夫！吾每見世之爲富者，銖較錙取，厚自封殖。視他人之飢，若秦越之相視，漠然不以怵諸心，非不爲後人計也已。而癡子騃孫從耳目之欲，侈用無節，向之所積，蕩如燎毛，莫或憐之者。何哉？富者怨之府，而欲專之，其禍宜至是。今君家厚施而不求報，又曲思爲垂遠之謀。爲善者有後，吾見君之子孫蕃衍盛大，而是莊可以久存矣。又奚假余言爲重？雖然，子而欲徵余言，豈徒爲爾子孫勸哉？近而鄉鄰，遠而郡邑，必有聞風而倣傚者，則君之流澤無窮，而余之言庶有助焉耳！故不敢以陋於文爲解。

君名容，字益之。龜齡字與智，勤學尚賢，或者其昌陳氏乎。初，君歲出緡錢千，收粟於秋，而以本價發糶於春，遂以名其莊。今模畫雖非疇昔，而名尚仍其舊焉。

蔡家墓記《赤城後集》《太平志》

武學博士蔡公鎬以才名氣節被遇阜陵，余時方束髮，以未之識也，而與其從弟江山征官禾同學。武博没二十餘年，余登戊辰進士第，始克拜其像於堂，乃識其子新寧、令淑兄弟。淳祐二年，余僉書宥府，禾之弟鉛以供檢《武經要略》爲余屬，因知蔡氏之事爲詳。

蔡本出於晉侍中謨，散居台、温、閩、建者不一族，今之散居於台者皆是族類，而名午者，唐中和間自邑之來遠鄉，贅於白山尹氏，因家焉，是爲白山蔡氏始祖。午死，葬靈伏山之原。午之子師路，師路之子邦，邦之子希賓亦葬焉，故里人名之曰「蔡家墓」。墓之側有田百畝，以爲瞻塋。垂白之老，始齒之童，悉能指而言之。岡阜複縈，林木蓊茂，陰陽家謂：「子孫實宜昌衍。」自午至武博，蓋十有二世矣。武博之亡，蔡氏稍弱弗振。里有陳姓者有其墓傍之山，并欲包其墓。蔡聚族訟之，不能勝。其四世八冢雖巋然其中，榛荆蒙翳，蹊隧湮没，春秋祭享，僅能穿塹而入。陳未幾而家廢，山乃歸何氏，蔡墓從而歸之。會何營他山，與前上虞尹趙安臣之山連壤。何欲成面勢，即所買陳氏之山來易焉。三面既成券，獨此一面，不肯割入趙，蓋蔡家墓也。新省倉門趙直温，安臣之季弟也，謂安臣曰：「蔡氏櫝松荒於陳久矣，天方厭陳，何乃强之而弗悟？此吾黨所共憤也。今何以易山來請，蔡氏將定之矣，其殆假手於我乎？」安仁於是捐竹園數畝，與何冢相直者以易之。直温犯雪跨鞍，親往分畫。何意大滿，安臣既得蔡墓，即以歸之蔡，不責銖黍之償。其入墓之徑素屬安臣，復以畀之。由山之麓至墓，虚壙八塚，長百倍。

嗚呼，趙之德於蔡宏矣！夫蔡氏始興之祖之墓湮於强鄰，展轉幾年，爲子若孫者，其幾無以見其先於地下。一旦晦斯顯，窒斯通，歲時展省，衣冠雲集如疇昔。趙之德於蔡宏矣！昔夫子遇舊館人之喪，脱驂以賻之，朋友死，無所歸，於我殯。安臣襲緒考亭，上遡洙泗，川渟岳峙，韡韡華鄂，絶俗之義，固其問學之餘功。今也雖曰舉蔡物而歸之於蔡，其視脱驂，所謂「於我殯」者同一意也。方陳之强也，何有於蔡？陳不一傳，復還其舊。栽培傾覆之道，彰彰若是，人猶不力於爲善，何也？余以是知蔡氏尚長，而安臣之德與之相終窮矣。鉛與其族以記余屬，故叙顛末，使刻諸墓，以詔方來。

安臣名希悦，直温名希禩。案《太平志》云：「希悦師夏子，見《郡志·選舉》。戴石屏送其之官上虞，詩所謂『遠菴家學在，持此去爲官』者也。」

天柱峯《雁宕山志》

探幽不知疲，前賞方未極。晨行越高嶺，拔地見峭石。有如萬菡萏，玲瓏倚秋碧。東西忽異狀，顧步忘所歷。一峯柱中天，壁立千仞直。旁無寸土勢，始覺造化力。凜凜蒼鐵姿，漠漠太古色。俯疑霹靂怒，仰視元氣黑。溟波罍南維，在昔因盪激。伊誰拔出來，作此顛倒側。諸峯左右轃，參差列矛戟。或如削層霞，薰蒸半天赤。或如簸大旗，千騎皆辟易。或穎如書空，或攫如戲翼。或如龍夭矯，兩石陷其脊。噀雨空洞中，幽響日夜滴。捫蘿展奇眺，百態墮胸臆。眼光亂崖竅，日氣光映射。似聞多靈祕，路絶天所惜。側身下篔篠，倦坐屢脇息。沈思融結初，令人嘆開闢。

玉壺即事《宋詩百一鈔》

雨過條風著柳芽，淡黄淺緑嫩如花。陂湖漾漾初侵路，蜂燕紛紛各理家。帶郭園林仙苑近，送春船舫繡簾遮。芸窗倦倚何山翠，暖靄輕籠日脚斜。

【校勘記】

［一］ 卷末上：三字原無，據目録補。下「卷末下」「卷附上」「卷附下」同。

杜清獻公集補遺終

卷末下

杜清獻公集附録

後學王　棻子莊輯

聞杜儀甫出臺 與知宗趙山甫甚厚善

戴復古《石屏集》

臺官闕係君，用舍一何輕。諸老多慚德，斯人有直聲。儻來視軒冕，歸去即功名。莫拜寬堂墓，傷心隔死生。

挽立齋杜丞相

戴復古

邪正不兩立，國家當再興。有時須有命，稱德不稱能。方喜千年遇，如何一旦薨。世閒無哭處，吾欲哭昭陵。

上立齋先生十首，以「有官居鼎鼐無宅起樓臺」爲韵

戴　昺《東野農歌集》

形弱能使强，脈病能使壽。醫和肘後方，袖手若無有。緑野歸晉公，洛社閒迂叟。此意誰得知？可以久則久。

二

羸牛指爲驥，鳴梟認爲鸞。彼欲欺一世，自亂耳目官。吾直不能枉，吾方竟誰刓？何妨寄楚澤，餐菊紉秋蘭。

三

蔚蔚空明山，古號仙人居。神秀發虹氣，瑞孕真璠璵。潔白外難染，堅剛中不枯。勿逐鼠璞價，韞匵姑藏諸。

四

支厦資寸莛，涉江寄孤艇。弗顧勝不勝，乃諉幸不幸。舜華朝暮期，蒼松歲年迥。從渠寶康瓠，我自有岑鼎。

五

君子如真金，真金剛不改。小人如浮雲，瞬目多變態。隨世良獨難，殉道乃無悔。近日崔菊坡，堅卧辭鼎鼐。

六

薰蕕不同性，涇渭不同趨。由來區以別，那使强合污？老聃守道德，韓非事刑誅。二人共一傳，能信千古無。

七

多金建華屋，一堂容百客。立齋有廳事，不覺旋馬窄。僻於蕭相居，隘甚晏子宅。鬼神瞰高明，吉祥止虚白。

八

靈巖一片雲，曾爲作雨起。風吹還故山，松筠澹相倚。秋高霜露寒，酒熟鱸魚美。少寬憂世懷，微醉有妙理。

九

否泰關世運，進退非人謀。尼父雖皇皇，不爲無禮留。用則巨川楫，舍則野渡舟。行藏兩付之，獨倚百尺樓。

十

小草有遠志，埋没同蒿萊。風霜坐相欺，冉冉成枯荄。我公下白屋，意重黄金臺。儻借伯樂顧，未信終駑駘。

賀杜清獻入相二首

戴木《石屏集》附録

玉陛傳呼宰相來，驩騰海内翕如雷。律身清介祁公操，佐主謀謨如晦才。夢弼已知符衆望，生賢益信應三台。從容宰席調天紀，協氣從頭徧九垓。

相公出處繫安危，當務何先諒熟思。守令近民須選擇，憸壬蠹國亟芟夷。精蒐邊面三軍帥，早建皇儲萬世基。納誨進賢尤素志，佇看經濟大猷爲。

林曉庵先生云：「清獻大拜時，戴漁村先生賀以兩詩，與世之獻諛者異。惜公不久於位，而此詩遂爲空談，國家無福也哉！」萊按：曉庵名昉，元國史檢閱。

祭杜丞相文

方岳《秋崖集》

嗚呼！天下不見司馬文正之忠清粹德兮，於今百六十有二年。世道之升降凡幾，人材之消長凡幾，蓋有不勝其慨然者矣。而公方起從海濱，共更化弦，一時之兒童、走卒亦皆論名氏兮，而都人士之攀援而登，争睹其儀形者亦皆咨嗟太息以爲甚矣。其似文正公也，是何山澤之儒，臞如列仙。上方舉國以聽焉，而四方喁喁，延頸企踵，以望太平之期兮。奈何乎心勦神疲於應物，其胸中之所欲爲者，曾微江河之一涓。雖移疾者安然，猶國有蓍龜，士有砥柱，若不見運運兮，而君子恃之以無恐，小人讋焉而莫前。今央矣而未遇，復矣而未泰兮，正升降消長之一機也，而公乃騎箕尾而舍旃，將恐上心漠然於此矣，而玄衮亦無與相彌縫兮。凡吾黨之所扼腕者，固匪人之所垂涎。天下之勢方如駕漏舟於風濤浩渺之衝兮，忽楫摧而維絶，則旁觀之損神，亦不自覺其失聲而呼天。試嘗評之，公之與文正，其清介同，其公忠同，其夙夜盡瘁，以遺其身者無不同兮。獨秉國不及於踰年，而青苗助役之未蠲。然而青山流水，居無五畝之園。以獨樂花木之秀野而藝風煙兮，則公之貧又似乎差賢。意公之心，使天下清明常如今日，不至於變怪雜出，舞鰌鱔而號狐狸兮，方瞑目於九泉。古所謂死而後已者，其公之謂兮。吾爲天下悲而已矣，不自知其涕漣。

祭立齋先生文 見《三台文獻》

車若水

維淳祐五年夏四月甲申，故少傅、樞使、右丞相立齋先生薨於位，五月壬戌歸於里第。越六日丁卯，學生哀子車若水在憂制中，齎清酌果蔌爲文，即殯而哭曰：

賢哲之禎，坱圠氤氲。渺渺幾年，克鍾一人。道屯運極，天與人謀。不大鎮奠，不可以瘳。既曰惠只，曷又奪只？青青者穹，不如其已。乾淳既還，世罕完人。豈曰罕入？遂空縉紳。維彼卑者，謾不足道。維彼高者，淫於佛老。其閒有人，其位不逢。衆無猛望，亦無心忡。嗚呼先生！元氣之會，剛貞粹純。誠脩實踐，極其所臻。濂洛之淵，武夷之山。我探其穴，我泅其瀾。事業洋洋，渠未克究。其俟後人，我當有受。嗚呼先生！簪筆如雲，冠豸如雨。逮於端平，方有御史。出牧入從，旋旌樞庭。英雄愧德，華鑾并清。眷簡既專，謠諑成疾。帝允其歸，寤寐反側。既正台鼎，歡聲屬天。望此太平，俄以訃傳。望者伊人，天實誤之。嫉者伊人，天實副之。嗚呼先生！憂時之深，鬢鬚盡絲。豈其到手，不容一施。齎志而死，死當不瞑。萬端千倪，來者奚竟？我少好文，篔窗之承。逮事先生，所聞乃真。降志精思，鞭辟向內。亹亹其期，兢兢攸佩。芻蕘之狂，亦有瞽言。其閒數籌，先生謂然。范公在左，原作右，誤，今正。亦我所稔。投裨于時，庶幾有信。母憂既苦，又失先生。割舌腐喉，心魂盡荒。緬懷疇昔，肯信此別？酹不成文，泣有餘血。嗚呼哀哉！

書弔丞相立齋先生墓詩後《三台文獻》

李　森

淳祐甲辰冬十一月，公即家大拜。乙巳春赴闕，夏四月薨於位。

先是，故相史嵩之既丁艱，朝廷起復之。俄而御筆起劉公漢弼爲侍御史，既入見，首疏史公不當再相。於是三學諸生相繼伏闕，史公卒去位。公時既罷樞密府，歸里第，負天下望。制下之日，朝野相賀，諸賢方聚闕廷，天下想望風采，而公僊遊矣。未幾，劉公及祭酒徐公元杰俱暴死，中外洶洶，三學再伏闕，言者遂有丙午厄運之憂。公以是年七月歸葬，所在扶老携幼，奔走聚觀，有不遠數百里而來者。道路往往痛悼嗟惜，以爲蒼生無禄。僕時方十歲餘，具能聞見其事。自是三十年間，局面日異，風聲氣習日下陵遲，至於今日而大變及之。

嗚呼！國家之敗非一朝一夕之故，其所由來者漸矣。東南衣冠道盡，大較貪、侈、虚、僞四者之習實爲之。僕猶記兒時，見鄉之大人行一行、出一言，大抵存名教，顧倫理。雖閭閻下俚案一作里。亦有所欲爲，亦或未至於無聊，蓋四維猶未蕩也。向使公大用於是時久，則庶乎約狂瀾於濫觴，扶病脈於未瘠，而民社猶有賴於一溉之復枯也。惜乎天不慭遺，而繼之者無復有是情節盛德矣。國家盛衰之機，實決於此。

僕幸生公之鄉，又竊忝壻公之門，松楸之蔭，幸被蓬藋。然生也後，不獲拜公牀下，以徼福於李文定一日之雅，豈非命歟？歲在單閼案元至元十六年己卯，是歲二月宋亡。上巳前一日，始往拜公新阡，感三庚七巳之有數，而歎九原之不可作也。作詩敬弔既痛，而書其槩於後。

杜清獻公集後序

往歲，予在杭州，爲黄巖王子莊棻求《杜清獻集》，幾一年不可得。今春，予與子莊先後至京師，而予同年御史錢樨庵桂森富藏書，問以《清獻集》，樨庵有之，亟取以眎子莊。子莊喜甚，既手録副本，因復求予書其後，曰：

清獻當南宋理宗之初，崎嶇侵削之餘，民窮而財盡，兵弱而敵强，其勢固無可爲矣。而清獻以疎賤新進，爲國昌言。凡官府内外，是非邪正，知無不言，言無不盡。其忠肝古誼，若必欲使宋易危而爲安，易亡而爲存者。而當時史臣亦謂其三河之役，卒抗元兵，而邊將孟珙等亦皆洗心聽命，則可謂用之而效矣。使理宗早聽其計，而鄭清之、史嵩之等羣小人不相齮齕，宋亦未嘗不可爲也。然則國家之勢，苟未至如南宋削弱之甚，顧一切置之不爲，或反恣肆酷烈，自速其禍，豈不可惜也哉！古今數千百年亂亡之數，可謂亟矣。然其所以由治而至於亂，由亂而至於亡，則漢唐宋以來未嘗不如一轍。余讀清獻之書，所謂「天命有德，而或濫於私予；天討有罪，而或制於私情；左右近習之言，或溺於私聽；土木無益之工，或侈於私費」。至於言賄賂之弊，則以爲「旁蹊曲徑，競致奔趨。邊方帥臣，黄金不行於反間，而以刺探朝廷；厚賜不優於士卒，而以交通勢要」。而論臺諫之失職，則又以謂「迎合時好，循默備位，自壞紀綱，徒塗耳目」。其言當時禍敗之繇，若南宋爲尤甚。然試由宋上推之，以至漢晉，由宋下推之，以迄遼金元，其標季潰敗之政，蓋未有不出於所言。豈天之將亡人國，則必先奪其鑑耶？抑人君狃於治安，習於淫佚，戒懼之心日少，嗜慾之蔽日深。其顛倒惑亂，必至於是耶？嗚呼，豈不可危也哉！然予以謂理宗之時，宋雖已危，而猶有骨鯁幹略之臣如清獻者，感慨憤發，維持補救於其間。而理宗之於清獻，雖其英斷不足以用之，而始終敬信，亦誠有庸主所不及者。使後世阽危之際，遂無清獻其人，或僅有之而擯棄摧抑惟恐不及，則其取禍更何如邪？

嗚呼！以清獻之賢，當時之人至方之司馬文正，而清獻之自命亦實有不在文正下者。文正當仁宗之盛，卒能以道輔成元祐之治，利澤在生民，威名震敵國。而清獻當理宗之世，未能少究其用，至於爲相僅八十日而薨，人才之幸不幸，不能相强固如此耶？而猶幸其遺書之存，可以考見其深謀遠慮，忠言苦口之大略。使後世之人主知當無可爲之時，苟得其人，未嘗不可以有爲。而獨患一切置之，或恣肆酷烈，以自速其禍也。然則清獻之書，豈獨南宋一時之言也哉？

同治戊辰瑞安孫衣言書於京師。

右《杜清獻公集》十九卷，附録一卷，蓋明人舊鈔本，爲泰州錢馨伯侍御所藏，而瑞安孫琴西師假以眎余，亟録副本以歸，凡三百八十葉云。始余考吾鄉先達之德業文章，未有如清獻公之盛者。求其遺書二十餘年而未得見，今歲計偕入都，槐市鄴廚，搜求殆徧，無能知其目者。既而禮闈報罷，方欲俶裝南旋，驟見是書，如獲異寶，遂淹留旬日，走筆迻書，復屬同人分卷繕録而卒業焉。舊本訛脱頗多，稍加校正，其無攷者闕之，且將壽之梓。

嗚呼！以清獻之德業文章冠絶當代，至今才六百餘年，而遺書之在天壤者已不可多得。則夫今世一介之士，道德不積於躬，功業不被於鄉，文章不及於古人，名於天下，而欲以干禄之餘，稍涉古書，略窺箸作，輒抒一得，裒集成編，將以傳播藝林，垂示來世，豈不難哉？

夫文章者，道德之枝葉，功業之輿隸也。進德修業，則斯文在兹矣。然業必因時，德由自立。誠使今之學者明道立德，能如清獻，則功業爲緒餘，文章爲土苴，其傳不傳，固無藉乎此也，況其文亦必無不傳者邪？若第求之於文，而以爲若者足傳，若者不足傳，則如清獻之文，淵茂條達，氣體豐潔，而其奏議諄切懇到，忠誠溢於楮墨，尤有不可及者。乃傳之六七百年，遺集幾於泯沒。況乎文之不逮清獻，而德業又無所表見者邪？余既録清獻書，因書之以自警，且以告吾鄉同志諸君子焉。

同治七年歲在著雍執徐閏四月望，黄巖王棻謹識於京都楊梅竹斜街之寓舍。

重栞杜清獻公集跋

同治戊辰，余在京師鈔《杜清獻公集》以歸。孫懽伯明府聞之，忻然捐廉重梓，命余校勘。因與蔡君仲吹、王君子裳參互攷訂，仍爲之記。凡正訛字五百十三，補脱字二百三十有幾，删乙衍互一百五十餘字，疑而未定者三百餘字，闕文一百有幾，補正訛脱三葉。既梓覆審，復有更定，記或不盡載也。

於乎，是書之傳，豈偶然也哉！憶余往歲讀清獻本傳，心慕其人，欲觀其遺書而不可得。懷之二十餘年，而始得見，既藉孫琴西師與諸同志之力，借鈔以歸。復得懽伯明府爲之栞行，使清獻之道大顯於世。鄉里後進知所矜式，必有聞風興起者。蓋清獻公之氣節文章，實爲吾鄉先達之冠。而明府之梓是書，蓋以清獻之氣節文章望吾黨之士也。於乎，是書之傳，豈偶然也哉！

同治庚午相月，黄巖王棻謹識

此書以鈔本付梓，訛脱甚多。今擬將板片脩補以成完善，特細校一過，屬吾友小林董其役云。

光緒二年歲在游兆困敦閏夏之望，王棻識

卷附上

清獻集校注序

杜清獻公集刻既竣，而吾友子裳歸自甬上，得南城吕氏賜書樓寫本殘帙，爲雍正丁未西圃蔣繼軾氏用刻本手校者。因據以校此本，則脱頁三，異同數百字，多可以證錢本之失。惜卷二以前不可得見，其訛脱尚不知有幾也。既而德清陸存齋觀察據所藏明刻本手校寄示，則第一卷之首即有脱頁。而《送趙寬堂詩》而下又錯二頁，三卷以後則與蔣校略同。乃歎前此之亟於付梓，而不復博訪當世藏書之家，是正闕誤，爲可笑也。子裳既據蔣校重訂，復剌羣籍疏通證明，可謂清獻之功臣。而卷二以上則余以存齋先生所校補訂。其自三卷以後，頗亦拾子裳之遺，而芟其複冗。爲清獻集校注一卷，大旨妄欲發明清獻之道，用爲鄉邦後起之資。至於文字異同，無關宏旨，蓋不多及。復取舊刻校勘記，掇其要者附之此卷。其餘魯魚亥豕之辨，概從刊削，不復載焉。

嗟乎！非勤西先生之廣爲蒐求，則不獲覩此書之美；非存齋觀察之勤於寄示，則不能訂此書之全；非子裳同年之好學深思，參互考證，亦安能發予固陋，相與覆審而箋釋之邪？古之人爲學所以必求賢師友也，豈不諒哉！

時光緒三年丁丑首夏晦前一日，黄巖王棻書於中山書院之大雅堂。

杜清獻公集校注

邑後學 王棻子莊 王蜺子裳 同撰

卷首

《戊辰脩史傳》蜺案：戊辰爲咸淳四年，攷黄東發爲史館檢閲在二年。《宋史》本傳：度宗時，與脩寧、理兩朝實録是也。《續通鑑》：咸淳二年六月，史館檢閲黄震乞罷給僧道度牒。帝怒批降三級，用諫官言得寢，出通判廣德軍。據是集，則東發於降級後，仍供檢閲之職。其判廣德當在戊辰以後矣。除軍器監丞蜺案：《續通鑑》：端平二年八月軍器局監正杜範。此云監丞，疑有一誤。攷危素《文獻書院記》亦云軍器少監，則黄《傳》是也。棻案：當是初除監丞，後升監正。除監察御史蜺案：《續通鑑》：十二月，杜範、吴昌裔、徐清叟竝擢監察御史，時論翕然稱之。又奏何炳此疏今佚。再奏亦佚。丞相鄭清之蜺案：《鄭清之傳》：公爲御史，本出清之所薦，而不苟雷同，尤爲難事。範遂自劾此疏佚。又疏言亦佚。範合臺論其事亦佚。皆以次論斥蜺案：公所論斥者，有衛樸、趙汝捍、喬幼聞、史宅之、趙澧夫諸人，見《端平三年五月奏事第二劄》。棻案：劾侍從近臣及監司、郡守諸疏竝佚。鹽軍時招監販爲軍，原作監軍，誤。不使片言片言，本集作「外言」，是也。五上歸田之請五疏竝佚。十二月除殿中侍御史蜺案：《續通鑑》：公以殿中侍御史劾鄭清之及李鳴復，至去位，俱係是年十一月。此云十二月始除侍御，恐誤。棻案：黄《傳》不誤，《續通鑑》誤也。聖明之時，其弊一至此極十字原脱，依《赤城後集》補。遂極論清之此疏佚。趙彦呐蜺案：彦呐時爲四川制置使。《續通鑑》：是年十一月，臣寮言制臣趙彥吶連年調度，帥老財殫，其貪鄙可見。併言簽書樞密院事李鳴復此疏佚。彭大雅蜆案：《續通鑑》：嘉熙四年，前漢川運判吳申言其險譎變詐。淳祐元年侍御金淵言其貪黷殘忍，詔除名贛州居住。方再奏之此疏亦佚。範遂再極言其寡廉鮮恥此疏佚。既而合臺劾其鄙夫患失此疏佚。範復合臺奏鳴復此疏佚。如臣等言是，乞即賜施行十字元脱，依《赤城後集》補。除起居郎蜆案：《程公許傳》：嘉熙元年，御史杜範論執政李鳴復，徙右史，拂衣東歸，鳴復坐政府自若。公許言志士仁人，嬰逆鱗，賈衆怨，不過爲陛下通耳目而已。今也假以職而棄其諫，幸其退而優其遷，則是自蔽其耳目而已。範奏此疏辭起居郎，今佚。正月二日蜆案：是年二月癸未朔，則正月朔爲癸丑，二日爲甲寅，以《續通鑑》於正月甲寅不書朔知之。即渡浙江歸蜆案：《高定子傳》：時杜範、李韶以伉直稱，皆求去。定子言：人主寄耳目者，臺諫也。補耳目所不逮者，法從之論思，百官之輪對。舍是而使之姑應故事，畏雷霆之威，徇宰執之好，可以不必論矣。宜速返李韶，勉起杜範，以伸敢言之氣。鳴復亦出守越。蜆案：《續通鑑》：二月甲申，李鳴復罷，以資政殿學士知紹興府。即以便宜發常平米粟蜆案：是時旱傷不止，寧國一府。《本紀》書：十月詔賑饒、信、康三郡旱傷之民。是也。《續通鑑》：是年九月詔諸路提舉常平司覈所儲，以備賑濟，仍敕制總司，今後毋輒移用，違者坐之。公是舉在其前，故得以便宜行事。菉案：常平移用，則無以備賑，故坐之。此詔正許天下常平皆得便宜賑濟也。四年五月造朝蜆案：《續通鑑》書：是年六月召還都。此作五月，當有一誤。菉案：《續通鑑》誤也。敬天有圖，旨酒有箴，緝熙有記《宋史·理宗本紀》：紹定六年九月，經筵官請以《御製敬天法祖事親齊家四十八條》，及《緝熙殿榜殿記》宣付史館。菉案：旨酒箴即在四十八條内。六月以久旱蜆案：《續通鑑》：是年六月，命近臣禱雨於天地、宗廟、社稷、宮觀。範乞禱雨此疏佚。貂璫近習舊鈔本貂下誤接右近習，璫上誤接上命撤而，蓋上誤接而左，覈其字數，蓋舊鈔本每頁四百字也。當尼蜆案：尼讀如昵。菉案：非也，當讀如止，或尼之之尼。同簽書蜆案：《續通鑑》：二年六月，以權禮部尚書兼中書舍人杜範爲端明殿學士、簽書樞密院事。無「同」字，按《本紀》有同字，是也。公因奏言「公」當作「範」，蓋仍行狀元文，未改。葉蕡蜆案：《劉漢弼傳》：首論濮斗南、葉蕡爲時相史嵩之腹心。因言蕡此疏佚。濮斗南蜆案：斗南時爲侍御史，淳祐五年爲王伯大論罷，降兩官。劉晉之蜆案：晉之以淳祐二年爲右正言，累官侍御史、右諫議大夫、禮部侍郎，四年十一月詔奪一官，罷祠，見《續通鑑》。範復之云此書佚。四月二十一日薨蜆案：《黄中德祠堂記》：四月丙戌薨於位，與此傳合。車玉峯祭文作甲申，傳聞之誤也。《續通鑑書》：丙戌杜範以觀文殿學士致仕，丁亥範薨，則又差一日。小元祐蜆案：《鄭清之傳》：端平初，上親總庶政，清之亦慨然以天下爲己任，召用諸賢，時號小元祐。又《劉黻傳》亦言：端平閒公正萃朝，此小元祐也。惟唐璘《續通鑑》：端平三年九月，監察御史唐璘言宰相輕挑兵端，委政厥子，都人側目，帝爲改容。十一月璘復劾鄭清之妄庸誤國，其子士昌招權納賄云云。蜆案：璘字伯玉，古田人。其疏大意與公略同，所謂相繼叶助也。《宋史》言其立臺僅百日，世謂唐介再見。惟王萬蜆案：《宋史》本傳：字處一，濠州人。端平初擢監察御史，疏論史嵩之，嘉熙四年遷大理少卿，即日還常熟致仕。清之再相蜆案：清之以淳祐七年再相，《宋史》謂其年齒衰暮，政歸妻子。人已比之司馬公蜆案：全祖望《南湖學案》叙云：南湖杜氏兄弟子在滄洲，亦其良也。再傳而有立齋，爲嘉定以後宰輔之最，聲望幾侔於涑水矣。其學傳之車氏。棻案：南湖，杜燁之號。滄洲，朱子晚年所自號。車氏，名若水，詳見《宋元學案》。書於座右書夢爲門銘後，今佚。古律詩歌詞五卷、雜文六卷蜆案：本集詩四卷，雜文五卷，豈今所傳非完本耶？棻案：傳云：奏稾十卷，與本集卷數合，而傳中所稱奏何炳及再奏，又五上奏丐去，并自劾等奏，俱不載集中，則其散佚者多矣。況詩文卷數原與本集不合者乎？外制三卷蜆案：當是爲中書舍人時作，今佚。進故事三卷此吏侍兼侍講時作，今佚。經筵講義三卷此崇政殿説書時作，今佚。二子濬、淵蜆案：《舊志》：濬字淵卿，恐誤。又案高斯得《恥堂集》有：近者昌言多出諸賢之後。《有感詩》云：近者梧桐鳴，多出芝蘭秀。杜李唱其前，劉胡繼其後。自注：杜清獻之子淵，李行之子務觀。是淵，固立朝敢言，有聲於時。又案《慶善寺銅鐘銘》後題名杜府諸位安人，下有杜泉孫賚孫，蓋即公之孫也。以寬民力案此下疑有脱文，或曰上文「初國朝自紹興」至「亦可惜哉」二百二十七字，當移置此句之下，案之文理良然。

《宋史列傳》至範益著蜆案：金一所《台學源流》曰：杜立齋得之再傳，如親謦欬，所謂私淑艾者非歟。棻案：集中《送子謹叔》及《和方山》詩，公未嘗從燁、知仁游也，詳見《年譜後序》。子謹，燁之子；方山，知仁之號。顧以天位之重而或藏其私憾案：當作「顧以天位之重，而或報其私德；天倫之親，而或藏其私憾」。史脱二句。順承風旨案：黄《傳》及下文，當作「承順」爲是。時清之妄邀邊功蜆案：《宋史·真德秀傳》：鄭清之挑敵兵，中外大耗，杜範方攻清之誤國，而德秀乃言：此皆前權臣覬惕之罪，譬如和扁繼庸醫之後，一藥之誤，代爲庸醫受責。其議論與範不同如此。嘉熙二年熙元誤作興，《宋史》同。餘二十年餘，黄《傳》作「垂」，是也。一洒洒與洗同，元作灑，誤。升粟一千升，《續通鑑》改作斗，誤。案是時用鈔一千僅值百餘，畢氏不知，疑其太貴，故改之耳。劉晉之等劉，監本《宋史》作留。則便者便元誤作諛，《宋史》同，今依《赤城後集》改。陸地黄《傳》作「清野」，是也。東西來應來，黄《傳》作「策」，是也。卒以捷聞蜆案：《宋史·王霆傳》：字定叟，東陽人，知蘄州，貽書杜丞相範乞瞰江審察形勢，置三新城，蘄春置於龍眼磯，安慶置於孟城，滁陽置於宣化，不報。又案：《徐元杰傳》：杜範入相，延議軍國事。《葛洪傳》：拜參知政事，贊討平李全，援王素諫仁宗却王德用進女事，以止備嬪御。杜範稱其守正有大臣風。棻案：《李韶傳》與杜範同時，中外稱爲「李杜」，皆足補本傳所未備。文獻書院記蜆案：《赤城新志》：文獻書院在黄巖縣南委羽山，元末江浙行樞密副使劉仁本建。危素字太樸，金谿人，傳見《明史》。與郡守包恢蜆案：恢字宏父，建昌人，《宋史》有傳。劉仁本字德元，號羽庭，黄巖人，著有《羽庭集》。徐温節名庭筠，字季節。父中行，字德臣，由臨海遷黄巖，傳胡安定之學，父子稱二徐，詳《宋史·隱逸傳》。郭正肅公名磊卿，字子奇，號兑齋，仙居人。端平初拜右正言，除起居郎卒。周君仔肩字本道，臨海人。《元史·儒學》附《周仁榮傳》。朱右記右字伯賢，臨海人，《明史·文苑》附《趙塤傳》。趙師淵字幾道，號訥齋，宋宗室，居黃巖，官太常丞。習聞二先生遺教蜆案：《宋元學案》：清獻之學，傳之車氏玉峯，再傳爲盛聖泉，聖泉傳於陳兩峯、伯賢。又兩峯門人其在明初與潛溪子充輩竝爲朱門世嫡，則伯賢爲清獻公四傳之學也。程公許記蜆案：《宋史·程公許傳》：字季與，一字希穎，叙州宣化人。淳祐元年爲右正言，濮斗南論罷後，杜範薦於上，遷起居舍人。斗南《繳還疏》有「臣等恥與爲伍」之語。範見疏曰：「程季與肯與汝爲伍邪？」祠於學蜆案：《赤城新志》：杜清獻公祠在縣學中。歸食洞霄之禄蜆案：朱竹垞《洞霄宮提舉題名記》：於淳祐四年書，資政殿學士，黃巖杜範成已。《續通鑑》：四年三月，詔以杜範依舊職，提舉洞霄宮。公許奉祠庽雲蜆案：《公許傳》：再提舉玉隆觀，居湖州者四年。寶婺范公《宋史·范鍾傳》：字仲和，婺州蘭谿人。二制脱稿蜆案：《公許傳》：及逐不才，臺諫擢起居郎。帝語之曰：「卿一去三年，今用卿，出自朕意。」是日晚命下，嵩之罷，起復相范鍾及範，三制皆公許爲之。温文正公司馬光字君實，夏縣人，封温國公，謚文正，詳《宋史》本傳。四患未除《續通鑑》：元祐元年正月，時新法多所釐革，獨免役、青苗，將官之法猶在，而西戎之議未決。司馬光以疾謁告，凡十有三旬不能出，歎曰：「四患未除，吾死不瞑目矣。」吕獻可吕誨字獻可，開封人，端之孫，疾革。司馬光往省之，至則目已瞑，聞光哭，張目彊視曰：「天下事尚可爲，君實勉之」，詳《宋史》本傳。趙君必适蜆案：《赤城新志》《台州府志》《黃巖舊志》俱不載。蓋自寶慶以後，邑令之闕佚者多矣。黃中德記中德字觀成，號元白，受業潘伯修之門，隱居不仕，見舊志。淳熙九年原作元年，《府志》同。案清獻以淳祐五年卒，年六十四，當生於淳熙九年壬寅歲，作元年者，誤也。十月乙丑二十八日也。幼孤案：集中有《繼和嚴君壁上韵》詩，又黃《傳》云：「事親以孝，居喪哀毁骨立。」是清獻未嘗幼孤也。嘉定中蜆案：公以嘉定元年登進士，則中當爲初。以嚴蜆案：嚴，《府志》作廉。棻案：言嚴則廉在其中。淳祐初案：公退居田里在淳祐四年，不當言初。靖化鄉蜆案：《赤城志》靖化鄉在縣西南管里二。黃杜嶺之原蜆案：《赤城新志》：杜丞相墓在黃巖縣江北靈巖山，山之上有小洞，世傳丞相嘗讀書於此。其居第故址亦在山下，今呼爲杜家邨。蓀案：此蓋誤以黄杜嶺爲黄土嶺也。黄土嶺在縣北十里，即靈巖之支山，黄杜嶺在縣西南七十里，公墓在其麓。至元丙子蜆案：丙子爲宋德祐二年，元伯顔入臨安執德祐帝以去，時仙居王珏知台州，元兵入，城陷，死之。吴元年蜆案：此元至正二十七年丁未也。總戎朱公蜆案：《續通鑑》：是年八月，吴王命參政朱亮祖討方國珍，九月克台州路，十月至黄巖州。過而慺之蜆案：《府志》過下作持而掖下。蓀案：慺元作熡，今正字書慺，悦也，勤懇也。或曰當作憐。《府志》以其費解改之，非。洪武元年蜆案：是年爲戊申。唐侯某蜆案：《赤城新志》：洪武元年黄巖知州唐宏。注云見《一統志》。修政立事，愛民禮士，境内帖然。洪武二年改州爲縣，既去，父老猶頌其美。謚清獻者一人而已蜆案：崔與之卒在公前，已謚清獻，後游似亦謚清獻。《貼文》知縣黄印蜆案：黄印，新會人，進士，弘治十一年任，見《舊志》。何基王栢基字子恭，栢字會之，俱婺州金華人，見《宋史·儒林傳》。魏了翁字華父，邛州蒲江人。《續通鑑》：嘉熙元年三月乙亥，資政殿學士魏了翁卒，謚「文靖」，賜第宅於蘇州。本部尚書傅案：《明史·七卿表》：禮部尚書傅瀚，弘治十三年五月任，十五年二月卒。

卷一

德清陸存齋觀察心源云：明刻本每頁十行，每行二十字。首行題曰「宋杜清獻公集卷一」，次行與今本同。三行題曰「明禮部尚書後學同邑黄綰校」，四行題曰「明賜進士出身前監察御史同邑後學符驗序」。首爲四言古詩。

四言古詩凡四首，舊鈔本脱。今依陸存齋藏本補刊。

《和訥齋題山曉亭》案：夏紹堂，字肯甫。進士廷簡子，扁所居亭曰「山曉」。高斯得有詩，見《恥堂集》。訥齋，趙師淵之號也。

五言古詩

《夏夜雲月不明有感》案：此詩疑在嘉泰二年，時僞學之禁雖弛，而侂胄方弄權。寧敢繼富有繼，似當作冀。《募兵》案：《續通鑑》開禧二年十一月，詔諸路招募禁軍，以待調遣，詩當作於此時。「論交須論心」四句原脱，據《宋詩紀事》補。《送子謹叔》案子謹爲南湖子，時南湖爲東陽主簿，子謹往侍，公送之。某之兄質氣實案《杜氏譜》：公兄名筠。又案「氣」字上下當脱一字。《送石宰》蜺案：此詩爲金壇尉時作，在嘉定八年乙亥十二月。石宰名不矜，以承事郎知金壇。見天台盧子章所撰《嘉定鎮江志》。

句金號巖邑茅山一名句曲山，在金壇縣西六十五里，秦時名爲句金之壇，《福地記》：第八句曲山之洞名曰「金壇華陽之天」，見《嘉定鎮江志》。《丁丑别金壇劉漫塘》蜺案：《宋史·劉宰傳》：字平國，金壇人。調真州司法，爲浙東倉司幹官。引告歸。理宗即位，遷太常丞。至吳門拜疏徑歸，有《漫塘文集》。棻案：詩云「窗前長新緑」，則當在十年春也。尚善當作喜押至，見《息夫躬傳》。《古風》案此後詩不按年。爲之洞心豁目案《游雁山詩》有「洞心」二字自注「選洞心駭目」，此用「洞心」二字無注，則此詩當在游雁山之後矣。《張上舍送望水》望水，魚名，蓋即望潮，最鮮美。竭來雙溪上雙溪在金華，後篇《送花翁歸婺女》亦有「且宿雙溪灘」句。《寬堂生辰見招》案寬堂趙崇嵒，字山甫，慶元二年進士，與公厚善，其卒當在端平三年，見《戴石屏集·聞杜儀甫出臺詩》。《别陳常簿塤》塤字和仲，鄞人，嘉定十年進士。紹定三年以大常寺主簿出判嘉興，公作詩送之。後歷官吏部侍郎、國子司業，《宋史》有傳。監州民可問案：宋時稱州判爲監州。《良月游水樂》案：水樂洞在杭州西湖，此詩見《宋詩紀事》，古樂作古音，山緑作山渌，百目作雙目，慙羞作慙憂，又合作二字誤倒。《送羅季能》蜺案：公以丁丑去金壇，此云「句金與君别，忽忽二十年」，當作於丙申、丁酉閒。明詔方改元案：端[二]平三年丙申十二月詔改，明年爲嘉熙元年，則詩當作於丙申季冬。鬢雪羞髦髿案：鬢當作鬌，與下髦髿方合。《送趙寬堂》案：

寬堂卒於端平末，此二詩當在端平二年，公在都中送之歸里也。又案：第二首元誤在《送耕甫弟赴補》後，今依陸存齋據明刻本改正。《花翁將歸婺女》蜺案：孫惟信字季蕃，開封人。少受祖澤調監當，不樂棄去，始婚於婺，後去婺游，留蘇杭最久，有《花翁集》一卷，見劉後邨所撰《孫花翁墓志》。籲天凡幾疏案：端平三年秋，公爲太常少卿，五上歸田之請，上皆不允，詩當指此。八詠樓在金華府學西，即沈約玄暢樓也。《靈峯》此詩元誤在《送趙寬堂》第一首下，陸據明刻本改正。《雁蕩》蜺案：《風雅遺聞》云：清獻詩規仿漢魏，出入阮公，言皆有物，則《游雁山》詩筆力又近韓杜。凡二首，本集失載，選録其一「東南富山水」云云。案是詩今載本集，其失載者《天柱峯》「探幽不知疲」一詩，戚氏偶誤記耳。棻案：《遺聞》所載異文十餘，皆以本集爲長。培護在資深「自資深」至「花邊吟」四十二字，元誤在《花翁將歸婺女》詩後，今依陸存齋本改正。《雪中成十一韻》案淳祐四年十一月雷，故有「隱雷聲閒作」句。屬梅津蜺案：尹焕字惟曉，山陰人。自畿漕除右司郎官，有《梅津集》，即公寧國時所薦也。此詩亦當作於嘉熙三年。《風雅遺聞》引此序，以爲少傳家居時，誤也。龜翁賦之且以寄處静《宋詩紀事》：翁元龍字時可，號處静，四明人。杜清獻成之客。又翁逢龍號石龜，四明人，嘉熙中平江通判。今案詩龜翁即逢龍也，字濟可，時官寧國添差通判。《書于立齋自戒》讀此詩可知公之所養。《登山述懷》案此詩當尉金壇時作，詳詩意公蓋未嘗携家室。又云「親老方倚門」，則父母尚在堂也。又案：公妻黄氏，後封惠國夫人，見《慶善寺銅鍾銘》後助緣題名。《和劉會之野堂韵》此官婺州司法，行義烏經界時作。

【校勘記】

［一］端：原作「瑞」，今改。

卷二

目録《和楊兄》以下十七題，舊抄本脱。

七言古詩

《再次沈節推送春韵》案卷四有《次沈節推送春二絶》。

五言律詩

田夫占北極案農家占候六七月，雹夜見北方主即雨。《和澧州》案：丁木字子植，嘉定四年進士，仕至左司諫謫澧州通判，歸爲園曰「松山林壑」，臨海陳耆卿爲之記。陽鳥陽元作傷，誤。案《宋詩紀事》《三台詩録》俱作雙。夸聲或大當句疑。《趙山甫居玉壺》蜺案：《石屏集·聞杜儀甫出臺詩》自注云「與知宗趙山甫甚厚善」。《嘉定赤城志》：宗室進士，慶元二年趙崇嵒居黄巖，字山甫，即其人也。棻案：玉壺山在蘭谿縣北，此詩當亦官婺州時作。《水簾谷》在雁山凈名寺，又有維摩室、新月谷諸勝。公自注於題下者，蓋欲爲詩而未就也。《挽王侍郎》王居安字資道，黄巖人，始名居敬，字簡卿，避祧廟嫌易之，累官工部侍郎，卒贈少保，詳《宋史》本傳。臚唱壓時名淳熙十四年，少保以第三人及第，見《赤城志》。里枌敷蔭樾案《太平縣志》作「枌陰敷越里」，又繡作錦，趨作升，俱似臆改。《挽劉監丞》案：劉允濟字全之，淳熙五年進士，與兄允迪，弟允武號「三劉」，仕至國子監丞，知南劍州，提舉福建常平，知温州罷，以中奉大夫提舉崇禧觀，見《赤城志》。逸館休黄髮案謂提舉崇禧觀也。《風雅遺聞》以爲指監丞，非也。甌閩看蔽芾蜺案：《遺聞》云：周純臣言劉全之爲太守，陳子雲通判，胡衍道知縣，永嘉人有福。《延平府志》載允濟嘉定間知州事，民間有溺女者，善誘而嚴戒之，俗爲一變，知在郡多惠政。公詩所云，殊非溢美。南望獨淒涼蜺案：《遺聞》云：太守所居，在今太平瀆山，故有南望之語。《挽葉子儀》案子儀名應輔，黃巖梯雲坊人，嘉定十年進士，歷右司諫知明州，終敷文閣待制。臨海王滋弟子，工行書，見《黃巖縣志》。當年共短檠據此，則子儀乃公之同硯友也。《喬文惠公》喬行簡字壽朋，婺州東陽人。淳祐元年薨，謚「文惠」，詳《宋史》本傳。諫兵秦塞叔蜺案：《宋史》本傳：時議收復三京，行簡在告疏諫，不聽。憶在烏傷日蜺案：公以婺州法曹行義烏經界，據此詩，則公嘗爲文惠所薦。本傳言行簡好薦，士多致顯達，亦其證也。《挽趙漕》案：趙師端字知道，淳熙十一年進士，仕至度支郎、淮東轉運判官。《劉後村挽詩》云：「訃傳淮甸邊情惜，路出蕭山巷祭多。最長郎君師友盛，我知碑碣有人摩。」與此詩所云：「蕭山遺老在，蘭玉秀階除」皆合。又案《赤城志》：宗室進士，嘉定四年趙希廙字欽夫，師端之子。《挽陳漢英》案：《赤城志》：陳方，黃巖人，字漢英，終某州文學，嘉定元年特科，與公爲同年。

卷三

七言律詩

更祝傾河洒甲兵案：洒同洗，元作灑，非。開禧二年五月下詔伐金，十月金兵大舉南下，詩係秋作，金兵尚未至，故云然。草露團團團當作漙。一鳥橫邊秋色遠色遠，蔣改「靄淡」。《次韻草堂》案：卷四又有七絕二首。《偶屬臣嵬字韻》案二詩似在靈巖作。《清真褚道士求詩》案：卷四又有七絕一首，俱家居時作。《和宗司法與鄭府判韻》案：此下四詩皆校文衢州作。《別張簿兄弟》當金壇尉秩滿時作。《戊寅夏月》蜺案：寅元作辰，依吕本改。時公去金壇歸里，故有「故山携手，里社從游」之句。《游擘翠》案：《浙江通志》：黃巖縣靈巖有飛瀑，垂崖而下。宋慶元四年令常濬孫亭其上，曰「擘翠」。《和沈節推韻》蜺案：此下四詩，疑公爲婺州司法時作。侍讀《仁皇訓典》徹章案：《續通鑑》：淳祐元年四月庚午，以經筵進讀《仁皇訓典》終篇，講修、注官各進一秩，詩當作於此時。《得雪稱賀》《續通鑑》：淳祐三年十一月壬戌雪。詩當此時作，又案：《辛丑十一月經筵奏劄》：迺者瑞雪愆期，陛下宮中精禱醮事，未幾而飛霙已積。則詩或作於淳祐元年。《窗前竹》「草木是孤」四字元缺，蔣補。御製賜徐儼夫以下詩蜺案：《宋史·理宗本紀》：淳祐元年五月戊申，賜進士徐儼夫以下三百六十七人及第、出身。公時爲吏部侍郎知貢舉，詩當作於此時。《舟中偶成小詩》蜺案：此淳祐四年歸里時作，下有《南鄉舟中》及《冬至展墓》等詩俱作於是年。棻案：此下詩不按年，此詩疑少作也。《和楊兄兩詩》案：卷四《和楊兄二絶》係在義烏作，此當同。又有《和楊秀才七絶句》亦義烏作，當即其人。《和花翁自詠》案：詩有「方千里早」句，似在寧國作。《和貴方韵》案：此下十詩俱似端平初作。《次趙貴方九里松》案：九里松在一字門裏，舊名「袁公松門」。唐開元間，刺史袁仁敬夾道種松，錢塘吴説書「九里松」三字揭之，見《宋詩紀事》第九十。《又送湯國正》案：卷一有《送湯國正》五古一首。《承見再和用韵》案：此題之之上當另有詩，而今佚矣。《徐倅尊人》當是天台徐叔用行甫之父。行甫與公同年進士。《挽陳將仕》當是陳容益之立本價莊者。《挽李處士》臨海大芬人，今其族最盛。《挽趙漕閣中》當是趙師端，有五律二首見卷二。

卷四

七言絶句

《次韵草堂》有七律一首，在卷三。中秋有約醉南湖南湖疑即今長塘，在杜家郵之南，故杜良仲取以自號。《清真褚道士求詩》有七律一首，在卷三。白帝方從萬玉妃元誤作白句，案：韓昌黎《辛卯年雪》詩：「白帝盛羽衛，鬖髿振裳衣。白霓先啟途，從以萬玉妃。」今據改正。訴未通訴元作許，或作喜，皆訛。筋力衰遽如此案：當作遽衰。《宿興善寺》即九峯寺，在黄巖城東三里，本名瑞隆感應塔院，後改興善院，見《赤城志》。宧程元作塵，蔣改途，又抹去。案當作程。《和楊秀才惠詩》此行義烏經界時作，當在嘉定十六年，以詩中有「三載」字知之。《何君智父》名處恬，官郎中，見卷十七《題和陶韓詩後》注。案題後在淳祐元年，此詩當在其前，蓋嘉熙四年也。春動邊聲虜計狂嘉熙四年正月，蒙古分道入寇，詩當指此。《和楊兄》即楊秀才詩亦同時作。麈鬢三年繡水湄案：繡川湖在義烏縣西，羣峯環列，粲如組繡，故名。《途中二絶》此似婺州卸官歸途作，在十一月。《和韓蕺山》據卷十七《跋韓仲和尊人墓銘》，此詩當在嘉熙四年。仲和，蕺山從弟也。《天柱》案：《雁山志》：公有《天柱峯》五古長篇，本集失載，今别録補遺中。《拾遺》案：此詩係明人刻集時附入，非原本所有。《風雅遺聞》云：《堅瓠集》載朱文公示女詩大略同此。則非清獻之詩可知矣。

卷五

目録吕本凡有貼黄者，二字跳行書之，另爲一題，後卷竝同。

《輪對第一劄》此篇黄《傳》採録三百八十餘字，又《貼黄》百餘字。三四十年權臣擅國案：紹定六年史彌遠卒，爲相凡二十六年。明年爲端平元年，鄭清之相。曰公而已矣棻謹案：公之一字，乃清獻公生平真學真識，故於告君之初首發明之。以大布公道《赤城論諫録》：此句之下有「然後明詔二三大臣，相與扶持公道」十四字。方今爰立並相案：端平二年六月，以鄭清之爲左相，喬行簡爲右相。又有堂餘撥下者餘，蔣改除，録同。今案：「堂餘」謂堂除之餘，作餘爲是。《貼黄》案：端平元年十月召真德秀、魏了翁爲學士。德秀進講《大學衍義》，《貼黄》專爲此發。此當責之於功用未實謹案：實之一字，亦公生平學問得力所在。故告君之初，亦首及之，而公所以上結主知者，亦在此疏矣。《第二劄》黄《傳》未採。敗軍之將蜺案：蓋指趙葵。王檝尚留浮光蜺案：《續通鑑》：端平元年十二月，蒙古遺王檝來責敗盟。檄召二帥蜺案：謂趙葵、趙范，時范劾葵，削一秩。《貼黄》臣曩爲安吉獄官蜺案：是疏則公曾爲安吉司理，本傳失載。棻案：寶慶二年十月，始改湖州爲安吉州，公爲司理參軍當在寶慶三年。《入臺奏劄》端平二年十二月，公爲監察御史上，黃《傳》採録凡百九十字。兩具控辭案：辭入臺奏，今並佚。首用洪咨夔、王遂蜺案：《續通鑑》：紹定六年十一月，命洪咨夔、王遂竝拜御史。棻案：洪咨夔字舜俞，於潛人，《宋史》有傳，王遂詳後。《國論主威人才劄子》韃虜不道《續通鑑》：端平二年六月，蒙古侵蜀漢及江淮，十月進攻江陵，統制李復明戰歿。「將帥驕蹇」四句蜺案：時趙范帥襄陽，南北軍交爭，范失於撫御。三月北軍主將王旻、李伯淵内叛，焚城郭，倉庫降於蒙古，財粟三十萬，軍器二十四萬，皆爲敵有。南軍大將李虎因亂劫掠襄陽一空。公此疏已先見及此矣。棻案：後篇在二月，則此疏當在正月也。「脛大幾于腰」四句《三台文獻》作「脛大幾於如腰，身微難於掉尾。朝廷之不尊，威令之不行。」恐係後人添改。臣所謂主威蜺案：威下當補「之」字。自權臣竊命蜺案：謂史彌遠。

卷六

《邊事奏劄》《續通鑑》：端平三年二月壬寅，詔侍從、臺諫、給舍條具邊防事，公上疏當在是時。宏建督府時廷臣多忌魏了翁，故謀假出督以外之。雖恩禮赫奕，而督府陳奏，動相牽制，甫二旬，復以建督爲非，遂召還。見《續通鑑》。公此疏當在未召時。《留徐殿院劄子》蜺案：徐清叟本傳言：《遷太常博士入對疏》言厚人倫以釋羣惑，惜名器以示正義，因物望而進人才。蓋欲請復皇子竑王爵，裁抑史彌遠恤典，召用真德秀、魏了翁也。據公疏，是清叟《三漸之疏》，乃在未遷太常之前，《宋史》誤也。同吴察院上吴昌裔字季永，中江人，嘉定七年進士，仕至寶章閣待制，謚「忠肅」，時同爲監察御史。深切惜之深切當作竊深。《三留徐殿院劄子》竝陞臺職蜺案：《吴昌裔傳》言與公及清叟入臺之始，四方想聞風采，作《至和三諫詩》以侈之才。七月以遷卒，以李鳴復嫉之也。亟罷臣御史職事蜺案：《宋史・李韶傳》：拜殿中侍御史，奏曰：臣居言職，同事四人，踰月徐清叟去，未二月杜範、吴昌裔免。清叟言三漸，臣繼其説，豈臣之言不加切於二臣邪？今上下偷安，以人言爲諱，此意不改，豈直三漸而已？按韶疏蓋在公既去國之後。《論襄陽失守劄子》汪世顯等已降於韃蜺案：《續通鑑》：端平二年十月，金鞏昌總帥汪世顯降蒙古，遂絶嘉陵，進趣大安。制帥趙范蜺案：范時爲京湖制置使。郭勝叛於唐《續通鑑》：端平二年七月，蒙古將昆布哈侵唐州，全子才等棄師走。案：郭勝之叛當在此時。蜺案：三年二月，蒙古主命應州郭勝從皇子庫春充先鋒南伐。范用吉叛於均蜺案：用吉，端平初爲鈐轄，爲趙范所劾，降武翼郎，其以均州叛，事在二年。叛於德安《續通鑑》：端平三年八月，蒙古破德安府，得儒者趙復。案：克敵軍之叛當在前。黼貫開邊案：徽宗政和元年，童貫使遼，以遼人馬植來，易姓名曰李良嗣，獻取遼之策，賜姓趙，以爲祕書丞，圖燕之議自此起。重和元年王黼爲相，遣馬政浮海使金，約夾攻遼。郭藥師渤海鐵州人，本遼將。宣和四年九月以涿、易二州降宋。七年冬，金人大舉入寇，童貫自太原逃歸，藥師叛降於金。帝傳位太子桓，遣使如金，告内禪。斡離不欲還。藥師勸之南下，其明年爲靖康元年。淮西帥尤焴袤之孫，見《宋史·尤袤傳》。相挻而動《説文》：挻，長也。式連切。《漢書·賈誼傳》：主上有敗，則因而挻之矣。《唐書·盧鈞傳》：相挻爲亂。案挻義與煽近。責之陳韡字子華，侯官人，時爲沿江制置使兼知建康府。《貼黄》以復廟堂案：回丞相論邊防劄，今佚。《端平三年三月奏事》固位持禄之計謂鄭清之，時爲左相。幾於具位謂喬行簡，時爲右相。模糊而罷之端平二年十二月，以魏了翁同簽書樞密院事，督視江淮京湖軍馬，三年二月召還，前後皆非帝意，於是了翁固辭，求去，見《續通鑑》。服人邊陲之庸將弱卒不足以十二字《三台文獻》誤脱。牗壁頽圮牗，吕本作牖，録同。案牗字誤，當作「墉」爲是。毋牽於人情五字《文獻》亦脱。深自咎責蜺案：是年四月癸丑，詔悔開邊責己，亦公言有以動之也。《第二劄》論回河元豐八年十月，河決大名小張口，知澶州王令圖建議濬迎陽埽舊河，又發孫邨金隄置約復故道，於是回河東流之議起。元祐元年詔祕書監張問相度河北水事，問請於南樂大名埽開直河并簽河，分引水勢入孫邨口，於是減水河之議復起。二年三月王令圖卒，以王孝先代領都水，亦請如令圖議，時知樞密院事安燾以東流爲是。文彦博議與燾合，吕大防從而和之，回河之役遂興。既而曾肇、范純臣、王存、胡宗愈等皆言其不便。見《續通鑑》。論鄧伯温當作温伯，案：《續通鑑》：元祐五年三月，以龍圖直學士知亳州，鄧温伯爲翰林學士承旨，王巖叟封還除命，不聽。温伯本名潤甫，避高魯王諱，以字行。四月以梁燾爲户部尚書，劉安世爲中書舍人。燾、安世以乞罷，鄧温伯除命不從，辭所遷官，不拜。御史五員以下凡缺二十四字，誤二字，竝依蔣繼軾校本補正。

卷七

目録元脱《端平三年五月奏事》一題，今依蔣校補。

《乞招用邊頭土豪劄子》臣聞昔劉平《宋史》本傳，字士衡，開封祥符人。仁宗時歷官静江軍節度觀察留後，元昊反，戰殁，謚「壯武」。臣竊聞沿邊守帥案：此句以下當係《貼黄》之詞，舊本脱標題。不思備禦以下元脱一頁，今據蔣氏校本補。《端平三年五月奏事》此篇標題及「優顯」以上舊本脱，蔣校補。史嵩之蜺案：嵩之以三年二月爲淮西制置使，竝知廬州。孟珙宗政子，隨州棗陽人，時爲史嵩之部將。倴盞案：那顔倴盞，蒙古將名。倴音奔。《論重臺職劄子》論何炳見黄《傳》，此疏今佚。論衛樸趙汝捍亦佚。論趙澧夫、喬幼聞亦佚。蜺案：幼聞以淳祐元年奪三官，送撫州居住，以蔑國憲、存留新楮轉易取贏也。見《續通鑑》。論史宅之亦佚。蜺案：宅之後爲宰輔。《貼黄》吴淵團結鹽軍淵字道夫，宣州人，《宋史》有傳。蜺案：淵以端平初爲江淮、荆襄諸路提點坑冶，爲臣僚論罷，以其恃才貪虐也。《太常少卿轉對劄子》黄《傳》採録二百九十字。《上邊面事宜》黄《傳》採録百餘字，案端平三年十一月，以蒙古寇江陵，俾近臣條邊事，公時爲祕書監上此。自固始一破蜺案：是年十月壬寅，蒙古破固始縣。王檝見留黄州案：檝前後凡五至，嘉熙四年夏以和議未決，隱憂致疾卒，則櫆亦忠誠之士，公特因其初至而疑之耳。吳侍郎在任措置蜺案：吳潛時爲淮東總領。

卷八

目録元脱《第二劄》一題，依蔣補。

《殿院奏事》黄《傳》採録三百七十餘字。凡臺諫之所奏陳此下脱二頁，今依蔣校補。《第二劄》此篇標題及「豈無當」以上舊脱，蔣補。《貼黄》本州邢近邢字元脱，《赤城新志》逸其名。案：陳耆卿《增學田記》，太守邢侯近，在端平二年。又見《延慶院免科折記》，今據補。《論災異劄子》案：此篇端平三年正月，臺中上，當次卷五《國論主威人才劄子》之前，今次《殿院奏事》後，誤。罷垂拱之宴案：垂拱，殿名。《續通鑑》：是年正月己未朔，詔以星行失度，雷發非時，免天基節上壽宴。自天基誕節嘉定十七年八月理宗即位，十一月詔以生日爲天基節，案正月五日也。蹂躪荆蜀端平二年六月蒙古主命皇子庫端、庫春等侵蜀漢及江淮，見《續通鑑》。督視之遺謂魏了翁。以植風聲植本當作「樹」，避英廟嫌名改。

卷九

《薦通判尹焕翁逢龍劄》蜺案：《續通鑑》：淳祐元年七月，以知江陰軍尹焕濟糴有勞，進一秩。蓋以寧國通判擢知江陰，以公薦故也。《虎丘志》云：黄居簡，建安人，工詩。嘉熙中卒。通判翁逢龍葬之虎丘，是逢龍後爲平江通判。棻案：焕、逢龍俱詳卷一梅津龜翁注。《嘉熙四年被召入見第一劄》黄《傳》採録六百餘字。旱暵薦臻上年四月以久不雨，再決中外繫囚。七月命諸路捕蝗。是年六月江浙、福建旱蝗。並見《續通鑑》。行都之内氣象蕭條蜺案：《續通鑑》：於是年二月書「臨安大饑，饑者奪食於路，市中殺人以賣，日未晡，路無行人」。公疏所云，於此可見。左浙近輔，殍死盈道案：是年四月以紹興府薦饑，蠲今年夏税。妖彗吐芒蜺案：《理宗本紀》：是年正月辛未，彗出營室。海潮衝突嘉熙三年四月，以潮齧江岸，諭改作石隄。五月以江潮爲沴，命趙與懽專任修築塘岸。八月以潮患告於天地、宗廟、社稷、宫觀。案：公入朝在四年五月，控言及此，則潮患猶未已也。漢之威靈蜺案：桓作「威」，避諱。曩者權相謂史彌遠。充相位者謂鄭清之。御筆特降降，黄《傳》作「除」，是。《宋史》作「奏」，非。

卷十

《吏部侍郎已見第一劄》黄《傳》録百六十餘字。十倍其湧湧當作「踊」。先儒張載字子厚，長安人，神宗時崇文院校書，世稱横渠先生，謚曰「明」，封郿伯，詳《宋史·道學傳》。開天章閣《續通鑑》：仁宗慶曆三年九月，帝既擢任范仲淹、韓琦、富弼等，每進見，必以太平責之，數令條奏當世務。既又開天章閣，召對賜坐，給筆札使疏於前。《貼黄》黄《傳》録二十餘字。人心彌寧彌通作弭，安也。《第二劄》黄《傳》録五十餘字。《七月已見劄子》黄《傳》叙及未録。蜺案：《理宗紀》：是年六月，江浙、福建大旱蝗。七月乙丑詔：「今夏六月，恒暘飛蝗爲孽，朕德未修，民瘼尤甚，中外臣僚其直言闕失無隱。」公上疏當在此時。《八月已見劄子》黄《傳》採録近六百字。升米一千《續通鑑》：改作「斗粟」，非也。富户淪落宜依黄《傳》，富上增「而」字。執政之然否當作「善否」。亦奄奄待盡五字元脱，據黄《傳》補，《宋史》無「亦」字。爲飲江之計當作「飲馬長江」，疑脱二字。貪黷殘暴之夫謂彭大雅，時爲四川制置副使，屯夔門。女冠請謁時女冠吴知古得幸。其將燕坐以委海内於鼎沸乎此以下痛哭流涕之談，甚於賈長沙矣。自竭駑鈍，繼之以死與諸葛武侯「鞠躬盡瘁，死而後已」同旨，其後果踐其言。公生平以諸葛自期，非夸也。

卷十一

《上已見三事》斗米十千據此可證上篇「升粟一千」之非誤矣。周次説者蜺案：《續通鑑》：嘉熙二年三月戊申，以將作監周次説爲蒙古通好使，濠州團練使、右武衛將軍張勝副之。《辛丑四月直前奏劄》黄《傳》録五百餘字。山東逆酋案：寶慶元年李全作亂，焚楚州。三年，全以青州降於蒙古。紹定三年，以全爲京東鎮撫，不受。十二月寇揚州。四年正月，趙范、趙葵大敗李全，全走死。

卷十二

《經筵已見奏劄》進書有命，期限甚迫《續通鑑》：淳祐元年八月己巳，詔玉牒所國史實録院長官會稡史稿，删潤歸一。祕書省長官點對日曆、會要，竝期以十一月終成書。《寧宗實録》尚修未就淳祐二年正月，右丞相史嵩之等進呈四朝，史嵩之改校勘官高斯得所草《寧宗紀》，於濟王及帝潛邸事妄加毁譽。案：《寧宗實録》所以久修未就者，以此故也。專掌其事下缺四字。《簽書直前奏劄》黄《傳》録四十餘字。淮壖繹騷淳祐二年七月，蒙古萬户張柔自五河口渡淮，攻揚、滁、和、蕭，淮東忠勇軍統領王温等戰没。十月蒙古攻通州，守臣杜霆遁。雷電之變是年十一月己亥日南至，雷電交作，避殿減膳。丁未詔求直言。《第二劄》自游佀《宋史》本傳作似，字景仁，果之南充人，嘉熙三年八月參知政事，四年閏十二月知樞密兼參知，淳祐二年正月罷。徐榮叟蜺案：嘉熙四年閏十二月，榮叟簽書樞密。淳祐二年二月參知政事，六月罷。本傳字茂翁，清叟之兄。李韶字元善，蘇州吴縣人，詳《宋史》本傳。蜺案：韶爲起居舍人，丐外知漳州。王伯大《宋史》本傳：字幼學，福建人。蜺案：伯大以淳祐四年十一月召還，李韶以五年正月召還。俱見《續通鑑》。讀賈山上疏《續通鑑》：熙寧三年四月甲申，翰林學士司馬光讀《資治通鑒》至賈山上疏，因言從諫之美，拒諫之禍。王遂字去非，一字穎叔，金壇人，號實齋，仕終權工部尚書，謚「正肅」，詳《宋史》本傳。方大琮蜆案：《宋史·徐鹿卿傳》：方大琮、劉克莊、王邁以言事黜，鹿卿贈以詩。《續通鑑》：嘉熙元年五月，侍御史蔣峴劾起居舍人方大琮、正字王邁、編修劉克莊等鼓煽異論。三人被黜以此。范應鈴蜆案：《宋史》本傳：字旂叟，豐城人。嘉熙二年爲兵部郎官，淳祐初爲軍器監丞。見《續通鑑》。羅愚《宋史》無傳，未詳。徐鹿卿《宋史》有傳，詳後。陳昉《宋詩紀事》：昉字叔方，號節齋，温州平陽人，以父任入官，累除吏部尚書，端明殿學士，謚「清惠」。湯巾饒州安仁人，漢之兄，見《宋史·儒林·湯漢傳》。劉應起蜆案：淳祐元年十二月，太學博士劉應起言事，帝然之。三年十二月劉應起上書論史嵩之姦深擅權。俱見《續通鑑》。分閫江淮案：端平三年二月，以陳韡爲沿江制置使，知建康。史嵩之爲淮西制置使，知廬州。時趙范爲京湖制置，知襄陽。五月趙葵爲淮東制置，知揚州。六月趙與𥳐爲沿海制置，知慶元。慶元，敵所不至。三月襄陽叛降蒙古，故言者但以三閫爲重云。

卷十三

《相位五事奏劄》黄《傳》録百四十餘字。案：此疏係淳祐五年二月，公造朝時所上。《續通鑑》編於四年十二月，誤矣。洪恭石顯蜆案：宏改洪，避諱。程頤《宋史·道學傳》：字正叔，河南人，仕終直祕閣，世稱伊川先生，賜謚「正」，封伊陽伯。范祖禹字淳甫，一字夢得，成都華陽人。《宋史》附《范鎮傳》。吕希哲字原明，壽州人，父公著，祖夷簡。《宋史》附《吕公著傳》。《貼黄》黄《傳》叙及。俞德藻《宋史》無傳。《相位條具十二事》黄《傳》採録近五百字。韓琦字稚圭，相州安陽人，與富弼齊名，詳《宋史》本傳。富弼字彦國，河南人，詳《宋史》本傳。范仲淹字希文，蘇州吴縣人，唐宰相履冰之後，詳《宋史》本傳。蓋其毒民害國至吏治二十字元缺。今依蔣校本補。臺臣何溥《温州府志》：字通遠，永嘉人，登紹興第，歷監察御史、右司諫、諫議大夫。在言路六年，知無不言，號爲稱職，終龍圖閣學士。劉、楊、韓、岳劉光世、楊沂中、韓世忠、岳飛。張浚字德遠，漢州綿竹人，唐宰相九齡弟九皋之後，詳本傳。淮西既已清野原作「西淮」，蔣校本同，或曰：當作「兩淮」。今案史嵩之制置淮西，行清野之法，則作淮西爲是。但淮西亦可言西淮，當仍從原本，不必乙轉。曹琦蜀人，見《宋史・忠義傳》。《繳還内降劄子》黄《傳》叙及。全清夫蜺案：清夫，鄞人，官至平江軍節度使，卒贈少師。榮王《續通鑑》：淳祐三年正月，詔嗣榮王與芮恩，數視嗣秀王師彌。杜衍字世昌，越州山陰人，詳《宋史》本傳。

卷十四

《奏堂除積弊劄子》黄《傳》録八十餘字。每切痛之案公於《監丞輪對》已極言其弊。《奏上小劄》聞吕大德已棄五河案：《續通鑑》：是年二月，吕文德敗蒙古兵於五河，復其城。四月癸未，以吕文德爲樞密副使，依舊淮西招撫使，知濠州。是文德未嘗棄五河也。《御筆》李曾伯濟師之請蜺案：曾伯時爲淮東制置使，見《理宗本紀》。棻案：《宋史》本傳：字長孺，覃懷人，居嘉興。《又奏》欲以尤焴改知蜺案：尤焴時帥淮西，後與賈似道不合，爲朱熠所劾。不如丘岳蜺案：丘岳以端平三年知真州，有守城功，後於淳祐八年爲淮西安撫制置使，知揚州。龔基先蜺案：《至順鎮江志》：基先字平叔，高郵人，遷監察御史、大理少卿，出爲廣西總餉，知池州，除太常卒。平生愛惜士類，倡義率諸鄉達創淮海書院，以處淮士之流離者。則平叔亦當時佳士，公薦之不爲過也。《三月初六日申時》直，黄巖人，與兄紹體俱師葉水心。見舊志《文學傳》。水心葉公《宋史・儒林傳》：葉適字正則，温州永嘉人。絜齋袁公《宋史・袁燮傳》：字和叔，慶元府鄞縣人。一妄男子者蔣繼軾校本抹去一字，「者」字是也。《與林教授劄》克齋先生陳文蔚有《克齋集》十七卷，《宋史》無傳。

《車隘軒閒居録》車君若水字清臣，號玉峯，黃巖人，與從弟若綰稱「二車」。得陳篔窗之序蜆案：陳耆卿《篔窗集》有《隘軒文集序》，《三台文獻》亦載之。棻案：篔窗字壽老。名似慶，字石卿《宋元學案》王梓材案：「《台州府志》誤作『車卿，字似慶』，今據全謝山節録杜清獻文原注改正。」蜆案：《篔窗序》亦云名似慶，表石卿是也。戚氏《三台詩録》亦沿《府志》之誤。棻案：隘軒本名似慶，其孫玉峯以慶、卿古同字，又以荀子世稱荀卿。卿乃師尊之辭，故改稱車卿，非誤也。至近世大儒謂朱子。《贈嬾朴序》衝卯而動據此則公之生當在淳熙九年十月二十八日卯時也。《常熟縣版籍記》案《寰宇訪碑録·常熟經畮記》：杜範撰，正書，嘉熙二年八月。在江蘇常熟。舊僅存籍之在官者舊下疑有脱字。言游舊里子游，吴人，今其墓在常熟。《郭孝子祠記》《赤城集》作郭孝子碑。距今二百五十年案：吴子良《祠記》稱：修撰杜公記之詳矣。蓋公以端平三年除祕書監，十二月除起居郎，不拜歸，故稱《修撰記》當作於嘉熙二年戊戌，上距至道二年丙申，實止二百四十三年。由至道丙申上溯建隆庚申，實三十七年，乃云宋興三十載。蓋以初下詔時言之也。《東倅題名記》翁君濟可蜆案：濟可名逢龍，即公所薦者，記當作於嘉熙四年。《韓文公祠記》謝公謂元暉。李仙謂太白。示爽詩案：爽，昌黎從子，將赴宣城幕。公作詩送之云：「宣城去京國，里數逾三千。」又云「汝來江南近，里閭故依然。昔日同戲兒，看汝立路邊。」則公固嘗厲宣城矣。光溢二賢謂謝元暉、李太白。《宛陵道院記》無以稱斯敬敬下元缺一字，吕本缺二字，《三台文獻》敬作職，下不缺。《黃巖縣譙樓記》其址三尺蜆案：《台州府志》作三丈，《文獻》同，是也。余居北山之趾案：公居杜家岙，在縣北五里，委羽山在縣南五里，故曰「去委羽十里而遥」。君名自昭蜆案：府縣志《職官門》俱失載。字某棻案：字晉甫，見高斯得《耻堂存稾》。

卷十七

《跋羅文恭公薦士疏》蜺案：文恭名點，字春伯，崇仁人。《宋史》有傳。自公云亡案：文恭卒於紹熙五年甲寅，至紹定癸巳四十年矣。癸巳元作「癸未」，嘉定十六年蔣校改作「癸巳」，則紹定六年也。《跋倪文節遺奏》蜺案：倪思字正甫，歸安人，除禮部侍郎，出知紹興府。召入學士院以忤韓侂胄，奉祠。召爲禮部尚書，以忤史彌遠，罷。與公所云「屢踣屢起」者合。《宋史》本傳謚「文簡」，此云「文節」疑有一誤。棻案：《續通鑑》「嘉定元年」攷異引《四朝聞見録》云「文節倪公思時爲禮部侍郎」，則倪謚「文節」明矣。《宋史》誤。時公知貢舉據此則清獻爲倪文節所取士。《跋項文卿孝行録》案：文卿名采，黄巖人，見舊志《隱逸》。《跋林逢吉晦翁二帖》蜺案：林表民字逢吉，師葴子，臨海人。《跋夏迪卿墓銘》蜺案：迪卿名廷簡，登慶元五年進士，先生年十八矣。《楊慈湖書》楊簡字敬仲，慈谿人，詳《宋史》本傳。《跋楊慈湖》蜺案：公之學本於考亭，故與慈湖不合。爲陳孔肅案：孔肅，邑人。覩下《跋陳君墓銘》可見。《跋應艮齋祠堂文》蜺案：艮齋名恕，字仁仲，《赤城志》作畏齋，校刊之誤也。《跋徐季節文》余祖父及鄉族先輩皆季節先生弟子蜺案：据此則南湖、方山兩先生亦季節弟子也。《跋鄭簡子》蜺案：簡子名大惠，號谷口，與先生友善。車若水《晦翁語録彙編》序曰：癸卯春，立齋先生在宥府，一日退朝之暇，若水蓋侍言：「馬先生嘆勿庵之亡，失一經筵士，且恨未能致谷口於京師。」《求書陳情表後》棻案：谷口，蓋亦以祖母年老不仕者，故公謂其事有適類，情有甚同。《跋薛倅謾筆》夏翼父案：迪卿二子紹堂、紹基。肯父蓋紹堂之字，翼父則紹基之字也。樞使公之令子案：紹定六年十月以薛極爲樞密使，十二月罷。《跋蔡夫人墓銘》蜺案：朱士龍妻，蔡氏博士鎬孫女也。夫卒，常平使者聞其賢，欲聘之，斷髮示絶，事見舊志。惜撰銘姓氏，不可攷耳。《跋夏子壽墓誌銘》案：子壽名思恭，見葉水心《夏迪卿墓誌銘》。陳公經仲陳緯字經仲，見舊志。

《跋趙十朋文集》蜺案：十朋名占龜。趙公父子之賢棻案：十朋子餘慶，乾道八年特科。石、李二公蜺案：石尚書公弼，李參政光。《題晦翁書楊龜山》《宋史·道學傳》：楊時字中立，南劍將樂人，程氏門人，時稱龜山先生。子迪亦嘗師程頤。贈胡文定公詩後《宋史·儒林傳》：胡安國字康侯，建寧崇安人。殆與明道《宋史·道學傳》：程顥字伯淳，羽元孫，世居中山，後從開封徙河南，歷官太常丞。文彦博題其墓曰：明道先生，謚「純」，封河南伯。《跋處静》按有脱誤。《跋梅都官真蹟後》《宋史·文苑傳》：梅堯臣字聖俞，宣州宣城人。《跋翁處静詞》然柳、周輩柳永字耆卿，周邦彦字美成，竝善詞。蘇、黄蘇軾見前。黄庭堅字魯直，洪州分寧人，自號山谷道人，詳《宋史·文苑傳》。《題周氏記義倉規約後》戴君彦肅戴良齋字彦肅，號泉溪，嘉熙二年進士，累官祕書少監。《跋劉漫塘墓銘》三十餘年蜺案：公以丁丑去金壇，至淳祐元年壬寅祇二十六年，此云三十，字之誤也。三當作二。讀蒙齋銘文蜺案：《至順鎮江志》：劉宰謚「文清」。蒙齋，袁甫志其墓，謂其德慮周密，才力精彊，隱處三十年，澹如一日。棻案：甫字廣微，燮子，嘉定七年進士第一，官至尚書，謚「正肅」。《跋戴神童顔老文稾》苗而弗獲蜺案：當作「穫」。余昔訪戴君顔老父名木，字子榮。《跋丘木居》蜺案：木居名漸，字子木。《宋元學案》：丘子木受業於南湖杜氏之門，故與清獻爲莫逆交，講明道學，以淑後進。清獻枋國，先生多所贊畫，然欲援之仕，則不可，卒以布衣終。

卷十八

《謁諸廟祝文》蜺案：此卷公守寧國時撰，以下各篇俱同。威德下缺二字。年載罙積蜺案：罙，古深字。棻案：罙，本作冞，借罙爲彌。《文獻通考》亦多如此作，非突字也。《祭少監劉漫塘文》蜺案：《宋史·劉宰傳》：一時譽望，收召略盡，所不能致者，宰與崔與之耳。及卒，鄉人罷市走送，袂相屬者五十里。又案：《至順鎮江志·王遂傳》言：遂與劉辛俱從黃直卿游，其學蓋有所自。

卷十九

《黃灝傳》蜆案：黃灝以下四傳皆當時國史也。當是公爲起居郎時撰。菉案：端平二年爲祕書郎時作。《王藺傳》康衡蜆案：匡作康，避諱。菉案：卷二《和鄭府判秋闈行》「我昔貧困如匡衡」，匡字不避，蓋傳鈔所改。微疾而薨蜆案：藺謚「獻肅」，此傳未之及。《詹體仁傳》建寧人蜆案：《宋史》本傳作浦城人。深陳父子至恩蜆案：本傳載其疏甚詳。永阜陵當復土蜆案：本傳又有議孝宗謚一節。非所以妥靈也蜆案：本傳「靈」上有「神」字。菉案：此亦當有，傳鈔脱耳。尋以病卒蜆案：本傳開禧二年卒。密扶善類蜆案：本傳有料蘇師旦、皇甫斌二事，又有真德秀問政一節，此未之載。《蔡元定傳》親故送別蜆案：《宋史》本傳：熹與從游者數百人，餞別蕭寺中，坐客有泣下者，微視元定，不異平時。西山先生蜆案：西山謚「文節」。

補遺

《陳氏本價莊記》菉案：先君梅菴先生家訓云：「柔橋，在宋時陳氏居之設本價莊，遺址在今郙西，土人猶呼莊基云。」蜆案：梅菴先生諱維祺，字道齡，以諸生終。德清俞太史樾銘其墓。厥田作斥鹵作字疑衍。莫敢憐之者敢當作或。龜齡字與智咸淳四年進士。《蔡家墓記》菉案：此篇恐依記。蔡公鎬蜆案：鎬字正之，淳熙二年右榜進士，終武學博士，爲朱子所知，葉水心銘其墓。安仁案：前後俱作安臣，此仁字疑誤。

附録

方岳《祭文》運運兮運與動同。獨樂花木司馬温公有獨樂園。

車若水《祭文》四月甲申蜺案：公以丙戌薨，此作甲申，傳聞之誤也。簀窗之承《赤城新志》：車若水字清臣，初事陳簀窗耆卿學古文，其祖隘軒先生不悦也。乃從杜清獻公游，始大有得，遂潛心性理之學。蜺案：玉峯所著《脚氣集》亦言之。《宋元學案》《台學源流》所載略同。逮事先生蜺案：車若水玉峯《冗稾自序》云：清獻立齋先生自御史歸，往拜之，親其談議，始悔窮年掎摭，不但去道日遠，而古文亦不如此。胡立方《冗稾後序》云：立齋嘗謂之曰：韓退之雜詠古體有三百篇氣象，子更涵養，意思充積而發，不患其不近。據二序，則清臣受業於公在嘉熙元年以後，而公之所以教益之者，亦大略可見矣。茱案：胡立方名常，清臣之友。

李森《書後》蜺案：森字景文，以字行，黄巖人，理宗時與弟景傳同發解，時稱「二李」，有《東谷集》。據此文則景文乃公之壻也。十一月公即家大拜案：詔起侍讀在十月，拜右丞相在十二月，此云十一月，乃傳聞之誤。劉公及祭酒徐公俱暴死蜺案：徐元杰暴死事，詳《癸辛雜識》。據《程公許傳》則劉漢弼以正月死在公前，此云在公後，亦傳聞之誤也。三學再伏闕蜺案：是時太學生蔡德潤等七十三人叩閽上疏訟冤，見《徐元杰傳》。大較貪、侈、虛、僞四者之習茱案：貪、侈則自私自利而公道亡，虛、僞則自欺欺人而實意喪。公之學在公實，所以誠身即所以維世也。

年譜

端平三年秋除太常少卿案：《宋史》在七月戊辰。淳祐四年鳴復、範竝除郡案：《宋史・宰輔表》：杜範自同知樞密院事，除資政殿學士知婺州。又案：李鳴復知福州、福建路安撫使。十二月庚午拜右丞相《宋史・宰輔表》：自資政殿學士、中大夫提舉萬壽觀兼侍讀，授通奉大夫、右丞相兼樞密使。辭右相奏案：《理宗本紀》：五年正月丙午杜範辭免右丞相，不允。案正月丁酉朔，丙午初十日也，則此奏當繫明年。五年二月朔案：朔日丙寅。又《宰輔表》：二月己卯加封邑。己卯，十四日也。據此則公前日已有封邑，至此復加之也。然公之封邑，他書不載，其邑名不可考矣。四月丙戌薨案《理宗本紀》：四月甲申填星犯上相星，丙戌杜範薨。車玉峯《祭文》以公爲薨於甲申，殆因此而誤耳。

棻案：蔣西圃所據刻本，凡「陛下」「祖宗」「進止」「敕旨」「宗社」「朝廷」「内降」「玉音」「御前」「御筆」「天顔」「天聽」，「奏」字、「上」字以及「聖朝」「聖慈」諸「聖」字，「宸衷」「宸奎」諸「宸」字，「睿斷」「睿旨」諸「睿」字，皆空格。凡公自稱「臣」字，皆旁注，蓋本宋刻之舊。又「浙」皆作「淛」，「倘」皆作「儻」，附識於此。

又案吕本與錢本大槩相同，知舊鈔訛脱相沿已久。西圃所校雖頗詳審，然亦間有臆改之失，觀者慎擇焉可也。西圃名繼軾，自號拜集老人，蓋專力於丁部之學者案：阮文達《廣陵詩事》：繼軾江都人，官翰林。

重校杜清獻公集跋

同治戊辰，余友子莊王君自京邸借鈔《杜清獻公集》二十卷，蓋泰州錢太史收藏本也。越明年，出以示余，爲補校如右。庚午冬日，余客四明，復得南城吕氏鈔本十七卷，缺卷首序文及卷第一、二。卷中有「雍正丁未西圃蔣氏手校」字。凡蔣校皆朱字，據刻本改補，間以意是正。補遺訂誤，爲力不淺，亟以重值購歸，則王君鈔本業授之梓刻垂成矣。今歲東裝北上，携諸篋笥，因即初印本覆加校讎。凡補缺葉者三，增、删、改、乙將數百字。繼以《赤城論諫録》所載奏議十七首明刻本，甬上陳氏所贈。互相審定。又攷之正史，參以野紀、别集，於公之出處時事，畧爲箋釋，於是乎是書之傳庶曰可讀。惜余所得者尚缺卷二以上，不敢謂頓還舊觀也。

清獻公之殁在史嵩之去國之後，而《赤城志》以爲嵩之所酖，此大誤也。攷篔窗作志止於嘉定癸未，是時杜公尚未爲少監，下距淳祐乙巳差二十餘年。而今本所載有除侍御，謚「清獻」等語，皆後人羼入，非陳氏本書，證一。竹汀錢氏跋以爲明人妄增。案謝志斷自嘉定十七年，始於杜公，已别有傳，決不妄增數語。疑此爲元章嘉脩《天台郡志》時羼入。《宋史》程公許奏言見公許本傳。漢弼之死固可疑。範之死，人言已藉藉。元杰暴亡，口鼻四體變異之狀，使人雪涕不已，似都堂會食，事或有之。見《徐元杰傳》。然徐右史之亡，或以爲中暑見《續通鑑攷異》。是當時法官已無定讞，則所謂人言藉藉者，亦一時傳訛之説，證二。《續通鑑書》：四月丙戌，公以觀文學士致仕，越一日而薨。則公既以疾解機務。嵩之雖殘忍，決不毒罷官致仕之人，證三。黄東發《戊辰脩史傳》謂公雖在疾疢，不廢機務，與《宋史》言「力疾入覲」者合。按本集中相位奏劄屢言疾病凋耗，暈絶分眩，遺溺不知《五事奏劄》《繳還内降劄子》《又奏上小劄》及《十二日巳時奏》。蓋八十日中無日不在疾疢，則疾革而薨本黄《傳》。決非暴卒，證四。余友董覺軒言：清獻決非嵩之所酖。宋季説部如《癸辛雜識》等書詳紀史氏之惡，亦無一語及之。且其爲相時，有是四證，而公史已歸慶元矣。《宋史·理宗紀》不誤，而《宰輔表》於淳祐四年不書嵩之終喪，五六年不去嵩之名，大非。而公之鞠躬盡瘁，公爾忘私，出處之際，昭然若揭矣。謝氏《赤城新志》謂公與金華王柏實相爲師友，故其道德勛業有如此者。案謝氏欲尊杜公，而不自知其誤也。杜公之學出於南湖，與晦翁若親謦欬南湖，朱子門人，則公爲再傳之學。其行輩視魯齋爲先朱子門人，黄榦傳於何基，基傳于王柏，則魯齋已爲三傳。魯齋以寶祐二年至台，在公既歿之後。公集中亦絶無往來訓倡之語，是《新志》所言並無左證。攷清獻之門人，玉峰車氏與魯齋實在師友之間見《宋元學案》。每有論著，魯齋輒驚服之。蓋《新志》誤以玉峰爲杜公矣。夫以公之立德立功，昭垂史策，而赤城新、舊《志》所書且有不能無誤者，則甚矣爲志乘之難也。雖然不按公之集，無以訂舊志之訛。邢子才有言：「日思誤書，更是一適。」其信然哉。

辛未中春望后五日，邑後學王蜺書于宣南寓齋。

杜清獻公集校勘姓氏

校栞

孫　　憙字歡伯，吴縣人

總校

王　　棻字子莊，黄巖人

蔡　　篪字仲吹，黄巖人

王詠霓字子裳，黄巖人

分校

黄體芳字漱蘭，瑞安人，校卷首

王　　棻校卷首、卷一、卷二、卷五、卷六、卷七

梁國元字心香，新昌人，校卷三

丁　　謙字益甫，杭州人，校卷四

陳　　濱字少湖，太平人，校卷八、卷九

葉晉封字桐侯，太平人，校卷十

徐　　濬字蓬舟，黄巖人，校卷十一

陳　　瑩字尹珊，太平人，校卷十二

黄體立字卣香，瑞安人，校卷十三
阮晉恩字馥雲，太平人，校卷十四
蔡　篪校卷十四、卷十五
楊　晨字蓉初，黄巖人，校卷十六、卷十七
陳啟元字友山，黄巖人，校卷十八
袁　澈字雲衢，天台人，校卷十九
袁鵬圖字海帆，天台人，校卷十九

參校

李苑西字蓉叔，黄巖人
王維翰字小林，黄巖人
徐　炯字明生，黄巖人
許觀洛字幼幾，黄巖人

陳崇古齋在温州城守前西首便是校勘姓氏

卷附下

杜清獻公年譜

邑後學王　棻子莊撰

宋孝宗淳熙九年壬寅朝政附，後倣此。　時王淮、梁克家左右相。朱子提舉浙東常平茶鹽，九月遷江西提刑，不拜。

公年一歲。郡典附，後倣此。　上年八月，臨海謝廓然同知樞密院事，九月兼權參知政事。是年六月丁巳致仕，戊午卒。朱子劾知台州唐仲友，八月罷。史彌正知台州。是年縣北永寧江清，因改名澄江。

十月乙丑，公生於黃巖杜曲里。見黃中德《重建清獻公祠堂記》。案錢大昕《宋遼金元四史朔閏攷》，是年十月戊戌朔，則乙丑乃二十八日也。公名範，字成之，一作已。一字儀甫。一作夫。父友宣，以公貴贈太師，黃巖城北五里杜家邨人也。一名杜曲，亦曰小樊川並見縣志。遠祖唐延陵令羔，宰相佑之孫，自京兆避亂，徙黃巖見《唐書·宰相世系表》。故公嘗稱本望自題京兆杜範見本集《題晦翁書出師表後》。金壇劉宰爲名其居曰「立齋」，故世尊之曰「立齋先生」。見黃震《戊辰脩史傳》。

十年癸卯正月朱子謝官歸，六月陳賈請禁道學。

二歲。

十一年甲辰六月周必大爲樞密使。

三歲。三月，熊克知台州。十二月，上《九朝通略》，轉朝奉大夫。是年，邑人謝直、林良、臨海楊定登第。

十二年乙巳

四歲。

十三年丙午八月乙亥朔，日月五星聚軫，十一月，梁克家罷。

五歲。

十四年丁未三月，周必大右相。七月，留正參政。十月，太上皇崩。

六歲。邑人王居安以第三人登第，又郡人應武、樓觀等共十人。

十五年戊申五月，王淮罷。六月，周必大薦朱子。

七歲。

十六年己酉正月，周必大、留正左右相，王藺參政。二月，帝傳位於太子。五月，王藺知樞密，周必大罷。八月，王淮卒。十一月，以朱子知漳州。

八歲。二月，吴興沈作賓知台州，四月罷，民擁其轍，不得行。是年，邑人林伯和請業於朱子，有答書。

光宗紹熙元年庚戌七月，留正右相，王藺樞使。十二月，王藺罷。

九歲。郡人王澡等五人登第。

二年辛亥

十歲。二月，遣宋之瑞使金，弔祭太后喪。吏部侍郎陳騤疏三十條，皆切時病。上二月，侍御史林大中論大理少卿宋之瑞，章四上，不報，俄與之瑞俱出知外郡。

三年壬子正月，帝有疾，不視朝。十一月，始朝重華宮。

十一歲。六月，以禮部尚書陳騤同知樞密院事。

四年癸丑三月，葛邲右相。五月，陳亮及第。六月，留正出城待罪，凡百四十日而復入。七月，趙汝愚知樞密。十二月，以朱子安撫湖南，知潭州。

十二歲。三月，陳騤參知政事。九月，給事中謝深甫諫不朝重華宮，帝感悟，命駕往朝，不果。十一月戊寅，始往朝。

仙居張次賢登第，天台潘時舉學於朱子，有所記語録。

五年甲寅正月，葛邲罷。六月，壽皇崩。七月，留正去。太皇太后詔嘉王擴成服即位，召留正還。趙汝愚樞使。羅點簽書，九月卒，謚文恭。八月，除朱子煥章閣待制兼侍講，内批罷左相留正，以趙汝愚爲右相。閏十月，内批罷朱子。十二月，余端禮知樞，京鏜參政。

十三歲。七月，陳騤知樞密。十月，内批「拜給事中，謝深甫爲御史中丞」。十二月，謝深甫劾陳傅良，罷之。陳騤罷。

是年朱子有《答杜仁仲書》。

寧宗慶元元年乙卯正月，罷趙汝愚，四月，余端禮右相，鄭僑參政，京鏜知樞。十二月，竄趙汝愚於永州。

十四歲。正月，蠲台州貧民丁錢一年。四月，謝深甫簽書。十一月，福建提舉宋之瑞乞免鬻没官田，收租助民，從之。

是年朱子有《答趙詠道書》。

二年丙辰正月，余端禮左相，京鏜右相。禁用僞學之黨。趙汝愚行至衡州卒。削朱子官。四月，余端禮罷。

十五歲。正月，謝深甫參政。選人余嘉上書乞斬朱熹。深甫抵其書於地。郡人陳鳳六人登第。

三年丁巳貶留正，籍僞學。

十六歲。謝深甫同知樞密。

四年戊午五月，加韓侂胄少傅，封豫國公。

十七歲。八月，謝深甫知樞密。

五年己未九月，加侂胄少師，封平原郡王。

十八歲。邑人夏廷簡、楊似雲、郡人王棐等七人登第。

邑人夏廷簡登第，公自家塾抱書夜讀。父母輒撫之，曰：「勤讀書，夏君居然上第矣。」見《跋夏迪卿墓銘》。

六年庚申閏二月，京鏜左相。三月九日甲子，朱子卒。八月，上皇崩。京鏜卒。九月，呂祖泰上書請誅韓侂胄。十月，加侂胄太傅。

十九歲。謝深甫右相。

嘉泰元年辛酉七月，陳自强參政。

二十歲。三月，謝深甫等薦士二十五人。

二年壬戌二月，弛僞學禁。禁私史。十一月，陳自强知樞。十二月，加侂胄太師。蒙古擊乃蠻。

二十一歲。八月，謝深甫等上《慶元條法事類》，邑人徐衡、邱牧、郡人謝采伯等十一人登第。

詩目《夏夜雲月不明有感》五古

三年癸亥五月，陳自强右相。

二十二歲。正月，右相謝深甫罷。

四年甲子十二月，周必大卒，韓侂胄定議伐金。

二十三歲。四月，吏部尚書錢象祖賜出身，同知樞密。

開禧元年乙丑

二十四歲。四月，錢象祖參政。郡人陳鎔等五人登第。閏八月，以禮部員外郎徐似道兼國史院編脩官，並兼實録院檢討官，見《館閣續録》。

二年丙寅五月，下詔伐金。六月，吴曦反。十月，金兵大舉南下。十一月，丘崈督江淮。

二十五歲。三月，罷錢象祖，以其不肯用兵也。正月，徐似道除祕書少監。三月，遷起居舍人。

詩目《春雨甲子夏已更秋沛然優渥喜而寫情》七律。案詩係秋作，時下詔伐金，而金兵尚未至，故有結句。《繼和嚴君壁上韵》七律《募兵》五古。案《續通鑑》：十一月癸卯，詔諸路招募禁軍以待調遣，至明年二月罷。

三年丁卯正月，以張巖代丘崈。吴曦自稱蜀王。二月，安丙誅曦。七月，旱蝗。九月，以趙淳代張巖。十一月，史彌遠誅侂胄，陳自强罷。十二月，史彌遠同知樞密。

二十六歲。三月，李兼知台州。四月，錢象祖參政。六月，王居安除祕書丞，七月，兼國史院編修官並兼實録院檢討官。是月爲著作郎，尋拜左司諫，遷起居郎兼崇政殿説書，不拜。八月，以太常丞趙師淵兼國史編修、實録檢討。十二月，錢象祖右相。

詩目《丁卯九月十夜觀月》七律

嘉定元年戊辰正月，史彌遠知樞密。五月，王柟以韓侂胄、蘇師旦首畀金。六月，史彌遠參政。九月，召真德秀爲博士。和議成。十月，史彌遠右相，十二月，以母憂去位。

二十七歲。邑人杜曄、郡人王夢龍等十人登第。十月，錢象祖右相，十二月罷。

五月，公登進士第。案《續通鑑》：五月辛酉，賜禮部進士鄭自成以下四百六十二人及第、出身。

詩目《戊辰冬和湯南萬韵二首》五古

二年己巳五月，史彌遠起復。十一月，郴州黑風峒寇李元礪作亂。十二月，賜朱子謚曰「文」。

二十八歲。

詩目《己巳登玉峯亭二首》七律

三年庚午六月，李元礪犯江西，八月，臨安蝗。

二十九歲。二月壬午，以工部侍郎王居安知隆興府，督捕峒寇。十二月，王居安使降賊羅世傳縛李元礪，誅之，峒寇平。十一月，黃𤓰知台州。

詩目《和六十叔二絶》七絶。案在辛未白鷺前，故次此。《八月十一夜風月可愛成小詩》七律。案在己巳登玉峯亭後，故次此。

四年辛未四月，國子司業劉爚請開僞學禁。九月，羅世傳爲其下所殺，峒寇悉平。

三十歲。邑人丁木、郡人周成子等六人登第。

詩目《送子謹叔五首》五古《辛未白鷺一絶》七絶《次韵十一叔芍藥五絶》七絶《次韵草堂二首》七絶《次韵草堂》七律《偶屬成嵬字韵録呈六十叔二首》七律。案二詩當在靈巖作。

五年壬申七月，雷雨，壞太廟屋。

三十一歲。五月，俞建知台州。

詩目《壬申九月初十歸自邑中兩絶》七絶

六年癸酉

三十二歲。

詩目《清真褚道士携羅丈倡和訪余求詩力拙次韵》七律，七絶《戲十九兄二首》七絶

七年甲戌七月，罷金歲幣。

三十三歲。邑人胡旦，臨海董亨復、陳耆卿，仙居郭磊卿等八人登第。

任金壇尉，嚴弓手出入。每入鄉，即以己俸給從行者食，一不爲里正擾。嘉熙四年奏劄云：早塵未第，碌碌常調幾三十年。案自此年至嘉熙庚子，凡二十七年也。

八年乙亥

三十四歲。

詩目《送石宰》五古。案《嘉定鎮江志》：石宰名不矜，嘉定五年，以承事郎知金壇。八年十二月，王概以宣教郎知金壇，石之去當在此時。又案：王概，一作王塈。《有感》五律

九年丙子

三十五歲。

奉檄校文衢州。秋自三衢回，與同官數人過嚴州，登釣臺。甫抵署，復奉檄闢白龍蕩。蕩在縣南十里，民私蔆蒪之利，區分蕩地，繚以菰蘆，歲加培壅而蕩淤且隘，水至無歸，其去不留。是年秋，知府事丘壽儁命公闢之。公明達利害，令行而民不知。自是水之瀦泄有地，旱乾無虞矣。見《至順鎮江志·劉宰增脩靈濟廟記》。

詩目《登山述懷》五古。案：據此及前《有感》詩，公尉金壇，未嘗携家室，時父母尚在堂也。《和鄭府判韵》七古。以下九首皆校文衢州作。《次宗司法雲字韵》七古《和鄭府判秋闈行》七古《又和鄭府判韵》七古《和宗司法與府判韵》七律《又用韵》七律《又和鄭府判候字韵》七律《復用韵以見别情》七律《次鄭府判金字韵》五律

十年丁丑四月，金人分道入寇。五月，詔伐金。

三十六歲。邑人葉應輔、黄石、趙炎，郡人倪月卿等十一人登第。陳耆卿任青田主簿。

春，金壇尉秩滿，旋里。公在金壇與漫塘劉文清公宰爲友，不旬日輒一往，往輒留。每從容尊酒抵掌，極論古今上下。凡持身、居家、涖官之要，皆究極其指歸，而參稽其援據，退而充然有得也。見《跋劉漫塘墓銘》。

詩目《丁丑别金壇劉漫塘七首》五古《别張簿兄弟》七律《漢中行》七古

十一年戊寅五月，蚩尤旗見，長竟天。

三十七歲，家居。

詩目《戊寅夏月和趙十七兄招提偶作》七律《游璧翠》七律《和十四兄靈巖作》七律《次會再和》五律《和十九兄梅韵二首》五律《九月二十六日觀水》五律《道傍見梅》五律

十二年己卯三月，金人寇淮西。

三十八歲，家居。淮東提刑賈涉使李全救却金兵。九月賈涉兼節制京東北軍馬。

詩目《喜雨》五古《己卯夏憂雨偶作》五古《閒行溪西得梅數花呈諸趙兄》五古《方山和篇再和韵》五古《方山有求轉語之作并用韵二章》五古

十三年庚辰

三十九歲。四月，詔賈涉招諭山東、兩河豪傑。邑人諸葛省己、李良，郡人商炳卿等八人登第。

調婺州司法參軍。行義烏經界，籌畫曲當，村翁、野嫗有欲言者，必召至前，使人人得自盡。昔時侵攘隱漏之弊盡革，凡三年而後成。

詩目《張上舍送望水偶成小詩》五古《閒坐有感偶成古風簡劉會之高吉父康司理》五古《黄兄宇出示湯丈追和春日詩次韻》七古《飛雪未已約判簿判務二丈同登尊經閣》七絶《次沈節推韵》七絶《又得一絶句》七絶

十四年辛巳

六月，立沂王子貴由爲皇子，更名竑。九月，立宗室貴誠爲沂王後。遣使如蒙古。

四十歲。七月，賈涉爲淮東制置使兼京東、河北路節制使。十二月，齊碩知台州。

詩目《次沈節推送春韵二首》七絶《再次沈節推送春韵》七古《歸自明遠醉中作》七古《和沈節推韵》七律《次陳友韵》七律《和汪子淵桂花》七絶《和趙山甫海棠》七律《劉上舍携酒有詩和其韵二首》七絶《高兄徐倉高第和劉會之兩絶見寄再韵謝之》七絶《康秋惠詩和其韵二首》七絶《晚坐偶成一絶》七絶《劉上舍以詩送牡丹併酒和之二首》七絶《偶題》七絶

十五年壬午

正月朔受璽，行慶賀禮。

四十一歲。賈涉移書史彌遠論受璽事，彌遠不懌。

秋赴漕司校文訖，仍回義烏。

詩目《和劉會之野堂韵》五古《和楊兄二首》五律《趙山甫居玉壺盡得湖山之勝次韵二首》五律。案玉壺山在蘭谿縣北。《玉壺即事》七律《和楊兄兩詩》七律《次準齋韻二首》七律《復用前韻二首》七律《七月二十七日登釣臺二首》七絶《偶成》七絶《歸自漕司試院到桐廬晚偶成》七律《再依韻足五十六字》七律《十二月出郊值雪偶成小詩》七律《仙山知寺志剛浸碧倡和詩漫繼其韻》七律《和楊兄二絶》七絶《偶詠玉簪花》七絶《和會之二絶》七絶《劉兄送梅花大鯽新酒以詩將和其韻四首》七絶《贈以酒寄詩》七絶

十六年癸未

四十二歲。六月，淮東制置使賈涉卒。邑人王居實、張槃、郡人周棫等十二人登第。十一月，陳耆卿撰《赤城志》成。

案：耆卿於十三年陞慶元府教授，家居待次，齊守碩屬撰郡志，半載而書成。

冬司法秩滿，旋里。

詩目《林倅到迓之途中小詩》七律《和林簿二詩》七律《大雨喜成小詩呈百里》七律《和楊秀才惠詩七絶》七絶《和高吉父六絶》七絶《途中二絶》七絶。案二絶似婺州卸官歸途作，在十一月

文目《跋陳兄春臺賦》

十七年甲申金請和。閏八月，帝崩。史彌遠矯詔立沂王子貴誠，更名昀，封皇子竑濟王。九月，召用傅伯成、楊簡、真德秀、魏了翁等，伯成、簡不至。

四十三歲，家居。二月，蠲台州逋賦。王居安以寶謨閣待制知温州，尋以敷文閣待制知福州，見《浚河記》《温州府志》。

詩目《奉祀禮畢飲福有感偶成》五古。案詩云「父兄不可見」，蓋此時公父已卒，公兄之卒尤早。《宿興善寺成小絶》七絶《用韻作懽喜語》七絶

理宗寶慶元年乙酉正月，湖州民亂，史彌遠矯詔殺竑。二月，李全作亂，焚楚州。六月，加彌遠太師、魏國公，貶真德秀、魏了翁。

四十四歲，家居。

秋，游雁宕山。案：游雁宕不知何年，惟據《大龍湫》詩「洞心無語立多時」，自注「選洞心駭目」，而《古風》序有「爲之洞心豁目」句乃無注。蓋在游雁諸詩之後矣。攷《古風》當在寶慶二年赴部改選時作，則游雁當在其前，故次於此。

詩目《寬堂生辰見招小詩爲壽》五古《靈峯》五古《天柱峯》五古《雁宕》五古《水簾谷》五律《秋游雁宕道中》七絶《石梁》七絶《照膽潭》七絶《羅漢洞》七絶《道中戲成》七絶《天柱》七絶《天聰洞》七絶《小龍湫》七絶《大龍湫》七絶

二年丙戌十月己卯，改湖州爲安吉州。

四十五歲，家居。正月，陳耆卿召試館職，除祕書省正字，十一月，轉校書郎。五月，賜進士王會龍等九百九十八人及第、出身，邑人陳雷等六人，又郡人王會龍、吴子良等共十八人登第。

冬，入都改選。

詩目《古風贈叔虎》五古

三年丁亥正月，贈朱熹太師、信國公。

四十六歲。

調安吉司理參軍。案：宋制，州屬官有軍事判官、軍事推官、録事參軍、司理參軍、司户參軍、司法參軍。時公由婺州司法改安吉州司理也。案公《軍器監丞輪對貼黄》云「曩爲安吉獄官」即此。

紹定元年戊子十二月，鄭清之簽書樞密院事。

四十七歲。十二月，陳耆卿除祕書郎。

二年己丑

四十八歲。邑人戴逸卿、項璵，郡人張大同等十四人登第。九月，台州水，十月，詔賑台州被水之民。祕書省正字王會龍言：「聖學深造自得，本於致知格物，達於治國平天下。」又言：「宜裕民力，固邦本。」

三年庚寅十二月，鄭清之參政，喬行簡同簽書。

四十九歲。十一月，立皇后謝氏，天台人，丞相深甫之孫也。十二月，陳耆卿除著作佐郎。

主管户部架閣文字。案《程公許祠堂記》：掌故府四歲不遷。自庚寅至癸巳，首尾凡四年也。

詩目《別陳常簿塤五首》五古。案塤字和仲，鄞人，嘉定十年進士，紹定三年以太常寺主簿出判嘉興，公送之。

四年辛卯四月，鄭清之同知樞密，喬行簡簽書。六月，詔魏了翁、真德秀復官。九月，臨安大火，太廟、三省、六部、御史臺、祕書省、玉牒所俱燬。

五十歲。李宗勉知台州，後入相，謚「文清」。

詩目《和孫司門寄寬堂詩二首》五律《和吴準齋所賡劉石澗詠湖山之樂因見示韵》五律《戲賦段橋風箏》五律

五年壬辰正月，孟珙屯襄陽。十二月，蒙古遣使來議伐金，許之。

五十一歲。郡人登第七人，徐元杰榜。

詩目《良月游水樂》五古《次趙貴方九里松獨行韵》七律

六年癸巳七月，孟珙復鄧州。十月，史彌遠左相，鄭清之右相，喬行簡參政。彌遠卒，帝始親政。

五十二歲。十月，陳耆卿除著作郎。

除大理寺司直。始公爲安吉獄官，見本州獄案已成，上之朝廷，至有二三年不下者，干連拘繫，多以瘐死，心甚念之，意謂棘寺、刑部稽滯以至此也。及爲大理司直，方知刑部下其案於棘寺，大小皆有限日。縱有駁難往復，亦有程期。嘗詢其故，蓋大囚之獄，謂之死案。欲其緩死，奏上輒留。是知緩死之爲仁，而不知無辜被繫，遷延歲月，至於瘐死之爲不仁甚也。及爲《軍器監丞論對》，遂首言之。見《輪對第二劄貼黃》。

詩目《詠芙蓉與菊花》五古《再用韵》五古《三用韵謝孫花翁趙寬堂趙貴方見和》五古《夜讀花翁詩什有感漫成》五古《國正丈和章再用韵爲謝》五古

文目《跋羅文恭薦士疏》

端平元年甲午正月，孟珙以蒙古兵入蔡城滅金。六月喬行簡知樞密。十月召真德秀、魏了翁爲學士，德秀進講《大學衍義》。十二月蒙古遣王檝來責敗盟。

五十三歲。二月，陳耆卿兼國史院編修官，除將作少監。三月，以賈似道爲藉田令。

除軍器局監丞。每月點戎器，必計工役多寡、良窳，而上下其食，以示勸懲。

詩目《和貴方韵》七律《借韵呈寬堂》七律《次韵花翁冬日三詩》七律《次花翁喜雪快晴韵》七律《次韵花翁第二雪》七律《次花翁第三雪》七律《次花翁自笑韵》七律

二年乙未三月，真德秀參政，五月卒。喬行簡參政，蒙古兵分道來侵。六月，鄭清之左相，喬行簡右相，召崔與之參政，不至。

十二月，以魏了翁督視江淮京湖軍馬。雷。

五十四歲。陳耆卿出補郡。邑人諸葛泰、王秀弼、郡人鄭雄飛等十一人登第。

八月，升軍器局監正。案《續通鑑》書：八月，軍器局監正杜範。十月，除祕書郎。十二月，除監察御史。時徐昌裔同爲御史，徐清叟殿中侍御史。

詩目《送趙寬堂二首》五古

文目《軍器監丞輪對第一劄》《第二劄》《入臺奏劄》《黄灝傳》《王藺傳》《詹體仁傳》《蔡元定傳》以上史傳四首，蓋爲祕書郎時作。

佚篇《辭監察御史奏》《再辭監察御史奏》俱見《入臺奏劄》。

三年丙申 二月，以徐清叟爲太常少卿。召魏了翁還。三月，襄陽叛降蒙古。九月，鄭清之、喬行簡罷，召崔與之爲右相，不至。十一月，喬行簡左相。棗陽、德安陷，蜀破，蒙古兵入淮西。孟珙敗蒙古兵於江陵。

五十五歲。

二月，差董試事見端平三年五月《奏事第二劄》。三月，奏事請祠，不允。秋，除太常少卿，五上歸田之請，上皆不允。十月，除祕書監兼崇政殿説書。十二月，除殿中侍御史，極論鄭清之横挑强敵，幾危宗社，併言李鳴復與史寅午、彭大雅以賄交結，曲爲之地。上不聽，公亦不入臺。復極言李鳴復寡廉鮮恥，既而合臺劾其鄙夫患失，復合臺論其無識固位，并自乞罷斥。除起居郎，不拜。

詩目《花翁將歸婺女留别社中次韵送之》五古《送羅季能赴興國》五古《羅季能赴興國前詩未作嘗於醉中漫成併達之》七律《送湯仲熊國正以直言去國》五古《又送湯國正五十六字》七律《湯南萬求詩

贈別遂用其和韓總卿韵》五古

文目《國論主威人才劄子》《邊事奏劄》《留徐殿院劄子》《三留徐殿院劄子》《論襄陽失守劄子》《三月奏事第一劄》《第二劄》《乞招用邊頭土豪劄》《五月奏事第一劄》《第二劄》《論重臺職劄子》《太常少卿轉對劄子》《上邊面事宜》以韃虜寇江陵，俾近臣條邊事，公時爲祕書監，上此，在十一月。《殿院奏事第一劄》《第二劄》《論災異劄子》《薦葛應龍劄子》《回丞相劄子》《跋倪文節遺奏》。

佚篇《劾何炳奏》《再劾何炳奏》《合臺劾鄭清之開邊誤國奏》《自劾奏》《再自劾奏》《合臺論制閫詐謀罔上奏》《論衛樸趙汝捍奏》《論趙澧夫喬幼聞奏》《論史宅之奏》《再留徐殿院劄子》案此疏或係吴昌裔起草，故集中不載。《請歸田奏》《再請歸田奏》《三再歸田奏》《四請歸田奏》《五請歸田奏》《辭殿中侍御史奏》《極論鄭清之奏》《劾李鳴復奏》《再劾李鳴復奏》《三劾李鳴復奏》《合臺劾李鳴復奏》《再合臺劾李鳴復奏》《辭起居郎奏》

嘉熙元年丁酉二月，李鳴復罷。詔講綱目。三月，魏了翁卒。八月，鳴復參政，李宗勉簽書。

五十六歲，家居。

正月二日甲寅，渡浙江歸。二月，除浙東提刑，改浙西，公辭。召赴行在，又辭。玉峯車若水來學。

詩目《舟早行將至三界偶成》五律《捉筆次前韵》五律《再次前韵》五律《又次前韵》五律《送夏肯父赴補》五古《龔叔虎秋實堂》五古《五八叔席上詠江梅水仙》五古《南鄉舟中偶成》七律《和耕甫弟梅》七律《冬至展墓偶成》七律《鄭寧夫携詩什訪余聞其浙右之行詩以送之》七律《承見再和用韵》七律

文目《跋義約規式》《跋項文卿孝行録》《跋林逢吉晦翁二帖》《跋夏迪卿墓銘》《車隘軒閒居録序》《贈懶朴序》

佚篇《再辭起居郎奏》《辭浙西提刑奏》《辭召赴行在奏》

二年戊戌二月，史嵩之參政。蒙古使王檝入見。三月，史嵩之督諸軍駐鄂州。孟珙爲荆湖制置使，復郢州、荆門。五月，李鳴復知樞密，李宗勉參政。

五十七歲，家居。二月癸巳，大宗正丞賈似道言：「北使將至，地界、名稱、歲例，宜有成説。」又奏：「裕財之道，莫急於去贓吏。」邑人戴良齋、天台賈似道等十人登第。

八月，差知寧國府，公一再控辭，不允。

《韵二首》五古《和花翁盆梅》七律《和花翁自詠》七律。案詩有「方千里旱」句，當在寧國作。《處静得梅枝爲贈次韵以謝》七絶

文目《跋張之善詩》《跋夏子壽墓志銘》《跋趙十朋文集》《題晦翁書楊龜山贈胡文定公詩後》《題晦翁出師表後》《題范滂傳後處静所書》《跋處静》《常熟縣版籍記》《便民五事奏劄》《薦通判尹焕翁逢龍劄》《與林教授劄》《諸廟祝文共二十四首》《祭劉漫塘文》

四年庚子正月，臨安大饑，人相食。辛未，彗出營室。蒙古張柔等分道入寇。二月，孟珙宣撫四川，興屯田。以杜杲制置沿江。十二月，地震。

五十九歲。三月，右正言郭磊卿除起居舍人，以論史嵩之故也。

增建韓文公祠於寧國。召赴行在，公三辭不允。五月造朝入對，仍丐祠，不允。除權吏部侍

郎兼侍講。十一月，除吏部侍郎兼中書舍人。

詩目《携酒落成倅廳綺霞閣口號代簡》七絶《别宛陵同官》五律《途中》五律《何君智父之堂名以雲岫漫成》七絶《枕上偶成三首》七絶

文目《東倅題名記》《寧國府增建韓文公祠記》《跋陳君墓志銘》《跋梅都官真蹟後》《跋韓仲和尊人墓銘》《跋翁處静詞》《被召入見第一劄》《第二劄》《第三劄》《吏部侍郎已見第一劄》《第二劄》《七月已見劄子》《八月已見劄子》《上巳見三事》《論和糴榷鹽劄子》《論聽言劄子》

佚篇《知寧國府辭召奏》《再辭召奏》《三辭召奏》案《被召入見第三劄》云：「再三控辭，不敢即前。」《請聖駕禱雨奏》權吏侍上

淳祐元年辛丑 正月，詔周、張、二程與朱，並從祀孔廟，黜王安石。二月，喬行簡卒，謚「文惠」。

六十歲。四月，以知澧州賈似道爲太府少卿，湖廣總領財賦。五月，賜進士徐儼夫等三百六十七人及第、出身。邑人諸葛雷奮等十一人登第。

四月，兼權兵部尚書。差知貢舉。《續通鑑》：「四月丙寅，吏部侍郎杜範等，請省試考到取應宗子第一名崇袍，附正奏名廷試，從之。」十一月，除權禮部尚書兼中書舍人。

詩目《太師平章喬文惠公挽歌詞三首》五律《侍讀仁皇訓典徹章恭謝御賜三首》七律。案《續通鑑》：「四月庚午，以經筵進《讀仁皇訓典》，終篇講修注官各一進秩。」《聞喜宴和御詩》七律

文目《辛丑知貢舉竣事上殿劄子》《四月直前奏劄》《經筵已見奏劄二首》《宛陵道院記》《跋劉漫塘所遺趙居父箴後》《跋劉漫塘墓銘》《題何郎中和陶韓詩後》《題周氏記義倉規約後》。

佚篇《請宗室崇袍附正奏名奏》

二年壬寅正月，參政游侣罷。二月，范鍾知樞密，徐榮叟參政，六月罷。趙葵賜出身同知樞密，別之傑簽書。六月，同知樞密，高定子簽書。十一月，日南至雷電交作。十二月，別之傑、趙葵補外。

六十一歲。包恢知台州。

六月，除端明殿學士同簽書樞密院事。公既入都堂，凡行事有得失，除授有是非，悉抗言無隱情。丞相史嵩之外示寬容，内實忌之。

文目《簽書已見奏劄》《第二劄》《跋吕中岳所藏諸賢辭密賫帖後》

三年癸卯余玠制置四川，築青居、大獲、釣魚、雲頂、天生，凡十餘城。十一月壬戌，雪。

六十二歲。

三月庚寅三日，公乞歸田里，詔不許。見《續通鑑》。

詩目《得雪稱賀馬上得五十六字》七律

文目《黄巖縣譙樓記》《跋戴神童顔老文稾》《跋戴君玉稾後》《跋晦翁與趙□□書》《書馬處士墓銘後》

佚篇《論葉賁不宜帯閣職奏》《乞歸田里奏》《遺徐鹿卿書》見《宋史·徐鹿卿傳》。

四年甲辰六月，以吕文德爲淮西招撫使。范鍾乞歸田里，不許。九月，右相史嵩之父憂去位。十二月庚午，詔史嵩之終喪，以范鍾爲左丞相，游侣、趙葵知樞密，劉伯正參政。

六十三歲。家居。六月，賜進士留夢炎等及第、出身。邑人林雷時、仙居吴堅等六人登第。

正月，除同知樞密院事，不拜。時以李鳴復參知政事，公不屑與鳴復共政，去之。帝遣中使召回。太學諸生亦上書留範，而斥鳴復，并斥史嵩之。嵩之益恚。丁巳十六日，侍御史劉晉之、王瓚、監察御史趙倫、吕午，承嵩之風旨，並論李鳴復、杜範。於是鳴復、範並除郡公不拜。三月壬寅二日，詔以杜範辭免新除，依舊職提舉洞霄宫。案朱竹垞《曝書亭集》：公以資政殿學士提舉洞霄宫在淳祐四年。蓋公前已由端明殿學士晉資政殿矣。十月壬辰，疑二十五日。詔起杜範、游侣提舉萬壽觀兼侍讀。自此羣賢率被録用。十一月辛丑，疑初五日。詔趣游侣、杜範赴闕。丁未，疑十一日。再趣游侣、杜範供職。十二月庚午十三日，拜右丞相兼樞密使，提舉實録院兼提舉編類聖政。見《館閣續録》。遣國子監主簿與郡守包恢即家起公，公以遜游侣，不許。

詩目《雪中成十一韵》五古

文目《跋鶴山書季制置墓及實齋銘後》《跋邱木居葉世英序後》《跋鄭藥齋墓志》

佚篇《辭同知樞密奏》《辭免新除予郡奏》《提舉洞霄宫謝表》《辭提舉萬壽觀兼侍讀奏》《辭右相奏》。

五年乙巳 正月，劉伯正罷，李性傳簽書兼參政。六月，兵部侍郎徐元杰暴卒。七月，進鄭清之少傅。

六十四歲。趙必愿知台州。

正月，公力疾入覲。案《三月十二日巳時奏》，公當以正月二十二日自家起程也。二月朔，造朝，上親書「開誠心、布公道、集衆思、廣忠益」賜之。公上五事曰：正治本、肅宫闈、擇人才、惜名器、節財用。更乞早定國本以繫人心。上求治甚急，用仁祖故事，命宰執各條當今利病，與政事可行者。公條上十二事，皆素所欲施行者。二十六日，公疾甚，請假養病。案奏上小劄云：「臣衰病之餘，應酬太早，忽於前月二十六日又復暈絶，至於遺溺亦復不知。」四月，疾革，以觀文殿學士致仕。二十一日丙戌，薨。案《續通鑑》作丙戌致仕，丁亥薨。今從黄中德記。爲相纔八十日。上輟朝三日，詔贈少傅，謚「清獻」。五月壬戌，歸殯里第。見車玉峯祭文。輀車所過，聚祭巷哭見黄傳，行路嗟悼痛惜，以爲蒼山無録。見李森《書後》。

七月，葬於本縣靖化鄉黄杜嶺之原，在縣西七十里。即其山爲造五鳳樓，以鴻福寺爲香燈院，建弼直坊於宅里以表之。見危素、黄中德二記。

公所著有古律詩歌詞五卷、雜文六卷、奏稾十卷、外制三卷、《進故事》五卷、《經筵講義》三卷，案：今所存者，古律詩四卷、奏劄十卷、雜文五卷，蓋後人重輯之本，非其舊矣。《易》《禮》《春秋》《禹貢》，關、洛諸儒微言皆有論述。見黄《傳》，今並佚。二子濬、淵，皆能世其家法。濬由大理正知汀州，省諸邑月解錢數十萬計，盡捐舊比之私得者代輸户部，欠以寬民力，纔三月卒，見黄《傳》；淵立朝敢言，見高斯得《恥堂存稾》。

文目《相位五事奏劄》《相位條具十二事》《繳還内降劄子》《又奏》《奏堂除積弊劄子》《謝御筆戒諭劄子》《奏上小劄》《又奏》《三月初四日未時奏》《三月初六日申時奏》《初七日未時奏十二日巳時奏》《四月初三日酉時奏》《四月十六日申時奏》《回奏二首》《同左相奏二首》。

佚篇《復孟珙書》《再復孟珙書》見《三月十二日巳時奏》。

淳祐八年戊申正月，邑令趙必适建公祠於學宫，程公許爲之記。公許字季與，叙州宣化人，嘉定四年進士，有《滄州塵缶集》。

予纂《杜清獻公年譜》既成，因序其後曰：

《宋史》稱公從其從祖煒、知仁游。從祖受學朱子，至公益篤。今攷集中《送子謹叔》及《和方山詩》，子謹，煒之子；方山，知仁號。公未嘗師二杜也。蓋公之學實由私淑自得，而兼資於漫塘劉文清公。幸觀公跋其墓銘，謂與漫塘從容尊酒，抵掌極論，凡持身、居家、涖官之要，皆究極其指歸，而參稽其援據，退而充然有得，若飫甘鮮而懷珠璧也。漫塘之學出於朱子，而公與漫塘實在師友之間。則公之學，固朱子之學矣。然其不師二杜者，蓋二杜之學得其淺，而公得其深；二杜之學見其細，而公見其大也。攷公《題晦翁出師表後》云：「九原可作，捨二公吾誰與歸。」二公謂諸葛武侯、朱文公。《祭劉漫塘文》云：「董葛不作，謂董子、諸葛武侯。吾誰與歸。」可以知公之所志矣。其《軍器監丞輪對劄子》首言：「天下之理，天命之所不能違，人心之所不能異者，公而已矣。」而《跋鶴山書季制置墓》亦言：「大本所係，唯『公』一字。公，仁之則，義之輿也。」其《跋徐季節文》則曰：「盈天地間皆實理也。理不實則隳，事不實則壞，人不實則危。」可以知公之所學矣。竊觀公之首結主知，蓋在輪對一劄，未幾而遷中祕，任臺察，歷常、卿、殿院，已駸駸嚮用矣。向使稍以勢位爲榮，委蛇班行，即可生致卿相。而公危言極論，抗直不撓，再起再去，無所戀嫪。上不負主知，下不負所學。其剛方嚴正，實與朱子之道若合符節，非夫口耳浮慕之徒所能希其萬一者也。其與真、魏二公雖嘗同朝，而未嘗有攀附往還之迹。然觀其輪對、貼黃，言近者召用儒臣，發明格物致知，誠意之學，此正大臣格心事業。有好議論者，乃從而詆訾訕笑之，是將以不致之知、不誠之意、不正之心，而欲有爲於天下，萬無是理。此爲西山進講《大學衍義》發也。其《邊事奏劄》言：

「凡督府邊臣，應有申奏，令樞密院擇一屬官專掌之，朝奏夕報，無或稽留。」而端平三年三月奏劄謂：「近者督府之建也，倉卒而行之，繼乃滅裂而遣之，其終也模糊而罷之。」皆爲鶴山視師京湖發也。是公於真、魏二公固嘗力爲毗助，以冀吾道之行。特不屑如口耳浮慕之徒，依草附木，强託淵源，以資標榜焉耳。蓋公學本公誠，志在董、葛清節粹德，終始不渝。至計忠言，直陳無隱，未嘗講學而實接朱子之傳，不待入相而已。負温公之望，向使天假之年，久於其位。董、朱之道德，葛、馬之事功，庶一以貫之矣。天不祚宋，故奪公之速也。豈不重可惜哉！雖然，世之爲士者，誠能志公之志，學公之學，則雖窮在草茅，而隱然挾公輔之具，達爲卿相，而超然無異於韋布之時，亦何艷乎浮雲之富貴，而執鞭從之也歟？同戊六月丁酉立秋日，邑後學王棻謹書於柔橋芳草堂。

杜清獻公年譜畢

杜清獻公集校勘記

後學王　棻子莊撰

卷首

《戊辰脩史傳》法曹王詠霓曰：《宋史》作「司法」。積三「積」元誤作「接」，據《赤城後集》改。澄其「澄」，《後集》作「懲」，「其」元誤「具」。教條《宋史》同，《後集》作「條教」。乃從而訿訾元脱「而」字，王據《宋史》補。而墮元誤作「墜」，依《後集》改。奏言囊者「言」字依《後集》增。振揚元作「蕩」，依《後集》改。何炳《後集》本或作「柄」。承順《宋史》作「順承」。言其親故元脱「其」字，王據《宋史》增。累牘《後集》作「櫝」。若與臺諫較勝負者「與」元作「於」，無「負」字，依《後集》改增。非才「非」字元在下句「妄」字下，依《後集》乙改。詐謀罔上元脱「罔上」二字，依《宋史》《後集》增。忌之忌元誤「恩」。名位元作「譽」，依《後集》改。鹽軍元作「監軍」，誤。而姑使至調護二十八字，《後集》脱。執守元誤倒，依《後集》乙。或因緣而求進《後集》「或」作「復」，「而」作「以」，兩通。聖明之時其弊一至此極十字元脱，依《後集》補。超遷元作「選」，依《宋史》《後集》改。好諫「好」《後集》作「納」，兩通。襄蜀元脱「襄」字，依《後集》補。具有「具」《後集》本或作「且」，非。珧夫元作「珧大」，依《後集》改。簽書《後集》同，元作「僉」，亦通。亦不入臺官宅元無「官宅」二字，依《後集》增。閤門吏下同，《後集》皆作「閤」，古通。圖相位《後集》圖下有「謀」字。洊干元作「游」，誤。依《後集》改。如臣等言是乞即賜施行十字元脱，依《後集》補。未見施行元脱「見」字，依《後集》補。嘉熙元誤作「興」。八月二字元脱，依《後集》補。範即以「即」元作「既」，依《後集》改。往復元作「往來」，依《後集》改。下户糧兩元作「下納」，今依《後集》增改兩字，當屬下句。造朝《宋史》「造」作「還」。荐臻《宋史》同，《後集》「荐」作「洊」。物價騰踴《後集》作「物有踴價」。淮壖《後集》作「堧」。絡紫微「絡」,《後集》作「經」。赤地元脱「赤」字。怨氣「怨」元作「怒」,據《宋史》改。亦嘗「亦」元作「既」,依《後集》改。廢缺《後集》作「闕」。養護元脱「護」字,據《宋史》《後集》補。莫知所倚杖元無「所」字,依《後集》增。外而邊守元脱「邊」字,《後集》有。偷惰元作「盜」,誤。《後集》作「惰」。後有此比元脱「比」字,《後集》有。旱勢亢烈《後集》作「旱熱尤烈」。親行禱事《後集》作「詣行禱祠」。殆如「如」元作「困」,依《後集》改。京城《宋史》同,《後集》作「京都」。稻米「稻」元作「道」,誤,據本集及《後集》改。飛蝗大至苗禾元脱「飛」字、「禾」字,依《後集》補。剽掠《後集》作「劫」。向導元作「道」,《後集》作「導」。竊意《後集》作「思」。宴賜元作「安」,《後集》作「宴」,「宴」上有「之」字。貂璫案:舊鈔本「貂」下誤接右「近習」,「璫」上誤接「上命撤」,而「蓋」上誤接而左。覈其字數,蓋舊本每葉四百字也。庶府元作「有」,誤。王據《宋史》改,《後集》同。司存《後集》別本作「司府」。河道未通《後集》本或作「河本通」,誤。可運《後集》作「餽」。盡忠《後集》作「思」。旦暮元作「且莫」,「且」字誤。必然者也元無「者」字,《後集》有。輒遭《後集》「輒」作「即」。自幸之矣元無「之」字,《後集》有。當尼王曰:尼讀如昵。棻案:當讀如止,或「尼之」之「尼」。一稔元作「念」,誤。依《後集》改。壞證《後集》本或作「政」。玩之邪《後集》本或作「也」。具言「具」元作「其」,誤。案《後集》作極。公因「公」當作「範」,蓋仍狀文未改。而蕡《後集》別本作「葉」,誤。乃借元作「取」,誤。依《後集》改正。劉晉之王曰:錢仕升,《南宋書》作「留晉之」,俟考。謂當元脱「當」字,王據《宋史》增。案《後集》亦有「當」字。人才《後集》作「材」。閣衛「閣」元作「貼」,依《宋史》改,《後集》作「閣」。人主《後集》「主」下有「之」字。攷封樁「攷」元作「攻」,誤。縱臾元作「從諛」,依《後集》改。臣言「臣」元作人,誤。便者元作「諛者」,依《後集》改。仁祖「仁」元誤作「承」,依《後集》改。抵巇元作「巇」,王據《宋史》改,案《後集》同。其閒二字元脱,依《後集》補。覓舉元脱「舉」字。果以元脱「以」字,依《後集》補。亦行元作「以行」,依《後集》改。銓選「銓」元作「詮」。十一日《後集》無「日」字。宜儆《宋史》《後集》俱作「儆」。阻限元脱

「阻」字，依《後集》補。十二日《後集》無「日」字。四月二十一日薨王曰：據《宋史》是日爲丙戌。御劄《後集》作「札」。户門《後集》同，案當作「門户」。壓勝之「壓」下元衍「之」字，《後集》無。恩意「恩」元作「思」，誤。而遽薨背「而背」二字元脱，據《後集》補。之理「理」下元衍「也」字。素學元作「索」，誤。故世尊之「世」下元衍「人」字，《後集》無。二子濬淵王曰：舊志濬字淵卿，恐誤。以薦由《後集》作「繇」。盡捐《後集》作「書捐」，誤。以寬民力案此下疑有脱文。南渡距端平「距」字元脱，依《後集》增。外則元作「是」，依《後集》改。

《宋史列傳》遷大理司直「遷」元誤「選」，又司下衍「端」字。親攬《宋史》作「覽」。有源《宋史》作「原」。顧以天位之重而或藏其私憾案當作「天位之重而或報其私德，天倫之親而或藏其私憾」，史脱二句。私與《宋史》作「私予」。詆訿《宋史》作「訾」，同。牽制監本《宋史》誤作「奉制」。順承案黄《傳》及下文，當作「承順」爲是。或未《宋史》「未」作「謂」，誤。所用臺諫元脱「臺諫」二字。中外大困元誤作「中大閫」。制閫《宋史》誤作「制清」。梯級元誤作「結」，王據黄《傳》改，《宋史》同。監軍案當作「鹽軍」，時招鹽販爲軍也。不使讒諂《宋史》使作「復」。奏臣嘗元無「嘗」字，據《宋史》增。今又元脱「又」字，《宋史》有。尚有《宋史》作「猶有」。不意聖明元脱「不意」二字，依《宋史》補。宗社《宋史》作「祀」。具有《宋史》作「且有」。未即施行《宋史》無「施」字，黄《傳》作「未忍行」。言臺諫《宋史》作「臺臣」。然幸未《宋史》無「然」字。圖相位元脱「相」字，依《宋史》補。但爲元作「但有」，誤。嘉熙元誤作「興」，《宋史》同。差知元誤作「使」。始至元脱「至」字，依《宋史》補。之意「意」字元闕。都城元誤倒，王據《宋史》乙。一洒元作「灑」，案《宋史》作「洒」，洒同洗。銓法元作「詮法」，《宋史》作「銓」。推勘元作「勍」，今依《宋史》。奔迸元作「併」，依《宋史》改。相持元脱「相」字。輒行《宋史》誤作「轍行」。盍亦元脱「亦」字，《宋史》有。盡心《宋史》作「思」。制變元誤倒。擢同簽元脱「簽」字，依《宋史》補。併斥嵩之嵩之併，《宋史》作「并」，「嵩之」二字元不重，依《宋史》補。劉晉之等《宋史》「劉」作

「留」，「等字」元脱。 於是「於」元誤作「無」，依《宋史》改。 心布二字元脱，《宋史》有。 閤衛元作「貼衛」，今依《宋史》。 之缺以歸堂除「缺」《宋史》作「闕」，「堂」字元脱。 便者元誤作「諛」，《宋史》同。今據《赤城後集》改。 未幾二字元脱，王據黄《傳》增，案《宋史》有。 儲材能元作「才」，《宋史》作「材」。 則儲「則」字據《宋史》補。 與人《宋史》同，案當作「爲人」。 抑僥倖「抑」《宋史》作「抵」，誤。 職業「職」《宋史》作「執」，誤。 宜儆《宋史》作「儆」。 守陜元作「峽」，誤。 擁重兵「擁」《宋史》作「權」，誤。 籠駕《宋史》作「架」。 計功《宋史》「計」作「記」。 古律詩歌詞五卷王曰：黄《傳》云三卷，本集四卷；雜文六卷，黄《傳》同，而本集僅五卷，豈分合之數不同邪？抑今所傳者非完本邪？菉案：傳云：奏稿十卷，與本集卷數合，而傳中所稱奏何炳及再奏，又五上奏丐去及自劾等奏，俱不載集中，則其散佚多矣。況詩文卷數原與本集不合邪。

《文獻書院記》字成己《後集》「己」作「之」。 天人《後集》作「聖賢」。 宜應「宜」《後集》作「實」。 澤潤「澤」元作「學」，誤，依《後集》改。 誰曰「誰」《後集》作「孰」。 著其《後集》「著」上有「論」字。

《黃巖州新刱文獻書院記》與㸌「與」《後集》作「同」。 風烈「烈」《後集》作「義」。 儀刑元作「型」，依《後集》改。 行中元脱「行」字，依《後集》增。 率州里元脱「率」字。 右惟元脱「惟」字。 自濂「自」《後集》作「至」。 百世元作「年」。 崇祀「崇」元作「從」，依《後集》改。 密院元無「院」字，《後集》有。

《杜清獻公祠堂記》案以下明弘治後所續增礪行「行」下元衍「于」字。 盛名明元脱「名」字，依《後集》補。 州里《後集》作閭。 忘者元脱「者」字。 擢貳元作「二」，今據文義校正。 枋臣「枋」同「柄」，元作「妨」，誤。 始終《後集》作「終始」。 延佇「延」元作「筵」，誤。 之朋元誤「明」，今從《後集》。 望治元誤「始」，王曰：當作「治」。案《後集》作治。 臨訣元作「決」，誤。 可爲於悒元作「可以爲悒」，依《後集》改。 意曰元脱「曰」字，依《後集》補。 無何元脱「無」字。 育秀「育」元作蓋，誤。據文義改。 崇化「崇」元作「宗」，依《後集》改。

《重建清獻公祠堂記》九年原作「元年」。案清獻以淳祐五年卒，歲在乙巳，年六十四，當生於淳熙九年壬寅歲，作「元年」誤也。以嚴《後集》作「廉」。侍講元作「讀」，依《後集》改。王曰：黄《傳》作「講」。祠以元作「詞已」，誤。依《後集》改。悽之「悽」元訛作「熡」，今依文義改。悽，悦也，勤懇也。或曰當作「憐」。撫几元誤作「無幾」。詣公詣元誤作「諂」。祀事元作「祠事」，依《後集》改。抃願二字元缺，據《後集》補。函公「函」元誤作「亟」，依《後集》改。況以「況」元作「是」，依《後集》改。之所學元脱「所」字，《後集》有。

《寄立齋二首》王曰：《三台詩録》「齋」下有「先生」二字，案《赤城詩集》無此二字。喁喁《詩集》作「顒」。蜚鴻時以南五字元脱，王據《詩録》補。嚴嚴二字原脱，依《詩録》補。

《祀典勘合帖文》清吏元誤「史」，今正。常祭「常」元作「嘗」，今正。以供春秋祭祀元脱「祭祀」二字，據前後文校補。蓋立元誤「主」，今正。正官致祭元脱「正」字，王校補。賢臣之澤元作「臣賢宰」三字，王據前文校改。

卷一

《夏夜》詩題字多者節首數字爲標識，後皆倣此。天色「色」下元缺一字。《病中》碧岫元作「油」，誤。繼富有「繼」疑當作「冀」。《募兵》恐彼元作「被」，誤。《戊辰》起來「來」下元缺一字。異轍元作「徹」，古通。初赴《宋詩紀事》作「走」。足跡元作「踈」。案籀文「跡」作「踈」，从「朿」不从「束」。役役元作「没没」，王維翰校改。圖王詠霓曰：「圖韵」下脱四句。棻案：《宋事紀事》有「論交須論心，所論在不渝。願君示一語，令我反三隅」四句。君無當作「毋」。《送子謹叔》王曰：《詩録》「子」作「于」。質氣實案「氣」字上下脱一字。蹤跡「蹤」元作「縱」，古通。緑窗原作「六窗」，誤。討論「討」《赤城詩集》作「計」，誤。鬬新元作「闘」，王據《詩録》改。囀巧舌「囀」元作「轉」；「舌」《詩録》作「聲」。一酹元作「酹」，誤。

《送石宰》冰封元作「水對」，誤。　勝沸元作「拂」，誤。　豪猾元誤作「滑」。　怨詈元誤倒。　懽謡「懽」元作「權」，王校改。傾蓋「蓋」字元缺，王校補。　摻袪「摻」元誤「椮」。　根底當作「柢」，亦通。　《丁丑》具論「具」元誤「且」。　霈然《赤城集》作「沛」。　溉灌《赤城集》作「濯溉」。　厭來王曰：厭讀如饜。　《喜雨》少延元作「少年」，誤。　連九天「連」元作「速」，「甘霔」當作「霪」。　《己卯》所虞「所」字元缺。　旣俱「俱」下元缺一字。　《閒行》道花王曰：「道」字疑。　三嗅元作「臭」。《方山》委頗沛《台詩續録》「委」作「禁」。　披竹《續録》作「竹枝」。　澗僵「澗」《續録》作「磵」，「僵」元作「强」，王依《續録》改。　頓生《續録》「頓」作「横」。　封户「封」元作「對」。　方山翁「方山」元倒。　偕行元倒。　《方山》尚善詩押至「善」疑當作「喜」；「押」疑當作「牌」，或作「狎」。　化元疑當作「元化」。　《古風》題本缺，據目録校補。　絢綵元誤作「緑」。　青燈「青」元誤「清」。　意先原作「未」，誤。　春江「江」字元缺。　記諸元倒。　《張上舍送望水》案「水」當作「潮」。　望潮，魚名。《閒坐》井疆元作「彊」，古通。　公固元作「同」，誤。　依《赤城詩集》改。　唯諾元誤作「輕」。　黎惴元作「揣」。　委羸原作「羸」，誤，今正。　嗟哉《赤城詩集》作「我」。　《奉祀》黍稷「黍」元誤「忝」。　《寛堂》污滿「滿」下缺一字，或曰當作「乘」。風光當作「光風」。　《别陳常簿》可浣王曰：《詩録》作「洗」，案《赤城集》亦作「浣」，《詩録》誤。　浥夜「浥」元誤「絶」。《良月》古樂《宋詩紀事》作「音」。　山緑《紀事》作「淥」。　百目《紀事》作「雙目」。　慙羞《紀事》作「憂」。　合作《紀事》「作」作「合」，誤。　《送羅季能》句金元作「今」。　送日王曰：當作「目」。案作「日」是。　翮元誤「融」。　風煙元作「塵」。《湯南萬》恬蜜元誤「密」。　鬚雪當作「鬢雪」。　《仲夏朔》歊浮元誤「敲浮」。　千秋「千」當作「于」。　仁鄰元誤「憐」。今自當作「日」。　《送趙寛堂》渠領元作「額」，誤。　一酧「酧」，俗字，當作「酬」。　往事「事」下元缺一字。　《靈峯》鍾鼓「鍾」「鐘」古通。　《雁蕩》贔屓《雁山志》作「屓贔」，是也。　青銅元作「錢」，誤。　開鋒元作「峰」，誤。　二湫《雁山志》作「三湫」。　何草草「何」元作「無」，依《雁山志》改。　怱怱元誤「忿」。　《送耕甫弟》培護在「在」下元缺二字。　兩片南山雲案此句下當另一首。仰頭有「有」當作「看」。《送湯仲熊》元作「能」。國正以直言《宋詩紀事》無「言」字。《去國》冥飛《赤城集》作「飛冥」。暮雲《紀事》「暮」作「莫」，同。謝《詩録》作「解」，戚氏學標曰：觀此詩知朝事日非，正人去國，即已存憂國之心，獨立豈能撑拄？公在朝伉直，卒爲鄭清之等所嫉，去拜相八十日而卒。君子知宋事之不可爲矣。《花翁》茶然「茶」元作「薾」。慙量「慙」元誤「塹」。行逮「逮」元誤「速」。資深上缺八字。翼如上缺一字。《送夏肯父》問行李「問」元誤「門」。子志元作「志子」。磨厲元作「勵」。《龔叔虎》汎灑「汎」元作「汎」。《園丁》案當分二首。《耕甫弟》以壞元作「懷」，誤。《中秋》對羈「對」當作「謝」。《書于立齋自戒》讀此詩可知公之所養。《登山》鬼蜮元誤「域」。《夜讀》泠然元作「冷」。《國正丈》再用前韵爲謝并以《赤城集》無前字，「并以」作「以併」。氣欻元作「欲」，誤。自戾《赤城集》作「淚」，非。帝廷元作「庭」，王據前韵校改。

卷二

目録《和楊兄五言二首》至《挽項監鎮》案以上十七題當次《有感》下，元本誤脱。《和鄭》飛翮元誤「融」。《和鄭》霄翮元誤「融」。整行元作「行整」，王乙。寒蛩元誤「蟄」。鎮文案「鎮」當作「鎖」。《又和》文盟「文」元誤「又」。云云元缺一「云」字。《漢中行》生氣元作「氣生」，王乙。涉古元作「陟」，誤。三踊元作「誦」，誤。似作元作「作以」，誤。匹馬元作「疋」，俗。《歸自明遠》争先堤水流元作「争光堤西流」，王校改。烏烏元誤「烏」。有期誰其「期」字元空，「其」元作「期」，王校改。《七夕歌》度躔元誤「纏」。《詹世顯》詹米元作「未」，誤。常苦元誤「若」。來叩户「來」元誤「米」。《雹》掩映元作「晻」。《和澧州》《詩録》作「灃」，誤。陽烏「陽」元誤「傷」，案《紀事》《詩録》俱作「雙」。哦咏《詩録》作「吟咏」。潺潺元作「濺濺」，誤。《是夜》晚山案下云「晚岫」，此「晚」字當作「曉」。三杯元作「山」，誤。

《和十四兄》夸聲或大當句疑。《次會》炎歊元誤「敲」。《有感》千里元作「載」，誤。《和楊兄》掾元誤「椽」。風日當作「月」。《舟早行將至三界偶成》《詩録》無「偶成」二字。從今《詩録》作「如今」。《捉筆》一槳元誤「漿」。脚跟只這定「跟」元作「根」，「定」元作「足」。《和孫》續舊元作「讀」，誤。《和吳》扠拭元作「收枤」，誤。《挽王》廉節元誤「簾」，螭坳元誤「拗」。里枌敷蔭樾「蔭」元作「陰」，《太平志》作「枌陰敷越里」。晝繡《太平志》作「晝錦」。摳趨《太平志》作「摳升」。《挽劉》塵談元作「塵」，誤。《太師》城遽元作「處」，誤。《挽張》清班元作「青」，誤。胄監元作「胃」，誤。《趙學士》芝蘭「芝」元作「芸」。《挽陳》鶚薦「薦」字元缺，擬補。山瑩元作「瑩」，誤。

卷三

《新秋》殘篇「殘」上元缺一字。《春雨》洒甲兵「洒」古通「洗」，元作「灑」，誤。《丁卯》泠然元誤「冷」。《己巳》刮磨「刮」元誤「剖」。鏡面「鏡」元誤「境」。《清真》疵我元誤「庇」。月浸「月」元誤亦。《別張簿》含風「含」元誤「舍」。《游擘翠》亂流元誤「辭」。《再依韵》涷筆元作「凍手」。《十二月》小律元誤「津」。《仙山寺》「山」下元有「知」字。志剛師元無「師」字。剛師「剛」元作「則」。浸碧元誤倒。有耶元作「聊」，王校改。《大雨》霶沱元作「雱」。《恭謝》寬慈元誤「兹」。周旋「旋」字元缺。章徹「章」，玩題意當作「草」。主德元誤「得」。靈櫕元作「撫」，案下「甘露」謂茶，則「靈撫」當謂香也。憂困元誤「困」。老羸元作「嬴」。《得雪》天街元作「階」。《窗前竹》與兄下缺二字。本下缺二字。《聞喜宴》棫樸能官元缺「棫」字，「官」誤作「觀」。需之下缺一字。之章「章」元作「華」。職「職」字上下當缺一字。今元作「令」，誤。《伏蒙》古艱元作「難」。微官元誤「宮」。瓢樂元誤「飄」。心猶下缺一字。摳衣下缺一字。《借韵》拊循元誤「附」。《次韵花翁冬日三首》「首」元作「詩」。紛拜元誤「粉」。潄衣元作「弊」。世上缺一字。盈帙元誤「秩」。《第三雪》忽報元誤「急」。《次趙》歡悰元誤「倧」。《南鄉》何似元誤「以」。《鄭寧夫》送之元缺「之」字。不揀元誤「楝」。《承見再和用韵》案此題之上當另有詩，而此詩用其韵也。《徐倅》論子「論」字似誤。登門「門」，元誤「同」。《丘知府》聞遠「聞」上元缺一字。《挽黄》分付下脱一字。《挽李》川上缺一字。里間「間」字元缺，「里」上元作「一」字。案上句有「一」字，結句又有「一」字，此「一」字必誤無疑也，故闕之。《挽趙公》上缺一字。《挽》案此題下元缺。但「但」下元作「見」字，誤。今闕之。《挽翟》祖生「生」字元缺。

卷四

目録《次韵清真緒道士》元無下五字，依卷三目增。《飛雪》瓊瑶元誤倒。《又得》白白下元作「句」，誤，今闕之。《次沈》未許元誤倒。《七月》筋力衰「衰」上當脱一字。乃肯王維翰曰：「乃」當作「那」。上鉤元誤「鈎」。《劉上舍》詩唤「詩」上元缺一字。青燈元誤「清澄」。《高兄》已同已上元缺一字，王曰：當是「心」字。案是「志」字。《劉上舍》已圓「圓」當作「團」。《和楊》徽絃元作「微」，誤。《問淵明菊》爾菊元作「爾覺」，誤。《枕上》花天元誤倒。緑霧「緑」元作「緣」。《和會之》篘元作「蒭」，誤。桃春「桃」字疑，王曰：當作「探」。《劉百十六兄》塵鬢元作「鬚」，誤。横斜元誤「黄」。《天柱》案《雁宕山志》：公有《天柱峯》五古長篇，本集失載，今别録《補遺》中。《小龍湫》高天元作「天高」。拾遺案此詩係明人刻集時附入，非原本所有。《風雅遺聞》云：《堅瓠集》載宋文公《示女》詩大略同此，則非清獻之詩可知矣。

卷五

《軍器監丞輪對第一劄》「端平二年」，案小注四字元無，今核增。親攬大柄《宋史》「攬」作「覽」，「柄」作「政」。之憂元作「擾」，誤。以慮「以」元誤「之」。則蠱何由而治案此下有脱文。有源《宋史》作「原」。有私德黃《傳》「有」作「爲」。私怒《宋史》黃《傳》俱作「私憾」。未著、未乎二「未」字，《宋史》、黃《傳》俱作「不」。施行元誤作「私」。未親黃《傳》作「清」，是也。足以黃《傳》作「易至於」三字。居論思「居」元誤「君」。其職元誤「責」。軍實元誤「貢」。上下充塞黃《傳》改作「充塞宇宙」。人事乖「乖」上元衍「變」字。側身元誤「則」。壅蔽元誤「弊」。以公利害「利」元誤「弊」。滋長元誤「兹」。今縱今下元衍「既」字。天官元誤「宫」。《貼黃》儒臣《宋史》黃《傳》俱作「名儒」。厭薄《宋史》、黃《傳》俱作「棄」。富貴黃《傳》作「爵禄」。施行「施」元作「力」，依《宋史》改。之譏黃《傳》作誚。

《第二劄》有警元作「驚」。敗軍之將王曰：蓋指趙葵而言。邊庭元作「廷」。浮光元作「先」，王校改。通和元作「知」，誤。疲弊當作「敝」。猶爲「爲」元作「如」。二帥王曰：謂葵、范，時范劾葵，削一秩。守邊當作「邊守」。之數「之」元誤「以」。均節財用元脱「財」字。循吏元誤「徇」。蔑聞「蔑」元誤「茂」。吏部「吏」元作「使」。按察元誤「按案」。講究「講」元誤「誅」。

《入臺奏劄》案端平二年，公爲監察御史上。旬日黃《傳》作月。昭白昭元作照。汰去黃《傳》同，《宋史》作「沙汰」。而反《宋史》「反」作「旋」。振揚「振」元誤「頓」。紀綱元作「綱紀」，依《宋史》、黃《傳》乙。以弊《宋史》、黃《傳》作「壞」。圖治元誤「國治」。以伸元作「申」。

《國論主威人才劄子》臺中上，端平三年春。王曰：《理宗本紀》端平三年二月壬寅，詔侍從、臺諫、給舍條具邊防事宜。公上章當在是時。竊惟元作「謂」，依《三台文獻》改。目隨元誤「墮」。則飾「飾」元作「飭」，古通。飢肉「飢」元誤「肌」，《文獻》作「饑」，當案作「飢」。賈害「賈」元作「買」，依《文獻》改。韃虜不道王曰：時蒙古分道入侵蜀漢、江淮州郡，正月兵攻江陵，李復明戰死。蹂躪《文獻》「蹂」誤作「躁」。蛇豕「豕」元誤「承」。豺狼「豺」元誤「豹」，《文獻》不誤。未有一定之規王曰：二年十二月庚寅，以魏了翁兼督視江淮軍馬。是年二月甲辰，召爲簽書樞密院事，故云。「將帥驕蹇」四句王曰：時趙范知襄陽，南北軍將交爭，范失於撫御。三月北軍主將王旻、李伯淵内叛，焚城郭、倉庫，相繼降蒙古。南軍大將李虎不救焚、不定變，財粟三十萬、軍器二十四庫皆爲敵有。公以二月上書已先見及此矣。「脛大幾于腰」四句《文獻》作「脛大幾于如腰，身微難於掉尾，朝廷之不尊，威令之不行」。自權「自」元誤「必」，《文獻》不誤。其不「不」元作「有」，依《文獻》改。衆弊「元」作「衆」，未依《文獻》改。任責元倒，依《文獻》乙。事業《文獻》脱「業」字。苟且《文獻》作「苟道」。未作者元脱「者」字，李苑西校補，案《文獻》不脱。今之元脱「之」字，依《文獻》補。褻以《文獻》「以」作「於」。軍帥元作「師」，《文獻》同，今正。出而《文獻》無「而」字。

卷六

《邊事奏劄》臺中上。未喻元作「諭」，誤。凡督府王詠霓曰：時執政謀假此命以出，魏了翁既出，則復以建督爲非，故二句即召還。公上書當在未召以前。區處「區」元誤「樞」。《貼黄》庶以「以」元作「已」。

《留徐殿院劄子》同《吴察院劄子》，案：小注「劄子」二字疑羨。王曰：徐清叟本傳言《遷太常博士入對疏》言厚人倫以釋羣惑，惜名器以示正義，因物望而進人才。蓋欲請復皇子竑王爵，裁抑史彌遠恤典，召用真德秀、魏了翁也。據公疏，是清叟《三漸》之疏乃在未遷太常之前。《宋史》誤也。政弦「弦」上疑有「改」字。小臣元作「小人」。職居「職」元作「即」。深切「切」當作「竊」。

《三留徐殿院劄子》王曰：《吴昌裔傳》言：與公及清叟入臺之始，四方想聞風采，作《至和三諫詩》以侈之才，七月以遷卒，以李鳴復嫉之也。

《論襄陽失守劄子》同《吴察院》上。兢懼「兢」元誤「競」。身免「身」字元脱。又爲元誤「又未」，王改。動摇「摇」元誤「控」。又遣元誤「遂」，王改。危證元作「蹬」，誤。命帥元作「師」。《貼黄》情制「制」上脱一字。

《端平三年三月奏事第一劄》改紀二字元缺，據《文獻》補。變帥二字依《文獻》補，「帥」元作「師」。所恃「恃」字依《文獻》補。况藩「况」字依《文獻》補。以壯「壯」字依《文獻》補。殆與元誤「殆以」，《文獻》不誤。且莫得《文獻》無「且」字，「得」誤「德」。繼體「繼」元誤「斷」。當之「當」元誤「富」。小故「故」《文獻》作「過」，非。尚存「存」《文獻》作「仍」。之名「名」《文獻》作「心」。是以「以」元誤「一」。服人邊陲之庸將弱卒不足以十二字《文獻》脱。之地《文獻》誤作「也」。疑貳《文獻》作「二」。持者《文獻》「者」下有「也」字。力圖二字《文獻》無。毋牽于人情五字《文獻》脱。毋襲元誤作「寔」，依《文獻》改。所措《文獻》「所」作「大」。論奏「論」元誤「謂」，《文獻》不誤。若儒《文獻》脱「若」字。深自咎責王曰：四月癸丑，詔悔開邊責己，亦公言有以動之也。惻懔「懔」同「懇」，《文獻》作「悃」。忌諱「忌」，《文獻》誤作「忘」。

《第二劄》裂紀綱「裂」上元缺一字。閒直王曰：「閒」當作「聞」。棻案：「閒」字不誤，下當脱一字。冒膺「冒」元誤「胄」。出關「關」元誤「因」。王曰：當作「國」。據《吴昌裔傳》當作「關」。哲宗「哲」元誤「是」。回河「河」元誤「何」，案此句似尚有脱誤。迫于「迫」元誤「道」。已察「察」元誤「除」。諱過「諱」元誤「諒」。御史下缺八字。虚位下缺八字。又已下缺一字。未聞元誤「問」，王改。端羞「端」下元缺二字，王曰：當作「端平之羞」。以容「以」下元缺二字。堪任「任」下疑脱「使」字。寔當王曰：「寔」字誤。棻案：「寔」下當有「不足」二字。憲之「之」下缺一字，王曰：是「任」字。

卷　七

《乞招用邊頭土豪劄》之朝「朝」字元缺，王補。用兵「兵」字元缺，王補。州邑「邑」下元缺一字。所入二字元缺，王補。其人「其」字元缺，王補。藩籬元誤作「籬籬」。乘機「乘」元誤「秉」。不思備禦職以出臺臣案此處有脱誤。可追「追」元缺，王補。孟珙元誤「拱」。㑽盞案那顏㑽盞，元將名。㑽音奔。

《第二劄》微産「微」元誤「徵」。或又「或」元誤「成」。胥吏「吏」元作「史」。

《論重臺職劄子》回護元作「議」，誤。又視「視」元誤「是」。《貼黄》飾有「有」元誤「其」。湯克昭元脱「克」字，王補。地所王曰：「地」當作「他」，案下有「仰即地所」云云，則「地」字是也。追逮元誤「建」。曲直元誤「豈」。爲實「爲」上當脱一字。經決「經」當作「徑」。第「第」字上下有闕誤。

《太常少卿轉對劄子》不瞻元誤「贍」。内脩「脩」元作「地」。論心「論」元作「謂」，誤。專於「於」字元脱，依黄《傳》補。分裂黄《傳》作「列」。大痴黄《傳》作「癡」。行伍《宋史》、黄《傳》作「士卒」。盡歸黄《傳》「歸」作「付」。分賄黄《傳》「賄」作「致」。驕悍黄《傳》悍下有「而」字。羣聚黄《傳》「聚」下有「而」字。治紀「治」原誤「地」，從《宋史》、黄《傳》改。動成「動」下元衍「爲」字，黄《傳》「動」作「浸」。投艱「艱」元作「難」。外言《宋史》、黄《傳》俱作「片言」。《貼黄》外將元作「將外」，誤倒。

《上邊面事宜》王曰：《理宗紀》：十一月壬申，詔羣臣各陳邊防方略。公上書當在其時。虜寇寇下元衍「據」字。自固始一破王曰：是年十月壬寅，固始破。攻擾「擾」元作「攘」。大師元誤作「太師」。急嚴元誤倒，王乙正。

卷八

《殿院奏事第一劄》躐登元誤「蠟」。黽勉元誤「黿」。選愞之夫「夫」元誤「大」。《宋史》作「選懦之質」。狂直「直」元誤「上」。想望「想」黄《傳》作「翹」。行者黄《傳》、《宋史》俱作「斥逐」。節貼元誤「貽」。駭疑黄《傳》《宋史》俱作「致疑」。復入元脱「入」字。蔽欺「蔽」元誤「弊」。今可「今」元作「令」。似亦「亦」元誤「非」。未喻元作「諭」。《貼黄》曾天麟「曾」元誤「會」，蔡改。本州近王曰：「近」上脱其姓，案《赤城新志》逸其人。

《論災異劄子》雲漢元作「文」，蔡篪曰：當作「雲」。人主元脱「人」字，蔡補。政事「事」字元缺。言思「言」元誤「害」。陰慝元誤「匿」。陰類「陰」元誤「應」。倍道「倍」元誤「信」。以植風聲「植」本當作「樹」，避英廟嫌名改。信興「信」上元缺一字。悉知「知」上元衍「之」字。宦官宮妾「官宮」二字元脱。

《便民五事奏劄》知寧國府。譾劣元作「翦」。復覬元誤「凱」。軫録元誤「禄」。願爲元脱「爲」字。流徙元作「徒」。倉米元誤「求」。欲徙于城子元脱「徙」字。倡率元誤「猖」。越在「在」元誤「則」，王改。陛下元脱「下」字。且銅楮王曰：且當作「蓋」。案作「且」是。朝廷元脱「廷」字，蔡補。是固元作「故」。足跡元誤「踪」。竊計元作「切計」，誤。供三「三」下元缺，王曰：當是「府」字。以爲三券「以」元作「已」，「券」下元複「券」字。一邦幸甚元作「甚幸」。未撤元作「徹」。俾州「俾」元誤「伴」。聚衆罹害元作「衆聚」，據下文乙。惶惑「惶」元作「皇」。是使元誤「故」。既退元誤倒。此者元脱「者」字。願亟元誤倒。却少元作「即少」。申納申元誤「曰」，蔡改。或云當作「白」。吏執下元缺三字。高下爲其手「爲」字疑衍。非不能「非」元誤「亦」。有窮「有」元作「可」。矣「矣」下元衍「已」字。亦屢「屢」下元衍「亦」字。徙于「徙」元作「徒」，蔡改。務迫之「之」下有脱字。路之「之」下有脱字。于以元誤倒。宣城「宣」元誤「宜」。注授元作「受」，據下文改。及居居上有脱字。顧藉「藉」元誤「籍」。未易元誤倒。城下三溪「三」上元衍「之」字。其見元誤倒。

卷九

《薦通判尹焕翁逢龍劄》時艱「艱」元作「難」。案寮「案」元作「采」，古通。平分「分」下元衍「月」字。挾刀「刀」當作「刃」。奔迸「迸」元作「迹」。艱苦元作「難若」，誤。下里士民元誤「不里七民」，王改。庶務「庶」元誤「無」。

《嘉熙四年被召入見第一劄》昔則「昔」字元脱，王補。亦足「亦」元作「豈」，王改。今日「日」下元空一格。旱暵荐臻王曰：按《理宗紀》是年六月江浙、福建大旱。疆場「場」《宋史》作「埸」，誤。妖彗王曰：《理宗紀》是年正月辛未，彗出營室。絡紫「絡」黄《傳》作「經」。相棄元作「去」，依黄《傳》《宋史》改。諦考「諦」元作「締」。威靈王曰：「桓」作「威」，避諱。其巧「巧」上元衍「功」字。旋復「旋」元誤「放」。詳其元誤「羣具」。陛下敬天「下」元誤「有」。有圖元訛作「图」。旨酒「旨」元誤「者」。視政「視」元作「觀」，依黄《傳》《宋史》改。名爲「名」元作「若」，依黄《傳》《宋史》改。政出黄《傳》「出」上有「皆」字。特降黄《傳》作「除」，是。《宋史》作「奏」，非。志慮黄《傳》《宋史》俱作「心術」。自强百官「强」下元無「百官」二字，據文義補。宜其元誤「具」。自營「自」上當脱「敵」字。志慮「志」當作「至」。歲月「歲」下元衍「而」字。立見二字疑。暇問元作「閒」，誤。外而「而」元作「無」，誤。李苑西校正。博取元作「搏」，誤。減半「減」元誤「咸」。刻責「刻」元作「尅」，俗。志平「志」元誤「至」。大轉移「大」字元脱。自勵「勵」下元衍「厲」字。阽危「阽」字元脱。邊陲「陲」字元脱。取建「取」上元空一格，案無脱字。行之「之」元誤「史」。詩曰元誤倒。遑元作「皇」。

《第二劄》兩淮元誤便。衛鄉元誤倒。此也元誤倒。比祖宗「比」元誤「此」。二十「二」上缺一字。無以元脱「以」字。國體「國」上元衍「爲」字。無益元誤倒。

《第三劄》固非元誤倒。塵櫝「塵」上元衍「免」字。迄闕元誤「悶」。感悟元誤「語」。俾贍元誤「瞻」。養疴「疴」上元衍「痾」字，案「痾」同「疴」。以臣「以」下元衍「聞」字。知懼「知」元誤「之」。垂憐元脱「垂」字。

卷十

《吏部侍郎已見第一劄》其湧當作「踊」。其子元誤「中」。譴告元作「遣」，依《宋史》、黄《傳》改。必有元誤倒。徒冀《宋史》、黄《傳》俱作「覬」。所以未消「以」字元脱。町畦元無「町」字，或曰：當作「畦畛」。孰爲「孰」元誤「熟」。嗸嗸元脱一「嗸」字。付予元誤「于」。蔽欺元作「弊」。之孰可行「孰」下元衍「不」字。《貼黄》拳拳元脱一字。可遵「遵」字元誤作「酋之」二字。

《第二劄》毋得「毋」下元衍「寧」字。幹官「幹」元誤「斡」。以應「以」上元衍「今」字。嘗已「嘗」元誤「常」。爲彼「彼」元誤「披」。挹以授之「挹」元誤「悒」，「授」下元衍「以」字。恬不「恬」上元衍「怪」字。照罪上缺一字。

《七月已見劄子》王曰：《理宗紀》：是年六月江浙、福建大旱蝗。七月乙丑詔：今夏六月恒暘，飛蝗爲孽。朕德未修，民瘼尤甚。中外臣僚其直言闕失，無隱。公上書當在其時。親行「親」元作「祝」。沾渥元誤「屋」。知其「其」元誤「所」。

《八月已見劄子》淳熙元誤倒，下同。煙人二字元闕。折閲「折」元誤「所」，「閲」字元缺，依本傳校。聚語元誤「詥」。踣于道「踣」字元缺。田禾黄《傳》作「苗禾」。相挻式連切，引也。《唐書·盧鈞傳》：相挻爲亂。公語本此。或作「挺」，非。京輔黄《傳》作「畿」。例以「例」元誤「列」。有枉「有」上元衍「所」字。亦奄奄待盡五字元脱，據黄《傳》補，《宋史》無「亦」字。奔迸元作「避」，據《本傳》改。飲江當作「飲馬長江」，疑脱二字。之計「計」下元衍「之」字。虜騎元誤倒，王乙正。主道「主」元誤「至」。朝頒而夕廢《宋史》「頒」作「更」，「廢」作「變」。蕩盡《宋史》「盡」作「廢」。占驗「占」元誤「古」。燕坐元誤「生」。海内「内」下元衍「以」字。可運《宋史》同，黄《傳》作「餽」。正匱《宋史》「正」作「空」。可辦《宋史》作「可足」。

卷十一

《上已見三事》吏部侍郎，案「三」下元脱「事」字。後科「後」上元衍「以」字。畿輔元誤倒。有擁「擁」下元衍「而」字。之行「行」字誤。欺慢當作「謾」。似聞「似」元作「以」。侵撓元誤「僥」。別議「別」元誤「則」。重此于人王曰：「此」字誤。案當作「比」，今姑闕之。示信「示」元誤「是」。下審「審」字下元缺，案當作「定」。

《論和糴榷鹽劄子》近日「日」上元衍「者」字。莫甚「甚」字元缺。固當「固」元作「故」。有司元脱「有」字。之澤元誤「驛」。旨諭元誤「輸」，王改。而辨「而」上元缺二字。爲能元誤倒。檢察元誤「家」，王改。行之「行」字元缺。明示元誤「是」。

《論聽言劄子》必求「求」下元衍「之」字。百官「百」上元衍「者」字。頤指「頤」元誤「順」。遜志「志」元誤「之」。聞之「之」下元衍「再」字。浸隳「浸」元誤「侵」。正救王曰：「匡」作「正」，避諱。諫正「正」元作「止」。

《辛丑知貢舉竣事上殿劄子》卑陋「卑」元誤「早」。于經「于」元誤「以」。句法「法」下元缺，當是「冗」字。備臣「備」下元缺一字。

《辛丑四月直前奏劄》致治李曰：「致」當作「郅」。勘定李曰：「勘」當作「戡」。幾岌岌「幾」字依黃《傳》補。哨騎元誤倒，依黃《傳》乙。撞擊「撞」黃《傳》作「衝」。穢積黃《傳》作「積穢」。且忍元誤作「甚」，黃《傳》不誤。旬日黃《傳》作「月」。慮者「者」字，依黃《傳》增。不急元誤「及」，依黃《傳》改。當尼元誤「危」，王曰：當作「尼」。案黃《傳》作「尼」。壞病「病」黃《傳》作「證」。而安黃《傳》作「玩」。前此「前」字元脱，據文義補。兢業「兢」元誤「競」。又不元誤倒，王乙。

不敝元作「弊」，李改。《貼黃》嘗進「嘗」元誤「常」。

卷十二

《經筵已見奏劄》辛丑八月。案奏上元衍「劄子」二字。其文「其」當作「具」。互申元誤「甲」。之憂「憂」上元衍「勇」字。致飾「飾」上元衍「飭」字。靖康「靖」上元衍「所」字。不可「不」字元缺。其事「事」下元缺四字。毋致「毋」下元衍「使」字。

《經筵已見奏劄》辛丑十一月。休祥之應「休」字元脱，據上文補。咎證當作「咎徵」。側修元誤「惻」。忽發元誤倒。後有「後」元誤「没」。陵替元誤「僭」。不幸「不」元誤「有」。遥制元誤倒。守公「守」元誤「首」。《貼黃》决計元誤「討」。

《簽書直前奏劄》壬寅。能限「能」字元缺。朝綱「朝」字元缺。形爲「爲」字元脱。轉移天意元脱「移天」二字。未化元誤倒。之正「正」字元脱。是尤「是」元作「而」。

《第二劄》榮叟元誤「更」。羣然「然」元作「能」。昌言「昌」上元有「耶」字，又缺一字。之過「之」上元有「惠」字，又缺一字。王曰：「惠」當作「惡」，然則缺字當作「疾」也。浸失「浸」元誤「侵」。尊上「尊」元誤「臣」。

卷十三

《相位五事奏劄》爲喜元誤「善」。臣獨下缺二字。動循元作「徇」。諸鎮「鎮」字元缺。之弊「弊」上元衍「病」字。獨斷元倒。宏恭元作「洪恭」。貿亂「貿」元誤「習」。嘉道「道」字疑衍。執以元誤「其」。理法元倒。大抵元誤

「成」。奏論「論」上元衍「請」字。然後「後」字元缺。

《相位條具十二事》韓琦元誤「奇」。條畫「條」元誤「朝」。徊顧「顧」字上下當脱一字。泛搜「泛」元誤「乏」。覓舉「舉」元誤「覺」。激濁「激」上元衍「治」字，案當有脱文。監贓當作「監追」。已久「已」元作「以」。是以「以」下元衍「職」字。察其「其」字疑衍。致巧「致」元誤「改」。江淮「江」元作「田」，王改。淮西元倒。知畏「畏」上疑脱「所」字。所資「所」下元衍「之」字。敵之「之」下元缺，當是「長」字。爲徑元誤「經」。

《繳還内降劄子》多於「於」字元缺。《又奏》留令元誤「今」。

卷十四

《奏堂除積弊劄子》罪也「罪」字元缺，據上文補。孤寒「孤」上元缺一字。聞發「發」字元缺，據上文補。素干元誤「于」，王改。調則元倒。自隳元作「隋」。而止「而」字據文義補。御筆條列元作「例」。《謝御筆戒諭劄子》措身元作「惜身」。《奏上小劄》之軀元誤「驅」。思難尤難上「難」字誤，今缺。利害焉「焉」上當脱「恝」字。《御筆》最計「計」當作「係」。《又奏》臣閒元誤「聞」。《三月初四日未時奏》重糜元作「靡」，王改，下其「糜」同。奏事「奏」字元脱。更乞「乞」字元脱，王補。《御筆》不至「至」字元缺。悔何「悔」上元缺一字，無「何」字，據文義補乙。于九江「于」當作「守」。

《三月初六日申時奏》事可滯「可」字誤，今缺，案當作「多」。又當「又」元誤「文」。

《三月初七日未時奏》闕監司「闕」元誤「聞」。面屬元作「祝」。再思再下元衍「以」字。合用元誤「同」。

《三月十二日巳時奏》清快元誤「決」。濠亦有脱誤。近來「來」元誤「未」。

《四月十六日申時奏》請趙與簒「請」下元有「上」字，無「簒」字，王據下《御筆》校。《御筆》與簒元作「篹」，訛。《回奏》文字見令元作「文子見今」，王改。《御筆》仍自「自」下元缺一字。

卷十五

《薦葛應龍劄子》案應龍字元直，與兄紹體俱師葉水心，見舊志《文學傳》。科目元缺「目」字。漁樵「漁」元作「魚」。子者元倒。

《回丞相劄子》未審「審」字元缺，王補。賦芧「芧」元作「芋」，訛。

《與林教授劄》浹洽「洽」元誤「合」。

卷十六

《車隘軒閒居録序》陸沈「沈」元作「深」。篔窗「窗」元誤「簹」。陋於聞康熙《黄巖志》「聞」作「文」。終陋舊志作「終於陋」。同槩楊曰：「槩」當作「概」。王曰：「槩」即「慨」字。蓋車氏《三台文獻》無「蓋」字。姑叙「叙」上元衍「略」字。

《應師老子解序》道裂「道」元誤「迫」，楊改。詭説「詭」元作「詭」，訛。

《常熟縣版籍記》案《寰宇訪碑録》：《常熟縣經畍記》，杜範撰，正書，嘉熙二年八月。在江蘇常熟。舊僅楊曰：舊下疑有脱字。王曰：「僅」疑作「檔」。以徇「徇」元作「獨」，王改。或云：當作「楬」。田若「田」元誤日。塍閒「塍」元誤「滕」。又賴「又」元作「久」。

《郭孝子祠記》案《赤城集》作「郭孝子碑」。醇酎「酎」字據《赤城集》補。嘖嘖《赤城集》作「唶唶」。郭氏《赤城集》作

「郭君」。　鑒臨《赤城集》作「昭鑒」。

《東倅題名記》問添差「問」元作「閒」，王改。　清養案「清」即「清」字。　人固王曰：「固」當作「故」。　不知其爲「不」元作「又」。「爲」字王補。　一居「居」元誤「居」。

《寧國府增建韓文公祠記》已列元作「例」。　遂暨元作「既」。　縈旋「縈」元作「榮」，楊改。　案當作「濚」。《宛陵道院記》之閣《三台文獻》作「門」。　斯敬「敬」下元缺一字。《文獻》「敬」作「職」，下不缺。　城柝元誤「折」，《文獻》同。　幸以《文獻》作「卒以」。　敷訓《文獻》「訓」作「辭」。　下庳元誤「痺」。　之耶「耶」元誤「也」，《文獻》不誤。　思曩昔《文獻》「思」下有「之」字，「昔」作「者」。　痿靡「靡」《文獻》作「廢」。　落寞《文獻》作「莫」。　見公舉斯道以援天下「援」元作「授」。《文獻》無「見」字。「援」字非。

《黃巖縣譙樓記》其治《文獻》作「地」。　江山《文獻》作「山江」。　疎檽元誤「擩」，楊改。　左右者「者」元作「也」。　其樓三丈「丈」元作「尺」，王改。　米以斛「米」元誤「先」。　按晕宇「按」元作「接」，楊改。　而遥元誤「逢」。　東歸康熙《黃巖志》誤作「居」。

卷十七

《跋項文卿孝行録》案文卿名采，見舊志《隱逸》。《跋林逢吉晦翁二帖》王曰：逢吉名表民，師葳子，臨海人。《跋夏迪卿墓銘》王曰：迪卿名廷簡，登慶元五年進士，先生年十八矣。《跋王維畫孟浩然騎驢圖》適以「以」元作「於」，楊改。《跋應艮齋祠堂文》王曰：艮齋名恕，字仁仲。《跋徐季節文》季節名庭筠，父中行，俱見《宋史·隱逸》。　形天「形」當作「盈」。《跋鄭簡子求書陳情表後》王曰：簡子名大惠，號谷口，與先生友善。《跋蔡夫人墓銘》王曰：朱士龍妻蔡氏，博士鎬孫女也。夫卒，常平使者聞其賢，欲聘之，斷髮示絶，事見舊志。惜撰銘姓氏不可考耳。《跋夏子壽墓志銘》案子壽名思恭。《跋趙十朋文集》王曰：十朋，名占龜。之虚楊曰：當作「虐」。王曰：即古「墟」字。暴臣《文獻》作「權臣」。一二文獻作「二三」。造物文獻作「造化」。石、李二公王曰：石尚書公弼，李參政光。《題〈范滂傳〉後處靜所書》王曰：處靜名時可，本四明人，依杜公居黄巖。棻案：處靜名元龍，時可其字，翁姓。長短句「短」字元脱，王補。《跋處靜》楊曰：有脱誤。持箑元誤「寁」。《跋韓仲和尊人墓銘》勿墜元作「墮」。《題周氏詩義倉規約後》「詩」當作「記」。其服「服」當作「墓」。《跋劉漫塘所遺趙居父箴後》爲監司「司」字元脱。余特「特」元作「時」。《跋劉漫塘墓銘》見公「見」當作「愧」。《跋戴神童顔老文稾》《太平志》：神童在「戴」字上。勿獲楊曰：當作「護」。王曰：當作「穫」。今乃「今」《太志》作「而」。戴君顔老父名木，字子榮。而子二字《太志》無。謹勿《太志》「謹」作「切」。而使之制《太志》無「而之」二字。今乃《太志》無「今」字。天之《太志》作「下」。昔賢《太志》作「子雲」。《跋戴君玉稾後》暇讀姑閲《太平志》無「讀」字。又「閲」作「讀」。珧柱《太志》「珧」上有「江」字。《跋晦翁與趙書》「趙」下元缺二字。《書馬處士墓銘後》弗暇下缺二字《跋丘木居葉世英序後》王曰：木居名漸，字子木，與公爲布衣交。又「葉」上當有「贈」字。

卷十八

《東嶽祝文》有秋「有」元作「其」。《威德祝文》「德」下元缺二字。罙積王曰：「罙」，古「深」字。棻案：借「罙」爲「彌」，《文獻通考》亦多如此。《城隍祝文》疆土「土」疑當作「宇」。矢訴「矢」下元缺二字。《廣惠王祝文》來叩元作「扣」。望耕「望」下元缺二字。王曰：望下當是「霓」字，耕上當是「庶」字。《諸廟謝雨祝文》真休「休」元誤「體」。普格元誤「晉」。罔替「替」字元缺。《廣惠王祈雨祝文》猶昨元誤「作」，據下篇改。躬伸當作「申」。《廣惠王祝文》崇朝元作「期」。厥德攸讀王曰：句有誤，案「德」當作「災」。《龍王祝文》之錫元作「賜」，據韵改「錫」。《赦賽祝文》祀事「祀」元作「熙」。《祝文》驚我下缺一字。《城隍廣惠祝文》蕆祀「蕆」元誤「藏」。《祭少監劉漫塘文》絜之「絜」元作「潔」。説斯「説」元作「悦」。且懦「且」元作「直」。

卷十九

《黄灝傳》教化「化」元作「行」。虧有司之吝句疑有誤。僞禁闕。敢赴「赴」元作「訃」。《王藺傳》幹辦元作「辨」。康衡即匡衡，避諱改。獻諛元誤「腴」。不聞「聞」下當脱「有」字。侵漁「侵」元誤「浸」。比者斥元作「北者斥」，誤。而臣「臣」下脱一「下」字。恐有元誤「不」，王據《宋史》改。羣臣「羣」元誤「郡」。同心「同」元作「用」。臺諫元誤「監」。萬數元倒。終帙元作「秩」。又奏「又」元誤「及」。循默元誤「然」。召還除「除」字疑衍。諭彼「彼」元誤「此」。《詹體仁傳》復直元脱「直」字，王補。百家下□□□□。《蔡元定傳》時四十「時」下當脱「年」字。何澹元作「儋」。兒女「兒」元作「男」。安静上缺一字。王曰：《宋史》本傳：一日，謂沈曰：「可謝客，吾欲安静，以還造化舊物。」則此處空字疑當作「以」。禮樂兵下缺一字。王曰：當是「刑」字，或當作「法」。及葬「及」元誤「又」。

校點後記

《杜清獻公集》校點本完成於去年，交付《台州文獻叢書》編委會，嗣後由編委會辦公室商請徐三見先生、樓波先生審訂全書。兩位先生仔細審讀，反覆比勘，提出改正意見。經校點者揆諸文義，怡然理順，則加以吸收，爲本書減少紕漏，是正疏誤，與有力焉。爰題數語，以明由來，謹此鳴謝！

校點者

庚子季夏題於臨海菊筠齋